CHRISTIAN JACQ

Christian Jacq, né à Paris en 1947, découvre l'Égypte à l'âge de treize ans à travers ses lectures, et se rend pour la première fois au pays des pharaons quatre ans plus tard, lors de son voyage de noces. Après des études de philosophie et de lettres classiques, il s'oriente vers l'archéologie et l'égyptologie, et obtient un doctorat d'études égyptologiques à la Sorbonne avec pour sujet de thèse : « Le voyage dans l'autre monde selon l'Égypte ancienne ». Mais plus que tout, Christian Jacq veut écrire et publie une vingtaine d'essais, dont *L'Égypte des grands pharaons*, à la librairie académique Perrin en 1981, couronné par l'Académie française. Il est aussi producteur délégué à France-Culture, et travaille notamment pour « Les Chemins de la connaissance ». En 1987, le succès arrive avec un roman, *Champollion l'Égyptien*. L'Égypte et l'écriture prennent désormais toute leur place dans sa vie. *Le Juge d'Égypte, Ramsès, La Pierre de Lumière* (XO Éditions)... tous ses romans suscitent la passion des lecteurs, en France et à l'étranger. Christian Jacq est aujourd'hui traduit dans plus de trente langues.

LE PROCÈS DE LA MOMIE

CHRISTIAN JACQ

LE PROCÈS
DE LA MOMIE

EDITIONS

Le papier de cet ouvrage est composé de fibres naturelles, renouvelables, recyclables et fabriquées à partir de bois provenant de forêts plantées et cultivées durablement pour la fabrication du papier

© 2008, XO Éditions.

ISBN 978-2-266-20019-6

*À une époque éclairée telle que la nôtre,
l'un des plus grands mystères s'offre à nos yeux.*

Belzoni

1

Londres, le 30 avril 1821

Effrayé, le colosse recula.

Provenant du sarcophage, une lueur verdâtre avait transpercé l'obscurité.

Giovanni Battista Belzoni s'épongea le front et laissa son cœur se calmer. Lui, le Titan italien et le plus renommé des découvreurs d'antiquités égyptiennes, ne redoutait quand même pas une momie, un simple cadavre immobile depuis des milliers d'années ! La fatigue, le désir de voir sa grande exposition triompher, une légère hallucination… Ayant affronté tant de dangers bien réels, l'archéologue ne deviendrait pas l'esclave de la superstition accordant à certaines dépouilles le pouvoir de ressusciter.

Belzoni fit jaillir la lumière des chandeliers et contempla le sarcophage en acacia abritant une momie soigneusement enveloppée de bandes de lin en parfait état de conservation. Elle provenait d'un tombeau de la rive ouest de Thèbes, le royaume des morts.

Ce soir, le gratin de la capitale de l'Empire britannique assisterait au débandelettage de cette pièce unique, et la presse continuerait à tresser les louanges du fouilleur revenu à Londres en mars 1820, après dix années d'absence au cours desquelles il avait multiplié les trouvailles extraordinaires sur la terre des pharaons, gigantesque réservoir de trésors. Relatant l'événement, le *Times* avait prédit la publication d'un livre et l'organisation d'une exposition. L'Antiquité égyptienne passionnait les foules, les amateurs attendaient beaucoup de Belzoni. On ne se contentait pas de récits de voyages, et l'on voulait voir des merveilles imprégnées de mystère.

Lui, l'aventurier à la carrière si difficile, avait été accueilli en héros. Les salons huppés se l'arrachaient, les invitations à la table des grands de ce monde ne se comptaient pas, d'innombrables ladies d'âges divers tentaient de le séduire.

Une main toucha son épaule, il sursauta.

— Tu es nerveux, chéri !

— Sarah ! J'ai cru voir...

— Dis-moi, je t'en prie.

— Non, c'est stupide.

Sarah, la belle Irlandaise d'un mètre quatre-vingts, l'épouse fidèle qui l'avait accompagné dans tous ses voyages sans jamais se plaindre, la première Européenne à franchir la première cataracte du Nil et à découvrir la deuxième. Sarah, qu'aucune épreuve n'ébranlait. Elle et Giovanni formaient un couple impressionnant, devenu la coqueluche de la bonne société.

— Que s'est-il passé ? insista-t-elle.

— Cette momie m'a semblé... vivante !

Sarah se blottit contre le colosse.

— La peur ne serait-elle pas bonne conseillère ? Annulons le spectacle, ne troublons pas le repos de ce vieil Égyptien.

— Impossible, chérie ! Quantité de notables sont impatients de découvrir cette relique, plusieurs journalistes m'ont promis des articles dont dépend le succès de mon exposition. Loin de sa terre natale, ce défunt n'est plus qu'un corps desséché. La science n'a-t-elle pas vaincu les fausses malédictions ? Nous avons forcé l'accès d'une pyramide, d'un temple oublié, d'une immense tombe de la Vallée des Rois, et nous sommes vivants, célèbres, bientôt riches ! L'Égypte ne nous porte pas malheur, au contraire. Grâce à cette momie, les curieux seront subjugués et ma réputation affermie.

Sarah s'approcha du sarcophage.

Son mari avait raison : impossible d'annuler cette soirée très attendue, sous peine de se discréditer et de perdre le bénéfice de nombreuses années d'efforts ininterrompus. Et pourquoi des forces obscures s'attaqueraient-elles à un amoureux des antiquités, capable de risquer sa vie afin de ressusciter le passé ?

Une boîte en bois contenant une momie totalement dépourvue de vie : telle était la réalité. Travailleur infatigable, Giovanni outrepassait ses forces. À la veille de l'ouverture d'une exposition qui le consacrerait comme un archéologue inégalable, il montrait des signes de faiblesse compréhensibles.

Tout était calme et silencieux.

— Allons boire un verre et nous préparer, recommanda Sarah. Ta stature éclipsera celle de tes invités.

Belzoni prit son épouse dans ses bras.

— J'ai envie de toi.

Abandonnée, elle sourit.

— J'aimerais aussi, mais l'essayage de ta redingote neuve me paraît prioritaire.

Le couple souffla la flamme des chandeliers et sortit de la vaste salle où gisait la momie.

Lui tournant le dos, il ne vit pas l'étrange lueur verdâtre naître de la tête du sarcophage et baigner le corps arraché à sa demeure d'éternité. Elle s'accompagna

11

d'une odeur d'encens, la substance chargée de diviniser le périssable.

L'escale de la momie, prisonnière de ce lieu glacé et privé de soleil, ne marquait pas la fin de son voyage à travers le temps et l'espace.

2

Son épouse allongée sur le lit de leur vaste chambre, Belzoni, assis au fond d'un fauteuil de cuir vert à haut dossier, feuilleta son livre intitulé *Récit des travaux et des découvertes récentes dans les pyramides, les temples, les tombes et les fouilles en Égypte et en Nubie, et d'un voyage sur la côte de la mer Rouge, à la recherche de l'antique cité de Bérénice, et d'un autre voyage à l'oasis de Jupiter Amon* [1]. L'éditeur anglais, John Murray, spécialiste des textes d'explorateurs, tel David Livingstone, se félicitait du succès de la première édition, en dépit des critiques du dandy lord Byron, jugeant mauvais l'anglais de l'auteur.

Quel triomphe, cependant, pour le colosse italien né à Padoue en 1778, fils d'un barbier qui souhaitait le voir devenir prêtre ! Alors qu'il effectuait de vagues études de mécanique à Rome, les troupes du futur Napoléon Ier avaient envahi l'Italie. Craignant d'être enrôlé de force par ces massacreurs, Belzoni, en 1803, s'était réfugié en Angleterre, la patrie de la liberté.

Londres, une ville gaie, animée, amoureuse du

---

1. De cet ouvrage, publié en Angleterre en 1820 et réédité en 1979 sous le titre *Voyages en Égypte et en Nubie* (Pygmalion), nous avons tiré quantité de citations placées dans la bouche de Belzoni.

théâtre et des divertissements. Jongleurs et acrobates pullulaient, et la carrure du jeune géant ne passa pas inaperçue. Engagé comme hercule, il monta dès l'été 1803 sur la scène du populaire Sadler's Well Theatre, grâce à l'intervention d'un souffleur italien, ravi d'aider un compatriote. Sous le nom du «Patagonien Samson», Belzoni devint une vedette, capable de soulever, sans effort apparent, une douzaine d'hommes prenant place sur les rebords de l'armature de fer ceinturant son costume exotique! Puis il se produisit à la foire de Saint-Barthélemy, haut lieu de distractions, où le Titan de Padoue sollicitait des volontaires destinés à former une pyramide humaine.

— Tu te souviens de tes exploits? murmura Sarah.

— Je revois le gros rondouillard nourri aux triples steaks et au pain d'épice. Celui-là croyait me faire échouer! Il s'est pourtant intégré à la pyramide.

— Un avant-goût de l'Égypte... Ne ressemblais-tu pas à un bâtisseur?

Ils éclatèrent de rire.

Pourtant, Belzoni voulait oublier cette période de son existence, en dépit du jugement flatteur du *Gentleman's Magazine*, vantant la force de l'hercule de foire capable de «porter sur sa colossale carcasse vingt-deux personnes au moins, en évoluant à travers la scène de manière aussi majestueuse que l'éléphant chargé de transporter des soldats perses».

— Huit ans, Sarah. Huit ans à m'exhiber en parcourant l'Angleterre!

— Ce passé-là n'est pas conforme à ton nouveau statut d'archéologue réputé, j'en conviens. Nous oublierons donc le Patagonien Samson et célébrerons uniquement le grand Belzoni.

Adorant l'humour et la lucidité de son épouse, il l'embrassa tendrement.

— Avant l'arrivée des curieux, je boirais bien un verre de gin.

Sarah se leva, ouvrit le bar qu'abritait une fausse penderie et servit son mari.

Le géant se donna du courage.

— Ce soir, rappela son épouse, il te faudra affronter de vieilles ladies trop poudrées, de véritables horreurs comparées aux momies. J'aimerais t'emmener loin d'ici, reprendre la route.

Belzoni posa son énorme main sur son livre.

— Voici le début de notre nouvelle vie, ma chérie. Le récit de mes explorations et de mes fouilles connaît un succès fabuleux. Des traductions en français et en allemand, tu te rends compte ! Je me moque des critiques des pisse-froid à la Byron et je suis fier d'avoir rédigé moi-même ce texte sans l'aide de quiconque. Le public gagne en fidélité ce qu'il perd en élégance. Le lecteur a le sentiment de participer à mes aventures et de pénétrer en ma compagnie à l'intérieur de fabuleux monuments.

Fiévreux, il exhiba l'article de trente pages de la *Quarterly Review*.

— «Belzoni doit être considéré comme un pionnier énergique et efficace dans le domaine de la recherche des antiquités, écrit le rédacteur. Il ouvre la voie à quiconque voudra suivre ce chemin.» N'est-ce pas un magnifique compliment ?

— Ô combien mérité ! jugea Sarah en admirant son colosse de mari.

Haut de deux mètres, doté d'une belle chevelure, d'un grand front et de traits fins, il portait à merveille la moustache et les favoris, soigneusement entretenus. Son menton puissant traduisait la fermeté de son caractère, mais elle seule savait à quel point il pouvait se montrer tendre et délicat.

On frappa à la porte de leur chambre, Sarah ouvrit.

Apparut James Curtain, leur inséparable domestique irlandais, discret et dévoué, au physique passe-partout. Voilà longtemps qu'il avait renoncé à toute forme de vie personnelle afin de se consacrer au bien-être des Belzoni.

— Vous êtes… vous êtes splendides ! s'exclama-t-il. Quelle élégance ! Cette soirée sera un grand succès, j'en suis sûr. Le premier fiacre vient d'arriver : la propriétaire d'une fabrique de papier. Une petite femme agitée qui vous réclame à cor et à cri.

— Fais-la patienter, ordonna Belzoni, et allume un seul chandelier dans la salle de la momie. Il convient de mettre notre public en condition. Notre sous-sol est une véritable crypte !

Le géant se parfuma, vérifia la parfaite ordonnance de sa moustache et se félicita de l'élégance de sa vêture, à la dernière mode londonienne. Il ressemblait presque à un auguste professeur d'université, prêt à offrir un peu de sa science à des profanes subjugués.

— Il n'y a pas que de vieilles ladies, observa Sarah. Certaines sont jeunes et jolies, et je te surveillerai de près. Hercule ne s'est-il pas transformé en Apollon ?

— Tu n'as rien à craindre, mon amour ! Quelle autre femme serait assez folle pour partager ma chienne d'existence ?

Sarah hocha la tête.

— Remarquable prise de conscience, Giovanni. Néanmoins, je me montrerai vigilante. Puisse la momie attirer le regard de ces dames et le détourner de ta personne.

Les fiacres se succédaient devant la maison, déversant des personnalités avides de sensationnel. Voir démailloter une authentique momie égyptienne n'était pas un spectacle ordinaire, et le nombre de places limité avait suscité des luttes intenses, voire perfides, entre candidats. Assailli de demandes de passe-droits, Belzoni s'était drapé dans sa dignité. L'ordre d'arrivée des réponses à l'invitation officielle aurait force de loi.

Avide de nouveautés en tout genre, le Londres du roi George IV prisait l'orientalisme et l'Égypte en particulier. La vieille terre des pharaons n'était-elle pas le berceau de la sagesse, le sanctuaire des initiations et des mystères, la gardienne du secret de l'éternité ? Malgré l'invasion arabe, les pillages et les destructions, d'inestimables trésors y demeuraient enfouis. Les découvertes de Belzoni excitaient les imaginations, et des milliers de curieux attendaient avec impatience l'ouverture des portes de son exposition à Piccadilly. Quelques privilégiés auraient la chance d'assister à la « renaissance » d'une momie que la rumeur annonçait exceptionnelle. Et le grand Belzoni n'avait pas coutume de décevoir ses admirateurs !

Le hall se remplissait à vue d'œil. Aristocrates, banquiers, négociants, hommes de science s'apprêtaient à vivre une expérience inoubliable.

Les yeux affolés, James Curtain réapparut au seuil de la chambre.

— Patron… C'est incroyable !

— Explique-toi, mon garçon.

— Le sarcophage… Il a bougé !

— Simple illusion, rassure-toi.

— Non, non, il a bougé !

— Aurais-tu absorbé trop de gin ?

— Un peu plus que d'habitude, c'est vrai, mais je vous jure…

— Ne t'inquiète pas, James. Les sarcophages, ça me connaît. Et celui-là nous rapportera une fortune. L'éclairage est-il satisfaisant ?

— Sinistre à souhait !

17

— Parfait ! Le moment est venu d'accueillir nos hôtes. Si la maîtresse de maison veut bien se donner la peine…

La majestueuse Irlandaise descendit lentement l'escalier aboutissant au hall. Derrière elle, Giovanni Battista Belzoni qui, à lui seul, remplissait l'espace.

Les conversations s'interrompirent. Même les habitués des réceptions de premier plan furent éblouis par la prestance de ce couple inhabituel.

— La momie est-elle prête ? demanda un vieux lord d'une voix éraillée.

— Elle me semble en excellente forme, répondit le géant. L'air de Londres lui convient.

Des rires fusèrent.

Quand Sarah ouvrit la porte du spacieux sous-sol où avait été installé le sarcophage, un lourd silence s'établit.

N'allait-on pas troubler le repos d'un défunt ?

3

— Il s'agit d'une expérience archéologique et scientifique, déclara Belzoni. Les momies sont des objets appartenant à un lointain passé, non le support de forces maléfiques. J'en ai fréquenté des centaines, et je suis en parfaite santé !

L'assurance du géant rassura les inquiets.

— Entrez, je vous prie, proposa Sarah.

Le sous-sol de l'hôtel particulier était une ancienne cave voûtée, aux murs couverts de salpêtre et aux dimensions remarquables.

S'aidant de sa canne, le vieux lord trottina, suivi d'une meute affamée. On se bouscula et l'on se disposa en cercle autour du sarcophage faiblement éclairé. Des impolis jouèrent des coudes afin de ne rien perdre du spectacle.

Solennel, Belzoni fit jaillir la lumière de deux autres chandeliers.

Au lieu de rassurer l'assistance, cette clarté supplémentaire l'inquiéta. L'obscurité n'aurait-elle pas été préférable ?

D'un geste ample, Belzoni ôta le couvercle du sarcophage. Pour lui, son poids équivalait à celui d'une plume.

— À une époque éclairée telle que la nôtre,

déclara-t-il, l'un des plus grands mystères du monde s'offre à nos yeux. Ladies et gentlemen, voici l'un des vieux Égyptiens qui ont cru vaincre la mort grâce à la momification. Vaine espérance, mais superbe folie ! La science moderne nous conduira-t-elle à l'immortalité ? À nos chercheurs de la conquérir et d'affirmer le triomphe du progrès. Ce soir, vous découvrirez un témoignage émouvant du passé auquel nous devons le respect.

La momie était bandelettée d'une manière remarquable.

— Du lin de première qualité, précisa Belzoni. Des ateliers royaux le produisaient.

— Ce corps serait-il celui d'un prince ? demanda un dandy.

— Fort probable, avança le colosse. Docteur Bolson, acceptez-vous de m'assister ?

Vêtu de noir, très pâle, des yeux marron profondément enfoncés dans leurs orbites, le médecin légiste s'avança d'un pas raide.

— J'accepte, monsieur Belzoni.

L'archéologue et le praticien sortirent la dépouille du sarcophage et la déposèrent sur une table de marbre.

Une lady octogénaire perdit connaissance, deux hommes dévoués l'évacuèrent. À la vue de la momie, d'une taille impressionnante, plusieurs spectateurs se sentirent mal.

— Poursuivons-nous ? interrogea le légiste.

— Cessons d'insulter le Tout-Puissant ! tonna un pasteur anglican en brandissant la Bible. Les impies piétinent notre foi et veulent imposer la loi du démon incarné dans cette horrible chose. Que le feu la détruise et nous délivre de nos péchés !

Belzoni saisit le poignet du religieux.

— N'exagérons pas, mon père. Nous sommes ici pour assister à un événement archéologique qui n'insultera pas le Seigneur.

— Détrompez-vous, imprudent ! Cet être maudit est souillé d'une magie noire, la libérer produira des calamités. Brûlons immédiatement cette momie !

— Calmez-vous, exigea Belzoni en repoussant le prédicateur au fond de la salle. Sinon, je vous brise en deux.

La menace fut efficace. Vu la poigne du géant, le pasteur se contenterait d'anathèmes silencieux.

— Bien fait, ricana le vieux lord. Moi, je déteste les bondieuseries. Allez-y, montrez-nous cet Égyptien !

La momie présentait une curieuse caractéristique : elle était enveloppée d'un voile de lin s'arrêtant au sommet du crâne. Belzoni ôta délicatement le suaire.

— Je vous aide à le replier, décida Kristin Sadly, la boulotte surexcitée, propriétaire d'une papeterie.

— Méfiez-vous, recommanda Paul Tasquinio, un riche commerçant au costume pourpre du meilleur effet. Il paraît que ce genre de linge porte malheur.

La boulotte haussa les épaules et s'acquitta nerveusement de sa tâche.

— Je le paye et je l'emporte, murmura-t-elle à l'oreille de Belzoni.

Le géant acquiesça. Malgré sa gloire, il manquait toujours d'argent.

Nouvelle surprise, une seconde enveloppe de lin maintenue par un fil au niveau des chevilles et de la poitrine !

Belzoni utilisa des ciseaux, puis enroula le linceul, presque transparent.

— Un instant, intervint l'austère Francis Carmick,

politicien de renom. Je me porte acquéreur de ce tissu.

La voix doucereuse contrastait avec la rugosité du personnage à l'allure impérieuse, vêtu d'une redingote de grand prix.

« Les affaires marchent », pensa Belzoni, surpris de découvrir des bandelettes dans un parfait état de conservation. On aurait juré qu'elles sortaient de l'atelier des tisserandes, placé sous la protection des « deux Sœurs », Isis et Nephtys, chargées de préparer la résurrection de leur Frère, Osiris.

Belzoni se racla la gorge, le docteur Bolson demeura imperturbable. Ensemble, ils s'attaquèrent aux bandelettes recouvrant le visage.

— Je prends ! clama le célèbre acteur Peter Bergeray, spécialiste de Shakespeare.

Relevant sa cape rouge sur l'épaule, il laissa apparaître son costume d'Hamlet, l'épée au côté, et reçut des mains de l'archéologue les magnifiques bandelettes, longues et larges.

— Être ou ne pas être, ce n'est plus le problème des momies, ricana le vieux lord.

Le visage du défunt revint à la lumière.

L'assistance poussa un cri de stupéfaction.

Un homme relativement jeune, au beau visage grave et serein, les yeux ouverts. Ses cheveux noirs étaient intacts.

Jamais les momificateurs n'avaient réalisé un tel chef-d'œuvre.

— Il est vivant ! s'exclama Paul Tasquinio.

Deux ladies défaillirent, plusieurs spectateurs quittèrent la salle.

— Pas d'affolement ! clama Belzoni dont l'autorité se révéla apaisante. Cette momie est exceptionnelle, j'en conviens, mais il ne s'agit que d'un cadavre desséché. Personne n'a rien à craindre, nous continuons.

Le premier rang s'était singulièrement réduit. Tasquinio acheta une immense bandelette de thorax, sans manifester la moindre crainte.

Déposé le long du flanc gauche, à l'endroit où aurait dû se trouver la trace de l'incision pratiquée par l'embaumeur pour extraire les entrailles, un petit vase oblong, hermétiquement clos.

— Il m'appartient, décida le châtelain Andrew Yagab, un sexagénaire fort laid à la voix rauque.

— C'est une pièce rare, peut-être unique, objecta Belzoni.

— Votre prix sera le mien. Je ne me déplace pas en vain, sachez-le.

L'archéologue s'inclina, et le grand bonhomme à l'allure molle s'empara du vase. Ce type d'objet, il le connaissait bien. Cette fois, il espérait décrocher le gros lot.

Le débandelettage se poursuivit. Le défunt était un homme robuste, au corps élancé d'une rare harmonie.

Belzoni exhiba une amulette en forme d'œil, petite merveille en cornaline.

— Elle m'intrigue, décréta sir Richard Beaulieu, spécialiste de l'histoire des religions et professeur à Oxford. L'étude des anciennes superstitions ne manque pas d'intérêt.

Les exigences d'un érudit de ce niveau ne se discutaient pas. Compassé et condescendant, il empocha l'amulette.

À sa gauche, une sublime jeune femme que Belzoni n'avait pas remarquée. Des cheveux noirs, des yeux verts, une peau satinée donnaient à cette lady d'une rare élégance un charme oriental. L'archéologue évita de la regarder, de peur de s'attirer les foudres de Sarah, et acheva de dépouiller la momie de ses bandelettes.

Traités avec un soin extrême, les pieds semblaient prêts à marcher. Ultime surprise, la bande de lin qui les avait préservés était couverte de hiéroglyphes.

Une écriture malheureusement indéchiffrable ! Selon de récentes informations, l'Anglais Thomas Young et le Français Jean-François Champollion se livraient une bataille acharnée pour percer enfin ce mystère et ouvrir le grand livre de l'Égypte pharaonique, fermé depuis la conquête arabe du VIIᵉ siècle après Jésus-Christ.

Henry Cranber, le richissime industriel des filatures et textiles de Spitalfields, l'un des quartiers de Londres, s'avança. Le visage lunaire, les doigts boudinés et la panse proéminente, il ressemblait à un Chinois.

— Cette pièce m'intéresse. Elle ne déparera pas ma collection de tissus anciens. Acceptez-vous d'en discuter le prix ?

Belzoni opina du chef. Cette soirée s'annonçait très rentable.

— Un beau jeune homme ! ricana le vieux lord en pointant sa canne vers la momie, entièrement dévoilée. Des attributs pareils ont dû satisfaire quantité de femelles en chaleur. Ah, si j'avais dix ans de moins, je…

Sa gouvernante le tira par les épaules et l'entraîna à l'écart.

— Étrange, jugea le médecin légiste. D'ordinaire, l'on retirait le cerveau et les viscères. Ce cadavre-là paraît intact ! Les muscles semblent en bon état, et l'on se demande si cet Égyptien ne va pas se redresser. Que comptez-vous en faire, monsieur Belzoni ?

— La coutume impose de s'en débarrasser.

— Jeter cette momie aux ordures, quel dommage !

À moi de l'acquérir pour l'autopsier et découvrir les secrets des embaumeurs.

— À votre guise, docteur.

— De la viande pour mes chiens, voilà comment finira cette charogne ! glapit le vieux lord en brandissant sa canne.

Le géant italien s'adressa à son public.

— Séance terminée ! Vous avez eu la chance de contempler l'un des produits de l'ingéniosité des anciens Égyptiens. Simple hors-d'œuvre car, demain, vous resterez béats d'admiration face aux splendeurs exposées dans le Hall égyptien de Piccadilly. Chers invités d'honneur, je vous convie à une visite inaugurale, avant la ruée de la foule !

Une salve d'applaudissements salua la générosité de Belzoni.

— Félicitations, maestro ! s'exclama un journaliste du *Times*. Je n'ai pas été déçu et je vous promets un article élogieux. Des momies de ce calibre-là, ça vous réconcilierait avec la mort ! Et maintenant, l'exposition… Pas un Londonien ne la ratera !

Fendant les rangs des curieux, le pasteur anglican se rua en direction de la momie, un couteau à la main.

— Sois anéanti, horrible païen !

Belzoni retint le bras du religieux, décidé à percer le cœur de la momie.

— Sortez d'ici, ordonna-t-il.

— Le Tout-Puissant châtiera les impies ! Vous n'aviez pas le droit d'exhiber ce revenant.

Le colosse poussa dehors le pasteur qui continuait à vitupérer.

— Ces gens-là freinent le progrès de la science, estima sir Richard Beaulieu. J'approuve votre détermination, monsieur Belzoni.

— Moi de même, surenchérit l'industriel Henry Cranber. Si elle veut survivre, l'Église devra évoluer.

Les spectateurs félicitèrent chaudement Belzoni. L'énigmatique jeune femme aux yeux verts avait disparu.

Sarah prit tendrement le bras de son mari.

— Un triomphe, affirma-t-elle, ravie.

4

Le quartier animé de Piccadilly était peuplé de boutiques accueillant des chalands qui, le 1er mai 1821, oublièrent leurs désirs d'achat pour se presser devant l'entrée de l'Egyptian Hall conçu par l'architecte Peter Robinson, s'inspirant des dessins du Français Vivant Denon, l'un des membres de la fameuse expédition d'Égypte qu'avait voulue Bonaparte. Ainsi, au cœur de Londres, se dressait une imitation de la façade du temple de Dendera, en Haute-Égypte, consacré à Hathor, déesse de l'amour et de la joie. Datant de 1812, le bâtiment plaisait aux Londoniens.

À la fin de la première journée de visite, Sarah fit les comptes : mille neuf cents entrées au prix d'une demi-couronne ! Des gens enchantés, une presse enthousiaste, un avenir radieux. Sans nul doute, les portes de l'exposition resteraient ouvertes de nombreux mois.

Giovanni Battista Belzoni savoura son succès en parcourant, seul, le monde merveilleux qu'il avait créé. En franchissant le seuil de cet édifice unique en son genre, les curieux changeaient brusquement d'époque et se trouvaient plongés dans l'univers des pharaons, confrontés à des dieux comme Horus à tête de faucon ou Anubis, l'inquiétant chacal. Osiris, le souverain des morts reconnus «justes de voix», donc dignes de la vie éternelle, régnait sur l'exposition et frappait les imaginations. Enveloppé d'un suaire blanc, ne proclamait-il pas la défaite de la mort et la victoire de la résurrection ?

En reproduisant, grandeur nature, deux des salles de l'immense et magnifique tombe du pharaon Séthi Ier, le père de Ramsès II, Belzoni ouvrait aux visiteurs les portes du monde souterrain tel que le révélait la Vallée des Rois. Le vestibule aux piliers et une chambre habitée de symboles imposaient la présence de l'invisible et transportaient l'âme au-delà des apparences.

D'autres dessins évoquaient le fabuleux temple nubien d'Abou Simbel, œuvre de Ramsès II, et la pyramide de Khéphren dont Belzoni avait découvert l'entrée. Entre les colonnes à l'antique, d'inquiétantes statues à têtes de lion représentant la déesse Sekhmet, la maîtresse de la puissance. Ses émissaires ne semaient-ils pas les maladies et les désastres ? Des papyrus et divers petits objets provenant des fouilles de l'Italien agrémentaient le parcours d'amateurs émerveillés.

Son épouse le rejoignit.

— Nous n'en espérions pas tant, Giovanni. Pourquoi ce visage soucieux ?

— La momie nous a rapporté une belle somme, mais je n'aurais peut-être pas dû l'offrir en spectacle. Cet homme était d'une incroyable beauté et…

— Pas un homme, objecta Sarah, une relique à présent entre les mains du docteur Bolson. Oublie-la.

— Judicieux conseil, ma chérie.

— Demain au déjeuner, nous sommes invités chez un duc. Et le soir, le professeur Beaulieu te présentera à ses collègues d'Oxford. Je suis fière de toi, tellement fière !

28

La demeure de sir John Soane, sise 13, Lincoln's Inn Fields, comprenait trois maisons réunies en une seule, sur trois étages. Né en 1753, l'illustre propriétaire des lieux était un architecte en vogue. Médaille d'or de la Royal Academy of Arts à vingt-trois ans, il avait eu la chance d'épouser la fille d'un riche entrepreneur, malheureusement décédée très jeune, et d'obtenir ainsi l'aisance matérielle. Aux commandes de l'aristocratie, s'étaient ajoutées celles de l'État, et Soane avait montré son talent en bâtissant ou en rénovant le Parlement, St. James's Palace, l'hôpital royal de Chelsea et la Banque d'Angleterre. Devenu magistrat, il s'affichait comme l'une des figures majeures de la haute société britannique.

Mais sa véritable passion consistait à collectionner les œuvres d'art, notamment les antiques. C'est pourquoi il avait transformé sa résidence en musée, rassemblant des statues, des urnes funéraires, des moulages provenant de temples romains, des bronzes, des gravures et des peintures de Hogarth, de Watteau, de Canaletto et d'autres artistes renommés.

Plutôt grand, les cheveux noirs, le visage tout en longueur et le menton prononcé, sir John Soane paraissait souvent détaché des réalités de ce monde et perdu dans ses rêveries. Un sourire un peu triste rappelait ses épreuves passées.

Ami de sir Richard Beaulieu, il avait volontiers accepté de recevoir des professeurs d'Oxford et de leur faire découvrir ses trésors. L'arrivée d'un couple surprenant, formé d'un colosse et d'une femme sculpturale, ne passa pas inaperçue.

— Ah ! Belzoni ! s'exclama le professeur Beaulieu.

Venez, cher ami. Je vous présente sir John Soane, un architecte de génie et le meilleur expert en œuvres d'art de l'Empire britannique.

Sarah esquissa une révérence, Giovanni cassa le buste.

— J'ai beaucoup entendu parler de vous et de votre exposition, dit Soane, l'œil critique.

— M'accorderez-vous l'honneur de vous y rendre ?

— Je déteste la foule et, d'après les journaux, elle s'y presse chaque jour.

— Je vous ouvrirai l'Egyptian Hall au moment de votre convenance, promit Belzoni, et vous goûterez seul les merveilles ramenées d'Égypte.

— Fort aimable, Belzoni. On m'a parlé d'un énorme sarcophage en albâtre, décoré d'étranges figures.

— Je l'ai sorti de la plus belle et de la plus grande des tombes de la Vallée des Rois, et ce ne fut pas une mince affaire de l'acheminer jusqu'à Londres !

— Remarquable exploit, en effet. J'examinerai ce monument avec intérêt. Pardonnez-moi, je dois saluer un ministre.

Le compassé professeur Beaulieu paraissait presque réjoui.

— Votre sarcophage l'intéresse, Belzoni !

— Je l'ai promis au British Museum. Un chef-d'œuvre de cette importance…

— Les affaires sont les affaires ! À vous de voir. Mes collègues désirent vous connaître.

Les mondanités débutèrent. Le salon du premier étage de la vaste demeure offrait des murs et des garnitures jaune citron, un canapé jaune pâle, une cheminée et un grand miroir. Les bibliothèques accueillaient des ouvrages consacrés à l'art et à l'archéologie. Chaque hôte désirait découvrir la partie centrale de la maison, le Dôme, qu'éclairait une rotonde aux verres rouges, bleus et jaunes, dispensant des éclairages envoûtants.

À l'aide d'un lorgnon, le châtelain Andrew Yagab examinait un fragment de bas-relief romain représentant une déesse aux seins nus.

— Dites-moi, Belzoni, demanda-t-il de sa voix rauque, auriez-vous en stock d'autres vases égyptiens ?

— Quelques-uns.

— Scellés ?

— Je ne crois pas.

— Moi, il me les faut scellés ! Tout le reste n'a aucun intérêt.

— Ce n'est pas mon avis et…

— Je me moque de votre avis. Procurez-moi ce genre de produit et nous négocierons.

Le géant s'écarta de ce malotru pour se heurter à Francis Carmick, l'homme politique à la voix doucereuse.

— Félicitations, Belzoni. Votre exposition est un franc succès. Elle durera de nombreux mois et séduira un immense public. S'évader dans le passé est parfois fort agréable.

— Rapporter ces trésors à Londres ne fut pas une partie de plaisir !

— J'en conviens, cher ami, j'en conviens ! J'apprécie vos efforts à leur juste mesure et ne saurais trop vous encourager à poursuivre votre tâche. D'exaltants projets en perspective, je suppose ?

— Soyez-en certain, monsieur Carmick.

— Vous ne souhaitez pas les dévoiler ? Je vous approuve, la discrétion est bonne conseillère. Il y a tellement de jaloux et de malfaisants ! J'aimerais connaître votre avis à propos d'un point précis : la momification est-elle vraiment sérieuse ?

La question étonna Belzoni.

— Je ne vous comprends pas.

— Mais si, mais si… Nous en reparlerons bientôt, et vous me donnerez le maximum de précisions.

Le regard du politicien devint féroce.

— J'exigerai des réponses, Belzoni. Pas de faux-fuyants, vous en pâtiriez. Vous me comprenez, cette fois ?

Le géant eut envie de soulever Francis Carmick et de le jeter par une fenêtre. Percevant l'irritation de son mari, Sarah l'éloigna.

Ils se heurtèrent au vieux lord, appuyé sur sa canne.

— On vous voit partout, Belzoni ! Sacré fonds de commerce, cette vieille Égypte. Comment son art répugnant peut-il sidérer le bon peuple ? Votre bagout vous permet d'en tirer un excellent parti. Continuez, et vous ferez fortune. Et ce débandelettage de momie… Quel spectacle ! À qui avez-vous confié ce beau jeune homme ?

— Au docteur Bolson. Il désire étudier le processus de momification.

— Foutaises ! Ce charlatan vendra la momie au plus offrant. Mauvaise initiative, mon garçon ! Moi, je vais me procurer les morceaux de cette momie et les offrir à ma meute avant la prochaine chasse au renard. On s'amusera comme des fous, mes chiens et moi.

Ricanant, le vieillard s'éloigna en frappant le parquet de sa canne.

— Encore dix secondes, et je lui fracassais le crâne, avoua le colosse. Ce débris n'est qu'un sac de haine ! Ces salons sont remplis d'objets inutiles, et celui-là remporte la palme.

— Garde ton sang-froid, recommanda Sarah, il te reste des sommités à rencontrer.

Éblouissante entre deux urnes funéraires, la belle

lady aux yeux verts discutait avec un spécialiste de la mythologie grecque et un professeur de latin.

Sir Richard Beaulieu récupéra les époux Belzoni et les emmena au centre d'un cercle de philosophes distingués et décorés.

— Connaissez-vous l'identité de la momie que vous avez démaillotée ? interrogea un barbu ventripotent, auteur d'un traité sur les pieds d'amphores à l'époque de Périclès.

— Impossible, répondit le géant. Il existait une bandelette recouverte de hiéroglyphes, mais ces signes demeurent indéchiffrables.

— Une compétition ne s'est-elle pas engagée ?

— Le grand Thomas Young a une longueur d'avance, affirma Belzoni. Je suis persuadé qu'il ne tardera pas à lire cette écriture mystérieuse. Les secrets des vieux Égyptiens ne résisteront pas à la science.

— Gloire à l'Angleterre ! proclama sir Richard Beaulieu.

Les savants applaudirent leur collègue.

Du coin de l'œil, l'Italien aperçut la jeune beauté aux yeux verts quittant le musée de sir John Soane. Aérienne, elle disparut.

Le regard du professeur s'était tourné, lui aussi, vers cette fascinante silhouette.

— Connaissez-vous cette femme, sir Richard ?

— Lady Suzanna… une véritable déesse de l'Antiquité ! Elle a souvent assisté à mes cours d'histoire des religions. Elle dispose d'une grande fortune et a tout Londres à ses pieds.

— Est-elle mariée ?

— Célibataire, au grand dam de ses innombrables soupirants !

— Le moment est venu de nous retirer, estima Sarah.

— Votre présence a enchanté cette assemblée, chère madame, susurra l'érudit.

— J'aurais une requête à vous présenter en privé, sir Richard, avança Belzoni.

— Nous nous reverrons chez moi, et je vous écouterai volontiers.

5

Les domestiques du vieux lord ne supportaient plus leur patron. Agressif et capricieux, il leur rendait la vie impossible, les réveillant dix fois la nuit avec la seule intention de les empêcher de dormir. Et il ne cessait d'évoquer sa dernière obsession : acheter des morceaux de momie après l'autopsie et les jeter en pâture à ses chiens !

Souffrant de la hanche, le vieil avare continuait à nuire et à briser des carrières grâce à ses nombreuses relations. Un nouvel ennemi à détruire : le Titan de Padoue, ce Belzoni qui venait répandre les superstitions de l'Égypte au cœur de Londres. Le lord détestait l'Antiquité en général et l'Égypte en particulier. Il ne croyait qu'à la révolution industrielle, à l'empire des banques et à la réduction des faibles en esclavage. Sensible à ses arguments, le roi George IV menait une politique de progrès et balayait les obscurantistes.

La gouvernante se réveilla à sept heures, surprise d'avoir dormi en paix. Elle se rendit à l'office où le valet de chambre, la cuisinière et la lingère prenaient leur petit déjeuner.

— Le vieux ne vous a pas dérangés ?

— Enfin une nuit tranquille ! s'exclama le valet de

chambre. Il a pris des forces pour se rendre chez le docteur Bolson et ramasser ses morceaux de momie.

— Quelle horreur ! déclara la lingère en repoussant son porridge. Dieu Tout-Puissant châtiera ce monstre.

— En attendant, constata la cuisinière, il faut lui monter son café, ses œufs brouillés, ses toasts et sa marmelade d'Oxford, la seule que supporte monsieur.

— Je m'en occupe, décida la gouvernante.

Portant le lourd plateau en argent, elle monta lentement l'escalier en chêne massif, atteignit le palier du premier étage, décoré de tableaux réalistes représentant des scènes de chasse au renard et au cerf. On y voyait le vieux lord égorger lui-même l'animal blessé, aux yeux implorant pitié.

La gouvernante posa le plateau sur un guéridon et frappa à la porte.

Aucune réponse.

Le grigou devenait sourd.

Elle insista en frappant plus fort. D'ordinaire, il criait « entrez » d'une voix excédée.

Intriguée, la gouvernante poussa la porte et remarqua la fenêtre ouverte. Un pâle soleil éclairait le lit à baldaquin.

D'abord, elle ne comprit pas ce qu'elle voyait.

Un corps déchiqueté dans une mare de sang… Impossible, elle était la proie d'un cauchemar !

Tétanisée, elle s'approcha.

Ses hurlements firent trembler les murs de l'hôtel particulier.

Le pasteur était persuadé que le démon habitait la momie débandelettée par Belzoni. Aussi lui avait-il écrit une lettre lui promettant la damnation s'il ne fermait pas immédiatement les portes de son exposition, un antre satanique consacré aux divinités païennes. La Bible ne qualifiait-elle pas l'Égypte de royaume du Mal ? En ouvrant une brèche au sein même de Londres, en exposant cette momie impudique aux regards des croyants, en propageant le goût d'une religion maléfique, ce Belzoni se rendait coupable d'injures au Seigneur.

Le feu du ciel ne tarderait pas à le châtier, et les ambitions de cet impie seraient réduites à néant. Mais le danger immédiat, c'était la momie ! En l'étudiant, le docteur Bolson pratiquait une science dangereuse. Ne risquait-il pas de découvrir les secrets des embaumeurs et de souiller la morale chrétienne ?

Le pasteur n'appréciait pas le médecin légiste, à la foi chancelante, qui ne fréquentait pas de manière assidue la maison de Dieu et vivait dans le péché, en compagnie de jeunes maîtresses. Inutile, en conséquence, de lui demander de renoncer à l'autopsie de l'Égyptien et de le jeter aux ordures.

Seule solution : tuer définitivement la momie en lui transperçant le cœur.

Connaissant l'endroit où officiait le docteur Bolson, le pasteur affûta la lame de son couteau. Cette fois, Belzoni ne retiendrait pas son bras ! Voilà longtemps que le religieux, adepte d'une religion respectueuse de ses principes, voulait accomplir un exploit en l'honneur du Très-Haut. Revenue des ténèbres, cette momie lui donnait l'occasion de réaliser son idéal.

Il s'agenouilla et récita un psaume exaltant la puissance divine.

Le grincement de la porte de la chapelle interrompit son oraison. Lentement, le pasteur tourna la tête.

— Qui est là ?

La pénombre masquait le visage de l'intrus.

— Veuillez sortir ! Je me recueille et n'entends pas être dérangé.

Le visiteur inattendu s'avança.

— Ah… C'est vous ? Revenez demain, je vous prie. Aujourd'hui, je n'ai pas une seconde à vous accorder. Vous comprenez ?

Un pesant silence s'installa.

— Vous comprenez ? répéta le pasteur. Dehors ! Mais… Que faites-vous ? Non, non, je vous en supplie ! Ne…

Le coup fatal fut porté avec force et précision. En mourant, le dévot éprouva l'horrible impression de voir les yeux de la momie.

La nouvelle salle d'opération du St. Thomas Hospital avait été utilisée la journée durant. Une table en bois rustique destinée au patient, des bacs à sciure récoltant son sang, des brocs, des casseroles, et une inquiétante collection de scies, de pinces et de couteaux qu'employaient les chirurgiens formaient le décor de ce lieu glacial. Au mur, un grand écriteau portant l'inscription : *Miseratione non mercede*, « Agissez par compassion et non par soif du gain ».

Cette nuit était accordée au docteur John Bolson pour autopsier l'admirable momie de Belzoni. Il alluma les lampes à gaz et considéra longuement ce sujet hors du commun. On aurait juré un homme endormi, goûtant un paisible repos.

Le praticien ressentit un malaise : une forme de vie n'habitait-elle pas cette relique ? Une question stupide, indigne d'un scientifique ! Pourtant, elle l'obsédait. Et des éléments bizarres le troublaient : les embaumeurs ne semblaient ni avoir extrait le cerveau ni pratiqué d'incision abdominale. Quant à l'état de conservation des tissus, il dépassait l'imaginable ! Taillader cette chair millénaire, détruire ce chef-d'œuvre qui avait vaincu le temps, offenser la magie des anciens Égyptiens… Le légiste hésitait encore.

Renoncer à une exploration systématique de la momie serait une sorte de lâcheté. Puisque le hasard lui avait confié ce trésor, il devait l'exploiter. L'immortalité du corps conduisait-elle à celle de l'âme ? Modeste médecin inconnu, Bolson deviendrait une célébrité et, au-delà de la notoriété, posséderait peut-être l'ultime secret des initiés aux mystères d'Osiris. C'est pourquoi aucun témoin n'assistait à ce massacre.

Le légiste enfila une blouse grise. Malgré les lavages, les traces de sang subsistaient. D'une poche, il sortit un carnet sur lequel il noterait le détail des opérations.

Armé d'une scie, Bolson allait attaquer la boîte crânienne lorsqu'une porte claqua.

Qui osait l'importuner ? Probablement une employée du nettoyage ignorant sa présence. Irrité, il l'expulserait sans ménagement.

Soudain, la plupart des lampes à gaz s'éteignirent.

Dans la pénombre, une silhouette.

— Décampez ! ordonna le légiste. Cette salle m'est réservée jusqu'à l'aube.

La silhouette s'avança.

John Bolson écarquilla les yeux.

— Ah, c'est vous… Désolé, je n'admets personne. Une autopsie ne ressemble pas à un spectacle.

L'hôte inattendu tenait une longue tige de fer à l'extrémité recourbée.

— Un crochet à momie ! Brillante initiative, mais je n'ai pas besoin de vos services. Veuillez vous retirer et me laisser travailler en paix.

La dernière lampe s'éteignit. Seul subsista un halo verdâtre entourant la momie.

Pris au dépourvu, le médecin légiste n'eut pas le temps de se défendre. Et pas un cri ne sortit de sa gorge transpercée.

6

L'ex-inspecteur Higgins goûtait son premier jour de retraite anticipée et contemplait son domaine sis à The Slaughters[1], un charmant petit village du Gloucestershire, perdu en pleine campagne, loin du bruit et de l'agitation de Londres où il avait officié de longues années au service de l'ordre et de la justice.

Anticipée, parce que Higgins, considéré comme un enquêteur d'exception obtenant de remarquables résultats, s'était insurgé contre l'état de délabrement de la police, inefficace et corrompue, et avait proposé la création d'une nouvelle institution qu'il aurait volontiers baptisée Scotland Yard[2]. Face au refus du gouvernement, composé de conservateurs obtus, il s'était acharné à produire des rapports décapants. En vain.

La criminalité continuerait à progresser, la capitale deviendrait de moins en moins sûre. Ce n'était plus son problème, et il jouirait du calme de sa vaste demeure en pierres blanches, environnée de chênes centenaires. Des fenêtres à petits carreaux rythmaient deux étages disposés selon la divine proportion et couronnés par de hautes cheminées.

1. Les assassins.
2. Elle naîtra quelques années plus tard.

Enfin, il avait le temps de relire *La Tempête* de Shakespeare et de découvrir le passionnant récit de Belzoni, l'illustre chercheur de trésors égyptiens ! Higgins se passionnait pour la compétition à laquelle se livraient plusieurs érudits, désireux de déchiffrer les hiéroglyphes. Belzoni plaidait en faveur de l'Anglais Thomas Young, mais l'ex-inspecteur ne dédaignait pas un curieux Français, Jean-François Champollion, méprisé de ses collègues et suspecté de sympathie envers Napoléon, le tyran sanguinaire.

Entouré de deux amis fidèles, le chat Trafalgar et le chien Geb, Higgins comptait s'offrir de longues promenades en forêt, de paisibles soirées au coin de la cheminée, sans oublier l'entretien méticuleux de sa roseraie. Une seule ombre au tableau : le caractère militaire de la gouvernante, Mary, qui imposait des horaires de repas et menait tout son monde à la baguette. Ses dons de cuisinière, adepte des sauces et de la crème fraîche, lui valaient l'affection des convives.

Le son aigrelet de la cloche du grand portail alerta l'ex-inspecteur, occupé à trier des paperasses. Mary trottinait déjà dans l'allée sablée, prête à repousser l'importun.

De la fenêtre de son bureau, Higgins assista à un dialogue animé. Accompagné de son chien noir haut sur pattes, mélange de braque et de labrador, il descendit l'escalier.

— Un bonhomme à la tête de fouine désire vous voir, avertit Mary. Il prétend appartenir au gouvernement. Je le renvoie ?

— Permettez-moi d'abord de lui parler.

— Je croyais que l'on vous avait mis à la retraite !

— Peut-être s'agit-il d'une visite de courtoisie.

La gouvernante haussa les épaules.

— Qu'il s'essuie correctement les pieds et ne salisse

pas votre bureau. J'ai un lapin à préparer et je ne veux pas passer mon temps à balayer.

Mary regagna la cuisine, son domaine de prédilection, et Higgins alla accueillir son hôte, un quadragénaire ressemblant à un banquier de la City. Ses petits yeux inquisiteurs et la raideur de son maintien lui donnaient une allure peu sympathique.

— Je me présente : Peter Soulina. Le gouvernement de Sa Majesté m'a demandé de vous rencontrer.

— Je ne suis plus en service.

— Détrompez-vous, inspecteur Higgins. Nous avons besoin de vos compétences.

— Un souhait ou un ordre ?

— Un ordre. Vous êtes rétabli dans vos fonctions.

Le ton doucereux de l'émissaire ne souffrait pas de repartie.

— Entrez, je vous prie.

Higgins conduisit le visiteur jusqu'au grand salon. De profonds fauteuils en cuir, une table basse en bois de santal provenant des Indes, des tapis d'Iran et des statuettes égyptiennes créaient une magie chaleureuse.

— Asseyez-vous, monsieur Soulina, et veuillez exposer les motifs de votre visite.

— Vous avez résolu des affaires très difficiles, inspecteur, et mes supérieurs apprécient votre sens de la discrétion.

« À peine abordé, le terrain devient glissant », pensa Higgins.

— Dois-je vous rappeler que mes propositions pour réorganiser une police déficiente ont été rejetées en bloc ?

Le haut fonctionnaire se contracta.

— Nous en reparlerons. L'urgence actuelle éclipse tout autre problème.

Higgins fut intrigué.

— Serait-ce si grave ?

— En effet. Une véritable catastrophe menace le royaume.

Le triste personnage ne semblait pas plaisanter.

— Je crains de n'être pas à la mesure de vos espérances, déplora Higgins.

— Nous sommes persuadés du contraire et nous vous accorderons les moyens nécessaires. À Londres, vous disposerez d'un bureau et d'une équipe entièrement consacrée à l'enquête.

— Une enquête… à quel propos ?

Peter Soulina fit craquer ses doigts.

— J'aimerais un verre d'eau.

— Je vous propose un whisky écossais.

— Étant donné la situation, l'idée n'est pas mauvaise.

À première vue, l'envoyé du gouvernement n'avait pas la moindre sensibilité. Pourtant, il semblait accablé et apprécia la puissance réconfortante du liquide ambré.

— Sale histoire, Higgins, très sale histoire. Nous avons trois cadavres sur les bras, et pas n'importe lesquels. La première victime est un vieux lord richissime, la deuxième un pasteur anglican et la troisième un médecin légiste. Les malheureux ont été massacrés. On leur a ôté le cerveau et les viscères avec une sorte de crochet.

Higgins fut étonné.

— Évoqueriez-vous la technique… d'un momificateur égyptien ?

— Ne nous égarons pas ! Une macabre mise en scène, liée au succès de l'exposition de Belzoni. Ce n'est pas à vous, inspecteur, qu'il faut apprendre à se méfier des apparences. Oublions les détails sordides et attachons-nous à l'essentiel : la personnalité politique des victimes.

À l'aide d'un lissoir en nacre, Higgins égalisa les

poils de sa moustache poivre et sel. La situation s'annonçait particulièrement glauque.

— Notre roi, George IV, est un homme de progrès, continua Peter Soulina. Sa politique courageuse a besoin de soutiens moraux et financiers. De virulents ennemis tentent de saper les fondations du pays, et certains n'hésitent pas à tuer. Voilà l'explication de ces crimes.

— J'aimerais savoir de quelle manière les trois malheureux sont liés au pouvoir.

L'émissaire esquissa une moue de contrariété.

— Nous abordons un domaine délicat, inspecteur.

— Mener des investigations à l'aveuglette n'aboutira nulle part. Si vous souhaitez que j'arrête le ou les coupables, fournissez-moi un maximum de renseignements.

— Le gouvernement espère un plein succès, n'en doutez pas ! Aussi m'a-t-il autorisé à vous dévoiler des faits relevant du secret d'État.

L'avenir s'assombrissait et la retraite s'éloignait. Ce genre de déclaration promettait des lendemains angoissants.

— Le vieux lord finançait notre parti. Des fonds occultes, bien entendu, qui ne figurent dans aucun budget. Son apport était loin d'être négligeable, et sa disparition nous porte un coup plutôt rude. Le pasteur, lui, était chargé de convertir des religieux influents à notre vision du monde futur. Les prédicateurs pétrissent les âmes simples et le contenu de leurs discours demeure important. Sa mort nous prive d'un allié occulte. Quant au brave docteur Bolson, il infiltrait les milieux scientifiques à notre avantage, en promettant des postes à nos partisans déclarés. L'opinion des milieux intellectuels compte beaucoup aux yeux du gouvernement. Et surtout, pas de leçon de morale, inspecteur ! La politique a ses règles, et nos dirigeants ne songent qu'à la grandeur de la nation. La fin justifie forcément les moyens, et la naïveté conduirait à l'échec.

Higgins se garda de toute remarque. Il voulait entendre les ultimes révélations.

— Un seul ennemi connaissait le rôle réel du lord, du pasteur et du légiste. Un ennemi redoutable qui, au début de l'année, a tendu un piège mortel à plusieurs membres de la Chambre des communes et du cabinet privé de Sa Majesté. Nous avons arrêté un certain nombre de conspirateurs et d'assassins, mais pas leur chef, Littlewood. Il vous appartient de le retrouver, inspecteur. Sinon, il continuera à tuer et à menacer le régime. Mission difficile et périlleuse, j'en conviens.

— A-t-on la preuve de sa culpabilité ?

Le haut fonctionnaire ne cacha pas son irritation.

— Le gouvernement n'en doute pas. Donc, vous non plus.

Higgins soutint le regard de son interlocuteur.

— Je mènerai cette enquête à ma guise. Ou bien vous me donnez carte blanche, ou bien vous engagez un autre inspecteur.

Peter Soulina se resservit lui-même un whisky.

— On m'avait parlé de votre fichu caractère, admit-il, et je m'attendais à ce genre d'exigence. Entendu, Higgins.

— Je rechercherai ce Littlewood sans m'interdire d'explorer l'ensemble des pistes. Quand j'aurai arrêté le ou les assassins, vous manipulerez le tribunal à votre guise.

— Higgins ! Comment osez-vous ?…

— Pas de comédie, monsieur Soulina. Mettre des criminels sous les verrous est ma modeste contribution à la lutte contre le mal. Ensuite, des techniciens au service du pouvoir appliquent le droit, non la justice.

L'émissaire du gouvernement se leva.

— Ne perdons pas de temps à philosopher. Acceptez-vous de regagner Londres dès demain ?

Higgins opina du chef.

— Sa Majesté et l'Angleterre comptent sur votre efficacité, inspecteur. Littlewood est un destructeur, un fauve assoiffé de sang. Il faut l'empêcher de nuire.

L'inspecteur raccompagna son hôte envers lequel le chien Geb, pourtant fort sociable, ne manifesta pas la moindre marque de sympathie. Au regard méprisant de Soulina, Higgins comprit qu'il détestait les animaux.

Après le départ de l'intrus, Mary sortit de sa cuisine afin d'examiner l'état des sols.

— Il y aura du nettoyage, estima-t-elle. Et votre retraite n'aura pas duré longtemps.

7

La lettre du châtelain Andrew Yagab était si pressante que Belzoni et Sarah avaient décidé de se rendre à son invitation. Sous une pluie battante, leur berline tirée par deux chevaux progressait lentement sur un chemin boueux.

L'Italien regrettait la chaleur de l'Égypte, même écrasante. Mais il devait à présent s'imposer en Angleterre et adjoindre la richesse à la célébrité. Un bon réseau d'acheteurs d'antiquités lui offrirait une base financière saine, et il repartirait chercher de nouveaux trésors en majorant les prix.

Yagab était un roturier qui avait amassé une belle fortune en utilisant au mieux les conseils judicieux de ses amis banquiers de la City. Usurier impitoyable, escroc inattaquable, il avait légalement dépouillé un aristocrate gâteux de son manoir, renvoyé une partie du personnel et diminué les gages des employés restés à son service. Laide et revêche, son épouse passait son temps à confectionner des gâteaux immangeables et à martyriser ses domestiques.

Une curieuse passion animait le parvenu, celle de l'Antiquité égyptienne. Au fil de ses lectures, il s'était persuadé que les savants des pharaons avaient effectué de prodigieuses découvertes, peu à peu oubliées. La visite de l'exposition de Belzoni confortait son opinion. En cette époque de multiples inventions et de progrès techniques, l'exploration du savoir antique le mènerait probablement à des trouvailles majeures, susceptibles d'être monnayées.

— Ce bonhomme ne me plaît pas, dit Sarah. Quand il regardait la momie, il semblait prêt à la dévorer, tel un carnassier affamé ! Il ne nous apportera rien de bon.

— Je suis persuadé du contraire. Il possède de nombreuses relations dans le monde de la finance et pourrait nous procurer des clients.

— Des clients et des fonds… qui te permettraient de repartir en Égypte ?

— Pas avant d'appartenir à l'*establishment* londonien ! Les succès de mon livre et de l'exposition sont d'excellents premiers pas, encore insuffisants. À moi de gagner la confiance de gens importants, déterminés à reconnaître mes mérites. Nous habiterons une superbe maison et y recevrons le gratin. Rassure-toi, une armée de domestiques te délivrera des impératifs matériels !

Sarah embrassa amoureusement son mari. Il avait toujours rêvé et il continuerait. C'était à la fois sa force et sa faiblesse, et cette folie lui avait donné l'énergie nécessaire pour accomplir des tâches insensées.

D'immenses champs de céréales entouraient le manoir d'Andrew Yagab. Même si l'Angleterre se tournait résolument vers l'industrie, il fallait nourrir une population de vingt et un millions d'habitants, en forte croissance. En raison des *Corn laws*, les lois sur le blé, le prix du pain était maintenu à un niveau élevé, au désespoir des pauvres. Les grands propriétaires terriens, eux, profitaient de la situation.

Une bâtisse prétentieuse dominait des corps de ferme. La tour de style gothique lui donnait un caractère guerrier, et l'on s'attendait presque à voir surgir des archers aux créneaux. La voiture des Belzoni s'immobilisa devant un porche couvert de lierre.

Un domestique en livrée ouvrit la porte et aida Sarah à descendre.

— Je vous conduis auprès de M. Yagab.

Aux murs des couloirs, des têtes de cerfs et de sangliers empaillées. Trônant au milieu d'une vaste salle d'armes, le maître des lieux examinait à la loupe un pistolet ancien.

— Ah, Belzoni ! Ravi de vous revoir. Mes hommages, chère madame. Vous êtes ravissante.

Sarah demeura de marbre. Ce grand bonhomme mou aux dents de lapin jaunies la mettait mal à l'aise.

— Vous admirez ma collection, je suppose ? Des années de recherche ! L'ingéniosité humaine me fascine. Inventer ces engins de destruction a nécessité du génie, et nous ne cesserons de progresser. Néanmoins, il convient de rendre hommage au passé et de ne pas oublier les premières arquebuses ! Un archéologue de votre trempe, Belzoni, doit me comprendre.

— En effet.

— Personnellement, je ne bois que du jus de pomme. Peut-être préférerez-vous un alcool provenant de ma distillerie ?

— Volontiers, répondit Sarah. Nous avons besoin de nous réchauffer.

Les Belzoni occupèrent un canapé au tissu fatigué, Andrew Yagab une chaise rustique à dossier droit. Au-dessus de sa tête, une paire de tromblons.

Le domestique apporta une bouteille et deux verres qu'il remplit d'un liquide brun foncé. Frigorifiée, Sarah avala une lampée.

— Il n'y a pas que de la pomme, constata-t-elle.

— C'est un mélange, reconnut Yagab. Je le réserve à mes hôtes de marque. Vous voilà célèbre, Belzoni ! Je n'oublierai jamais cette fabuleuse momie et cet incroyable état de conservation. À propos, qu'est-elle devenue ?

— Je l'ai confiée au docteur Bolson, désireux de l'examiner. Certains détails nous ont troublés, et j'aimerais en savoir davantage.

— Des résultats ?

— Pas de nouvelles de ce brave docteur. Je ne tarderai pas à le relancer.

Andrew Yagab se releva et fit les cent pas. La mollesse de son allure aurait endormi un hystérique.

— M'avez-vous apporté un vase intact, Belzoni ?

De la poche de son ample vareuse, le géant sortit une fiole en albâtre. Les yeux du châtelain fixèrent le bouchon composé d'herbes desséchées et de paille.

— Vous m'en garantissez l'authenticité ?

— Je l'ai extraite d'un puits rempli de débris de momies.

— Des momies, répéta Yagab. Parfait, parfait !

Il tendit la main, Belzoni referma la sienne sur la fiole.

— Entre gentlemen, procédons d'abord à un arrangement. Cette merveille n'a pas de prix.

— Je l'ouvre, je regarde et je paye si le contenu m'intéresse.

Le géant éclata de rire.

— Vous n'êtes pas sérieux, monsieur Yagab ! Toute aventure archéologique comporte un risque. Au pire, vous disposerez d'une pièce unique, facile à revendre.

Une lueur de haine anima le regard éteint du châtelain. Même Sarah en fut effrayée.

— Ce n'est pas dans mes habitudes, Belzoni, mais j'accepte vos conditions. Patientez un instant, je vais chercher le nécessaire.

— Accepte ce qu'il te propose, murmura Sarah à

l'oreille de son mari. Ce bonhomme est malsain et dangereux.

L'atmosphère étouffante de la salle d'armes ne plaisait guère au colosse. Lui aussi avait hâte de quitter les lieux.

Le pas de Yagab résonna. Il réapparut, porteur d'une bourse.

Sarah se leva.

— Je m'occupe des comptes.

— La somme vous convient-elle, chère madame ?

Elle délia les cordons, examina le contenu.

— Parfait.

— Heureux de conclure cette première affaire ! Voici le début d'une fructueuse collaboration, annonça le châtelain.

— Nous devons rentrer rapidement à Londres, précisa la jeune femme.

— J'aurais aimé vous faire visiter mon domaine. Une prochaine fois, sans doute.

— Sans doute.

— Surtout, n'oubliez pas : si vous disposez de nouveaux récipients fermés et intacts, proposez-les-moi. À moi, et personne d'autre. Sinon, je serai extrêmement déçu. Je dis bien : extrêmement.

Le mot était lourd de menaces.

— À bientôt, clama le Titan de Padoue d'une voix ferme.

Les Belzoni partis, Andrew Yagab se hâta de regagner son laboratoire où il passait le plus clair de son temps. À l'orée d'une découverte qui lui rapporterait une fortune, il n'osait pas utiliser le trésor acheté à Belzoni lors du débandelettage de la momie. Auparavant, il préférait se servir d'une substance analogue et vérifier sa théorie.

Il ôta le bouchon du petit vase acheté à un prix prohibitif et scruta le contenu à la loupe.

Énorme déception.

De simples restes d'onguents collés aux parois.

De rage, Yagab fracassa le vase à coups de marteau.

Belzoni n'emporterait pas cette duperie au paradis. On ne se moquait pas impunément d'Andrew Yagab! Il avait néanmoins besoin de l'Italien pour se procurer le matériel nécessaire à la poursuite de ses recherches.

Le châtelain manipulerait ce géant prétentieux et son insupportable épouse, il obtiendrait d'eux ce qu'il désirait, puis il les briserait.

Une inquiétude subite lui serra la gorge. Et si cette sorcière lui avait jeté un sort? Il courut jusqu'au petit meuble décoré de diables ricanants et l'ouvrit avec la clé qu'il portait toujours sur lui.

Le précieux vase oblong n'avait pas disparu.

8

L'inspecteur Higgins ne revenait pas à Londres de gaieté de cœur, car il aurait préféré goûter une retraite heureuse à la campagne et ne plus affronter les turpitudes d'une capitale dont l'évolution ne lui plaisait guère. Certes, après vingt-cinq ans de conflits, l'Angleterre connaissait enfin la paix. En 1814, les États-Unis d'Amérique et l'Empire britannique avaient cessé les hostilités pour devenir des alliés. Et la mort de Napoléon à Sainte-Hélène, le 5 mai 1821, avait réjoui de nombreux pays européens. Cette fois, le tyran sanguinaire était hors d'état de nuire. Le nouveau roi de Grande-Bretagne et d'Irlande, George IV, saurait-il tirer profit de cette période heureuse ?

Né en 1762, régent en 1811, le nouveau souverain avait succédé à son père George III, devenu fou. Et son comportement de noceur et de flambeur couvert de dettes ne rassurait pas les responsables politiques. Le scandaleux procès intenté à son épouse, la reine Caroline de Brunswick, afin d'obtenir le divorce, et son comportement avec ses maîtresses rendaient le monarque impopulaire. Par bonheur, George IV ne gouvernait pas et laissait le pouvoir à ses ministres appartenant au parti tory, conservateur et défenseur de l'autorité royale.

Les *tories* avaient une obsession : éviter une révolution comparable à celle qui s'était propagée en France à partir de 1789, semant l'horreur, la mort et la destruction. Toutes les mesures permettant d'échapper à un tel désastre devaient être prises. Aussi les réunions publiques étaient-elles interdites. Juguler la voix de l'opposition suffirait-il à préserver le règne de troubles graves ? Le Parlement ne comprenait que des aristocrates et les grandes villes laborieuses, à la pointe du développement économique, n'y étaient pas représentées. Le chef du gouvernement, cependant, consentait à écouter les catholiques et les dissidents de l'Église d'Angleterre, désireux de voir promulguer des réformes.

La révolution industrielle faisait du royaume de Sa Gracieuse Majesté la première puissance mondiale. Exploitation intensive des mines de charbon, mécanisation des filatures, extension du réseau de canaux à travers le pays, amélioration des routes grâce à l'invention de MacAdam, premiers chemins de fer réservés au transport de marchandises créaient un nouveau paysage, peu apprécié du monde paysan. Quant aux bateaux à vapeur, ils apparaissaient comme des monstres hideux aux yeux des marins authentiques, adeptes du bois et de la voile.

La capitale ne cessait de croître, les riches et la classe moyenne s'enrichissaient, la classe ouvrière subissait de rudes conditions d'existence. Travaux pénibles, longues semaines de labeur, bas salaires, nourriture trop chère risquaient de déclencher des mouvements sociaux mettant le régime en péril. Le pouvoir était décidé à les étouffer dans l'œuf.

La criminalité connaissait une hausse redoutable, des bandes de voleurs détroussaient les braves gens. Réponse du gouvernement : nouveaux tribunaux et nou-

velles prisons, en oubliant de former un nombre suffisant de policiers compétents.

La calèche de l'inspecteur Higgins s'immobilisa
devant un immeuble récent, proche de Fleet Prison, un
établissement réservé aux riches détenus. Ils jouissaient
d'une vaste cour où ils pouvaient jouer aux quilles, au
tennis, lire assis sur des bancs et discuter de leur avenir.

Un policier en civil jaillit du porche et se chargea des
malles de Higgins.

— Bienvenue, inspecteur. Votre appartement est au
deuxième étage, la salle de réunion au premier. Désirez-vous dîner ?

— Plus tard. Veuillez convoquer l'ensemble de mes
collaborateurs. Le temps de m'installer, et nous ferons
le point.

L'émissaire du gouvernement, Peter Soulina, offrait
à Higgins un cadre confortable : salon cossu, bureau,
salle à manger, chambre à coucher douillette et salle de
bains munie des derniers équipements. L'inspecteur se
parfuma avec de l'eau de toilette Tradition Chèvrefeuille, fort appréciée au XVIᵉ siècle à la cour d'Eliza-
beth Iʳᵉ, lissa sa moustache poivre et sel, changea de
chemise et de redingote, puis vérifia son allure en utilisant une grande glace à la bordure dorée.

Lorsque Higgins franchit le seuil de la salle de
réunion, une dizaine de policiers se levèrent et fixèrent
leur nouveau chef à la réputation bien établie. De taille
moyenne, les cheveux noirs, les tempes grisonnantes,
l'air débonnaire et l'œil malicieux, l'inspecteur passait
pour l'un des meilleurs enquêteurs du royaume. Incorruptible, fort peu maniable, indifférent aux honneurs,
Higgins n'était guère impressionnant, à première vue.
Il avait pourtant le don de provoquer les confessions, et

très vite on s'apercevait qu'il prenait les situations en main.

— Merci de votre accueil, messieurs.

Un militaire se leva.

— Je suis le colonel Borrington, nommé par le gouvernement à la tête de cette unité spéciale, chargée de lutter contre les émeutiers qui veulent s'en prendre à l'institution monarchique. Notre rôle consiste à protéger l'Angleterre et le roi George IV. Longue vie à Sa Majesté !

Higgins hocha la tête.

— Asseyez-vous, je vous prie.

Âgé d'une soixantaine d'années, le colonel Borrington avait la tête et les épaules carrées. Son visage demeurait fermé en permanence.

— J'aimerais comprendre, dit Higgins d'une voix paisible. Cette brigade est-elle placée sous vos ordres, colonel, ou sous les miens ?

Borrington tira sur les pans de sa jaquette. Il se racla la gorge, évita le regard de l'inspecteur et affronta l'adversité avec courage.

— Le gouvernement nous confie une mission essentielle, et je respecterai strictement ses consignes. Mes hommes et moi-même sommes donc à votre disposition.

— Auriez-vous l'amabilité de me remettre les dossiers concernant les assassinats du pasteur, du lord et du médecin légiste ?

— Il n'a pas été nécessaire d'empiler des paperasses, précisa le colonel. Les faits sont clairs et les conclusions de notre enquête ne laissent aucune place au doute. Il s'agit de trois crimes politiques et symboliques. Les séditieux ont touché à la religion, à la noblesse et à la science, montrant leur volonté démoniaque de saper les bases de notre société.

— Auriez-vous cerné l'identité du coupable ?

— Ces meurtres abominables désignent Littlewood, l'âme damnée des conspirateurs qui cherchent à renverser George IV et à semer le chaos. Dépourvu de toute morale, ce monstre commet les pires atrocités. C'est pourquoi nous devons l'arrêter au plus vite.

— Disposez-vous de preuves ? demanda Higgins.

— Je viens de vous les donner. Seul Littlewood a pu martyriser ces trois malheureux.

— Avez-vous recueilli des indices… matériels ?

— Ne recherchez pas des détails inutiles, inspecteur, et préoccupez-vous d'un but unique : l'arrestation de Littlewood.

— Avez-vous établi un plan de bataille ?

L'hostilité du colonel baissa d'un cran.

— Bien entendu. Mes hommes savent comment ils doivent agir, et l'un de nos indicateurs nous fournira forcément la bonne piste.

— Remarquable, jugea Higgins. Il me suffit donc d'attendre des rapports circonstanciés.

— Voilà ! s'exclama le colonel, ravi. Votre réputation n'était pas usurpée, inspecteur, et nous travaillerons en bonne intelligence. Ne vous surmenez pas, profitez de notre belle capitale et comptez sur moi pour vous fournir les résultats de nos investigations. Ce Littlewood ne nous échappera pas.

— Pardonnez ma minutie, mais j'aimerais lire un rapport de police établissant les faits.

Le colonel remit à l'inspecteur un dossier comprenant trois feuillets.

— J'ai rédigé moi-même ces lignes, précisa Borrington, et je compte les transmettre dès demain aux autorités.

Chaque feuillet était consacré à l'une des victimes et décrivait à peine le crime. Vu la similitude des faits, le colonel concluait à l'existence d'un seul assassin, le conspirateur Littlewood.

— Excellent, jugea Higgins. Je n'ai pas besoin de signer. Après ce voyage, un peu de repos me sera bénéfique.

— Un domestique vous apportera vos repas, inspecteur. Commandez ce que vous désirez et n'hésitez pas à me prévenir s'il vous manque quelque chose.

En montant l'escalier, Higgins se demanda pourquoi le gouvernement, représenté par Peter Soulina, le roi des hypocrites, tenait à l'impliquer dans cette mascarade.

Une caution policière, l'approbation d'une enquête correctement menée... La parole de Higgins, rassurante, avait encore beaucoup de poids, et l'apparence de la légalité permettait au commando du colonel d'avoir les mains libres et de supprimer les opposants au régime rassemblés sous le nom de Littlewood.

Les autorités négligeaient un point important : lorsque l'on confiait une tâche à Higgins, il l'accomplissait jusqu'au bout. Il identifierait le ou les assassins du pasteur, du lord et du médecin légiste, en menant de véritables investigations.

Consulter le ridicule dossier du colonel lui avait procuré l'information nécessaire : les adresses des victimes. À l'aide d'un crayon finement taillé, il les nota sur un carnet noir en moleskine.

Quand le gardien de l'immeuble le vit sortir, il s'étonna.

— Inspecteur ! Vous ne deviez pas... dormir ?

— J'ai besoin d'air.

9

Noyant les îlots de verdure de la Tamise, le brouillard montait à l'assaut de la capitale. En raison des établissements industriels et des innombrables ateliers installés dans les quartiers pauvres de Londres, il se chargeait de pollutions diverses et rendait l'air irrespirable. Exhalaisons de produits chimiques, odeurs de peinture et de vernis engendraient une atmosphère crasseuse et souillaient les poumons des citadins.

Celui que les autorités nommaient Littlewood s'accommodait à merveille de ce brouillard[1] protecteur. Il en enveloppait son existence et dissimulait sa véritable identité afin de mieux préparer la révolution. Les Français avaient bien débuté, avant d'échouer de manière lamentable en laissant Napoléon s'emparer du pouvoir. Il aurait fallu poursuivre la Terreur, éliminer la totalité des récalcitrants et imposer partout la volonté du peuple.

Littlewood se consacrait à cette tâche immense. Lui saurait défendre la cause des miséreux et des opprimés, et prendrait la tête d'une vague géante qui détruirait des institutions désuètes. Éliminer des notables ne suffirait

1. Le terme de *smog*, désignant le brouillard typiquement britannique, n'était pas encore utilisé.

pas ; il devait s'en prendre au sommet de l'État et supprimer le roi George IV, libertin corrompu. À l'annonce de sa disparition, les foules se soulèveraient et désigneraient Littlewood comme leur sauveur.

Vu sa position, personne ne pouvait le soupçonner ! Dirigée par des incapables, la police ne parviendrait pas à l'identifier. Elle ignorait que ses indicateurs étaient au service de Littlewood et lui fournissaient une belle quantité de fausses pistes !

Et le chef des conspirateurs disposait d'un allié inattendu : la momie de Belzoni. Présent lors du débandelettage, il avait cru à une hallucination en contemplant ce corps intact, vainqueur de la dégradation et de la mort. Il comptait s'emparer de cette magie-là et l'utiliser contre ses adversaires.

Le directeur du St. Thomas Hospital était au bord de la dépression.

— Je n'ai jamais vu pareille horreur, inspecteur ! Mon respectable collègue, le docteur Bolson, a été massacré. Quelle créature démoniaque a pu commettre cette abomination ? Rendez-vous compte : on lui a percé la nuque puis extrait la matière cervicale par les narines !

— Un travail de momificateur, observa Higgins.

Le directeur en resta bouche bée.

— Êtes-vous sérieux, inspecteur ?

— Avez-vous retrouvé l'arme du crime ?

— La voici.

Le patron de l'hôpital remit à Higgins un crochet en bronze à l'extrémité recourbée, long d'une quarantaine de centimètres.

— L'un de vos instruments de chirurgie ?

— Pas à ma connaissance. Rassurez-vous, je l'ai soigneusement nettoyé. Le cadavre de mon malheureux confrère a été enterré le lendemain du drame, et la cause officielle du décès est une crise cardiaque. Selon les exigences des autorités, personne n'entendra parler de cette tragédie.

Higgins enveloppa le crochet dans un mouchoir de lin.

— À quel travail se livrait le docteur Bolson ?

Le directeur parut gêné.

— Vous n'allez pas me croire ! Il… il procédait à l'autopsie d'une momie que Belzoni, l'organisateur de l'exposition tellement en vogue, a rapportée d'Égypte. Une momie si admirablement conservée qu'elle paraissait vivante. Je lui ai donné l'autorisation d'utiliser, pendant la nuit, notre salle d'opération.

— Pourrais-je voir cette momie ?

Le directeur baissa les yeux.

— Hélas ! non… Elle a disparu. Quand j'ai contemplé l'horrible spectacle, il n'y avait plus de momie. Bolson était allongé sur la table d'opération, le crochet près de son crâne.

— C'est donc vous qui avez découvert le crime ?

— Pas tout à fait, inspecteur. La femme de peine, chargée de balayer les lieux avant l'arrivée des chirurgiens, fut la première à subir cette atrocité.

— Je souhaite lui parler.

— Inutile, je vous assure ! Cette brave employée n'aura rien à vous dire.

— Permettez-moi d'insister.

— À votre guise, mais vous perdez votre temps.

— Où habite-t-elle ?

— Dans une chambrette de l'hôpital, sous les toits. Je vous conduis.

Une pièce minuscule, une lucarne, un lit fatigué, une

commode branlante et une vieille femme frigorifiée, enveloppée d'un grand châle.

— Ce monsieur est policier, indiqua le directeur. Il désire vous poser quelques questions. N'ayez pas peur, ce sera bref.

— Ayez l'amabilité de nous laisser seuls, pria Higgins, débonnaire.

Mécontent, le patron du St. Thomas Hospital s'exécuta. L'inspecteur referma la porte et sortit de la poche de sa redingote une flasque métallique contenant du cognac, le seul remède contre le brouillard.

— Désirez-vous un petit remontant ?

Méfiante, la vieille huma le goulot. Satisfaite, elle s'offrit une belle gorgée.

— Fameux ! s'exclama-t-elle. Vous, au moins, vous ne maltraitez pas les pauvres gens. Heureuse de vous avoir connu... Maintenant, je dors.

— Qu'avez-vous vu en entrant dans la salle d'opération ?

— Écoutez, mon bon monsieur, le directeur m'a donné l'ordre de me taire. Sinon, je retourne à la rue, sans un penny. Alors, je me tais.

— Attitude compréhensible, reconnut Higgins. Néanmoins, la position de votre patron n'est pas aussi solide qu'elle y paraît. Étant doté des pleins pouvoirs, je peux l'arrêter pour violence à témoin et dissimulation de preuves.

La vieille se redressa.

— Vous blaguez ?

— Je veux éclaircir cette affaire, affirma l'inspecteur d'une voix paisible, et je n'ai pas l'intention de ménager quiconque. Me dire la vérité ne vous attirera aucun ennui.

La vieille se ratatina et considéra son interlocuteur avec attention.

— Malgré mon expérience, j'ai presque envie de vous faire confiance. Cette chambrette et mon métier de balayeuse, j'y tiens. Je dors bien, ici. Et côtoyer des macchabées ne me dérange pas. Vous me protégerez, c'est sûr ?

— Certain. Vos confidences resteront secrètes.

— Le cognac... Il en reste ?

La vieille vida la flasque.

— Je prenais mon service à cinq heures, précisa-t-elle, et je lavais la salle d'opération à grande eau. Un endroit terrifiant, mais on s'habitue à tout... Enfin, je le pensais ! Mon chandelier a éclairé un drôle de spectacle : un bonhomme en redingote noire, étendu sur la table en bois, les yeux défoncés, la tête ensanglantée. Moi qui ne crois à rien, je me suis signée ! Prise de panique, j'ai couru réveiller le directeur.

— Avez-vous vu une momie ? demanda Higgins.

— C'est quoi, ça ?

— La victime était seule, dans la salle d'opération ?

— Ben... oui.

— Avez-vous manipulé l'arme du crime ?

— Vous délirez, inspecteur !

— Pourtant, vous avez ramassé un objet.

La vieille se recroquevilla de nouveau.

— C'est pas vrai.

— Pourquoi me mentir ? Cet objet, je vous l'achète.

— Ah... Et vous ne direz pas que je vous l'ai vendu ?

— Je l'ai découvert moi-même, n'est-ce pas ?

— Je comptais en tirer un bon prix !

— Celui-ci vous convient-il ?

En voyant les billets, la vieille écarquilla les yeux. Une petite fortune inespérée qui lui permettrait d'améliorer l'ordinaire.

Elle s'agenouilla et plongea une main sous son lit pour agripper un livre taché de sang.

— Il était posé sur la tête du mort. Avec une reliure de cette qualité-là, ç'aurait été dommage de l'abandonner.

L'ouvrage était un recueil de psaumes. Il comportait un ex-libris au nom d'un pasteur dont les sermons enflammés incitaient les âmes simples à chasser hors de Londres les incroyants et les prostituées.

L'homme de Dieu avait signé son crime. Détail gênant : lui aussi avait été assassiné, puisqu'il faisait partie des trois victimes signalées par Peter Soulina, l'envoyé du gouvernement.

10

La momie reposait au sein d'une crypte, à l'abri des profanateurs et des assassins, momentanément sauvée de la destruction. Mais le débandelettage l'avait privée de ses défenses magiques et de sa capacité à traverser le temps. Peu à peu, sa puissance vitale s'affaiblirait et son âme-oiseau, le *ba*, n'aurait plus la force de voler vers le soleil et d'y puiser son énergie.

Son sauveur ne disposait que d'une année afin de lui redonner son intégrité originelle et de rétablir l'incorruptibilité du corps osirien qui n'était pas une simple dépouille humaine, mais la réalisation du Grand Œuvre alchimique, l'« accomplissement parfait de l'or », la chair des dieux. Tous les éléments dispersés lors de l'horrible spectacle organisé par Belzoni devaient être rassemblés et remis à leur juste place. Il en allait de la survie de cette exceptionnelle momie, chef-d'œuvre des embaumeurs égyptiens.

Chaque jour, le sauveur prononcerait les antiques formules rituelles qui retarderaient l'échéance fatale. Indispensable, la magie du Verbe ne suffirait pas à empêcher un désastre. Si la momie mourait, des forces de destruction la vengeraient. Des forces d'une violence qu'aucun progrès technique ne saurait contrecarrer. Négligeant le monde de l'âme, le monde moderne s'infantilisait et courait à sa perte en ne s'attachant qu'au visible, appendice minuscule de l'invisible.

Le médecin légiste Bolson ne massacrerait plus de momies, le pasteur fanatique hostile à l'Égypte s'était tu à jamais et le vieux lord, désireux de dépecer une nouvelle fois Osiris et de jeter à ses chiens les morceaux de son corps, venait de fournir un aliment de choix à la Dévoreuse, le monstre posté au pied de la balance du jugement des âmes et chargé d'anéantir les individus maléfiques, les condamnant ainsi à une mort définitive.

Le sauveur éleva les mains au-dessus de la tête de la momie. En jaillirent des lignes ondulées, expressions d'une énergie bienfaisante. Elle nourrissait le *ka* de l'homme endormi au visage souriant, sa puissance créatrice le reliant à celle des dieux. Il fallait conserver ce support, symbole d'éternité et véhicule de l'âme.

Les civilisés du XIXe siècle ne savaient rien de la mort et fort peu de la vie. Adeptes du progrès, ils réduisaient en esclavage une partie de l'humanité. En détruisant les momies au lieu de les préserver, ils coupaient les liens avec l'au-delà et se limitaient à une condition d'insectes périssables.

La tâche du sauveur s'annonçait difficile, voire impossible. Au moment du débandelettage, il ne s'attendait pas à la réapparition d'un être cher, surgissant des profondeurs du passé.

Les momies n'étaient ni des objets ni des vestiges archéologiques. Et celle-là avait bénéficié d'un traitement particulier, lui permettant de résider sur la frontière étroite séparant la vie de la mort. Il revenait au sauveur de l'amener du bon côté en écartant un à un obstacles et dangers.

L'examen attentif de la salle d'opération du St. Thomas Hospital n'avait pas procuré à Higgins de nouvel indice. Il décida de poursuivre son enquête en se rendant au domicile des trois victimes qui, heureux hasard, habitaient le West End et dans le même périmètre.

Excellent marcheur, Higgins profita de l'éclairage fourni par les becs de gaz et arpenta les trottoirs récemment pavés. Le Londres de George IV ne cessait de s'étendre, en particulier vers l'ouest où se développaient les beaux quartiers, abritant l'abbaye de Westminster, le Parlement, les ministères, les théâtres, les clubs, les parcs et les belles résidences des aristocrates et des riches. Grâce à l'architecte John Nash, l'urbanisme de la capitale connaissait une sorte d'âge d'or, réservé à ce West End peuplé de demeures imposantes aux porches encadrés de colonnes. Les maisons géorgiennes formaient des *terraces*, c'est-à-dire des alignements continus témoignant de l'opulence de leurs propriétaires. Nash avait réduit la place du bois en façade, privilégié le style monumental et les lourdes portes, sans dépasser trois étages.

Élément de confort capital, le *square*, espace vert et clos réservé aux résidents. Eux seuls en possédaient la clé, et nul pouilleux ne pouvait y pénétrer. Des platanes y dispensaient une ombre bienfaisante, et ces jardins privés fournissaient aux nobles, aux banquiers, aux hommes d'affaires et aux médecins l'impression de mieux respirer au cœur d'une ville en forte croissance.

À onze heures du soir, Higgins devait trouver un gîte. L'un de ses amis, appartenant au cercle étroit des têtes pensantes de la Banque d'Angleterre, résidait à deux pas. Conformément à leur code d'honneur, ils se prêtaient assistance en cas de nécessité.

Et le financier l'accueillit à bras ouverts, ne manquant pas d'extraire de sa cave une bouteille de vrai whisky écossais.

Tôt matin, Higgins se rendit au domicile du docteur Bolson. Âgée et souffrante, sa sœur aînée mit longtemps à ouvrir et afficha son hostilité. L'inspecteur réussit à l'amadouer, et la chétive personne l'autorisa à explorer l'intérieur austère où elle vivait en compagnie de son frère.

Pas la moindre trace d'une momie.

En revanche, une bibliothèque entière était consacrée aux œuvres des médecins de l'Antiquité. Le légiste avait rassemblé des centaines de dossiers de momies, dus à des voyageurs à la plume souvent incertaine. Des notes, de la main du défunt, résumaient ses analyses et ses projets, au premier rang desquels figurait l'autopsie de la momie de Belzoni.

Précédée d'une pelouse admirablement tenue, la résidence du pasteur ne manquait pas d'allure. Sa gouvernante, une Galloise rousse, secouait les paillassons quand Higgins se présenta.

— La police… Vous cherchez quoi ?

— Une momie.

— Cette maison est en deuil, inspecteur, et je n'ai pas envie de plaisanter.

— Me permettez-vous d'entrer ?

— Sûrement pas !

— Alors, préparez une petite valise.

La Galloise lâcha les paillassons.

— Qu'est-ce que ça signifie ?

— Que je vous emmène en prison.

— Moi, en prison ? Mais je n'ai rien fait de mal !

— Nous vérifierons. Je vous accuse d'obstruction à mon enquête et de dissimulation de preuves, en attendant pire.

— Entrez, inspecteur, et fouillez partout !

La confortable demeure à deux étages comprenait une dizaine de pièces. Deux d'entre elles avaient été converties en oratoire et en chapelle. Des images pieuses ornaient la totalité des murs, y compris ceux de la cuisine et de la salle d'eau. La chambre du religieux réservait une surprise : un dessin grandeur nature de la momie de Belzoni ! De nombreuses aiguilles étaient plantées dans la tête, le cœur, les mains et les pieds de l'Égyptien au visage paisible.

Triturant un mouchoir, la Galloise pleurnichait.

— Qui a découvert le cadavre de votre patron ? demanda Higgins.

— Moi, au petit matin, il y a quinze jours exactement, un dimanche. C'était un homme ponctuel, il prenait son petit déjeuner à sept heures douze précises. Son absence m'a étonnée, j'ai osé pousser la porte de cette chambre. Et là, là, j'ai vu…

Elle éclata en sanglots.

Higgins l'aida à s'asseoir et lui laissa le temps de s'apaiser.

— Le pasteur gisait sur son lit, la tête en sang. Un objet métallique lui transperçait les narines. Je crois… je crois qu'on lui avait vidé le cerveau !

— Un objet comme celui-ci ? interrogea l'inspecteur en lui montrant un crochet en bronze.

— Exactement le même !

— Qu'est-il devenu ?

— Le croque-mort l'a jeté. L'église a ordonné l'enterrement dès le lendemain, et l'on a annoncé que le pasteur avait succombé à une fluxion de poitrine. Quelle tristesse ! Depuis sa visite à l'exposition, il était obsédé par cette momie, au point de jeter un sort à quiconque s'entichait de l'ancienne Égypte. Ça devait mal finir, forcément. Pourquoi n'arrête-t-on pas l'assassin ?

— Le connaîtriez-vous ? s'étonna Higgins.

— Bien sûr, mais la police m'a ordonné de me taire ! Sinon, ce serait la prison.

— À moi, vous pouvez parler.

La Galloise fronça les sourcils.

— Et si c'était un piège ? Vous appartenez à la police !

— Je n'ai qu'un but : mettre le coupable sous les verrous.

La gravité du ton impressionna la gouvernante.

— J'ai peut-être tort, mais je vous fais confiance. L'assassin est un médecin légiste, le docteur Bolson.

— Des preuves ?

— Deux jours avant le drame, je leur ai servi un dîner qui s'est terminé en pugilat ! Le pasteur avait invité le légiste pour lui interdire d'autopsier la momie. D'après mon maître, il risquait de libérer des énergies redoutables. La seule solution consistait à la brûler. Le docteur Bolson lui a ri au nez, l'a traité d'obscurantiste et de fou furieux. Comme le pasteur l'a maudit en récitant un psaume de vengeance, le légiste lui a promis qu'il le tuerait plutôt que de le laisser toucher à la momie. Je me souviens encore de ses paroles : « Je vous étranglerai et je viderai votre cerveau d'arriéré ! » Et ce n'était pas une promesse en l'air…

Higgins prit des notes sur son carnet noir.

— Vous êtes le premier à qui je dis tout ce que je sais, inspecteur. Je n'aurai pas d'embêtements, c'est sûr ?

— Soyez tranquille.

L'inspecteur visita la maison du grenier jusqu'à la cave. Aucune trace de la momie disparue.

— Le pasteur n'a pas eu le temps de poster cette lettre, dit la gouvernante en remettant à Higgins un pli cacheté. Je préfère vous la confier.

La missive était adressée à Belzoni.

Higgins brisa le cachet de cire et lut les dernières lignes écrites par le pasteur :

Comme je vous l'ai déjà annoncé, le châtiment céleste vous frappera si vous ne brûlez pas immédiatement la momie que vous avez sortie des enfers. Seul Jésus-Christ a le droit de ressusciter les morts, pas les magiciens de l'ancienne Égypte. La momie menace la vraie foi. Exécutez-vous, ou bien je prendrai des mesures radicales.

11

La façade de la résidence londonienne du vieux lord s'ornait de deux statues monumentales, l'une représentant Diane Chasseresse, les seins nus, l'autre Hercule étranglant le lion de Némée. Puisque seize heures venaient de sonner, le code de politesse aristocratique permettait à Higgins de se présenter. Encore fallait-il frapper à la porte de manière correcte. Un seul coup, et aucun domestique n'ouvrirait au rustre se comportant de cette façon. Deux coups rapprochés et nerveux annonçaient le facteur. Une série de coups élégants et rythmés traduisaient la venue d'un gentleman, coiffé d'un chapeau à la mode, ganté et muni d'une canne.

Higgins observa le code, un valet de pied ouvrit.

— Monsieur désire ?

— Inspecteur Higgins.

— Aviez-vous rendez-vous ?

— Votre patron n'est plus en mesure d'en donner, semble-t-il.

Le valet eut un haut-le-cœur.

— Cette tragédie ne serait-elle pas close ?

— Je souhaite examiner les lieux.

— Cette décision n'est pas de mon ressort.

— Eh bien, emmenez-moi auprès du responsable.

Le valet guida le policier jusqu'à l'office où le maître

d'hôtel en jaquette distribuait leurs derniers gages aux membres du personnel qui devraient aller chercher fortune ailleurs.

— C'est une honte ! protestait une femme de chambre bien en chair. Ce vieux grigou nous payait une misère et maintenant, on nous congédie sans explications !

— Notre patron n'avait pas d'héritier, précisa le maître d'hôtel. Cette maison deviendra un club de chasseurs, et nous n'y avons pas notre place.

Higgins s'avança.

— Qui a découvert le cadavre ?

Les regards se tournèrent vers lui.

— Ce gentleman est inspecteur de police, révéla le valet de pied, l'air navré.

Le maître d'hôtel se haussa du col.

— Permettez-moi de m'étonner de cette visite incongrue. Notre maître a été inhumé, et le terrible accident dont il a été victime nous a sévèrement éprouvés. À présent, l'heure est au souvenir et au recueillement.

— Le terme « accident » est-il le bon ? s'étonna Higgins.

— En effet, trancha le maître d'hôtel, irrité.

— Bande de faux culs ! protesta la femme de chambre. Moi, j'ai vu le corps la première, et ça ne ressemblait pas à un accident !

— Veuillez garder votre rang, exigea son supérieur, choqué.

— Quel rang ? Je ne fais plus partie des esclaves de ce vieil avare et je dirai ce que j'ai à dire !

— Voudriez-vous me montrer les lieux ?

— Hors de question ! s'emporta le maître d'hôtel.

Le regard acéré de l'inspecteur le transperça.

— J'enquête sur un assassinat et je ne vous conseille

pas d'entraver mes démarches. Cette attitude m'incite-rait à envisager votre culpabilité.

— Inspecteur, vous n'y pensez pas ! Je suis innocent, je…

— En ce cas, faites-vous discret.

— Le domaine du vieux est au premier, indiqua la femme de chambre. Je vous guide.

Un escalier monumental menait à l'étage noble. Aux murs, des trophées de chasse.

— Le vieux était un sadique, révéla la domestique. Il prenait plaisir à massacrer des biches, des cerfs et des sangliers. Il tranchait même la gorge des chiens malades, incapables de suivre le rythme. Ici, c'était l'enfer. Interdit de parler en travaillant, interdit de faire du bruit, interdit de s'adresser aux visiteurs, interdit d'aller dans le jardin, interdit de grignoter en dehors des heures de repas, interdit de rire ! Lever à six heures, ranimer les braises, vider les pots de chambre, monter le petit déjeuner du tyran, jamais satisfait, changer les draps et tout le reste… Jamais un cadavre ne m'a autant réjouie ! Et pourtant, ce n'était pas beau à voir.

La vaste chambre ressemblait à un petit musée égyptien : des statuettes, des poteries, des fragments de stèles, des morceaux de papyrus et un cartonnage de momie.

— Le vieux s'est entiché de ces antiquités, précisa la femme de chambre. La momie, la momie… Il ne parlait que de ça ! À peine réveillé, il commençait son discours avec une hargne à faire peur. Le vieux voulait la racheter, la découper en morceaux et les jeter à ses chiens. Un fou furieux, je vous dis ! Et c'est lui qui a été débité comme une vulgaire pièce de viande. Un virtuose du scalpel lui a sorti le cerveau et les tripes. Grâces lui soient rendues ! Il nous a débarrassés d'un sale bonhomme.

— Avez-vous retrouvé ce scalpel ?

— C'était plutôt une sorte de crochet à l'extrémité recourbée. Quelqu'un l'a jeté, on a nettoyé le vieux lord et lavé la chambre. Afin d'éviter le scandale et de répandre la terreur, on a ramassé ses restes et on les a enterrés dans son domaine du Sussex. Cause du décès : chute de cheval, l'accident bête. Et nous, les domestiques, on ne reçoit même pas une prime pour nous taire ! De toute manière, on ne me croirait pas, et les autres ont trop peur de contredire les autorités. Oublié, le vieux pingre ! Sa haine des momies ne lui a pas porté bonheur.

Higgins examina chaque objet de ce macabre musée. Une boîte en nacre l'intrigua, car le verrou qui la fermait n'avait rien de pharaonique.

À l'aide d'un outil à multiples lames, cadeau d'un cambrioleur repenti, il ôta l'obstacle.

La boîte contenait une dizaine de lettres du pasteur fanatique, promettant au vieux lord une mort atroce s'il continuait à s'intéresser aux momies.

— Peu avant le drame, demanda Higgins à la femme de chambre, votre patron a-t-il reçu des visites... étranges ?

— Au moins une, celle d'un médecin légiste pressé de le voir.

— Connaissez-vous son nom ?

— Bolson. C'est à moi qu'il a remis sa canne et ses gants. Ce type m'a flanqué une sacrée frousse ! Alors j'ai écouté à la porte du salon où l'a reçu le vieux grigou. Une drôle de bagarre, je vous assure ! Le légiste l'a sommé de le laisser en paix et de ne pas convoiter la momie qu'il comptait autopsier. Sinon, il lui promettait de le découper en morceaux. Et il n'avait pas l'air de plaisanter ! La vieille bête a tenté de fracasser la tête du docteur avec un pot de fleurs, mais l'autre l'a repoussé. Et le légiste a réitéré ses menaces. À mon avis, vous n'avez pas besoin de chercher loin l'assassin de mon ignoble patron !

Après avoir pris des notes, Higgins tint à explorer la demeure du défunt. Le lord n'avait-il pas dérobé et caché la momie ? Ce mince espoir fut déçu.

La nuit tombait, Higgins marchait d'un pas lent en réfléchissant à ce qu'il avait découvert. Indifférent à l'agitation londonienne et à la circulation intense des fiacres et des calèches, il se sentait pris au piège d'une affaire redoutable, relevant peut-être d'un secret d'État. En ce cas, il n'en sortirait pas vivant, sauf s'il prenait la fuite.

Mais le caractère de l'inspecteur excluait ce genre de comportement, indigne de ses ancêtres au courage éprouvé. Chez les Higgins, la recherche de la vérité était la première des valeurs, quelles que fussent les circonstances et les difficultés.

Peter Soulina, l'envoyé du gouvernement, était un fieffé menteur. À l'évidence, on l'avait choisi en fonction de ce médiocre talent. En impliquant Higgins dans cette fameuse chasse au conspirateur, inventé de toutes pièces, le haut fonctionnaire donnait à sa machination une allure convenable.

Première constatation : un lien d'une force incroyable unissait les trois victimes, à savoir la momie de Belzoni.

Un fiacre ralentit en s'approchant de l'inspecteur.

Armé d'un pistolet, un homme se pencha et tira. Vu le bruit des innombrables roues parcourant la grande artère, la détonation passa inaperçue.

Sûr d'avoir touché sa cible, l'exécuteur des basses œuvres donna l'ordre au cocher d'accélérer.

Un cireur de chaussures vit Higgins s'effondrer et se précipita vers lui.

— Monsieur, monsieur ! Vous avez eu un malaise ?

L'inspecteur se releva. La balle avait déchiré l'épaule gauche de son épaisse redingote, et il en serait quitte pour une belle égratignure.

— Merci, mon garçon, je vais bien… À l'exception de mes bottines. Votre intervention me paraît indispensable.

Le cireur s'empressa de redonner une allure convenable aux chaussures de ce gentleman qui doubla la somme habituelle.

Parmi les qualités exigées d'un enquêteur, la mémoire des physionomies. Higgins n'oubliait jamais un visage, même s'il ne l'avait aperçu qu'un instant. Et celui du tireur ne lui était pas inconnu. Il s'agissait d'un des membres de l'équipe du colonel Borrington.

L'un des militaires mis à sa disposition afin de retrouver le conspirateur Littlewood avait reçu l'ordre de l'abattre. Autant dire que l'inspecteur suivait une piste qui déplaisait fortement au gouvernement de Sa Majesté.

12

— Comment me trouves-tu ? demanda Giovanni Battista Belzoni à son épouse. Le barbier m'a mis à la torture, et j'espère que le résultat en vaut la peine.

Le sourire aux lèvres, Sarah tourna autour de son mari.

— Je ne devrais pas l'avouer, mais tu es superbe. Toutes les femmes vont tomber amoureuses de toi.

— Sois tranquille, je ne rends visite qu'à un professeur d'Oxford triste comme la pluie.

— Juré ?

— Juré !

Le colosse prit délicatement Sarah dans ses bras.

— Tu es et tu seras mon seul amour, Giovanni.

— Nous sommes unis pour toujours, ma chérie. Ensemble, nous avons vécu le pire et le meilleur. À présent, je ne t'offrirai que le meilleur ! À moi de convaincre sir Richard Beaulieu de m'accorder le poste qui me revient de droit.

— Montre-toi patient et ne va pas trop vite au but. Les Anglais sont à cheval sur l'étiquette, et cet érudit prétentieux aime s'écouter parler.

— Tu connais mon sens de la diplomatie.

Sarah préféra garder le silence. La diplomatie du Titan de Padoue consistait en deux principes : foncer et détruire l'obstacle. Elle l'aimait ainsi et ne souhaitait pas le voir changer. En Égypte, ils avaient partagé des heures exaltantes et, lorsqu'il cédait au découragement, Sarah reprenait le flambeau et l'encourageait à continuer. Aventurier il était, aventurier il resterait.

Une averse ayant succédé à une ondée, les rues non pavées devenaient boueuses et la circulation difficile. Les piétons étaient maculés de boue, et les élégantes redoutaient de salir le bas de leurs robes luxueuses. Disposant d'un fiacre coûteux conduit par son domestique irlandais, Belzoni aurait le privilège de garder immaculés ses habits neufs.

Une légion de cantonniers nettoyait les artères principales et se chargeait de ramasser le crottin des milliers de chevaux parcourant les rues de la capitale. Un troupeau de moutons destiné à l'abattoir bloqua la progression de la voiture de Belzoni, inquiet à la perspective d'arriver en retard à son rendez-vous. Porcs et bœufs empruntaient le même chemin, en direction du quartier de Smithfield, et il n'était pas rare d'entendre les protestations de citadins affolés, noyés dans cette marée animale.

Le professeur Beaulieu habitait une maison ancienne de Tottenham Court Road que fermait un péage dont le produit servait à financer les fréquentes restaurations de cette artère très fréquentée. À dix-huit heures précises, Belzoni frappa plusieurs coups à la porte en chêne massif.

Un valet de pied lui ouvrit, prit son chapeau, sa canne et ses gants, et le conduisit au grand salon du rez-de-chaussée, jouxtant la salle à manger et la bibliothèque.

— Veuillez vous asseoir, sir Richard ne va pas tarder.

Belzoni préféra rester debout.

L'érudit appréciait le mobilier du XVIᵉ siècle et les lourds coffres en bois du Moyen Âge. Leur accumulation rendait l'atmosphère oppressante, d'autant plus que des tentures en velours obstruaient les fenêtres.

L'austère professeur, auquel toute expression de joie semblait étrangère, apparut.

— Bienvenue chez moi, Belzoni. Vous habituez-vous au climat ?

— Londres est la capitale du monde, et l'on doit se plier à ses règles.

— Excellente remarque, cher ami. Un doigt de porto ?

— Volontiers.

— Laissons le gin aux habitués des pubs et savourons ce nectar.

Pénétré de son importance, le professeur s'assit. L'Italien l'imita. Le valet apporta deux verres à demi remplis et s'éclipsa.

— D'après la rumeur, avança sir Richard, le succès de votre exposition ne se dément pas. Grâce à vous, l'Angleterre découvre les curiosités de l'Égypte ancienne. Le peuple s'émerveille et nous, les savants, ne tarderons pas à percer les secrets de cette civilisation vaniteuse.

— Vaniteuse ? s'étonna Belzoni.

— Vaniteuse et méprisable, confirma le professeur. Ces énormes pyramides, ces temples gigantesques, ces tombeaux démesurés… Quelles folies, construites au prix de la vie de milliers d'esclaves ! Les pharaons se prenaient pour des dieux et régnaient en tyrans.

— Je ne suis pas certain…

— Votre livre m'a beaucoup amusé, Belzoni. C'est

le récit d'un explorateur avisé, rempli d'anecdotes distrayantes. Moi, je vous parle de science. Quand Thomas Young, notre illustre érudit, aura déchiffré les hiéroglyphes, cette écriture infantile, nous comblerons les lacunes historiques et montrerons définitivement la supériorité de la Grèce et de Rome sur l'Égypte.

— La beauté des peintures de la tombe exposées…

— N'exagérez pas, Belzoni. Nous sommes en présence d'une production exotique, dépassant les limites du bon goût. Des divinités à tête d'animal sur un corps humain ! Mon Dieu, seul un cerveau malade a pu concevoir pareille monstruosité. Le public se lassera de ces stupidités, croyez-moi.

— Les Grecs ne vantaient-ils pas la sagesse des Égyptiens et n'attribuaient-ils pas une grande importance aux mystères d'Osiris ?

— Ne prêtez pas l'oreille à de telles balivernes, cher ami ! Les répéter vous discréditerait. Les Égyptiens étaient des primitifs, prisonniers de la magie, incapables d'accéder à une pensée rationnelle. À propos… Pourquoi désiriez-vous me rencontrer ?

Maîtrisant une colère naissante, Belzoni vida son verre de porto et fixa le savant.

— Rapporter à Londres le superbe sarcophage en albâtre qu'admirent des milliers de visiteurs fut une sorte d'exploit, affirma le Titan de Padoue. C'est l'un des chefs-d'œuvre majeurs de l'art pharaonique, il mérite d'être exposé au British Museum… À condition que l'on m'offre un prix convenable. Vu vos relations avec les conservateurs, pourriez-vous entamer les négociations ? Bien entendu, je ne me montrerai pas ingrat.

Le visage fermé du professeur devint franchement hostile.

— Selon notre souverain George IV, un gentleman se reconnaît au fait qu'il s'offre beaucoup de loisirs. Or, les loisirs exigent une certaine aisance matérielle. Néanmoins, en toutes circonstances, le vrai gentleman manifeste son mépris de l'argent. Aussi, monsieur Belzoni, votre proposition me choque-t-elle profondément. En conséquence, je n'ai rien entendu. Autre chose ?

Le géant garda contenance.

— Vous m'avez fait l'honneur de lire mon livre, un grand succès populaire.

— « Populaire », répéta le professeur d'un air dégoûté. Voilà le problème, Belzoni ! Le peuple n'a pas la capacité d'apprécier de véritables ouvrages scientifiques, et la vulgarisation est un péché mortel. Mettre le savoir à la portée de n'importe qui m'apparaît comme une faute impardonnable.

— Mes écrits sont les rapports d'un archéologue de terrain, pas d'un rat de bibliothèque ! tonna l'Italien. Il s'agit de contributions fondamentales à la science, et j'espère une reconnaissance officielle.

— Pardon ?

— Vous aurais-je choqué une seconde fois, sir Richard ?

— Pas choqué, stupéfié ! « Reconnaissance officielle »… Que souhaitez-vous donc, Belzoni ?

— Mon livre est la première étude sérieuse des antiquités égyptiennes. J'ai ouvert la pyramide de Khéphren, le temple d'Abou Simbel et la plus grande tombe de la Vallée des Rois, j'ai transporté le buste colossal du jeune Memnon[1] et découvert de nombreux vestiges d'une valeur inestimable. À l'évidence, une nouvelle branche de la science vient d'être fondée, et je me sens capable de transmettre mes connaissances à des étudiants.

Le professeur Beaulieu se gratta l'oreille.

— Envisageriez-vous… un poste d'enseignant ?

1. Ramsès II.

— Exactement, sir Richard. Votre position, à Oxford, vous autorise à m'imposer.

Les mains sur les genoux, l'érudit éclata de rire.

— Je n'ai jamais entendu pareille ineptie ! Vous, professeur... Auriez-vous perdu la raison ?

— L'étude de l'Égypte ancienne mérite de devenir une science, et je suis le mieux placé pour défendre cette cause.

— Belzoni, Belzoni ! Vous divaguez, mon pauvre ami ! Vous n'imaginez pas un seul instant le sérieux du cursus universitaire de nos étudiants d'Oxford et de Cambridge. De longues et dures années de travail forment des spécialistes hautement qualifiés. Vous, mon brave, n'êtes qu'un amateur et un aventurier, juste bon à distraire les foules. Quant à l'Égypte, ce pays de barbares, elle n'est qu'un conservatoire d'objets excentriques, aujourd'hui prisés par des collectionneurs naïfs. La mode passera.

Livide, le géant se leva.

— Refusez-vous de m'aider ?

— Le simple fait de poser cette question prouve votre stupidité, mon pauvre Belzoni ! Récoltez les fruits de votre exposition, vendez vos trouvailles et retournez en Égypte afin de regarnir votre stock. À Londres, vous n'avez pas votre place.

13

En apercevant Higgins, le planton hésita entre soulagement et colère.

— Inspecteur ! Le colonel Borrington est furieux. Il comptait vous faire rechercher par la police.

— Bonne journée, mon ami.

Higgins monta jusqu'au bureau du colonel et ouvrit la porte sans frapper.

Le militaire inexpressif sursauta.

— Où étiez-vous passé ?

— Réunissez immédiatement vos hommes.

— De quel droit…

— Je vous rappelle que vous êtes théoriquement sous mes ordres. Il est temps de mettre les directives du gouvernement en pratique.

En dépit du calme de Higgins, le colonel renonça à protester. Et l'on se retrouva dans la grande salle de réunion.

— Il en manque un, constata l'inspecteur.

— Exact, reconnut Borrington.

— Je désire revoir cet absent au plus vite.

— Impossible.

— Pour quelle raison ?

— Secret militaire.

— Veuillez convoquer Peter Soulina, colonel. Sinon,

votre carrière et celle de votre petite troupe s'achève-
ront de manière honteuse.

— Inspecteur, je…

— Dépêchez-vous.

Les petits yeux inquisiteurs de Peter Soulina exprimaient mécontentement et inquiétude.

— Des difficultés inattendues auraient-elles surgi ?
demanda-t-il à Higgins et à Borrington.

— J'exige la levée d'un secret militaire.

— Inspecteur ! Ce n'est pas le rôle de la police.

— L'un des subordonnés du colonel Borrington a
tenté de me tuer en tirant un coup de feu à partir d'une
calèche. Je me suis effondré, lui laissant croire qu'il
avait réussi. Et cet agresseur a disparu, lui qui appartenait à l'équipe mise à ma disposition.

Muet, au garde-à-vous, le colonel jeta un regard
désespéré à l'émissaire du gouvernement.

— Bon, reconnut Peter Soulina, il y a effectivement
un petit problème. Entre gentlemen, nous devrions parvenir à le résoudre.

— Si vous me disiez la vérité ? suggéra Higgins.

Le haut fonctionnaire fit lentement les cent pas,
mains croisées derrière le dos.

— La réalité n'est guère réjouissante, inspecteur. Le
comploteur Littlewood est un adversaire redoutable et
il utilise des méthodes déconcertantes.

— Par exemple, soudoyer un militaire, lui confier le
soin d'espionner le colonel Borrington et d'obtenir des
renseignements de première main relatifs à toute action
entreprise contre lui. En me voyant apparaître dans le
paysage, Littlewood a pris peur et décidé de me sup-

primer. Son homme de main me connaissait, il était donc le mieux placé pour intervenir rapidement.

Borrington en resta bouche bée.

— Comment… comment savez-vous ?

— C'est mon métier, colonel.

— Vous avez malheureusement raison, inspecteur, confirma l'émissaire du gouvernement. À la suite de la disparition de cet officier, une rapide enquête nous a prouvé qu'il avait été corrompu.

— Ce Littlewood est vraiment très fort, estima Higgins. Réussir à introduire l'une de ses créatures au sein d'un service secret, bel exploit !

— Vous comprenez mieux, à présent, l'inquiétude des autorités.

— Je comprends surtout que l'équipe actuelle du colonel Borrington est gangrenée et que la prochaine subira le même sort. Impossible de continuer ainsi. Ou bien je mène les investigations à ma manière, ou bien je rentre chez moi.

Perdu, le militaire chercha le regard de son supérieur. D'un hochement de tête irrité, Peter Soulina lui signifia la fin de sa mission. Penaud, le colonel sortit du bureau.

— L'incident est clos, décréta le haut fonctionnaire. Dès demain, une nouvelle escouade de policiers triés sur le volet sera prête à vous seconder.

— Inutile.

— Vous ne comptez pas affronter seul Littlewood !

— Notre police est gravement malade, précisa Higgins. Mes rapports ont souligné son état de déliquescence et le règne de la corruption, mais les dirigeants préfèrent fermer les yeux. L'unique chance de succès implique l'utilisation de mes propres réseaux, inconnus de Littlewood. Si Littlewood existe…

Peter Soulina eut un haut-le-cœur.

— Oseriez-vous en douter ?

— J'ose.

— Inspecteur ! Accuseriez-vous le gouvernement de je ne sais quelle machination ?

— Ce ne serait ni la première ni la dernière.

— Soyons sérieux, je vous prie ! Littlewood a déjà tué, et il est fermement décidé à fomenter une révolution afin de renverser le trône. Les meurtres du pasteur, du lord et du médecin légiste ne vous suffisent-ils pas ?

— Non, monsieur Soulina.

Le haut fonctionnaire cessa de faire les cent pas et occupa le fauteuil du colonel.

— J'aimerais des explications, inspecteur !

— Une enquête préliminaire ne m'a pas permis d'établir la culpabilité de Littlewood. En fonction des indices recueillis, les trois victimes se seraient entre-tuées. De plus, elles sont liées à une momie qui a disparu.

— Invraisemblable !

— Oui et non, jugea Higgins en consultant son carnet noir. Les faits sont têtus, les illusions innombrables. Il convient d'échapper aux idées préconçues, d'accumuler les matériaux et de ne pas obstruer le chemin de la vérité. Le légiste Bolson aurait supprimé le vieux lord et le pasteur, le pasteur tué le légiste. Indices matériels et témoignages corroborent cette version du drame.

Peter Soulina fronça les sourcils.

— Le vieux lord a été la première victime, n'est-ce pas ?

— Probablement. Le coupable serait le pasteur.

— Ensuite, ce fut son tour ?

— Le médecin légiste l'aurait supprimé.

— Dernier de la liste, le docteur Bolson !

— Assassiné par le pasteur, selon une preuve matérielle.

— Impossible, inspecteur, puisque le pasteur était mort !

— Ce détail ne m'a pas échappé.

— Quelqu'un a semé de faux indices pour vous égarer, et ce quelqu'un n'est autre que Littlewood, comme je vous l'avais dit ! Il s'en est pris à des symboles et des alliés du pouvoir, et il tente de vous faire tourner en bourrique.

— Admettons, concéda Higgins. Reste la momie.

Le haut fonctionnaire prit un temps de réflexion.

— Rassurez-moi, inspecteur… Vous ne croyez pas qu'elle soit sortie de la mort et qu'elle ait assassiné trois personnes ?

— L'Égypte est une terre mystérieuse, et nul ne conteste la puissance de ses magiciens.

— Nous sommes au XIXe siècle, rappela Peter Soulina, Ampère vient de découvrir l'électrodynamique, la science progresse à pas de géant, les superstitions s'effondrent. Et vous envisagez l'hypothèse d'une momie meurtrière ?

— Le pasteur, le lord et le médecin légiste voulaient la détruire. À sa place, comment auriez-vous réagi ?

— Cessons de plaisanter, Higgins, et recherchez Littlewood !

L'inspecteur exhiba le crochet en bronze.

— Voici l'objet utilisé pour tuer le docteur Bolson. Deux armes similaires, malheureusement jetées aux ordures, ont extrait le cerveau et les viscères du vieux lord et du pasteur.

— Pouah, quelle horreur ! Seul un maniaque du genre de Littlewood a pu commettre de telles atrocités.

— Serait-il un bon connaisseur des traditions de l'Égypte ancienne ?

— Pourquoi cette question ?

— Parce que cet objet est un crochet de momificateur, employé lors de la préparation du corps avant l'embaumement.

— De la mise en scène ! estima l'émissaire du gouvernement. Oubliez cette histoire de momie et n'ayez qu'un seul objectif : l'arrestation de Littlewood. Où vous contacterai-je ?

— C'est moi qui vous contacterai.

— Vous… vous n'avez pas confiance ?

— On a essayé de me tuer, monsieur Soulina, et les bâtiments officiels sont remplis d'oreilles indiscrètes. Donnez-moi une adresse confidentielle.

Le haut fonctionnaire la griffonna sur un morceau de papier.

— J'y serai tous les dimanches, promit-il.

14

Âgée de quatre-vingts ans, la duchesse en avait passé dix à grandir et soixante-dix à nuire à son prochain. D'une méchanceté constante, elle prenait plaisir à calomnier, à humilier et à détruire. En dépit de sa réputation de diablesse, elle demeurait une personnalité en vue, et quiconque désirait s'imposer à Londres devait assister, dans un salon d'honneur, à la cérémonie du thé.

Aussi Sarah Belzoni, qui préférait le désert de Nubie, s'était-elle sentie obligée d'accepter une invitation dont rêvaient les ladies dignes de ce nom. Il avait fallu acheter une robe à la dernière mode, mêlant soie rouge et broderie de dentelle.

— Vous êtes magnifique, avait jugé la couturière.

Sarah songeait à Giovanni. Il espérait tant de son entretien avec le professeur Beaulieu ! S'il se passait bien, il obtiendrait un poste d'archéologue à Oxford et serait délivré des soucis financiers. Adoubée par la duchesse, Sarah ouvrirait à son mari les portes de la haute société. Ensemble, ils prendraient possession d'un nouveau territoire et sauraient se défendre contre des prédateurs plus dangereux que des fauves.

Les invitées étaient au nombre d'une dizaine, issues de la meilleure société, à l'exception de Sarah, bête curieuse provenant d'un monde inconnu. Ses intimes reprochaient à la duchesse de l'avoir conviée, mais éprouvaient une excitation inédite à l'idée de dévorer l'ingénue, mal préparée à une telle épreuve.

Quand apparut l'épouse du Titan de Padoue, l'assistance fut frappée de stupeur. Grande, élégante, elle ne semblait nullement impressionnée.

Sarah détesta ce salon aux tentures fanées et aux sièges fatigués. Trop de tableaux représentaient des scènes de chasse à courre, et l'ensemble respirait le renfermé.

— Ravie de vous accueillir, ma chère, dit la duchesse de sa voix nasillarde. Asseyez-vous à ma droite.

« La place d'honneur », pensa une pimbêche au faciès de ouistiti.

Deux domestiques apportèrent une théière en argent, des tasses de porcelaine et un plateau couvert de biscuits et de canapés au saumon.

— Je ne bois que du thé blanc de Chine, rare et cher, déclara la duchesse. Et seule une eau de source parfaitement pure est tolérée, à l'évidence. Chaque étape de la préparation de ce délicieux breuvage est sévèrement contrôlée. Chez moi, l'addition d'un nuage de lait est autorisée.

Deux dindes gloussèrent de plaisir. Mille fois entendu, le discours de la duchesse continuait à les ravir.

— Comment surviviez-vous dans la brousse, chère Sarah ?

— Au Caire et à Louxor, outre les monuments pharaoniques, il subsiste des traces de civilisation. En revanche, les terres désolées du grand Sud rendent l'existence difficile.

— À Londres, la chaleur de l'été est déjà insupportable, observa une dinde. Là-bas, ce doit être l'horreur ! La sueur, la soif, les vêtements trempés, les odeurs… je n'ose même pas y penser !

— Sage précaution, estima Sarah.

Des rires étouffés saluèrent la remarque de l'étrangère.

— Cette année, reprit la duchesse, « la Saison [1] » est brillante. Les expositions de peinture et les concerts me paraissent remarquables, de beaux athlètes rendront plaisantes les régates sur la Tamise et les matchs de cricket ne manqueront pas de piquant. Nous voilà loin de la barbarie égyptienne !

À la satisfaction de l'assistance, la maîtresse de maison reprenait la main.

— Avez-vous fréquenté les indigènes ? s'inquiéta une baronne autrichienne, équipée d'un lorgnon en or massif.

— Sans eux, mon mari n'aurait pas réussi à rapporter en Angleterre autant de superbes objets.

— Ma pauvre petite, comme vous avez dû souffrir !

— Nous avons rencontré des gens de qualité, affirma Sarah.

Des murmures indignés parcoururent la petite cour.

— Goûtons aux merveilles de mon pâtissier, ordonna la duchesse.

Le grand salon se transforma en volière, et ces dames papotèrent à l'envi tout en se gavant. Sarah se contenta d'une tasse de thé.

— Vous détestez ces imbéciles, murmura la duchesse, et vous avez raison. Vu votre caractère et votre allure, chère amie, j'attends beaucoup de vous. Remuer cette boue, déclencher la tempête et mater ces

1. La Saison, *The Season*, durait de mai à août. Festivités, événements culturels et mondanités animaient le Tout-Londres.

cerveaux vides vous amuseront. À une condition, cependant.

Sarah dressa l'oreille.

— Un couple mal assorti conduit au désastre, mon enfant. J'ai entendu parler de votre brute d'Italien et je l'ai aperçu à l'exposition. Il est indigne de vous et ne saura pas s'intégrer à la bonne société. Quittez-le, épousez un aristocrate fortuné. Je vous présenterai d'excellents candidats, et vous choisirez. Suivez mes conseils, vous ne le regretterez pas. L'expérience permet d'être lucide.

La fière Irlandaise se leva et versa le contenu de sa tasse sur un tapis iranien de grande valeur.

Des exclamations outrées fusèrent.

— Ravie de ne plus vous revoir, duchesse, clama Sarah Belzoni en quittant les lieux.

Minuit approchait, Giovanni n'était pas rentré, et Sarah commençait à s'inquiéter. Les nerfs à vif, elle avait vidé quelques verres de gin, l'alcool du pauvre, et s'était débarrassée de sa robe d'apparat. James Curtain, le domestique, dormait depuis longtemps.

Enfin, la porte du petit hôtel particulier claqua, et le pas du Titan de Padoue fit craquer les marches de l'escalier.

Sarah se jeta dans ses bras. À son visage défait, elle comprit qu'il avait échoué.

— Donne-moi à boire, s'il te plaît. En sortant de chez ce maudit professeur, j'ai marché au hasard pendant des heures afin d'éteindre ma colère. J'aurais dû l'étrangler et le briser en mille morceaux !

— Ça n'aurait pas arrangé nos affaires, estima l'Irlandaise.

Belzoni s'empara de la bouteille de gin et s'assit sur le rebord du lit.

— Échec total ! avoua-t-il. Sir Richard Beaulieu m'a traité de rustre, d'aventurier et d'amateur. Il refuse d'intervenir auprès du British Museum pour faciliter l'achat du sarcophage en albâtre car, à son avis, l'exotisme égyptien passera bientôt de mode. L'exotisme… Pauvre type ! Il n'a aucune sensibilité.

— Nous nous débrouillerons sans lui, avança Sarah. Ce sarcophage est une telle merveille que nous le vendrons à prix d'or. Sir Richard s'en mordra les doigts. Et ton poste de professeur ?

— Il m'a ri au nez ! Moi, un archéologue de terrain, accéder à une chaire… impensable ! Je dois me contenter d'amuser le public et de distraire les âmes simples. Tant de mépris m'a profondément blessé, Sarah.

Elle lui caressa le visage.

— Les paroles des imbéciles et des prétentieux n'ont pas la moindre valeur, affirma Sarah. Imagines-tu ton professeur d'Oxford grimper la colline d'Abou Simbel ou assurer le transport d'un buste colossal ? Ce résidu de suffisance n'est qu'une ombre malsaine. Le vent l'emportera. Toi, tu es Giovanni Battista Belzoni, solide comme les falaises de la Vallée des Rois, et ta célébrité ne s'effacera pas. Ne renonce ni à la vente du sarcophage ni à l'obtention d'un poste officiel.

— Affronter cette jungle londonienne, ses prédateurs et ses pièges… Parfois, je perds courage.

— Je suis à tes côtés, Giovanni. À deux, nous sommes indestructibles.

— Comment s'est déroulé le thé de la duchesse ?

— De la pire des manières, révéla Sarah. Aux yeux de ces dames de la haute société, j'étais une bête curieuse, un spectacle à ne pas manquer ! Cette basse-cour à forte proportion de dindes m'a fait rire jusqu'au moment où la duchesse m'a proposé de te répudier et d'épouser un authentique gentleman.

Le colosse saisit les bras de son épouse.

— Cette vieille mégère a osé, elle…

— Rassure-toi, je ne serai plus invitée. Ma manière de boire le thé n'a pas dû lui plaire.

Belzoni s'allongea de tout son long.

— Je suis fatigué, Sarah. En déambulant, j'ai songé à cette magnifique momie qu'étudie le docteur Bolson. Pourquoi ne me donne-t-il pas les résultats de ses recherches ? Nous pourrions organiser ensemble une conférence.

— Demain sera un autre jour, mon chéri, et j'ai vu un nombre suffisant de momies aujourd'hui. Es-tu vraiment si fatigué ?

Quand elle dégrafa son corsage, l'Italien sentit une nouvelle vigueur l'animer.

15

Un épais brouillard recouvrait les quais de la capitale. Après une demi-journée de soleil, un vent mauvais rabattait les fumées. Tantôt vert sombre, tantôt brun orangé, la couleur de la Tamise n'avait rien d'engageant. Le fleuve devenait un égout où se déversaient les rejets des abattoirs, des tanneries et des brasseries. Des charognes passaient au fil de l'eau. Habitué à ce triste spectacle, le conspirateur Littlewood songeait aux pénibles conditions de vie des travailleurs de l'East End. Chaque jour, la corvée d'eau était un sérieux problème. À bien des endroits, un seul robinet desservait plusieurs maisons, et il fallait batailler pour avoir, tôt matin, une bonne place dans la file d'attente. On remplissait un maximum de seaux et de bassines et l'on devait souvent se rationner. Les riches, eux, prenaient des bains et lavaient leurs légumes.

Lorsque Littlewood détiendrait le pouvoir, il obligerait les aristocrates à servir les pauvres. Vêtues de haillons, les duchesses nettoieraient les planchers avec de l'eau souillée et les lords transporteraient des heures durant de lourds récipients. Les voir s'effondrer d'épuisement serait un magnifique spectacle.

Une image fascinait le comploteur : celle des têtes des nobles français tranchées et exhibées au bout d'une pique. Ces visages blêmes et ces yeux morts n'exprimaient plus d'arrogance. Seule une révolution sanglante modifiait vraiment les esprits.

Littlewood serra le manche de son couteau. On s'approchait.

Sortant de la brume, le policier corrompu qui appartenait à l'équipe du colonel Borrington. Un coup somptueux, réussi grâce à une prostituée de Whitechapel que fréquentait ce représentant de l'ordre public. Soit Littlewood le dénonçait à sa hiérarchie et mettait fin à sa carrière, soit l'imprudent se pliait à ses exigences, en échange d'une rémunération convenable.

Le policier n'avait pas hésité. À intervalles réguliers, il informait le révolutionnaire des projets du colonel Borrington qui, lors de ses tentatives d'arrestation, échouait de façon lamentable.

L'intrusion d'un émissaire du gouvernement, chargé d'une mission spéciale, avait intrigué Littlewood. En apprenant la nomination de l'inspecteur Higgins, un enquêteur de première force, à la tête d'une sorte de service secret, le conspirateur avait mesuré le danger. Cette fois, le gouvernement employait les grands moyens.

Réaction trop tardive, car les réseaux de Littlewood étaient solidement implantés. Une bonne partie des ouvriers de l'East End n'hésiteraient pas à se soulever, et la faiblesse des forces de l'ordre, morcelées et privées d'un véritable chef, serait un avantage décisif. Coureur de jupons et tête vide, George IV était incapable de diriger et abandonnait le pouvoir aux réactionnaires du parti tory que le guide de la révolution exterminerait de ses propres mains.

Habillé d'un pantalon de serge et d'une veste rapiécée, le policier ressemblait à l'un des innombrables traîne-savates cherchant du travail sur les docks.

— C'est fait ? demanda Littlewood.

— C'est fait. L'inspecteur Higgins ne se méfiait pas, mon fiacre s'est approché en douceur. J'ai tiré, il s'est effondré. Le cocher n'a pas compris tout de suite la situation, j'ai eu le temps de m'enfuir. Vous êtes définitivement débarrassé de ce gêneur.

— Beau travail, mon gars.

— Le colonel Borrington est un imbécile, mais il finira par comprendre mon rôle exact. À présent, selon vos promesses, il faut me cacher et me payer.

— Je tiens toujours mes promesses, déclara Littlewood, et je vais t'offrir un abri très sûr. Avant de quitter ton service, as-tu appris du nouveau me concernant ?

Les deux hommes marchèrent lentement, côte à côte, en direction d'un entrepôt.

— Vous pouvez dormir tranquille ! Le colonel sera muté dans une ville de province et son équipe dissoute. La mort de Higgins sapera le moral du gouvernement, et l'on en reviendra aux bonnes vieilles méthodes policières, à l'inefficacité mille fois démontrée.

— Reste un détail gênant, mon ami.

— Lequel ?

— Tu connais mon visage et mon véritable nom.

— Ce secret sera bien gardé, croyez-moi !

— Difficile d'avoir confiance en un traître, de surcroît policier. Une hypothèse me trouble : ne serais-tu pas, en réalité, au service du gouvernement et chargé de me manipuler ?

— J'ai tué un inspecteur et abandonné mon poste !

— Ne s'agirait-il pas d'un rideau de fumée ?

— Je vous jure que non !

— Ah, les faux serments ! J'en ai tant entendu, même de la bouche de mes meilleurs amis. On ne se méfie jamais assez, surtout lorsqu'on lutte contre le pouvoir en place.

Jaillissant du brouillard, trois costauds entourèrent le policier. La taille de leurs gourdins le glaça d'effroi.

— Ces braves dockers vont s'occuper de toi.

Le condamné tenta de s'enfuir.

Un simple coup de pied le jeta à terre. Et les gourdins entrèrent en action.

Indifférent au sort de ce médiocre devenu inutile, Littlewood s'éloigna. Le «plouf» du cadavre s'enfonçant dans les eaux sales de la Tamise lui arracha un demi-sourire.

Ses fonctions officielles le rendaient insoupçonnable et lui permettaient d'obtenir les fonds nécessaires à sa croisade. En avançant, il serait contraint d'éliminer d'autres déchets. La victoire finale était à ce prix.

Les joues ornées de superbes favoris, le médecin-chef du St. Thomas Hospital observa le Titan de Padoue comme s'il désirait poser un diagnostic.

— Vous me paraissez en excellente santé, monsieur Belzoni. De quoi souffrez-vous ?

— Je ne suis pas venu consulter, mais vous demander des nouvelles du docteur Bolson.

Le médecin-chef gratta ses favoris.

— Bolson, Bolson… Un médecin légiste ?

— En effet.

— Il n'appartient pas au personnel de l'hôpital.

— C'est pourtant ici qu'il comptait autopsier une momie.

— Une momie… Vous êtes certain ?

— Je l'ai ramenée moi-même d'Égypte et je l'ai confiée au docteur Bolson.

— Bizarre… Je n'ai pas entendu parler de ce genre

d'expérience et je ne connais pas personnellement cet honorable collègue. À votre place, je me rendrais à son domicile afin d'éclaircir cette affaire. Tâchez de garder la forme, Belzoni.

Le colosse rejoignit son fiacre et demanda à son domestique de forcer l'allure. James Curtain commençait à se débrouiller au sein de la circulation londonienne, de plus en plus démente. Les beaux quartiers du West End n'échappaient pas à la règle, et les cochers devaient faire preuve d'audace et de dextérité.

La pluie s'intensifia, les ruelles non pavées devinrent glissantes. James Curtain évita de justesse une calèche lancée à vive allure et atteignit sa destination à la tombée du jour.

Belzoni se rua vers la demeure du légiste et frappa à la porte de plusieurs coups puissants.

Un rideau se souleva.

— Qui est là ? demanda, de l'intérieur, une voix frêle.

— Belzoni, un ami du docteur Bolson. J'aimerais lui parler.

La porte s'ouvrit lentement.

Apparut une vieille femme ratatinée, fragile à se briser.

— Vous n'êtes pas au courant ? Mon frère est décédé.

— Mes condoléances, balbutia le géant, choqué. Comment est-ce arrivé ?

— Je ne sais pas.

— Une maladie, un accident ?

— Je ne sais pas.

— C'est impossible, madame ! On vous a forcément informée des causes de ce décès.

— Je n'ai rien à vous dire.

— Votre frère vous a-t-il parlé d'une momie ?

— Certainement pas.

Avec autorité, la vieille personne claqua la porte.

Dépité, Belzoni ne sentit pas l'averse mouiller son habit. Le docteur et la momie disparus… Que signifiait cet imbroglio ?

16

L'ami banquier de Higgins lui avait donné les clés d'un appartement confortable et discret de la City, situé au dernier étage d'un immeuble de bureaux comportant deux entrées. À la suite de l'attentat qui avait failli lui coûter la vie, l'inspecteur devait prendre un maximum de précautions et se trouver un logement sûr dont l'existence ne serait connue ni de l'émissaire du gouvernement ni des chefs de la police à l'intégrité douteuse.

Le Square Mile [1] de la City était le cœur de la finance et des affaires, assurant la prospérité et le rayonnement international du royaume. Dès l'an 45 après Jésus-Christ, des marchands et des corporations s'étaient installés là et, malgré le grand incendie de 1666, le quartier, renaissant de ses cendres, avait gardé sa vocation première. La Bourse se vantait d'être le siège de la tolérance, puisque aucune nation ne lui était étrangère et qu'elle n'excommuniait personne, les seuls hérétiques étant les malhonnêtes et les coupables de banqueroute. Fondée en 1694, la « vieille dame » de Threadneedle Street, autrement dit la Banque d'Angleterre, était née du cerveau d'un Écossais, William Paterson. Institution privée à l'origine et destinée à fournir

1. Le « Mille carré ».

de l'argent pour gagner la guerre contre les Français, elle était devenue la banque de l'État en 1766. En 1788, en dépit du peu d'espace à sa disposition, l'architecte et collectionneur John Soane avait aménagé un nouveau bâtiment, prenant soin de laisser un mur aveugle sur la rue en prévision d'éventuelles émeutes.

La nuit, la City se vidait et les rondes de police repéraient aisément les individus douteux. De plus, deux des subordonnés de l'inspecteur se relaieraient afin de surveiller l'immeuble où il résidait. D'abord sceptique à propos de l'existence même de Littlewood, Higgins considérait désormais comme probable l'organisation d'un complot voué à détruire la monarchie. La Révolution française démontrait que le pire était toujours possible. Jusqu'à présent, les troubles sociaux n'avaient ressemblé qu'à des convulsions, faute de coordinateur. Si Littlewood parvenait à remplir ce rôle, l'Angleterre risquait de vaciller, voire de sombrer. Et Higgins, chargé d'arrêter le meneur, représentait un obstacle majeur à éliminer d'urgence.

Affaire d'État et affaires criminelles s'entremêlaient. Cette sombre perspective aurait dû persuader l'inspecteur de retourner à la campagne et de goûter une retraite bien méritée.

Mais il y avait la momie, cette momie disparue qu'il désirait retrouver car elle était la clé, selon son intuition, d'une extraordinaire énigme. En poursuivant son enquête, ne toucherait-il pas à la frontière séparant la vie de la mort, tout en essayant de sauver son pays du désastre ?

Dès son jeune âge, Higgins s'était intéressé à l'Antiquité en général et à l'Égypte pharaonique en particulier. Plusieurs voyages lui avaient permis de découvrir pyramides, temples et tombeaux, et il avait passé de longues heures à méditer devant ces mystérieux chefs-d'œuvre. Les textes hiéroglyphiques préservaient une sagesse encore indéchiffrable dont l'ampleur finirait par ressurgir. De l'Anglais Thomas Young ou du Français Jean-François Champollion, qui serait le premier à lever le voile empêchant d'accéder au message des anciens Égyptiens ?

Le rôle central de cette momie disparue ne relevait pas du hasard. Le mot dérivait de l'arabe *moûmîya*, « cire, goudron », évoquant la substance utilisée lors de l'embaumement et donnant à certaines momies une apparence noirâtre. Elle ressemblait au pissalphate que les médecins musulmans utilisaient pour soigner à la fois les fractures et les nausées, et quantité d'autres pathologies. La chair de momie étant une matière fort abondante, on en prescrivit sans retenue. Selon le prestigieux savant Avicenne, manger de la momie guérissait la paralysie, les palpitations, les maux d'estomac, les abcès, les désordres du foie et l'épilepsie. On s'attaqua donc aux dépouilles des Anciens, et des milliers de corps osiriens furent découpés, réduits en poudre, ramenés à l'état de pâte et livrés aux apothicaires d'Alexandrie et du Caire. Des momies entières furent vendues aux Européens, avides de ce remède remarquable, et les paysans arabes ne cessèrent de profaner des tombeaux afin d'en extraire leurs précieux occupants. Un texte de 1424 précisait que les pillards faisaient bouillir les momies, recueillaient les chairs détachées des os et l'huile surnageant à la surface du liquide de cuisson. Allemands, Anglais et Français recherchaient un maximum de momies, complètes ou en morceaux, et les expédiaient dans leurs pays respectifs. À huit shillings la livre, au xviiie siècle, les affaires étaient florissantes !

Outre la caution médicale, de grands personnages approuvaient ce sinistre commerce. Ainsi François Ier

absorbait régulièrement de la chair égyptienne antique, persuadé de faciliter sa digestion. À la selle de son cheval était toujours accroché un sac de cuir contenant un fragment de momie.

Combien d'hommes, de femmes et d'enfants, rituellement embaumés, avaient disparu, victimes de la bêtise et de la cupidité ?

En 1582, une première voix, celle du chirurgien Ambroise Paré, s'était élevée contre la consommation de ces corps auxquels les Égyptiens avaient accordé tant d'importance et de respect. Son *Discours de la momie* affirmait qu'ils n'avaient pas à servir « de boire et de manger aux vivants ; cette méchante drogue, poursuivait-il, ne profite en rien aux malades, mais leur cause une grande douleur à l'estomac, avec puanteur de bouche, grand vomissement qui est plutôt cause d'émouvoir le sang et le faire davantage sortir de ses vaisseaux que de l'arrêter ».

Cette mise en garde ne suffit pas à interrompre le trafic de momies, et le gouvernement égyptien en vint à interdire l'exportation de ces cadavres antiques et à taxer lourdement les contrevenants. Les bonnes intentions freinèrent un peu le commerce, mais les prix augmentèrent et la raréfaction du produit attira davantage les amateurs.

Des incidents à répétition semèrent l'inquiétude. Un certain nombre de bateaux transportant des momies furent victimes de tempêtes, voire de naufrages, et l'on attribua ces malheurs à cette cargaison si particulière. Au terme d'une longue patience, les dépouilles des anciens Égyptiens ne commençaient-elles pas à se rebeller et à châtier les profanateurs ?

Les adeptes de la magie noire entrèrent en jeu. Se procurer une authentique momie pouvait accroître leurs pouvoirs et décupler leur efficacité. Chargées d'une puissance qu'ils détourneraient à leur profit, ces reliques ne leur offriraient-elles pas une arme décisive pour imposer le règne du Mal ?

Higgins prenait la menace au sérieux. À supposer que Littlewood fût l'auteur des assassinats du pasteur, du vieux lord et du médecin légiste, il avait lié son action à une momie, aujourd'hui introuvable, et utilisé un crochet de momificateur.

Dépourvue d'importance à ses yeux, il l'aurait abandonnée dans la salle d'opération du St. Thomas Hospital, à côté du cadavre du médecin légiste. Au contraire, il l'avait emportée, avec une intention évidente : s'en servir à nouveau, mais de quelle manière ?

Higgins affrontait une sorte de démon capable de manipuler des forces occultes afin d'assouvir ses ambitions. Et son chemin était parsemé de meurtres.

D'abord otage et victime, la momie ne s'était-elle pas transformée en alliée redoutable ? Présenter une telle hypothèse au gouvernement et à la police risquait de conduire Higgins chez les fous. Il devait donc se taire et poursuivre l'enquête en suivant son intuition. Retrouver la momie priverait peut-être le conspirateur de son arme fatale.

Comment suivre la bonne piste, sinon en interrogeant le meilleur connaisseur de l'archéologie égyptienne, le fouilleur aux découvertes spectaculaires et le « propriétaire » de la momie disparue ? Il était temps de rencontrer Giovanni Battista Belzoni et de savoir s'il était tout à fait innocent.

17

Belzoni décacheta la grande enveloppe. Il en retira un superbe bristol dont la lecture le combla d'aise.

— Une invitation à déjeuner au Traveller's Club ! Tu te rends compte, Sarah ? C'est l'un des endroits les plus huppés de la capitale ! Reconnaîtrait-on enfin mes talents ?

La sculpturale Irlandaise ne prit pas le temps de se vêtir d'une robe de chambre et parcourut à son tour l'épais carton.

— Je suis fière de toi, Giovanni.

— Hélas ! Je ne peux pas t'emmener. Les clubs sont réservés aux hommes.

— Même le pays de la liberté souffre d'imperfections. Oublions ce détail et préoccupons-nous de ton élégance. Je choisirai ton habit, et le barbier te fera un visage impérial.

Le regard du géant s'assombrit.

— Redouterais-tu la haute société britannique ? s'inquiéta son épouse.

— Non, je songe à la mort du légiste Bolson et à la disparition de *ma* momie. Qu'est-elle devenue ?

— Elle aura fini aux ordures après avoir été dépecée, comme tant de ses semblables.

— Triste destinée ! Parfois, je me demande si nous n'avons pas eu tort de malmener ces dépouilles et de…

Sarah embrassa son mari.

— Tu es l'hôte du Traveller's Club de Londres et probablement l'un de ses futurs membres. Quel chemin parcouru, Giovanni ! Quand nous sommes arrivés à Alexandrie, le 9 juin 1815, je savais que j'avais eu la chance de rencontrer un grand homme, capable d'accomplir des miracles. L'Égypte t'a offert ses trésors, et tu vas conquérir la capitale du monde.

Première artère londonienne éclairée dès 1807 par des becs de gaz finement ouvragés, Pall Mall [1] affichait la richesse de ses clubs parmi lesquels brillait le Traveller's, fondé en 1815, « lieu de rencontre entre les hommes qui voyagent à l'étranger, où ils reçoivent en qualité d'invités d'honneur les principaux membres des missions étrangères et les voyageurs de marque ». Seules des personnes remarquables de sexe masculin s'étant éloignées d'au moins mille miles [2] de Londres pouvaient espérer être admises au sein du club, au nombre restreint de membres s'interdisant de parler affaires et goûtant les joies de conversations distinguées.

De style italien, la façade du Traveller's Club impressionna Belzoni. À l'évidence, elle marquait une frontière séparant l'ordinaire de l'exceptionnel. À peine le seuil franchi, un chambellan qui connaissait chacun des membres s'interposa.

1. Ce nom dérive de « Paille Maille », un jeu ressemblant au croquet.
2. Environ mille six cents kilomètres.

— Puis-je vous aider, sir ?

— Je m'appelle Belzoni et j'ai reçu cette invitation à déjeuner.

Le chambellan examina le document.

— En effet, monsieur Belzoni. Bienvenue au club, je vous conduis à la bibliothèque.

Tapis colorés, fauteuils de cuir, cheminée en marbre, colonnes romaines surmontées d'une frise en stuc s'inspirant des bas-reliefs de la Grèce antique, travées remplies de livres de voyage faisaient de l'endroit un haut lieu culturel.

Mal à l'aise, le Titan de Padoue s'installa dans un angle de la vaste pièce. On lui servit un verre de champagne et de petits toasts nappés de caviar.

Un homme de taille moyenne, à l'élégance discrète et au visage ouvert et sympathique, s'avança vers lui.

— Heureux de vous rencontrer, monsieur Belzoni. Mon nom est Higgins. Permettez-moi de vous féliciter pour vos découvertes effectuées en Égypte.

Le colosse se releva. En Angleterre, il n'était pas d'usage de se serrer la main.

— Ce champagne est-il à votre goût ?

— Une merveille, mais…

— Vous vous interrogez sur les raisons de mon invitation ? La première est évidente : vous appartenez à la catégorie des voyageurs illustres, et ce club devait vous rendre hommage.

— Et… la seconde ?

— Vos lumières d'archéologue me seraient nécessaires, et j'ai réservé un salon où nous déjeunerons en toute tranquillité.

Le menu ne manquait pas d'agréments : filets de turbot à la crème, vol-au-vent de homard, coq de bruyère rôti et compote de pêches. Un pomerol charpenté soulignait la délicatesse des mets.

— Cinq années de fouilles ininterrompues ! rappela Higgins. Vous n'avez pas ménagé votre peine, monsieur Belzoni, la vieille terre d'Égypte vous a récompensé. Votre exposition est un franc succès, et vos découvertes vous assurent la célébrité. Comptez-vous reprendre vos explorations ?

— Pas dans l'immédiat.

— Rencontrez-vous des difficultés ?

— Autant vous l'avouer, mes ennemis sont nombreux ! Moi, je suis un homme de terrain et j'affronte l'adversité. Lorsque nous sommes arrivés en Égypte, mon épouse Sarah, mes domestiques et moi-même, personne ne nous a facilité la tâche, au contraire ! En raison de sourdes manœuvres, le maître absolu de l'Égypte, le pacha Méhémet-Ali, a refusé ma machine hydraulique qui aurait pourtant développé l'irrigation et soulagé les malheureux paysans. Il m'a humilié, moi, un ingénieur de formation ! Fasciné par la richesse des antiquités, j'ai décidé de partir à l'aventure et de ramener au jour des trésors oubliés. Tout ce que j'entreprends me passionne, et je m'engage à fond. J'ai vécu au milieu des Arabes, appris leur langue, couché dans des tombeaux, sillonné le désert, suivi les pistes menant à la mer Rouge et à l'oasis de Bahariyah. Malheureusement, monsieur Higgins, ce monde est peuplé de jaloux et de tordus ! Ils m'ont reproché mon esprit d'initiative, mes méthodes de transport des antiquités, ma manière trop directe d'explorer les monuments anciens et ils tentent aujourd'hui de souiller mon nom en niant mes mérites !

— Sans doute évoquez-vous l'attitude du consul général d'Angleterre à Alexandrie, Henry Salt [1] ?

_____

1. Né à Lichfield le 14 juin 1780 et mort à Alexandrie le 30 octobre 1827.

La fourchette de Belzoni demeura suspendue en l'air.

— Vous le connaissez ?

— On le considère comme un parfait gentleman.

— Salt, un gentleman ? Un magouilleur de première force, un parvenu incapable de reconnaître la valeur d'autrui !

— À vos yeux, avança Higgins, il rivaliserait donc de médiocrité avec le consul général de France, Bernardino Drovetti[1] ?

Belzoni s'assombrit.

— Mon pire ennemi, celui-là ! Il est à la tête d'un véritable gang de pilleurs d'antiquités et je me suis heurté plusieurs fois à ces bandits. Drovetti vient de retrouver le poste officiel que les Bourbons lui avaient ôté, et il cumule à présent les fonctions de consul, de pillard et d'ami de Méhémet-Ali ! À Louxor, ses hommes de main ont tenté de me tuer en m'accusant de vol d'antiquités. Mon domestique a été brutalement désarmé, et l'on a pointé sur ma poitrine un fusil à double canon. Des Arabes armés de bâtons me couvrirent d'injures et cette mauvaise troupe au service de Drovetti me promit les pires châtiments. Vu le nombre d'assaillants, je me crus perdu. Et l'on m'accusa d'avoir assassiné un homme qui s'était noyé pendant une traversée de Thèbes au Caire !

— Comment êtes-vous sorti de ce guet-apens ? demanda Higgins.

— Au moment où j'allais tenter de forcer le barrage, Drovetti en personne est apparu ! Muni de pistolets, son garde du corps était prêt à tirer. Ce brigand de consul m'a ordonné de descendre de cheval, un coup de feu a retenti derrière moi. Contraint d'obéir, je mis pied à terre. Alors, le ton de Drovetti s'adoucit. M'humilier et

1. Né à Livourne (Italie) en 1775.

prouver qu'il était le plus fort lui suffisaient. Tant qu'il serait présent, osa-t-il affirmer, je ne courrais aucun danger ! Aujourd'hui, ce maudit diplomate est tout-puissant.

— N'êtes-vous pas de taille à le terrasser ?

— Je suis un homme seul, monsieur Higgins ! Le tyran qui gouverne l'Égypte ne m'apprécie guère et n'écoute que Drovetti, le général d'une armée de for-bans. Salt me refusant son appui et jouant son propre jeu, ma marge de manœuvre est infime.

— La gloire acquise grâce à votre exposition et votre livre ne vous rend-elle pas inattaquable ?

Le géant vida son verre de vin, aussitôt rempli.

— J'aimerais le croire ! Pour écarter Drovetti et Salt, il me faudra un ordre de mission officiel et la partie n'est pas gagnée. À propos, cher monsieur... êtes-vous seulement un grand voyageur ?

— Ce n'est qu'un loisir instructif, reconnut Higgins.

— Pourrais-je connaître vos fonctions et la raison de votre invitation ?

Higgins fixa son interlocuteur.

— Je vous dois des précisions.

L'Italien se figea.

— Seraient-elles... gênantes ?

— Je suis inspecteur de police, monsieur Belzoni, et je mène une enquête particulièrement délicate.

— La police... Un crime... En quoi suis-je concerné ?

— Vous avez bien confié une momie au docteur Bolson, médecin légiste ?

— Exact, et j'ai appris son décès, sans parvenir à savoir si elle a été détruite !

— Il ne s'agit pas d'une mort banale, monsieur Belzoni, et votre momie est liée à trois meurtres.

18

Cette affirmation laissa Belzoni pantois.

— Difficile à croire, inspecteur !

— Je vous le concède volontiers, et vous êtes d'ailleurs la seule personne qui puisse considérer cette hypothèse comme plausible. Pour vous, la magie de l'ancienne Égypte n'est pas un vain mot.

— Je n'irais pas jusqu'à supposer une momie capable de renaître et de commettre des crimes !

— Même avec ceci ?

Higgins posa sur la table le crochet en bronze.

— Bel objet... un peu inquiétant ! Il servait à extraire le cerveau du cadavre avant l'embaumement.

— Je l'ai trouvé près du cadavre du docteur Bolson qui s'apprêtait à étudier votre momie, révéla l'inspecteur. Quelqu'un n'approuvait pas cette démarche et a supprimé le médecin légiste. Deux crochets similaires ont été utilisés pour massacrer un vieux lord et un pasteur décidés à détruire la momie. Ce dernier comptait vous adresser une lettre rappelant ses avertissements précédents. Si vous ne brûliez pas ce mort embaumé, ennemi de la vraie foi, un châtiment céleste vous frapperait.

— Ce malade mental a jeté des anathèmes lors du débandelettage, rappela Belzoni.

— Le vieux lord n'assistait-il pas au spectacle, lui aussi ?

— En effet. Je le revois avec sa canne et son attitude supérieure ! Un personnage odieux, imbu de ses privilèges et détestant les anciens Égyptiens.

— C'est bien lui. D'après un témoignage, votre momie l'obsédait. Et sa disparition m'inquiète.

— Elle était d'une exceptionnelle qualité, inspecteur. À dire vrai, je n'en avais jamais vu de pareille. Elle ressemblait davantage à un être endormi qu'à un cadavre desséché. Peut-être aurais-je dû interrompre cette extraordinaire cérémonie funèbre ! Mais les invités avaient payé une forte somme, et j'ai grand besoin d'argent. Vu la perfection de cette relique, j'ai confié au docteur Bolson le soin de l'examiner. Ne recelait-elle pas des secrets ?

Un vieux cognac s'imposait, l'Italien lui fit honneur. Et la chaleur de l'alcool lui donna envie de se confier.

— J'ai fouillé quantité de tombes, inspecteur, et contemplé des centaines de momies. Explorer ces caveaux n'est pas une partie de plaisir ! L'air manque, les poumons brûlent et on risque de s'évanouir. Souvent, on ne trouve pas de place pour poser le pied, il faut parfois ramper sur des silex et des débris de calcaire qui vous écorchent les mains et le visage. Un couloir, un autre, un autre encore, des salles au plafond bas ! L'angoisse vous saisit, vous vous demandez si vous ne descendez pas aux enfers. Suffoquant, vous avez besoin de vous reposer et vous vous asseyez… sur une momie que vous aplatissez comme un carton à chapeau ! Saisi de frayeur, je m'écroulai dans un fracas d'os brisés, de bandelettes et de fragments de sarcophages pourris. Pendant un quart d'heure, je demeurai d'une immobilité minérale, espérant le retour du silence. Bouger, et le vacarme reprenait ! Marcher, et l'on écrasait une nouvelle momie ! Et vous n'imaginez pas le nombre de grottes remplies de ces dépouilles, tantôt couchées, tantôt debout et collées contre les murs. Vous respirez la poudre provenant de la décomposition des corps embaumés et vous ressortez épuisé de leurs sépulcres où la mort vous frôle à chaque instant[1].

— Redoutable expérience, reconnut Higgins.

— Et réitérée plusieurs fois ! Lorsque je ne rentrais pas à Louxor, je m'établissais à l'entrée d'une tombe en compagnie de troglodytes arabes et je passais des heures à les interroger. Ils connaissaient les cachettes d'antiquités et vendaient leurs renseignements à des prix tellement invraisemblables que je devais durement négocier en ne montrant pas le moindre signe d'impatience. Leurs bêches ne servaient plus à travailler la terre mais à creuser le sol des tombeaux et pouvaient également fracasser la tête d'un curieux ! Une lampe, alimentée d'huile rance, éclairait les bas-reliefs et nos discussions interminables. Nous buvions du lait, mangions du pain et des volailles rôties dans un four chauffé avec… des débris de sarcophages et des ossements ! Les Arabes n'éprouvent aucun respect envers les crânes anciens dont ils tirent parti afin d'améliorer leur quotidien. Je devins aussi indifférent qu'eux, je vous l'avoue, à force de les fréquenter. Quand le sommeil venait, je me serais endormi au fond d'un puits de momies.

Le regard de l'inspecteur se fit perçant.

— Subir de telles épreuves exige du courage. Quel était votre véritable but, monsieur Belzoni ?

Ce drôle d'Anglais déstabilisait le Titan de Padoue. Malgré sa qualité de policier, il lui inspirait confiance.

— Les pilleurs arabes ne sont pas des imbéciles. « Si

---

1. Nous avons respecté la terminologie et le mode d'expression de Belzoni, de manière à bien percevoir ses émotions.

les étrangers attachent du prix aux antiquités, m'ont-ils dit, c'est qu'elles valent dix fois plus cher que ce qu'ils proposent de payer. » Moi, je ne m'intéressais pas qu'aux momies mais aussi à ce qu'elles cachaient : des amulettes, des bijoux et des papyrus. Et ça rendait les transactions ardues, car mes interlocuteurs avaient amassé de véritables trésors et ne les auraient pas bradés !

— Vu votre détermination, observa Higgins, vous êtes parvenu à négocier.

Le géant bomba le torse.

— Je m'en félicite, inspecteur ! Il faut apprendre à connaître ces gens-là et ne pas les mépriser. En vivant à leurs côtés, en parlant leur langue et en respectant leurs coutumes, je les ai apprivoisés. Les prétentieux et les impatients échouent.

— Vous, vous avez réussi.

Belzoni se resservit du cognac.

— Moyennant une rétribution convenable, on m'a conduit aux bons endroits, et j'ai récolté des merveilles. La science ne devrait-elle pas se montrer reconnaissante ?

— Vous commencez à récolter les fruits de votre labeur, et ce n'est qu'un début.

— Merci de cet encouragement, inspecteur.

— Reste mon problème de momie. Selon vous, les Égyptiens seraient-ils parvenus à vaincre la mort ?

— Certainement pas !

— La légende d'Osiris, assassiné et ressuscité d'après les mystères que relate l'initié Plutarque, ne vous trouble-t-elle pas ?

— Une légende reste une légende, affirma Belzoni, et l'imagination s'enflamme aisément au contact des anciens Égyptiens. Néanmoins...

— Néanmoins ?

— En certaines circonstances, il est vrai, j'ai éprouvé une sorte de trouble. Ne vous méprenez pas ! Nous sommes à l'époque de la science, les progrès techniques me passionnent et nous autres Occidentaux connaissons la valeur de la raison. Bientôt, les superstitions auront disparu.

— Mais pas les momies, objecta Higgins. Et si notre science était inapte à percer leurs mystères ?

— Le docteur Bolson aurait dû nous éclairer ! Cette mort horrible…

— Soupçonneriez-vous quelqu'un, monsieur Belzoni ?

La question stupéfia le colosse.

— Vraiment pas, inspecteur !

— Même en réfléchissant ?

— Assassiner trois personnes et voler une momie… Ça n'a pas de sens !

— Oserai-je solliciter un privilège ?

— Je vous en prie, inspecteur.

— Auriez-vous l'extrême obligeance de me faire visiter votre exposition et de commenter les chefs-d'œuvre que vous avez rassemblés ?

— Ce sera un honneur. Votre jour préféré ?

— Le plus tôt sera le mieux.

— Pourquoi pas ce soir, après la fermeture au public ?

— Parfait, monsieur Belzoni.

Une dernière gorgée de cognac, et les deux hommes sortirent du Traveller's Club où d'illustres voyageurs fumaient la pipe et le cigare en lisant des récits d'explorateurs.

Légèrement éméché et troublé par cet entretien, le Titan de Padoue heurta une élégante. Elle laissa tomber son ombrelle et aurait heurté un bec de gaz si Higgins ne l'avait pas retenue d'extrême justesse.

— Mes excuses, clama l'Italien, rouge de confusion. Vous n'êtes pas blessée, j'espère ?

— Pas de douleur insupportable, dit la jolie brune aux yeux verts dont la robe valait une fortune.

— Vous… vous n'auriez pas assisté au débandelettage de ma momie ?

— J'ai eu ce privilège, monsieur Belzoni. Permettez-moi de me présenter : lady Suzanna. En dépit de cette rencontre un peu brutale, je suis ravie de vous revoir et de vous féliciter pour nous avoir révélé tant de splendeurs.

— Me pardonnez-vous cette maladresse ?

La jeune femme prit un air mutin.

— À une condition : accordez-moi une visite privée. Grâce à vos explications, ces œuvres mystérieuses commenceront à parler. Disons… ce soir ?

— Je vous aurais volontiers donné satisfaction, mais je viens de réserver cette soirée à l'un des membres du Traveller's Club, M. Higgins, ici présent.

— Je m'efface au profit de lady Suzanna, intervint l'inspecteur.

— Votre courtoisie est celle d'un gentleman, constata la séduisante aristocrate. Je propose une solution : notre archéologue accepte-t-il deux visiteurs privilégiés ?

— Je suis à votre disposition, consentit Belzoni.

— Et vous, monsieur Higgins, tolérerez-vous une curieuse des mystères de l'Antiquité ?

— Votre présence inespérée est un cadeau des dieux égyptiens, lady Suzanna.

La jeune femme sourit.

— À ce soir, vingt et une heures, à l'Egyptian Hall.

Un fiacre s'arrêta, elle y monta d'un geste souple, et le véhicule s'éloigna.

— Elle paraît indemne, jugea Belzoni, soulagé.

— Vous avez oublié de lui rendre son ombrelle, remarqua Higgins.

Le géant tenait le fragile objet d'une main ferme.

— Où ai-je la tête ! Quelle charmante personne, n'est-ce pas ? Le hasard nous réserve bien des surprises.

— Il en existe de plus désagréables, reconnut Higgins.

19

En présentant son exposition à lady Suzanna et à Higgins, Giovanni Battista Belzoni s'enflamma.

— Ne trouvant pas de modèles à imiter, les Égyptiens furent obligés de créer. La nature les avait dotés de facultés tellement heureuses que leur génie pourrait encore, aujourd'hui, nous fournir des idées nouvelles après toutes celles qu'on leur a empruntées ! Les Grecs ont tout puisé dans l'architecture égyptienne. Ce qui rend admirables les sculptures du temps des pharaons, c'est la hardiesse de l'exécution. Imaginez les calculs nécessaires pour dresser les statues colossales sans négliger le moindre détail ! Il fallait pourtant adapter les proportions de la tête, destinée à être contemplée de loin. Sinon, l'ensemble aurait manqué d'effet. Et quelle patience pour sculpter les hiéroglyphes et peindre ces figures innombrables qui décorent les temples et les tombes !

Face aux dessins représentant les scènes fabuleuses de la demeure d'éternité du pharaon Séthi Ier, Belzoni se souvint de ce mois d'octobre 1817 au cours duquel il avait découvert la plus grande et la plus belle tombe de la Vallée des Rois. D'aucuns l'accusaient d'avoir défoncé la porte à coups de bélier, mais lui se rappelait surtout son émerveillement. La longueur incroyable de ce monument creusé au cœur de la roche, le nombre phénoménal de salles décorées, ce parcours menant du monde apparent à la salle de résurrection… Il fit revivre chacun de ses pas à ses deux invités, immergés dans un univers peuplé de divinités.

— Restait-il des trésors ? demanda lady Suzanna.

— Les pillards avaient emporté les innombrables chefs-d'œuvre remplissant la tombe, déplora Belzoni. Je n'ai recueilli que quelques figurines de terre cuite vernissées et peintes en bleu [1]. Restaient également des statues en bois destinées à contenir des papyrus et des fragments d'autres sculptures. Mais au centre de la salle du Taureau [2] m'attendait un sarcophage qui n'a pas son pareil au monde !

Belzoni, lady Suzanna et Higgins contemplèrent ce monument unique en albâtre, le clou de l'exposition.

— Regardez, dit l'Italien en utilisant une lampe, il devient transparent quand on place une lumière derrière l'une de ses parois ! Vous distinguez alors son décor sculpté, formé de centaines de petites figures qui n'ont pas plus de deux pouces de haut. Jamais l'Europe n'a reçu de l'Égypte une pièce antique de la qualité de celle-ci !

Lady Suzanna et Higgins partagèrent la fascination du découvreur.

— À votre avis, demanda la jeune femme, quelle est la signification de ces scènes ?

— Je songe à une sorte de procession funéraire et à

1. Les *ouchebtis*, chargés d'effectuer certains travaux à la place du ressuscité dans l'autre monde.
2. Ne pouvant pas déchiffrer le nom du roi, Belzoni qualifia la demeure de Séthi Ier de «tombe de l'Apis», en raison de la découverte d'un taureau momifié.

des symboles protecteurs du roi reposant dans son sarcophage [1].

— Sa momie avait disparu, je suppose ?

— Hélas ! oui, et le couvercle également. Nous en
trouvâmes quelques fragments ici et là, mais impossible
de le reconstituer. Ayant pris des empreintes des
bas-reliefs, et terminé les modèles et les dessins de cette
tombe royale, je m'occupai d'en retirer ce sarcophage
d'albâtre. Une entreprise très délicate, car le moindre
choc risquait de briser les parois. Une vigilance de
chaque instant me permit d'éviter les accidents. Sitôt à
l'air libre, mes gens apportèrent une forte caisse et l'on
y glissa la merveille. Ensuite, long et pénible déplacement jusqu'au Nil ! Un terrain inégal, du sable, des
cailloux, les brûlures du soleil… Vous n'imaginez pas
la dureté de ce voyage. À l'exemple des anciens Égyptiens, nous utilisâmes des rouleaux et nous mouillâmes
le sol. Et le sarcophage parvint au bateau à destination
du Caire. Puis Alexandrie et… Londres ! Et je ne regrette
pas d'avoir sauvé ce sommet de l'art pharaonique : peu
de temps après mon exploration, et en dépit de la rigole
que j'avais ordonné de creuser afin de détourner les eaux
de pluie, la tombe fut inondée. Mes consignes n'ayant
pas été respectées, un torrent emplit les galeries, et plusieurs bas-reliefs furent abîmés, notamment aux angles
des piliers des portes. Des figures entières étaient tom-
bées, et je m'évertuai à réparer les dégâts. La vue de ces
dégradations me causa une peine immense.

Ému, Belzoni caressa *son* sarcophage. En le vendant
au British Museum, il gratifierait l'illustre institution
d'une pièce unique et poserait la base de sa fortune.

1. Il s'agit, en réalité, de scènes extraites des « Livres funéraires
royaux ». Ils retracent le parcours souterrain du soleil, auquel est
assimilée l'âme du pharaon, et sa renaissance.

Higgins tourna autour du monument. Il rêvait de l'instant où les hiéroglyphes, devenus lisibles, recommenceraient à parler. Cette cuve de pierre, porteuse de symboles, n'était-elle pas un livre entier dont le contenu magique préservait l'âme du pharaon ?

L'ombre d'une souffrance ternit le regard de l'Italien.

— Un souci ? s'inquiéta lady Suzanna.

— Quand j'ai ouvert la porte de ce sublime tombeau, déclara Belzoni d'une voix sombre, j'ai cru que l'on reconnaîtrait mes mérites. Au lieu de ça, les journaux en provenance d'Europe fomentèrent un véritable complot contre ma personne. On tentait de me discréditer, on ignorait l'importance de mon travail, on passait sous silence mes découvertes et on les attribuait même à d'autres ! J'ai écrit de nombreuses lettres rétablissant la vérité, mais les rumeurs et les mensonges n'ont pas cessé. Des langues de vipère ont osé prétendre que des Arabes avaient déjà visité mon tombeau et que je les avais payés pour m'en désigner l'entrée ! J'ai supplié le consul Drovetti de rétablir les faits et je me suis engagé à verser cinq cents piastres à quiconque prouverait avoir pénétré dans ce sépulcre avant moi ! Et personne, bien entendu, ne s'est présenté.

— Existe-t-il une sorte de chef d'orchestre capable d'organiser ce complot destiné à vous détruire ? interrogea Higgins.

— Je l'ignore, avoua le géant.

— L'identifier ne serait-il pas la principale raison de votre retour en Angleterre ?

— Je devais quitter l'Égypte afin de présenter les preuves de ma compétence en publiant un livre et en organisant cette exposition.

— Réussite totale, monsieur Belzoni.

— Je n'en suis pas si sûr ! Il me reste encore du chemin à parcourir, et mes ennemis ne me laisseront pas le champ libre.

— En comptez-vous tellement ? s'étonna lady Suzanna.

— J'en ai peur !

— Je vous sens de taille à les affronter, surtout avec la protection des divinités égyptiennes.

— Accorderiez-vous de l'importance à cette très ancienne religion ? demanda Higgins.

— Je ne crois pas à notre absolue supériorité et je déplore le manque de respect envers les Anciens, confessa la jeune femme. En regardant ces dessins et ce sarcophage, nous sommes épris d'admiration et nous constatons notre ignorance. Des secrets essentiels ne se dissimulent-ils pas derrière ces figures énigmatiques ?

— Elles ne le seront peut-être plus longtemps, prophétisa Belzoni. Un érudit anglais, Thomas Young, est sur le point de les déchiffrer.

— Ne croyez-vous pas aux chances de Champollion ? s'étonna l'inspecteur.

— Pas une seconde ! Il a trop de retard.

Lady Suzanna examina un modeste coffret contenant des morceaux d'étoffes.

— Elles ont servi aux momificateurs, expliqua l'Italien.

— Tous les Égyptiens étaient-ils momifiés ?

— Pas les miséreux, dont les cadavres séchaient au soleil avant d'être enveloppés dans une toile grossière et entassés au sein d'un caveau collectif. Ils s'y trouvaient mêlés à des momies de vaches, de brebis, de renards, de poissons, d'oiseaux et même de crocodiles ! Ces caveaux-là n'intéressent guère les pillards. Ils ne contiennent ni bijoux ni papyrus, seulement ces pauvres dépouilles. Les gens aisés se payaient un sarcophage en sycomore décoré de scènes relatant des moments de leur existence, et l'on y déposait un rouleau de papyrus. Les momies des prêtres bénéficiaient d'un traitement spécial : bras, jambes, doigts des pieds et des mains enveloppés séparément, nombreuses bandelettes de lin entrelacées, bracelets, sandales de cuir. Et les tombes des rois et des nobles contenaient une multitude de richesses, des objets en or, des statues, des vases de pierre, des récipients à viscères, comme si les morts avaient voulu s'entourer de ce qui servait à l'entretien de la vie.

— Votre admirable momie, au visage rayonnant, tellement éloignée de l'idée que nous nous faisons du trépas, était forcément un grand personnage, avança lady Suzanna.

— Un roi n'aurait pas été mieux traité, reconnut Belzoni.

— D'où provenait-elle ?

— De Thèbes.

— Un tombeau précis ?

— Je l'ignore. Le sarcophage avait été sorti de sa cachette, et les Arabes ne m'ont pas donné de précisions. Le nom et l'histoire de ce noble figurent sur des bandelettes inscrites, et nous connaîtrons un jour son nom.

— Qu'est devenue cette momie ?

Le géant se sentit mal à l'aise.

— Elle est soumise à l'étude des scientifiques et...

— Elle a disparu, intervint Higgins, et je la recherche.

Lady Suzanna parut stupéfaite.

— Rechercher une momie... Seriez-vous archéologue ?

— Inspecteur de police.

Les admirables yeux verts de l'aristocrate exprimèrent un profond étonnement.

— Pourquoi la police s'intéresse-t-elle à la dépouille d'un vieil Égyptien ?

— Parce qu'elle est impliquée dans une affaire criminelle.

La jolie brune se tourna vers Belzoni.

— Étiez-vous au courant ?

— L'inspecteur Higgins m'a informé.

— Une momie tueuse ? C'est insensé !

— Elle n'est pas encore accusée, rectifia Higgins.

La jeune femme sourit.

— Une belle cause à défendre ! Si vous la traînez en justice, je la soutiendrai.

— Seriez-vous… avocate ?

— Métier interdit aux femmes, paraît-il, mais j'ai franchi tous les obstacles. Et je suis fière de mes premiers succès. Seuls les cas difficiles m'intéressent.

— Nous sommes fort éloignés d'un éventuel procès, lady Suzanna.

— Néanmoins, vous songez à une momie criminelle, capable de revivre, de bouger, voire de se transformer en prenant l'apparence d'un gentleman !

— Ne nous emballons pas. À ce stade de l'enquête, il ne s'agit que d'un indice important, une sorte de trésor attirant les convoitises.

— L'identité de la victime ?

— Désolé de ne pouvoir vous répondre.

— Et vous, Belzoni, parlerez-vous ? questionna la jeune femme.

— L'inspecteur n'apprécierait pas une indiscrétion, me semble-t-il.

Higgins approuva d'un hochement de tête.

— La loi du silence ! J'ai l'habitude. Cette histoire me passionne, messieurs, et je suis décidée à en savoir davantage. Au premier rang de mes défauts figure l'obstination. Alors, nous nous reverrons. Merci pour cette visite guidée, monsieur Belzoni. Ce fut un vrai privilège. À bientôt, inspecteur.

Le Titan de Padoue en resta bouche bée.

Aérienne, la superbe créature quitta l'Egyptian Hall.

— Sacré tempérament ! Je vous souhaite bonne chance, inspecteur.

— Il me reste deux ou trois questions à vous poser, monsieur Belzoni.

— Je suis prêt à vous répondre sur-le-champ.

— Vu l'heure tardive, votre mémoire risque de se montrer défaillante. Acceptez-vous une nouvelle invitation à déjeuner au Traveller's Club ? Je compte parrainer votre candidature, et la cuisine n'y est pas déplaisante. À demain ?

— À demain.

20

Après avoir tout raconté à son épouse, Belzoni s'était calé au fond d'un fauteuil de cuir à haut dossier et fumait la pipe. Sarah s'occupait des factures. La situation financière du couple demeurait précaire.

— Tu sembles soucieux, Giovanni.

— Cet inspecteur Higgins est un drôle de bonhomme. On lui donnerait le bon Dieu sans confession, mais c'est lui, le confesseur. Sans violence ni agressivité, il t'amène à te raconter et à lui confier tes petits secrets. Une sorte de redoutable piégeur, à la fois chaleureux et impitoyable !

— Puisque tu n'as rien à te reprocher, que redoutes-tu ?

— Rien, absolument rien !

— Une deuxième invitation au Traveller's Club, quel honneur ! Nous progressons.

— Je n'osais pas te dire…

Sarah fut inquiète.

— Higgins a proposé de me parrainer.

— Toi, membre du Traveller's Club… Ce serait justice ! Excellente nouvelle, mon chéri. Tu rencontreras des gens importants et ils t'aideront à réaliser tes projets.

— N'oublions pas l'ombre au tableau : Higgins est

inspecteur de police et il me soumet à un interrogatoire, à cause de la momie disparue !

— Elle n'a pas dû aller loin, ironisa Sarah.

— Omettrais-tu les trois meurtres ?

— Ils ne te concernent pas, Giovanni. Conquiers les bonnes grâces de ce policier, entre au club et poursuis ton chemin.

Le géant ne parla pas à son épouse de lady Suzanna. En certaines circonstances, mieux valait garder le silence. Il vida sa pipe et s'habilla.

Alors que Sarah se livrait à l'inspection finale, le domestique James Curtain se permit d'intervenir.

— Un gentleman demande à parler d'urgence au grand Belzoni.

— Un gentleman, tu es sûr ? demanda l'Irlandaise.

— D'après ses vêtements, il paraît fortuné.

— Et il a bien dit : le « grand Belzoni » ?

— Je résume ses louanges, nombreuses et variées.

— Ce bonhomme risque de me mettre en retard, estima le Titan de Padoue.

— Il ne pleut pas, et James conduit notre fiacre avec aisance. Voyons si cet inconnu est porteur de propositions intéressantes.

Sarah introduisit elle-même le gentleman dans le salon d'honneur, orné de dessins et de peintures consacrés aux paysages de l'Orient.

— Je me présente, dit le visiteur maigre et nerveux : docteur Thomas Pettigrew. Je poursuis des études de chirurgie et d'anatomie. Permettez-moi de féliciter M. Belzoni pour sa fabuleuse exposition.

Le géant se contenta de hocher la tête.

— Un homme comme vous est un bienfaiteur de l'humanité et de la science. Nous avons encore tant à découvrir, surtout en ce qui concerne les momies ! Je n'ai malheureusement pas eu la chance d'assister au débandelettage d'un spécimen exceptionnel, selon la rumeur. M'accorderiez-vous l'immense privilège de le contempler ?

— Il n'est plus en ma possession, avoua Belzoni.

— Ah… A-t-il été détruit ?

— Probablement.

— Dommage, dommage… J'ai la ferme intention d'entreprendre une étude approfondie des momies et de percer les secrets des anciens Égyptiens. En auriez-vous une à me vendre ?

L'Italien hésita.

— Possible. Ce sont des pièces rares, docteur Pettigrew, et…

— L'argent ne pose pas de problème. Votre prix sera le mien.

— Je dois me rendre à un rendez-vous. Voyons-nous à l'Egyptian Hall demain soir, à vingt heures ?

— Parfait, monsieur Belzoni !

Thomas Pettigrew salua ses hôtes et s'éclipsa.

— Il a l'air bizarre, jugea Sarah, mais passionné. Et la disparition du docteur Bolson nous prive d'un spécialiste. On pourrait essayer celui-là.

Littlewood réunit ses principaux collaborateurs et leur annonça d'excellentes nouvelles. Inefficace et corrompue, la police de George IV était incapable de les repérer et d'entraver leur action. Un seul homme, l'inspecteur Higgins, aurait représenté un danger relatif. Son élimination laissait le champ libre aux conspirateurs, et ce n'était pas le colonel Borrington, un imbécile de grande envergure, qui parviendrait à les arrêter. Ce militaire pontifiant ignorait que Littlewood venait d'acheter l'un de ses adjoints, acquis à la cause révolutionnaire. Il connaîtrait ainsi les intentions du colonel avant même la distribution de ses consignes aux forces de l'ordre !

Lors de ses réunions clandestines, Littlewood portait toujours un masque. Ses anciens compagnons avaient été exécutés, et les nouveaux, issus des quartiers populaires, accordaient leur confiance à cet apôtre des miséreux et des exploités. Certains le croyaient grand seigneur, d'autres industriel richissime, d'autres encore scientifique ; seules comptaient son autorité indiscutée et sa détermination à renverser le régime pour donner le pouvoir au peuple.

Littlewood distribuait de l'argent aux pauvres et améliorait leurs conditions d'existence. N'était-ce pas la preuve de son dévouement ? Grâce à lui, les masses laborieuses connaîtraient enfin le bonheur, et les riches seraient envoyés aux champs et aux usines. Envolés les privilèges des aristocrates, déchirées les robes des élégantes ! Bientôt, une marée humaine envahirait les beaux quartiers du West End et pillerait les superbes demeures. La Banque d'Angleterre elle-même tomberait aux mains des insurgés.

Quand Littlewood tenait ce discours enflammé, ses auditeurs étaient subjugués et croyaient le rêve réalisable. Comme en France, les opprimés devaient prendre conscience de leur force et ne craindre ni les autorités ni la répression. La victoire des damnés de la terre n'était-elle pas à portée de main ? Certes, le tyran Napoléon avait succédé aux révolutionnaires et semé terreur et désolation dans toute l'Europe. Mais Littlewood ne l'imiterait pas et remettrait le pouvoir à des comités populaires.

Après les discours, les décisions.

— Mes amis, déclara Littlewood d'une voix émue,

nous allons frapper un grand coup et détruire le symbole de cet État oppresseur.

Les visages des conjurés se crispèrent.

— Vous ne parlez pas du roi ? s'inquiéta un chaudronnier.

— De George IV en personne, confirma Littlewood. Lui disparu, le gouvernement s'effondrera et la révolution triomphera.

— Tuer les politicards, d'accord, mais le roi…

— Cette peur-là est condamnable, mon ami, car elle nourrit l'ennemi ! Ce monarque n'est qu'un fantoche, chacun le sait. Néanmoins, il incarne notre malheur. En l'abattant, nous démontrerons notre puissance et nous soulèverons les foules. Quand la tête de Louis XVI a été coupée, la France a obtenu la liberté, l'égalité et la fraternité ! La disparition de George IV nous offrira davantage.

— Comment on s'y prendra ? demanda un chômeur.

— L'opération s'annonce particulièrement difficile, reconnut Littlewood. C'est pourquoi, avant de l'entreprendre, j'ai besoin de votre accord. Si vous me suivez, levez la main.

Quatorze des quinze meneurs s'exécutèrent. Le chaudronnier s'abstint.

— La majorité étant écrasante, décréta Littlewood, je peux donc vous exposer mon plan. Je vais acheter des domestiques et des cochers qui me renseigneront sur les allées et venues du roi. Connaître son emploi du temps est capital. Nous trouverons un moment où il sera sans protection, et nous frapperons. Patience et organisation rigoureuse sont les clés de notre succès.

— Mort au tyran ! cria un docker, imité par les autres conjurés, à l'exception du chaudronnier.

Une fois encore, Littlewood déclenchait l'enthousiasme. Sous son impulsion, le peuple de Londres changerait le monde.

— Vu l'ampleur de nos projets, déclara le leader, le secret absolu s'impose.

Il s'approcha du chaudronnier et lui posa la main sur l'épaule.

— Un seul danger, qu'un vendu déterminé à renseigner la police s'infiltre parmi nous. Il n'aurait aucune chance d'aboutir car je serais informé.

Littlewood agrippa les cheveux de l'artisan, tira sa tête en arrière, et de la main droite, l'égorgea d'un geste vif et précis.

Perdant son sang à gros bouillons, le malheureux avança de deux pas. Le docker lui fit un croche-pied, et plusieurs conspirateurs piétinèrent le mourant. Son cadavre rejoindrait les charognes voguant au fil de l'eau.

La dernière victime n'était pas un traître, mais elle avait commis une erreur fatale en refusant de suivre le chef de la révolution, lequel ne saurait admettre la moindre opposition.

21

— Je vous conseille la matelote d'anguilles et le cimier de bœuf à la jardinière, dit Higgins à Belzoni. Le sommelier a choisi un vieux bourgogne touchant à la perfection.

Le salon particulier du Traveller's Club était tendu de tentures or et décoré de tableaux représentant des explorateurs face à des fauves ou à des indigènes menaçants.

— J'ai contacté quelques membres éminents qui ne s'opposeront pas à votre candidature, révéla l'inspecteur. Le succès final prendra du temps, et je vous prie de vous armer de patience. Si vous aviez à raconter le plus retentissant de vos exploits, lequel choisiriez-vous ?

— La conquête du temple nubien d'Abou Simbel, répondit le géant sans hésiter. Vous n'imaginez pas les difficultés que j'ai dû affronter. La Nubie est une contrée pauvre et dangereuse. Sa beauté sauvage fait oublier les épreuves, mais la cupidité et les rivalités des chefs de tribu m'ont mis en péril à chaque instant. Heureusement, j'avais réussi à former une petite troupe de gens sûrs, et nous nous sommes lancés à l'assaut de l'énorme masse de sable obstruant la façade du grand temple et empêchant d'accéder à l'intérieur. D'après la rumeur, il regorgeait de trésors ! Nous étions au mois de juillet 1817, inspecteur, et la chaleur accablante aurait dû interdire tout travail. Je parvins néanmoins à persuader mon équipe que ce labeur fou en valait la peine. Nous creusâmes une sorte de chenal au cœur de la dune et, le 1er août, un passage s'ouvrit dans le vide ! Heureuse découverte, il conduisait au temple qui n'avait pas été envahi par le sable. Vous imaginez mon excitation ! Seule inquiétude : pourrais-je respirer ? À ma grande surprise, malgré la canicule et grâce à des fissures dans la roche, on se sentait mieux qu'à l'extérieur ! Et là, quelles merveilles : des peintures, des sculptures, des figures colossales, de beaux hiéroglyphes, des scènes de bataille et un curieux sanctuaire abritant quatre figures de divinités [1]. Il y avait aussi plusieurs salles oblongues équipées de banquettes en pierre où l'on avait probablement entreposé des objets précieux. Nous avions de la peine à dessiner, car la transpiration mouillait le papier.

— Et les trésors ? demanda Higgins.

— Deux figures de lions à tête d'épervier et une figurine assise [2]. Maigre butin et grande déception, je le reconnais. Mais le site est extraordinaire ! Quatre colosses représentant le pharaon ornent la façade du temple, les plus grandes statues jamais créées. Il faudra les dégager et restituer la splendeur de l'ensemble. Et tout l'édifice a été taillé dans le roc, élevé à cent pieds au-dessus du Nil. Quiconque atteindra ce site bénéficiera d'une vision inoubliable.

— Une aventure exaltante, monsieur Belzoni. Quand mon enquête sera terminée, j'inciterai le Tra-

1. Le *ka* de Ramsès II, Amon-Râ, Râ-Horakhty, et Ptah.
2. La statue agenouillée de Paser, gouverneur de Nubie sous Ramsès II.

veller's Club à organiser une expédition pour contempler Abou Simbel. La matelote d'anguilles est-elle à votre goût ?

— Un mets d'une rare finesse.

— Il me reste quelques petites questions à vous poser.

— Concerneraient-elles... la momie ?

— J'aimerais des précisions à propos de la séance de débandelettage. Vous et le docteur Bolson avez bien été les seuls à intervenir ?

— En effet.

— Ce genre de spectacle attire des amateurs fortunés, désireux d'acquérir des souvenirs. Vous m'obligeriez en me donnant les noms des acheteurs.

Le ton paisible de Higgins n'avait rien de menaçant. Pourtant, le colosse ressentit cette demande comme un ordre. Derrière le visage aimable de cet hôte attentionné se cachait un enquêteur obstiné.

— Ce furent des opérations légales, inspecteur, et mon épouse Sarah a établi des reçus à l'intention des heureux collectionneurs. La première enveloppe de lin revint à Kristin Sadly, une boulotte agitée tenant à une extrême discrétion.

— Pour quel motif ?

— Je l'ignore, inspecteur. Je n'avais jamais rencontré cette personne et je ne pense pas la revoir. Un autre amateur, lui, n'est pas passé inaperçu, puisqu'il s'agissait du célèbre acteur Peter Bergeray, le prince des dandys ! Il voulait les bandelettes recouvrant le visage de la momie et a fixé lui-même un prix très élevé. Malheureusement, j'attends toujours le règlement, et Sarah ne tardera pas à le relancer. Autre acheteur surprenant, Francis Carmick, un homme politique ! Il a acquis la seconde enveloppe de lin que des fils maintenaient au niveau des chevilles et de la poitrine de la momie.

Et il ne s'intéressait pas qu'à ce magnifique spécimen ! D'une manière assez déplaisante, il a exigé de moi des précisions concernant la momification et m'a adressé des menaces à peine voilées si je ne lui offrais pas satisfaction.

— Avez-vous obtempéré ? demanda Higgins.

— Certes pas ! Nul ne dicte sa conduite à Belzoni.

— Carmick est un personnage influent, promis à un ministère. Dépourvu d'honnêteté et de sens moral, il a déjà piétiné quantité d'adversaires coriaces. La prudence s'impose.

— Lorsque l'on a affronté un tyran comme Méhémet-Ali et des bandits de grand chemin du style du consul Drovetti, on ne s'enfuit pas à la vue d'un politicard !

Le caractère goûteux du cimier de bœuf à la jardinière apaisa le Titan de Padoue. Et la chaleur d'un bourgogne d'exception l'aida à retracer ses souvenirs.

— Un drôle de bonhomme vêtu d'un costume pourpre, Paul Tasquinio, s'est porté acquéreur d'une immense bandelette de thorax, longue d'une bonne trentaine de mètres. La transaction fut rapide, il n'a pas discuté le prix. Le client suivant n'était pas du même bois ! Le châtelain Andrew Yagab m'a acheté une rareté, un petit vase oblong hermétiquement clos placé le long du flanc gauche de la momie. À mon avis, un pingre ! Vu sa propriété, il n'est pas dans le besoin.

— Vous aurait-il invité chez lui ? s'étonna Higgins.

— Sarah et moi avons été conviés à son château campagnard, planté au milieu de ses terres. Yagab est collectionneur d'armes anciennes et de vases scellés provenant d'Égypte. Il a exigé que je lui en fournisse d'autres, avec une insistance qui a fortement déplu à mon épouse. Elle déteste ce personnage mou dont la laideur met mal à l'aise. Nous étions heureux de retourner à Londres, je vous l'avoue.

— Lui procurerez-vous néanmoins les objets qu'il désire ?

Belzoni prit un air accablé.

— Les affaires sont les affaires, inspecteur. Yagab connaît la règle du jeu, il payera le prix, mais nous ne deviendrons pas amis. En général, les collectionneurs ne vivent que pour leur passion et oublient l'humanité. L'acheteur de la bande de lin enveloppant les pieds, Henry Cranber, appartient probablement à cette catégorie. Et cette bandelette-là sera l'une de ses pièces majeures, en raison de ses inscriptions ! Peut-être cachent-elles le nom de l'homme qui a été momifié.

— Et qui a disparu, rappela Higgins. Un vol de collectionneur, à votre avis ?

— Pas impossible.

— Avons-nous fait le tour de vos acheteurs, monsieur Belzoni ?

Le géant hésita.

— Il en reste un.

— L'évoquer vous gêne, semble-t-il ?

— Sir Richard Beaulieu, professeur à Oxford, est un érudit de haut vol. Je ne l'imaginais pas acheter une jolie amulette en forme d'œil. De son point de vue, une babiole façonnée par un peuple de superstitieux au cerveau attardé.

— Ce jugement vous choquerait-il ?

— C'est une parfaite stupidité ! Professeur ou pas, ce notable se gave d'inepties. Du haut de son autorité, il raconte n'importe quoi. Et ce cuistre s'oppose à ma reconnaissance officielle en montant contre moi les milieux universitaires.

— Autrement dit, estima Higgins, vous n'êtes pas en bons termes.

— J'espère obtenir son estime. Un savant de cette envergure ne peut pas être complètement idiot, et il finira par apprécier l'importance de mes découvertes. Alors, nous nous réconcilierons.

Higgins n'avait cessé de prendre des notes sur son carnet noir en moleskine.

Le dessert, une savoureuse tarte aux mirabelles, ravit les convives.

— Cette fois, monsieur Belzoni, avez-vous évoqué la totalité des acheteurs ?

— Je n'ai oublié personne.

— Lady Suzanna n'était-elle pas présente ?

— Si, mais elle s'est contentée d'assister au spectacle.

— Vous ne lui avez donc rien vendu ?

— Rien, inspecteur.

Le maître d'hôtel servit un cognac hors d'âge. La gorge sèche, l'Italien tenta d'apaiser sa soif.

— J'ai reçu une curieuse visite, inspecteur. Un docteur Pettigrew qui s'intéresse aux momies et veut en acheter. Il souhaite les étudier et percer les secrets des anciens Égyptiens. Étrange coïncidence, non ?

— Un terme exclu de mon vocabulaire professionnel, précisa Higgins.

— Pettigrew me paraît être un client sérieux, et il m'a affirmé ne pas connaître de problèmes financiers.

— Auriez-vous une momie à lui vendre ?

— Une dépouille de qualité médiocre comparée au spécimen disparu, mais un produit négociable !

— Où la conservez-vous ?

— Dans une réserve de l'Egyptian Hall.

— Si vous procédez à la transaction, monsieur Belzoni, accordez-moi un privilège : celui d'y assister.

22

Visiblement très excité, le docteur Pettigrew portait une énorme mallette. Il suivit Belzoni jusqu'à la réserve de l'Egyptian Hall, pressé de découvrir la momie que l'Italien avait accepté de lui vendre. Ayant payé le prix sans discuter, le praticien avait hâte de prendre possession de son bien.

Devant la porte, un homme élégant, de taille moyenne, à la moustache poivre et sel parfaitement lissée.

— Votre assistant ? demanda Pettigrew.

— Je suis l'inspecteur Higgins.

— La police ? Nous ne faisons rien d'illégal ! Je mène une recherche scientifique et…

— Ne vous inquiétez pas, docteur. Votre travail m'intéresse au plus haut point, et j'aimerais assister à ce démaillotage.

Le rêve du spécialiste d'anatomie consistant à dépecer une momie en présence d'un maximum de spectateurs, il accepta avec enthousiasme.

Belzoni ouvrit la porte, alluma des lampes et mena ses hôtes à une petite pièce. La veille, il avait disposé la momie sur une table rustique.

— Elle n'est pas en excellent état, déplora-t-il.

— Au contraire, s'exclama Pettigrew, elle me

semble magnifique ! Eh bien, messieurs, nous allons étudier ce spécimen et vérifier les théories des Anciens, en particulier celles du voyageur grec Hérodote. Savez-vous qu'il existait diverses classes de momification ? Les pauvres n'avaient droit qu'à un purgatif nettoyant les intestins et à un enveloppement de natron. Le traitement de deuxième classe comprenait l'utilisation du même natron et une injection d'huile de cèdre dans l'anus, suivie de la mise en place d'un bouchon. On laissait l'huile agir, on ôtait le bouchon et les viscères liquéfiés s'écoulaient du cadavre. À dire vrai, seule la première classe me passionne. Les momificateurs y exprimèrent leurs techniques, permettant à un défunt de traverser les siècles.

De sa sacoche, le médecin sortit quantité d'outils.

— Ma tâche ne s'annonce pas facile, constata-t-il. Les bandelettes sont durcies, une carapace de résine et d'onguents desséchés enveloppe le corps. Je dois la briser.

À l'aide d'un marteau et d'un ciseau, Pettigrew s'attaqua à la momie. Son énergie semblait inépuisable, et il lui fallut une heure d'efforts avant de libérer la dépouille de sa gangue.

Le débandelettage pouvait débuter.

— Souhaitez-vous mon aide ? demanda Belzoni.

— Je veux tout vérifier par moi-même, décréta Pettigrew.

Se servant de ciseaux et de couteaux, il vint à bout des bandes de lin protégeant la tête et dégagea la tête d'une femme âgée, encore ornée de ses cheveux.

Aussitôt, le praticien examina les narines et l'occiput.

— La première opération était le vidage du cerveau, expliqua-t-il. On utilisait des crochets en bronze à l'extrémité recourbée, et l'on suivait soit la voie nasale, soit l'occipitale. La première exigeait du temps et du doigté, car il fallait extraire la matière cervicale fragment par fragment en causant le moins de dégâts possible. La longueur des crochets prouve que les momificateurs connaissaient la distance exacte entre la face interne d'un crâne et les orifices des narines. Messieurs, rendons hommage aux premiers anatomistes ! Grâce à eux, la médecine égyptienne est parvenue à soigner quantité d'affections et sa réputation dans le monde antique était justifiée.

Imitant le geste d'un spécialiste ancien, Pettigrew employa une longue tige, explora les narines, atteignit le fond du crâne et récolta un matériau noirâtre.

— Comme je le supposais, ils l'ont rempli d'un liquide, aujourd'hui solidifié, destiné à dissoudre les restes de l'encéphale. Cette momie-là a subi un traitement de première classe.

— L'extraction du cerveau était-elle systématique ? interrogea Higgins.

— Non, inspecteur. J'ai déjà vu un cas où il était resté en place, mais ce devait être une exception.

Pettigrew ôta les bandelettes recouvrant le torse.

— Et voilà mon incision ! Regardez le flanc gauche, messieurs : avec un couteau en obsidienne ou en silex, l'embaumeur a ouvert les chairs sur une dizaine de centimètres. La plaie va d'une des dernières côtes à la crête iliaque et, parfois, le long du pli de l'aine. La main s'y glissait afin de retirer les intestins, l'estomac, le foie et la rate, rarement les reins et presque jamais la vessie. Le momificateur prélevait aussi les poumons après avoir sectionné la trachée et l'œsophage.

— Ces viscères étaient eux-mêmes momifiés à l'aide d'aromates et de natron, ajouta Belzoni, et on les plaçait dans des vases [1]. Aux époques tardives, on se

1. Ils étaient protégés par les quatre fils d'Horus, symboles et garants de la résurrection.

143

contentait de former des sortes de paquets déposés à proximité de la momie, voire à l'intérieur.

Pettigrew enleva une petite plaque de cuivre qui dissimulait l'incision et refit le geste de l'embaumeur explorant le thorax.

— C'est le cas ici, constata-t-il. L'abdomen et la cage thoracique ont été remplis de sacs contenant des aromates et des pièces de lin. L'intérieur du corps était ainsi purifié, et l'on recousait avant de procéder au bain de natron. Terme impropre, à mon avis. Il s'agissait plutôt de recouvrir le corps et de le saler ! Fort efficaces, ces cristaux de natron, mélange naturel de chlorure, de carbonate et de sulfate de sodium. Il abondait au Ouadi Natron, à l'ouest du delta du Nil. Cette oasis du sel fournissait la matière première indispensable aux momificateurs. Son contact desséchait les tissus et les rendait incorruptibles. Le processus de décomposition était interrompu, et la momie ne redoutait pas l'usure du temps.

— Et le cœur ? demanda Higgins

— La plupart du temps, on le laissait à l'intérieur. Aux yeux des anciens Égyptiens, il semblait plus important que le cerveau. Souci symbolique, prescription religieuse ? La recherche n'en est qu'à ses débuts, inspecteur, et je devrai examiner des centaines de momies avant d'en tirer des conclusions définitives.

Pettigrew acheva le débandelettage. Des ultimes pièces de lin, il sortit deux amulettes en faïence représentant le trône de la déesse Isis et un nœud magique.

— Je vous les abandonne, monsieur Belzoni.

La vieille dame était entièrement dévoilée. Elle avait dû être très séduisante, et son visage n'exprimait aucune angoisse.

— Voilà un excellent travail de spécialistes, estima le praticien. Déshydratation réussie, bourrages internes convenables, et cette délicieuse odeur provenant des baumes et des onguents. Sachez-le, une momie accomplie sent bon ! Et j'aimerais beaucoup m'occuper de celle d'un pharaon ayant bénéficié de soins particuliers. Vous n'en auriez pas en stock, Belzoni ?

— Pas pour le moment.

— Dommage ! Remuez-vous, cher ami, et vous ferez fortune, à condition de me réserver l'exclusivité de vos trouvailles. Cette expérience se révèle positive, et je suis persuadé que notre collaboration sera fructueuse. Je cours les ventes aux enchères et les cabinets de curiosités afin de me procurer des momies, et votre aide serait la bienvenue.

— Elle vous est acquise, promit Belzoni. Méfiez-vous des contrefaçons.

— On a essayé de m'abuser, reconnut Pettigrew. Mon expérience me permet d'écarter les affabulateurs.

Des mètres de bandelettes et deux linceuls gisaient aux pieds de la momie. Higgins en ramassa un et recouvrit la vieille dame dont la noblesse le touchait.

— Vous êtes un gentleman, inspecteur, jugea l'anatomiste.

— Qu'avez-vous appris lors de cet examen, docteur Pettigrew ?

— Quantité de détails et des confirmations. Nombre de questions demeurent en suspens, et je ne suis pas au bout de mes peines !

— Ne recherchez-vous pas le secret de la préservation de la vie ?

Le regard du praticien se figea.

— Non... Évidemment non ! Et je ne comprends pas votre question.

— Ne jouez pas les naïfs. Au-delà de la conservation des corps, les Égyptiens n'ont-ils pas tenté de fournir un support à l'immortalité de l'âme ?

— Ces considérations me dépassent, Higgins ! Une momie est un cadavre desséché, rien d'autre.

— Je doute de votre sincérité.

— Et moi, je ne vous permets pas d'en douter !

Énervé, le praticien enfourna ses outils dans la sacoche en cuir et, la mine offusquée, quitta les lieux.

— Vous l'avez vexé, estima Belzoni.

— Il s'en remettra. Et vous, qui connaissez l'Égypte, pensez-vous que certaines momies ont préservé une forme de vie ?

— Absurde, inspecteur ! Ne succombez pas à l'attrait de pseudo-mystères. Les cadavres sont des cadavres, ils ne ressuscitent pas.

Higgins tourna autour de la vieille dame, arrachée à sa terre natale.

— Que comptez-vous faire de cette momie, monsieur Belzoni ?

— Elle finira aux ordures, comme ses semblables. Le débandelettage terminé, ces pauvres restes n'intéressent personne.

— Si je ne m'abuse, elle ne vous appartient plus et le docteur Pettigrew s'en moque. Il m'est donc possible de lui accorder une sépulture digne de son rang.

23

Construit en 1812, le Royal Drury Lane Theatre, proche du Royal Opera House [1], se consacrait aux pièces de William Shakespeare où s'illustrait le célèbre acteur Peter Bergeray qui créait un délicieux scandale mondain en apparaissant sur scène sous la forme d'une momie, symbole de la mort, du châtiment et du héros maudit. Couvert de bandelettes, il parvenait à se déplacer et à parler d'une voix d'outre-tombe, provoquant la frayeur des âmes sensibles.

Ami intime de George Brummel, dit le « beau Brummel » et prince des dandys, Bergeray assistait, désolé, à la chute de ce roi de la mode depuis sa brouille avec George IV. Son valet de chambre lui apportait encore ses habits pour les « décrasser de la vulgarité du neuf », mais Brummel [2] ne parvenait plus à rembourser ses dettes de jeu, et l'acteur s'était vu contraint de rompre toute relation. Mécontenter le monarque était une faute impardonnable.

Désormais, il revenait au brillantissime Peter Bergeray de porter haut l'étendard des dandys et de la mode londonienne, référence des gens de goût. Obligation

1. L'actuel Covent Garden.
2. Il mourra fou et ruiné en 1840.

vitale, en raison des multiples poussières polluant l'air de la capitale : changer cinq fois de chemise par jour. Ensuite, choisir les meilleurs tailleurs, ne supporter aucune imperfection, exiger des domestiques zèle et compétence, être toujours au premier plan lors des réceptions marquantes et des événements mondains. Ainsi Peter Bergeray jouait un rôle à chaque instant et ne se lassait pas des applaudissements.

Comme d'habitude, la représentation avait été triomphale. Divisée à propos de l'apparition de la momie, la critique reconnaissait l'incroyable audace de Bergeray et sa suprême élégance. Nul ne déclamait mieux Shakespeare, réussissant même à rendre attractifs les passages ennuyeux. L'acteur couvrait de cadeaux les plumitifs, les invitait à dîner, leur offrait de fausses révélations concernant tel ou tel rival, et récoltait les fruits de sa stratégie.

Seul point noir : les femmes. Une horde de jeunes beautés et de ladies mûrissantes le pourchassait. Leur échapper sans les vexer et sans perdre leur admiration nécessitait des efforts épuisants.

On frappa à la porte de sa loge.

— C'est le régisseur.

— Entrez.

Le jeune homme brun veillait jalousement sur la tranquillité de son héros. Avant de se rendre à un dîner rassemblant de hautes personnalités, le comédien devait se refaire une beauté.

— Des admirateurs désirent vous féliciter.

— Pas maintenant.

— Ils insistent et prétendent avoir des informations importantes à vous communiquer.

— Combien sont-ils ?

— Un homme et une femme.

— Élégants ?

— Convenables.

Bergeray poussa un soupir.

— Passe-moi ma veste d'intérieur, veux-tu, et dis-leur que je leur accorde deux minutes.

Ravi de servir ce génie théâtral, le régisseur se pliait à ses moindres désirs.

Lorsque le couple apparut, Peter Bergeray se leva brusquement, décomposé. Et ce n'était pas de la comédie.

— Belzoni ! Vous... vous allez bien ?

— Ce n'est pas du Shakespeare, observa Sarah, l'œil agressif. Vous n'auriez pas une meilleure réplique ?

La stature du Titan de Padoue et de son épouse irlandaise effrayait le comédien. D'une seule gifle, cette mégère était capable de le renverser. Avec une joue enflée, comment enchanter son public ?

— Asseyez-vous et dégustons un doigt de porto, proposa-t-il d'une voix tremblante.

— Nous sommes venus vous parler affaires, précisa Sarah. Vous jouez admirablement les momies, Bergeray, mais vous oubliez de régler vos dettes.

— Je ne vois pas de quoi vous parlez, chère madame.

— Vous avez acquis les bandelettes recouvrant le visage de *ma* momie, rappela Belzoni, irrité. Des pièces de lin d'une qualité exceptionnelle. Vous connaissiez le prix, j'exige le règlement.

— Vous vous trompez d'acheteur... Je ne me souviens pas de cette transaction.

— Mon mari peut soulever une douzaine d'hommes costauds, rappela Sarah, souriante. Disloquer un avorton, un menteur et un voleur ressemblera à une amusette.

— Ne me touchez pas ! glapit le comédien en se plaquant contre le mur de sa loge.

— Entre gens de qualité, il suffit de nous entendre.

— Bon, d'accord, j'ai acheté ces bandelettes !

— Et vous ne les avez pas payées, rappela l'Irlandaise, farouche.

— Entendu, entendu !

— Nous progressons, estima Belzoni dont le regard de taureau furieux aurait mis en fuite une légion romaine.

— Écoutez, je suis un peu gêné en ce moment.

— Vous, gêné ? s'étonna Sarah.

— Ne vous fiez pas aux apparences, chère madame ! Un comédien de mon envergure mène forcément grand train de vie. Vous n'imaginez pas l'ampleur de mes dépenses : vêtements, dîners, réceptions, que sais-je encore ! Je vis au jour le jour et je remplis ma bourse qui ne cesse de se vider.

— Nous prenez-vous pour des imbéciles ? demanda l'Irlandaise, furibonde.

— Je peux vous fournir des preuves ! L'existence d'un artiste ne ressemble pas à un lac paisible. Le succès ne s'accompagne pas toujours de la fortune, et l'art s'éloigne souvent de l'argent. Un amoureux des antiquités doit me comprendre, monsieur Belzoni. Vous et moi n'accordons d'intérêt qu'à l'expression artistique, n'est-ce pas ?

— Nous vous consentons un délai, décida Sarah. Disons… un mois ?

Bergeray baissa les yeux.

— C'est trop court !

Le Titan de Padoue fit craquer ses doigts.

— N'exagérez pas.

— Un mois, parfait !

— Être ou ne pas être dépend parfois d'un détail, précisa Sarah. Évitez donc de trahir votre parole, monsieur Bergeray.

— Soyez sans crainte.

Le comédien alluma une pipe gravée de hiéro-glyphes. Belzoni écarquilla les yeux.

— Qui vous a vendu cet objet ?

— Un voyageur revenant d'Égypte. D'après lui, un véritable trésor datant de l'Antiquité.

L'Italien éclata de rire.

— Un faux grossier fabriqué par les paysans ! Si vous désirez éviter le ridicule, cassez cette pipe en mille morceaux. Et n'oubliez pas de tenir votre promesse.

Le couple parti, le comédien changea de chemise pour la cinquième fois.

La momie était étendue sur un lit de granit, rappelant celui qu'utilisaient les embaumeurs. Le sauveur l'enveloppa de grains de natron, de manière à éviter tout désagrément dû à l'humidité de la crypte. Pendant soixante-dix jours, le corps osirien vivrait une période rituelle de régénérescence correspondant à l'invisibilité de l'étoile Orion dans le ciel du sud. Lors de sa réapparition, elle régulariserait de nouveau la marche des décans, provoquant la crue fécondatrice et la résurrection d'Osiris.

Cette momie-là était un chef-d'œuvre triomphant de la mort. Son cerveau n'avait pas été détruit, son cœur demeurait intact et les humeurs vitales continuaient à circuler. Rattachée au corps, la tête maintenait la cohésion des multiples aspects de l'être.

— Elle ne sera jamais séparée de toi, affirma le sauveur en reprenant une antique formule rituelle, tu connaîtras une vie nouvelle, tu ne subiras pas la dispersion.

Le sauveur embrassa l'oreille gauche de la momie de

façon à empêcher la mort de s'y introduire. Il lui fallait aussi protéger l'épaule et l'œil gauches, portes d'accès de la voleuse de vie, et repousser ses assauts incessants.

Cette tâche prenait au sauveur l'essentiel de son temps. En soustrayant la momie au médecin légiste, au pasteur et au vieux lord, il avait évité le pire. Succès passager et fragile, car le corps osirien ne résisterait pas longtemps aux agressions d'un monde privé de sacré. Dès qu'il aurait acquis une relative stabilité, le sauveur partirait à la recherche des éléments protecteurs sans lesquels la momie serait condamnée à la destruction.

De gré ou de force, les profanateurs devraient restituer ce qu'ils avaient dérobé.

24

La tête couverte d'une casquette d'ouvrier, vêtu d'une veste grossière et d'un pantalon de serge, l'inspecteur Higgins était méconnaissable. Quitter les beaux quartiers du West End pour s'aventurer dans la zone industrielle de l'East End impliquait de prendre certaines précautions. Si le tsar de toutes les Russies n'avait pas aperçu de pauvres à Londres lors de sa visite de 1814, c'est que l'on avait évité de lui montrer les quartiers miséreux de la capitale, dépourvus d'attraits touristiques.

Bien qu'il n'échappât point au brouillard, le West End bénéficiait de plusieurs avantages : espaces verts, propreté et tranquillité. L'East End était un monde bruyant, grouillant de petites gens, et la plupart des rues ne voyaient ni cantonnier ni policier. Ici on travaillait dur, on gagnait peu, on subissait la pollution des usines et l'on respirait les odeurs provenant des tanneries, des fabriques d'allumettes utilisant du phosphore, et des vinaigreries.

Le quartier de Whitechapel [1] était l'un des plus déshérités. Formé d'un labyrinthe de ruelles et de cours où ne pénétrait jamais le soleil, il abritait une population

---

1. Il sera le terrain de chasse de Jack l'Éventreur.

laborieuse confrontée à la misère, foyer de contestataires, d'anarchistes et de socialistes désireux d'en découdre avec le pouvoir. Les autorités ignoraient le danger, persuadées que la quête de la nourriture suffisait à occuper cette racaille.

Des raffineries de sucre et de petits ateliers de confection employaient la majorité des ouvriers de Whitechapel, contraints de vivre dans des taudis. Juifs polonais et russes fabriquaient vêtements et chaussures, et tenaient un marché de viande alimenté par leurs abattoirs rituels, non loin d'un marché au foin. Bœufs et chevaux tiraient de lourdes charrettes, des porcs nettoyaient les artères étroites en absorbant les déchets.

Higgins passa devant des boutiques de tailleurs surmontées de logements en brique. Il s'arrêta à la hauteur d'un marchand des quatre-saisons dont les produits s'étalaient sur une carriole qu'il tirait lui-même. Fruits, légumes, tranches de noix de coco, harengs, morue séchée, coquillages, gibier n'étaient pas à la portée de toutes les bourses. Le bonhomme savait se faire respecter, et les voleurs n'osaient pas s'en prendre à lui, sous peine d'être tabassés.

Higgins acheta un hareng et un morceau de pain.

— Vous êtes parfait, inspecteur. J'ai failli ne pas vous reconnaître.

— As-tu localisé Tasquinio ?

— Une véritable anguille, ce bonhomme ! Il n'arrête pas de bouger, mais j'ai repéré son antre, une baraque en piteux état, à deux pas d'ici, au fond d'une impasse. Il en sort une fumée malodorante, et personne ne sait ce qu'il mijote. Une enseigne illisible surmonte la porte.

— De quoi vit-il ?

— Il livre des paquets à des tas de gens, dans le West End comme dans l'East End. Des collègues l'ont filé.

Ne se fiant pas aux policiers en uniforme, voyants et

corrompus, Higgins avait organisé son propre réseau dont les marchands des quatre-saisons formaient le fer de lance. Présents partout à Londres, ils savaient observer et recueillir de précieux renseignements.

— Tasquinio a-t-il de la famille ?

— Apparemment pas.

— Des amis ?

— Juste des relations de travail et des camarades de pub. À mon avis, un type brutal et dangereux. Ne vous y frottez pas, inspecteur.

Une bavarde n'hésita pas à interrompre les deux hommes. Ayant décidé de raconter ses misères au marchand, elle remonta à sa petite enfance.

Higgins s'éloigna et ne tarda pas à repérer l'impasse. Un chien errant lui lécha la main, il lui donna le poisson et le pain.

L'endroit paraissait abandonné, fenêtres et portes des masures étaient murées. Une odeur écœurante agressait les narines.

Pourquoi Paul Tasquinio s'était-il intéressé à la momie de Belzoni et avait-il acheté de coûteuses bandelettes ? Le cadre de vie du personnage ne ressemblait pas à celui d'un amateur d'antiquités.

Une averse se déclencha, un matou aux oreilles déchirées coursa son rival.

Higgins s'approcha du repaire de Tasquinio. La porte ne semblait guère solide, elle ne résista pas à une vigoureuse poussée.

L'inspecteur s'habitua à la pénombre.

Une vaste pièce, un lit correct, une table et deux chaises, des armoires, de grandes bassines, des murs noircis par la fumée, une vaste cheminée où des braises achevaient de se consumer.

Alors que Higgins se dirigeait vers une armoire, la pointe d'un couteau s'enfonça dans ses reins.

— Tu cherches quelque chose, mon gars ?

— Plutôt quelqu'un : Paul Tasquinio.

— Tu vas regretter de l'avoir trouvé ! Moi, les voleurs, je m'en débarrasse.

— Les inspecteurs de police aussi ?

La pointe du couteau se retira.

— Tu crois t'en tirer comme ça ?

— Mon nom est Higgins, et j'enquête sur trois meurtres que vous pourriez avoir commis puisque vous assistiez au débandelettage de la momie de Belzoni.

— Par tous les démons de l'enfer, qui es-tu ?

— Je viens de vous le dire : inspecteur Higgins.

— Alors, tu es armé !

— Non.

— Impossible ! Je dois te fouiller. Si tu remues, je t'embroche !

Higgins demeura immobile.

— Un policier désarmé à Whitechapel… ça ne tient pas debout ! Retourne-toi.

D'un mouvement ample, vif et précis, la tranche de la main droite de Higgins frappa le poignet de Tasquinio, obligé de lâcher son arme. De la gauche, l'inspecteur l'attrapa au vol et menaça le suspect avec.

— On se calme, l'ami.

— Comment… comment avez-vous fait ?

— Question d'entraînement. Pourquoi avez-vous supprimé un pasteur, un lord et un médecin légiste ?

Le visage grossier de Paul Tasquinio s'empourpra.

— Vous divaguez, inspecteur !

— Asseyons-nous et reprenons depuis le début. Surtout, n'essayez pas de vous enfuir. Le coup au poignet n'était qu'un amuse-gueule, et je suppose que vous tenez à vos jambes.

Imaginer ses os brisés effraya Tasquinio. Il prit place en face de ce policier à l'allure paisible qui savait trop

bien se battre. Une dizaine de cette trempe-là, et les crapules de Whitechapel quitteraient le quartier.

— Paul Tasquinio, c'est votre vrai nom ?

— Ma mère était napolitaine. Vu la diversité de sa
clientèle, elle ignorait l'identité de mon père.

— Votre profession ?

— Livreur de viande.

— À Whitechapel ?

— Pas seulement… Il m'arrive de m'aventurer dans
d'autres quartiers.

— Jusqu'au West End ?

— Si ça se présente.

Higgins alluma une grosse bougie. Elle éclaira le
visage de son interlocuteur.

— À quoi servent ces bassines, Tasquinio ?

— À faire bouillir des quartiers de bœuf et de porc.

— Vos fournisseurs ?

Le bonhomme était embarrassé.

— C'est un peu… confidentiel.

— Pas de cachotteries entre nous ! Un manque de
confiance me navrerait.

— Vous savez, inspecteur, la vie est très dure.
Savoir se débrouiller conduit parfois à sortir de la stricte
légalité. Sinon, vous risquez de crever de faim !

— Je ne m'intéresse qu'aux crimes.

— Je n'en ai commis aucun !

— En ce cas, parlez-moi de votre petit commerce.

Paul Tasquinio baissa la tête.

— Le patron des abattoirs et moi, on s'entend bien.
Il me vend le deuxième choix au prix du troisième, sans
déclarer les transactions, et moi, je revends le deuxième
choix au prix du premier. Vous me suivez ?

— Chacun y trouve son bénéfice, semble-t-il.

— On se débrouille… Vous n'allez pas nous dénon-
cer ?

— N'auriez-vous pas volé et dissimulé la momie de Belzoni ?

Paul Tasquinio s'étrangla.

— Vous... vous blaguez ?

— Si l'on ouvrait ces armoires ?

— Elles contiennent mes stocks et...

— Ouvrez-les, insista l'inspecteur.

Des paquets, soigneusement ficelés. Des étiquettes indiquaient les noms et les adresses des destinataires. Higgins prit le temps de vérifier : pas de spectateur du débandelettage.

— Un doigt de gin, inspecteur ? J'ai du bon.

Les deux hommes se rassirent, Tasquinio remplit deux verres.

— Votre intérêt pour les momies me surprend, avoua Higgins.

— L'occasion fait le larron ! L'un de mes clients m'a donné un billet, car ce genre de manifestation l'épouvantait. Moi, elle m'a amusé, et j'ai eu une idée : augmenter mes prix en enveloppant les paquets de luxe avec de la bandelette égyptienne. Astucieux, non ?

— Vous avez donc écoulé votre acquisition.

— Pas encore, j'utiliserai ce produit exceptionnel à l'occasion des fêtes de fin d'année. Les riches bourgeois du West End seront ravis ! Les affaires exigent de l'imagination. Dites-moi, vous avez évoqué un pasteur ?

— En effet.

— Il y en avait un, lorsque Belzoni et son médecin ont dépouillé la momie. Et ce prédicateur était furieux ! Il brandissait une bible, promettait l'intervention des démons et voulait brûler le corps du vieil Égyptien. Belzoni l'a attrapé sans ménagement et poussé au fond de la salle, en le menaçant de le briser en deux s'il ne se calmait pas.

158

— Intéressant, reconnut l'inspecteur en prenant des notes sur son carnet noir.

— Et l'affrontement a repris à la fin du spectacle ! Le pasteur a tenté de planter un couteau dans la momie, Belzoni a retenu son bras. À l'évidence, ils se haïssaient. Face au géant, ce fou de pasteur ne faisait pas le poids. Un coup de poing, et son crâne éclatait !

— Fameux, votre gin.

— Vous… vous me laissez libre de mes mouvements ?

— Je recherche une momie et un assassin. Comme vous n'êtes ni l'une ni l'autre, je n'ai aucune raison de vous arrêter. Ah ! un dernier détail : fréquentez-vous un dénommé Littlewood ?

Paul Tasquinio fronça les sourcils.

— Jamais entendu parler.

— Tant mieux pour vous. Évitez de croiser son chemin.

25

Le succès de l'exposition ne se démentait pas. Le public continuait à envahir l'Egyptian Hall et à s'extasier devant les dessins reproduisant les bas-reliefs de la tombe de la Vallée des Rois et les objets rapportés par Belzoni. Le sarcophage d'albâtre attirait tous les regards, et les visiteurs se demandaient si les étranges scènes ornant cette cuve funéraire ne recelaient pas les secrets de la résurrection et de la vie éternelle.

Le prix des billets de l'exposition assurait le train de vie des Belzoni, et les rentrées régulières d'argent permettaient à Sarah de tenir son rang en payant correctement ses domestiques. Mais l'effet de surprise ne serait pas éternel, et il fallait préparer l'avenir en vendant les trésors arrachés aux sables d'Égypte.

À force d'acharnement, l'Italien avait enfin éveillé l'intérêt d'un des administrateurs du British Museum, responsable des achats des antiquités. Et il lui accordait l'immense privilège d'honorer son invitation à visiter l'exposition après la fermeture des guichets.

Le professeur John Smith, diplômé de Cambridge, était petit, bedonnant et hargneux. Spécialiste des vases grecs, il collectionnait les décorations et guignait un meilleur poste au niveau de ses compétences, insuffisamment reconnues.

Sarah Belzoni avait préparé un savant éclairage qui mettait en valeur la moindre pièce et magnifiait le sarcophage.

— Appelez-moi professeur. Ne perdons pas de temps, j'ai eu une journée fatigante et j'aimerais rentrer chez moi au plus vite.

Belzoni renonça à raconter ses exploits.

— Il paraît que vous disposez d'un monument exceptionnel. Montrez-le-moi.

L'administrateur ignora les dessins, les statuettes et les autres vestiges. D'un pas nerveux, il suivit le Titan de Padoue jusqu'au pied du sarcophage d'albâtre, illuminé de l'intérieur.

Le spectacle était féerique, comme si l'âme du pharaon habitait cet endroit, tellement éloigné de sa terre natale. Belzoni ressentait presque l'atmosphère de l'immense tombeau de la Vallée des Rois dont il avait retrouvé l'accès. Soudain, les siècles s'effaçaient et le passé reprenait vie.

— C'est ça ? demanda John Smith.

— Voici l'un des chefs-d'œuvre de l'art pharaonique, déclara Belzoni. En le sortant de la tombe, j'ai eu conscience d'offrir à l'Angleterre un trésor inestimable. Seul le British Museum est digne de l'abriter.

— Abriter quoi ?

— Mais… cette merveille inestimable !

— Quelle merveille ?

— Ce sarcophage finement décoré ne vous éblouit-il pas ? s'étonna Sarah.

— Ce gros bloc de pierre mal taillé ne correspond pas aux canons de l'art grec, l'unique référence de la beauté.

— Regardez-le de près, je vous prie ! insista Belzoni. Cette pièce incomparable a contenu la momie d'un grand pharaon, et ses inscriptions cachent certainement de nombreux secrets. Dès que Thomas Young aura déchiffré les hiéroglyphes, tous les érudits se précipiteront sur ce sarcophage, et les visiteurs du British Museum ne cesseront de l'admirer.

— Une grande institution comme la nôtre ne doit investir qu'à coup sûr. S'encombrer d'objets exotiques nous conduirait au ridicule.

— Vous avez devant vous un véritable prodige de l'art égyptien, affirma Belzoni. J'ai beaucoup lutté afin de le rapporter à Londres.

— Votre passé ne m'intéresse pas, cher monsieur, et vous ne disposez d'aucune autorité en matière d'art et d'archéologie.

— En achetant ce chef-d'œuvre, vous ferez honneur au royaume !

— Prétendez-vous me dicter ma conduite ? Je suis un expert, moi, et je connais la valeur des objets antiques. Votre exposition tape-à-l'œil ne m'émeut pas, et cette énorme chose en albâtre, fort envahissante, n'a rien d'attirant. Quelle grossièreté, en comparaison d'un élégant vase grec !

Le spécialiste tourna autour du sarcophage de Séthi Ier.

— Combien en voulez-vous ?

L'Italien murmura une somme.

Pendant d'interminables secondes, le temps demeura suspendu. En état de choc, l'administrateur du British Museum peinait à reprendre ses esprits.

— Je déteste les plaisanteries, Belzoni. Vous vous croyez peut-être drôle, mais vous le regretterez ! Mon rapport sera très négatif, et jamais le British Museum ne dépensera un penny pour s'encombrer de cette horreur. Désolé de vous avoir connu.

Omettant de saluer Sarah, l'administrateur quitta l'Egyptian Hall à grandes enjambées.

Les poings serrés, le géant hésita à le poursuivre et à lui donner une bonne correction. Son épouse le retint.

— La bêtise mène le monde, Giovanni, et nous ne le changerons pas.

— Ce sarcophage doit entrer au British Museum, nulle part ailleurs ! Ma réputation est en jeu.

— Nous dénicherons un autre interlocuteur, promit Sarah.

Le pub était enfumé. On y buvait des litres de bière et de gin, on y écoutait des chansons dont certaines dépassaient les limites de la décence et, le samedi soir, les travailleurs de Whitechapel y touchaient leur paye. Les prostituées et les bandits de tout poil fréquentaient l'établissement où pas un représentant des forces de l'ordre n'aurait osé pointer son nez sous peine d'être passé à tabac.

Littlewood y croisait les principaux acteurs de la pègre locale et recrutait des hommes de main, capables d'encadrer ses troupes. Affublé d'une perruque parfaitement ajustée et d'une fausse barbe, il apparaissait comme un seigneur des bas-fonds et un chef de gang respecté et redoutable. Nombre de ses employés ignoraient qu'ils préparaient la révolution.

Le cocher que voulait voir Littlewood était attablé en compagnie d'une brunette entreprenante.

— Le soleil de l'été brûlera les pavés, déclara le barbu.

Le cocher leva la tête.

— Et les chevaux ne prendront pas la fuite, rétorqua-t-il.

— Heureux de te rencontrer, l'ami ! Mademoiselle t'attendra chez elle, juste au-dessus.

La brunette sourit et s'éclipsa. La somme versée en échange de ses bons offices lui permettrait de patienter.

— Alors, c'est vous qui cherchiez des renseignements à propos des carrosses royaux ?

— Voilà ta récompense, dit Littlewood en glissant une liasse de billets dans la poche du cocher. Et tu auras davantage si tu m'informes de manière correcte.

Le bonhomme décrivit les équipages et les carrosses du roi George IV.

— C'est maigre.

— Je n'en sais pas plus.

— Tu es marié et tu as deux garçons, indiqua Littlewood. Tu trompes ta femme et tu bois. Elle serait désolée de l'apprendre, et moi, navré que ton fils aîné fût victime d'un accident.

Le cocher blêmit.

— Vous… vous me menacez ?

La froideur du barbu était terrifiante.

— Que désirez-vous savoir ?

— Procure-moi la liste des déplacements de George IV et leurs horaires.

— Seul l'intendant des écuries royales est au courant !

— Un incorruptible ?

— Ça dépend. Il joue un peu trop au billard et perd souvent.

— Je te procurerai l'argent nécessaire, tu rembourseras ses dettes en échange des informations.

— J'essaierai…

— Tu réussiras.

Tremblants, les pieds du cocher s'entrechoquèrent.

— Oui, oui, je réussirai !

— On te surveillera, l'ami. S'il te prenait l'idée stupide de me vendre à la police, tu serais un homme mort.

— Comptez sur mon silence !

— Notre collaboration s'annonce fructueuse, et tu ne regretteras pas de m'avoir rencontré.

Le cocher avala sa salive, vida sa chope de bière et osa poser la question qui le tourmentait.

— Auriez-vous l'intention de... vous en prendre au roi ?

— Moi ? Pas du tout !

— Alors pourquoi exigez-vous ce genre de renseignements ?

— Parce que je suis un amoureux des chevaux. Notre cher souverain possède de magnifiques spécimens, et j'ai l'intention de m'en emparer lors d'une de ses haltes. Pendant le repos des bêtes, la surveillance se relâchera, et personne n'imaginerait un plan pareil.

— Il y a du vrai, reconnut le cocher.

26

Depuis le début du XIXᵉ siècle, Londres, le port principal du pays, avait vu la construction des docks devenus indispensables pour assurer le développement du trafic et la sécurité des marchandises. West India Docks, Surrey Commercial Docks, London Docks et East India Docks formaient un chapelet d'entrepôts où transitaient toutes les richesses du monde. Ces hauts bâtiments de brique dominaient des quais en enfilade.

Le grenier de la planète connaissait une activité incessante. Près de cent mille dockers et ouvriers y travaillaient, chargeant et déchargeant des bateaux en provenance des quatre coins de l'Empire britannique. Une armée de douaniers examinait les produits et percevait des taxes avant que les tabacs, les thés, les vins, les épices, les fourrures et autres richesses ne soient entreposés dans des pavillons séparés par des tours. On ne prêtait pas attention à la puanteur montant de la Tamise, égout à ciel ouvert, ni à l'atmosphère chargée d'odeurs de tanneries, de brasseries, de tabac brûlé, de chocolat, de poissons et d'autres substances plus ou moins identifiables.

On parlait fort, les coques des embarcations heurtaient les quais, menuisiers et tonneliers faisaient chanter leurs outils, et Londres s'enrichissait grâce au labeur de ces bataillons de travailleurs dont les docks étaient le royaume.

Parmi les dockers occasionnels ou permanents, on trouvait nombre d'ouvriers au chômage et d'ex-militaires, mais aussi des domestiques licenciés et même de jeunes bourgeois fuyant leur famille. Cette population hétéroclite était sensible aux discours d'agitateurs comme Littlewood, sans oser se révolter de manière ouverte contre les autorités.

Ayant pris l'habit et l'allure d'un négociant, Higgins s'adressa à un forgeron qui réparait une chaîne de navire. Aimant son métier et attaché à la tranquillité des lieux, il était l'un de ses meilleurs indicateurs.

— En chasse, inspecteur ?

— Je recherche une certaine Kristin Sadly.

— Ah, la boulotte agitée ! Si vous la mettiez à l'ombre quelque temps, ça la calmerait peut-être. La plupart de ses employés ne tiennent pas une semaine. Une exploiteuse, un tyran braillard, une redoutable teigne, et la reine des menteuses ! Il y a une justice, puisqu'elle va vous avoir sur le dos. A-t-elle tué quelqu'un ?

— Possible.

— Ça ne m'étonnerait pas ! Kristin Sadly ne supporte pas qu'on la contredise, elle est prête à tout pour développer sa fabrique de papier. Elle a déjà éliminé plusieurs concurrents et racheté de petites entreprises à très bas prix, en spoliant leurs propriétaires. Cette prédatrice n'a ni moralité ni parole. Méfiez-vous d'elle, inspecteur. En coups tordus, elle s'y connaît !

— Où la trouverai-je ?

— Longez les West India Docks, suivez le quai, dépassez l'entrepôt d'épices et vous serez arrivé. Et... bonne chance !

Higgins marcha d'un bon pas. Attentif, il se faufila

entre dockers, ballots, caisses et colis divers. Des glapissements l'avertirent qu'il touchait au but.

Une petite bonne femme couvrait d'injures un ouvrier coupable d'avoir abîmé une rame de papier grossier. Le malheureux fut licencié sur-le-champ et menacé des pires châtiments.

Impeccablement coiffée, affublée de boucles d'oreilles ressemblant à des œufs de pigeon, la patronne s'en prit ensuite à deux livreurs trop lents à son goût.

Higgins s'approcha.

— Madame Sadly, je présume.

Énervée, elle se retourna et dévisagea l'intrus.

— Vous êtes qui, vous ? Ah, je vois ! Les fournisseurs, je les reçois en fin d'après-midi. Tâchez de me proposer du bon et du pas cher, sinon restez chez vous. Je n'ai pas de temps à perdre, moi !

— Je n'ai rien à vous proposer, seulement des questions à vous poser.

— Des questions ? Il ne manque pas d'air celui-là ! Et à quel titre ?

— Celui d'inspecteur de police.

La hargne de Kristin Sadly retomba.

— La police… Je suis en règle, moi !

— Pourrions-nous converser dans un endroit tranquille ?

Le regard assassin de la boulotte ne troubla pas Higgins.

— C'est urgent ?

— Plutôt.

— Suivez-moi. C'est quoi, votre nom ?

— Inspecteur Higgins.

Kristin Sadly guida son hôte à travers la vaste fabrique de papier où étaient entreposées des tonnes de chiffons. Une cinquantaine d'ouvriers s'affairaient, et le passage de la patronne éteignit les discussions. Un mot de travers, et c'était la porte.

Le bureau de Kristin Sadly n'avait rien d'attrayant. Des piles de factures et, aux murs, des dessins représentant la propriétaire des lieux triomphante. Elle ne se lassait pas de se contempler. La papetière s'assit sur un fauteuil en cuir et fixa Higgins.

— Laissez-moi deviner, inspecteur. C'est ce vieux forban de Holmes qui m'a dénoncée ? Oui, c'est forcément lui ! Il est au bord de la faillite et tente de me faire plonger en racontant n'importe quoi ! Échec assuré, car ma comptabilité est en règle ! Et je serais heureuse de racheter sa dépouille !

— Oublions Holmes, chère madame.

— Vous innocentez ce malfaisant ?

— Je ne le connais pas.

Kristin Sadly serra les poings.

— Alors, pourquoi m'importunez-vous ?

— N'avez-vous pas dérobé une momie ?

La commerçante ouvrit des yeux ronds.

— Vous délirez !

— N'avez-vous pas acheté à Belzoni le voile de lin d'une magnifique momie qu'il a débandelettée devant une assistance choisie ?

La patronne eut une moue dédaigneuse.

— Serait-ce un crime ?

— Votre intérêt pour cette étrange relique m'intrigue.

— Chacun ses curiosités, inspecteur ! Ce spectacle m'amusait, et j'ai voulu en garder un souvenir. Le voile s'est ajouté à ma collection d'objets anciens, et j'espère en acquérir d'autres. À moi de m'étonner : quelle est la véritable raison de votre visite ?

— Assister à la mise à nu d'une momie n'est pas une

expérience banale. Vous souviendriez-vous d'incidents notables ?

Kristin Sadly réfléchit longuement.

— Un religieux a proféré des anathèmes, Belzoni l'a expulsé… Un vieux lord a tenté de semer le trouble, des élégantes se sont évanouies. Des brouilles ! Les riches ont le cœur trop sensible. Cette momie n'est que de la chair desséchée.

— En êtes-vous sûre ?

— Vous moquez-vous de moi, inspecteur ?

— Le médecin légiste assistant Belzoni, le vieux lord et le pasteur ont été assassinés.

La boulotte sursauta.

— Assassinés… Par qui ?

— Je réussirai à le savoir. N'auriez-vous pas remarqué un suspect ?

— Non, vraiment non ! Je ne m'intéressais qu'à la momie.

— Le prix du voile de lin vous a-t-il paru excessif ?

— Je suis intervenue de manière discrète auprès de Belzoni et je n'ai pas discuté. Une occasion pareille ne se présente pas tous les jours ! Je lui ai murmuré à l'oreille « je le paye et je l'emporte », et l'affaire fut conclue.

— Et vous ne connaissiez aucune des trois victimes ?

— Aucune ! Je ne fréquente pas ce genre de personnages.

— Et Belzoni ?

— Je ne l'avais jamais rencontré auparavant et je n'ai pas l'intention de le revoir. Ce type me déplaît.

— Littlewood aussi ?

— Qui ça ?

— Un des amateurs présents au débandelettage de la momie, avança Higgins.

170

— Il y avait tellement de monde ! Ce sera tout, inspecteur ?

— Pour le moment, oui.

— Vos horribles crimes ne me concernent pas et je n'ai rien d'autre à vous dire. Je fais mon travail, faites le vôtre.

— Bonne journée, chère madame.

En traversant la fabrique, Higgins remarqua un tas de chiffons de couleur brune.

— J'ignorais que l'on utilisât ce genre de matériaux, dit-il à un contremaître.

— Ça risque de donner un papier brunâtre de mauvaise qualité, reconnut le technicien. On va quand même essayer d'obtenir quelque chose de propre.

Sous le regard furibond de Kristin Sadly, Higgins quitta les lieux.

27

Giovanni Battista Belzoni fulminait. D'infâmes journaux continuaient à attribuer ses découvertes et ses recherches à d'autres voyageurs, et certains plumitifs, surtout des Français, ne mentionnaient même pas son nom ! Face à tant d'injustice et d'ingratitude, le géant se sentait ébranlé. Ses trouvailles fabuleuses, en Haute-Égypte, avaient exigé beaucoup de peine et de courage. À cause d'ignorants ou de menteurs, ses aventures se trouvaient réduites à néant ! Heureusement son livre, dont le succès ne se démentait pas, proclamait la vérité. Combien de temps encore faudrait-il pour l'imposer à l'Europe entière et rétablir sa réputation ?

Il regrettait d'avoir écrit des lettres de protestation à des personnages haut placés, tel le comte de Forbin. Au lieu de l'aider, l'érudit français avait encouragé les journalistes à salir le fouilleur italien et à nier ses mérites.

Il ouvrit une caisse contenant des figurines en terre cuite et en faïence, de petits vases d'albâtre aux couvercles en forme de têtes d'homme, de faucon, de singe et de chacal, des pièces de vaisselle, des feuilles d'or battu d'une remarquable minceur. Ces petits trésors provenaient de tombes thébaines qu'il avait explorées. Sarah les vendait aux riches aristocrates, ravis d'acquérir ces merveilles provenant d'une terre magique. Ne ménageant pas sa peine, la jeune femme parvenait à convaincre les hésitants et récoltait de jolies sommes, indispensables au maintien du train de maison des Belzoni.

Restait le chef-d'œuvre, le grand sarcophage d'albâtre. À lui seul, il valait une fortune. En dépit de son premier échec, l'Italien persistait : un pareil monument devait trôner au British Museum où il assurerait la gloire de son découvreur. Tâche difficile, certes, mais le Titan de Padoue n'avait-il pas transporté un obélisque et une tête colossale, percé l'entrée de la pyramide de Khéphren et traversé la montagne de sable interdisant l'accès au temple d'Abou Simbel ? Refusant de céder au pessimisme, il s'acharnerait jusqu'à obtenir satisfaction. Tous les conservateurs et administrateurs du British Museum ne pouvaient être aussi stupides que ce John Smith !

La difficulté consistait à nouer de solides relations dans le monde des érudits qui ne reconnaissait pas l'ampleur des travaux accomplis par Belzoni. Croyant en son mari et en son destin, Sarah ne se décourageait pas. Aucune forteresse n'était imprenable.

Vêtu d'une superbe livrée orange, le domestique James Curtain osa déranger son patron.

— Un dénommé Carmick désire vous voir. Le bonhomme est désagréable et plein de lui-même.

— Installe-le au salon égyptien, j'arrive.

Dédaigneux, le politicien refusa le porto que lui proposait Curtain. Excédé, il haussa les épaules en regardant les dessins accrochés au mur, rappelant les paysages de la région thébaine qui avaient enchanté Belzoni.

— Je déteste attendre, éructa-t-il lorsque l'Italien le rejoignit. Vous n'imaginez pas mes journées !

— J'étais fort occupé et j'ai dû interrompre mes

activités. Nous n'avions pas rendez-vous, me semble-t-il ?

Francis Carmick fusilla son hôte du regard.

— Ne me prenez pas de haut, Belzoni, sinon vous le regretterez ! Je suis un homme important, et vous... vous...

— Et moi ?

— Je vous avais prévenu, et vous ne tenez pas compte de mes avertissements !

Le géant s'assit et alluma sa pipe.

— Un gentleman ne garde-t-il pas son calme en toutes circonstances, monsieur Carmick ?

— Vous n'en êtes pas un, Belzoni, et je ne vous autorise pas à me sermonner ! Au moins, tenez vos promesses.

— À quel sujet ?

— J'exige de connaître les moindres détails du processus de momification.

— Pourquoi ?

— Ça ne vous regarde pas ! Vous auriez grand tort de négliger cette requête. Je dispose de nombreuses relations et je peux briser votre carrière et votre réputation.

L'Italien tira une longue bouffée.

— Donnant, donnant, déclara-t-il en levant les yeux au ciel.

— C'est-à-dire ?

— Je souhaite rencontrer un conservateur ou un administrateur du British Museum qui apprécie l'art égyptien.

— Possible.

— En échange, je vous offre le nom du meilleur spécialiste des momies.

Francis Carmick griffonna un nom sur une carte de visite.

— Allez voir cet érudit de ma part, il vous traitera en ami.

— Le docteur Thomas Pettigrew, anatomiste distingué, se voue à l'étude de la momification, révéla Belzoni. Il vous apprendra ce que vous désirez savoir.

— Bonne récolte ! annonça Sarah en exhibant une liasse de billets. Mes petites figurines de faïence ont beaucoup plu à une duchesse et à deux fausses baronnes. À l'heure du thé, elles raconteront à leurs amies, folles de jalousie, qu'elles ont risqué leur vie en pénétrant dans des tombeaux égyptiens remplis de mauvais esprits, capables de se glisser sous les jupes d'une lady. Quand j'ai décrit la manière dont tu avais extrait ces trésors de la poitrine de momies menaçantes, elles ont failli s'évanouir ! Tu es un héros, mon Giovanni. Même les enfers et les morts ne parviennent pas à te résister.

Elle posa la liasse, ils s'embrassèrent comme deux jeunes amants.

— Je n'ai pas perdu mon temps, lui apprit-il. Grâce à la carte de visite de Carmick, les portes du British Museum vont s'ouvrir.

— Fêtons ça au champagne !

Ils terminaient la bouteille lorsque Curtain leur annonça la visite d'une dame de la haute société.

— Nouvelle acheteuse ? espéra l'épouse de Belzoni, guillerette.

La jeune femme était d'une beauté à couper le souffle. Sa robe de soie rose pâle, création d'une artiste de Regent Street, laissait deviner un corps parfait.

Belzoni toussota.

— Ma chérie, je te présente lady Suzanna. Nous nous sommes croisés à la sortie du Traveller's Club.

La gaieté de Sarah retomba.

— N'assistiez-vous pas au débandelettage de la momie ?

— En effet, madame Belzoni.

— Souhaitez-vous acquérir des objets égyptiens ?

— Ce n'est pas l'objet de ma visite.

— Ah… Que désirez-vous ?

— L'aide de votre mari.

Le visage de l'Irlandaise se crispa.

— J'aimerais des éclaircissements.

— L'inspecteur Higgins nous a parlé d'une affaire criminelle et de la disparition de la superbe momie, presque ressuscitée sous nos yeux. Si j'ai bien perçu sa pensée, il croit à sa culpabilité.

— C'est complètement insensé !

— Peut-être, madame Belzoni, mais j'ai décidé de m'intéresser à cette affaire et de mener ma propre enquête.

— À quel titre ?

— Je suis avocate et j'apprécie les causes difficiles. Ou bien l'inspecteur Higgins s'est moqué de moi et je rirai de ma naïveté, ou bien je défendrai cette momie. Un être humain, même âgé de plusieurs centaines d'années, doit être protégé contre l'injustice.

— Votre démarche, lady Suzanna, ne me paraît guère raisonnable. Et j'ignorais qu'une femme fût admise à exercer de telles fonctions.

— Je n'ai pas fait mes études en Angleterre. Néanmoins, mes compétences ont été reconnues par les *Law Courts* de Londres. Et ce n'est pas à une grande voyageuse, spécialiste de l'Orient comme vous, madame Belzoni, que j'apprendrai qu'il existe quantité de phénomènes bizarres et inexpliqués, échappant à l'empire de la raison et de la science.

La jolie brune marquait un point.

— Qu'attendez-vous de mon mari ?

— Les premiers résultats de mon enquête m'ont surprise. Je crois indispensable de les transmettre à l'inspecteur Higgins et j'ignore où le joindre. M. Belzoni accepterait-il de me renseigner ?

— Désolé, lady Suzanna, je ne connais pas l'adresse de ce policier.

— En vous adressant au portier du Traveller's Club, vous pourriez l'obtenir. À une femme, il ne répondra pas.

Sarah approuva d'un hochement de tête.

— Ma voiture vous emmène au club et vous ramène chez vous, proposa l'avocate. Pardonnez-moi de vous importuner ainsi, mais vous me rendriez un grand service.

Le géant consulta son épouse du regard. Son battement de cils lui donna le champ libre.

— Je vous suis, lady Suzanna.

28

Dans les jardinets du quartier de Spitalfields, les protestants avaient planté des mûriers qui leur permettaient d'élever des vers à soie. Aussi l'endroit regorgeait-il d'ateliers de tissage et de merceries. Les greniers abritaient diverses sortes de métiers, et le commerce de tissus battait son plein. Les petites gens vivaient un peu mieux qu'à Whitechapel, et la plupart étaient correctement vêtus. Ils achetaient aux fripiers des vêtements ayant appartenu aux aristocrates et revendus à bon prix. Les dames n'hésitaient pas à porter des chapeaux défraîchis dont les ladies ne voulaient plus.

Higgins attendit que le vendeur de jaquettes de deuxième et troisième main eût terminé de conclure une vente. Faiblement éclairée, la boutique était remplie de vieilles nippes. Ravi de pouvoir se pavaner avec l'habit d'un lord usé jusqu'à la corde, l'acheteur quitta les lieux.

— En chasse, inspecteur ? demanda le fripier.

— Le quartier est calme, ces derniers temps ?

— On râle, on s'agite, on accuse le gouvernement de faire monter les prix. L'atmosphère se dégrade.

— Connaîtrais-tu un dénommé Henry Cranber ?

— Il possède une bonne dizaine d'ateliers et autant

de boutiques. Un gros bonnet de Spitalfields, travailleur et dur en affaires.

— De la famille ?

— Divorcé, sans enfants. Les professionnelles lui suffisent.

— Des problèmes avec les autorités ?

— Non, c'est un gars rangé, au moins en apparence. Ici, on le respecte. Il paye bien ses employés, personne ne se plaint de lui. Moi, je ne le supporte pas à cause de son bavardage et de sa suffisance. Ce type-là n'a qu'une passion : l'argent. Il a sûrement vendu ses parents pour un penny ! Selon moi, une bonne moitié de ses affaires s'effectue sous le manteau. Il arrose des policiers et des fonctionnaires, et le quartier ferme les yeux. Il habite la maison à deux étages, au bout de la rue.

Higgins remercia son indicateur et se rendit au domicile de Cranber. Un domestique au faciès de brute l'accueillit.

— Monsieur désire ?

— Voir votre patron.

— Il déjeune. Et quand il déjeune, on ne le dérange pas.

— J'attendrai la fin de son repas.

— Après déjeuner, il part travailler. Et quand il travaille, on ne le dérange pas non plus.

— Impossible de l'aborder, semble-t-il ?

— Mon patron, il cause avec les gars qu'il connaît. Les étrangers, ils dégagent.

— Ne serait-ce pas l'occasion de faire connaissance ?

La brute empoigna un gourdin accroché à sa ceinture.

— Tu veux tâter de mon bâton ?

— Inutile d'entamer les hostilités. Je convoquerai

votre patron au poste de police. Et s'il ne s'y rend pas, on viendra le chercher. À bientôt.

— Holà ! Holà ! partez pas !… Alors, vous êtes…

— Inspecteur Higgins.

— Bougez pas, je reviens.

Le domestique grimpa un escalier quatre à quatre, consulta son patron et redescendit aussi vite.

— M. Cranber vous reçoit au salon. Il vous offre le café.

La maison était un petit musée, remplie de pastels, de marines, de bronzes vaguement antiques, dont une partie devait être fausse. Malgré la qualité de son habit, le commerçant paraissait mal fagoté, comme si nul vêtement ne s'adaptait à sa morphologie.

— Est-ce bien moi, Henry Cranber, que vous désirez voir ?

— C'est bien vous.

— Dénonciation, je suppose ? Mes concurrents ne supportent pas mon succès. Ils espèrent de gros bénéfices sans mettre la main à la pâte ! Moi, je suis en permanence sur le terrain et je dors quatre heures par nuit. Les résultats sont là, et je m'en félicite.

— Il ne s'agit pas de jalousie professionnelle, monsieur Cranber.

L'industriel se haussa du col.

— En ce cas, quel est le motif de votre visite ?

— Un triple meurtre.

Cranber battit de l'œil.

— C'est sérieux ?

— Malheureusement oui.

— Je suis négociant en tissus, inspecteur, pas criminel !

— Je ne vous accuse pas, monsieur Cranber.

Le commerçant poussa un soupir de soulagement.

180

— Asseyons-nous et dégustons cet excellent café. Vous n'en boirez pas de meilleur à Londres.

Allergique au thé, Higgins avait de la chance. Ce breuvage-là ne lui soulèverait pas le cœur.

— Arôme exceptionnel, reconnut-il.

— Le torréfacteur est un ami, et il me gâte. Trois victimes, disiez-vous ?

— Un vieux lord, un pasteur et un médecin légiste.

Tout en faisant claquer sa langue, le négociant au visage d'Asiatique plongea dans ses souvenirs.

— Comme c'est bizarre, vous me rappelez un curieux événement ! J'ai récemment assisté à un spectacle exceptionnel, le débandelettage d'une momie rapportée d'Égypte par Belzoni, l'organisateur d'une exposition à grand succès. L'annonce m'avait intrigué, et je me suis procuré un billet d'entrée. Fabuleux moment, croyez-moi ! Au fur et à mesure qu'apparaissait ce vieil Égyptien, l'assistance pensait à une résurrection. L'homme ramené au jour semblait vivant ! Des admirateurs ont acheté des bandelettes, et je me suis pris au jeu. Un spécialiste des tissus ne devait-il pas s'intéresser à de tels vestiges ? En dépit du prix élevé, j'ai acquis des bandes de lin couvertes de signes étranges et entourant les pieds. Elles ne dépareront pas ma collection d'antiquités. Belzoni a vanté les qualités de son assistant, un médecin légiste dont j'ai oublié le nom. Et deux incidents ont troublé cette surprenante cérémonie : l'intervention d'un pasteur hystérique et celle d'un vieil aristocrate sarcastique. Ces excités détestaient la momie et lui promettaient mille malheurs ! Auraient-ils un rapport avec les meurtres ?

— Ce sont les trois victimes, confirma Higgins. Et votre témoignage ne manque pas d'intérêt.

— Drôle d'histoire ! Voilà une distraction antique qui se termine de manière épouvantable.

— D'autres souvenirs, monsieur Cranber ?

Le commerçant réfléchit.

— Non, rien de significatif. À dire vrai, nous étions tous mal à l'aise. On s'attendait à voir un corps desséché, d'une laideur repoussante, pas cette momie magnifique évoquant davantage la vie que la mort.

— Elle a disparu, révéla Higgins. N'auriez-vous pas une idée de l'endroit où elle se trouve ?

— Moi ? Vraiment pas !

— Cette superbe pièce de collection n'a-t-elle pas attiré votre attention ?

— Pas au point de songer à la dérober, inspecteur. Souhaiteriez-vous visiter ma maison afin de constater l'absence de momie ?

— Ce serait fort aimable.

— Soupçonneriez-vous cette momie d'avoir commis une sorte de… maléfice ?

— À ce point de mon enquête, je n'écarte aucune éventualité.

— Suivez-moi.

Henry Cranber parut très fier de montrer à Higgins les nombreuses pièces de sa demeure, de la cave au grenier. Elles étaient surchargées de meubles, de potiches et de tableaux.

Mais aucune trace de momie.

De retour au salon, le propriétaire des lieux proposa à son hôte un vieux whisky écossais, réservé à des amateurs éclairés.

— Une merveille, reconnut Higgins. Chez Belzoni, n'avez-vous pas croisé un certain Littlewood ?

— Comment se présente-t-il ?

— Je l'ignore. Son nom n'a-t-il pas été prononcé en votre présence ?

— Je ne crois pas, inspecteur. En tout cas, ce n'est

ni l'un de mes fournisseurs ni l'un de mes gros clients. Serait-ce le principal suspect ?

— Il m'est impossible de vous répondre, monsieur Cranber.

— Je comprends, je comprends !

Le propriétaire de filatures prit un air pénétré.

— Écoutez, inspecteur, je n'ai pas l'habitude de jouer les délateurs, mais cette affaire est à la fois étrange et grave, puisqu'il y a eu mort d'hommes. Or… or, je détiens peut-être un indice.

Higgins ne se départit pas de son calme.

Cranber se leva et ouvrit un coffret en nacre. Il en sortit une bague et la montra à l'inspecteur.

— Avez-vous déjà vu un pareil objet ?

— Son décor ne représente-t-il pas un phénix renaissant du bûcher qu'il a lui-même allumé pour vaincre la mort ?

— Exact, inspecteur. Examinez l'intérieur de l'anneau.

Une inscription finement gravée : *Frères de Louxor.*

— Cet objet provient d'un lot de bijoux que j'ai acheté lors d'une vente aux enchères, il y a six mois. J'ai d'abord étudié le catalogue, sans y dénicher de précisions. Le commissaire-priseur ne m'a pas éclairé. Le terme de « Frères » ne fournissait-il pas une piste, celle de la franc-maçonnerie ? L'un de mes bons clients m'ayant confié qu'il appartenait à cette société secrète, je lui ai demandé s'il connaissait l'existence d'une loge appelée les « Frères de Louxor ». Et j'ai obtenu une réponse : cette loge existe bel et bien, mais les autorités maçonniques ne la considèrent pas d'un bon œil car elle échappe à leur contrôle et mène ses recherches en parfaite indépendance. Lors du débandelettage de la momie, quelle ne fut pas ma surprise d'apercevoir une bague identique au majeur de la main droite de Belzoni !

— Pouvez-vous le certifier ?

— Il s'agissait d'un phénix comparable, j'en suis certain. En revanche, j'ignore si le bijou de Belzoni comportait l'inscription « Frères de Louxor ». La légende veut que les francs-maçons exécutent les traîtres et les parjures. Les trois victimes dont vous parlez appartiendraient-elles à ces catégories et l'Italien aurait-il été chargé de les châtier ?

— Auriez-vous l'obligeance de me prêter cette bague, monsieur Cranber ? Je vous ferai parvenir rapidement un reçu officiel.

— À votre service, inspecteur. Parfois, un minuscule détail permet de lever le voile.

29

En dépit du poids de Belzoni, la calèche de lady Suzanna, tirée par deux chevaux vigoureux, avançait à belle allure. Le délicat parfum de l'avocate enchantait le Titan de Padoue, néanmoins gêné de côtoyer la jeune aristocrate.

— Le débandelettage de la momie fut un grand moment de la saison londonienne, estima-t-elle. Personne ne l'oubliera. Un tel succès ne vous comble-t-il pas ?

— La vie à Londres coûte cher, et je souhaite offrir à mon épouse une existence agréable. Pendant notre long séjour en Égypte, nous avons connu des moments difficiles. Sarah s'est montrée d'un courage exemplaire, elle mérite de goûter aux plaisirs de la fortune.

— Votre femme est une personne remarquable, monsieur Belzoni, et vous avez eu beaucoup de chance de la rencontrer. Soyez aux petits soins pour elle.

— Comptez sur moi !

— Ne regrettez-vous pas la terre des pharaons ?

— J'y ai passé des heures merveilleuses, mais mes jours étaient menacés, et je ne pouvais plus mener mes explorations à ma guise. À présent, l'importance de mes travaux doit être reconnue, et cette rude bataille n'est pas gagnée d'avance !

— La médiocrité est le pire des adversaires. Elle sait rassembler des légions d'imbéciles et d'envieux. Comme vous ne passez pas inaperçu, vous formez une cible parfaite. Et vous souffrez d'un terrible défaut : ne pas appartenir au sérail. Je connais l'intensité de vos luttes et je vous souhaite l'énergie nécessaire.

La calèche s'immobilisa devant l'entrée du Traveller's Club.

Belzoni en descendit et s'adressa au portier.

— J'ai eu l'honneur d'être l'invité de l'inspecteur Higgins, rappela le géant.

— Je m'en souviens, monsieur.

— Il me faut le contacter rapidement et j'ignore où le trouver. Pourriez-vous me donner une adresse ?

Le portier analysa la situation et choisit une solution adaptée.

— L'inspecteur passe fréquemment au commissariat de Piccadilly.

— Mille mercis.

— À votre service.

L'Italien fournit le renseignement à l'avocate.

— Je suis votre obligée, monsieur Belzoni.

— Je vous laisse, lady Suzanna. Vous devez avoir hâte de vous rendre à Piccadilly.

— J'avais promis de vous ramener.

— La marche à pied me fera du bien.

Le sourire de l'aristocrate était enchanteur. La portière se referma, et la calèche s'élança.

Le sergent empilait des documents et vérifiait la signature du gradé, un alcoolique qui passait souvent la nuit dans une cellule en chantonnant des airs d'opéra.

Il aurait fallu repeindre les murs du commissariat, mais les crédits manquaient.

— Désolée de vous importuner, dit une voix fraîche comme de l'eau de source.

Le sergent leva la tête et découvrit une créature de rêve. Il tira sur les pans de sa veste et adopta une allure martiale.

— Que désirez-vous, milady?

— Je souhaite m'entretenir avec l'inspecteur Higgins.

— Ah... Il n'est pas ici en ce moment. Seriez-vous une... parente?

— Je n'ai pas cet honneur.

— Ah... Pourrais-je connaître votre nom?

— Lady Suzanna. J'ai déjà rencontré l'inspecteur et je souhaite le voir d'urgence.

« Cet Higgins, pensa le sergent, quel séducteur! Comment s'y est-il pris? »

— Bon, bon... Je m'en occupe.

— Ce ne sera pas trop long, j'espère?

— Je contacte un responsable.

Le sergent abandonna ses dossiers et courut jusqu'à la salle de réunion où plusieurs policiers jouaient aux cartes en buvant un thé additionné de rhum. L'un d'eux était l'oreille des indicateurs de Higgins et lui transmettait, à intervalles réguliers, les renseignements récoltés.

Le policier présenta sa requête, écouta la réponse de son supérieur et revint en courant au guichet d'accueil.

— L'inspecteur Higgins passera au commissariat demain à midi. Nous le préviendrons de votre visite, lady Suzanna.

— Eh bien, à demain.

La fade journée du sergent était illuminée. Quelquefois, la police avait du bon.

Le musicien ambulant distrayait les passants de Tottenham Court Road en jouant de l'orgue de Barbarie, du tambourin et de la cornemuse. Higgins l'écouta et lui donna la pièce.

— Je vais rendre visite à l'une des notabilités du quartier, sir Richard Beaulieu. Bonne ou mauvaise réputation ?

— Exécrable, inspecteur. Un bonhomme odieux et méprisant, détesté de ses voisins. Ses domestiques changent sans arrêt. Le plus curieux, c'est qu'il possède une ébénisterie dirigée par un repris de justice. Elle est installée derrière son hôtel particulier et ne semble pas très active.

— Peux-tu la surveiller étroitement ?

— J'ai un bon réseau de petits gars discrets. Le moindre incident sera signalé.

Higgins se dirigea vers le domicile du professeur Beaulieu. Une sexagénaire décharnée lavait le seuil à grande eau.

— Me permettez-vous d'enjamber ?

— Entrez si ça vous chante.

Dans le hall, la cuisinière et la femme de chambre en venaient aux mains à propos d'une livraison de lait.

L'apparition de Higgins interrompit le pugilat.

— J'aimerais voir sir Richard.

— Premier étage, la porte à la droite du palier. Pas le temps de vous accompagner.

L'inspecteur grimpa allègrement l'escalier. De fait, l'atmosphère de cette demeure ne semblait pas au beau fixe. L'aspect de certaines marches et l'encadrement d'une fenêtre attirèrent son attention. Un bois ancien, peut-être de l'acacia, travaillé de manière remarquable.

Higgins frappa à une lourde porte en chêne.

Elle s'ouvrit lentement.

Le professeur toisa le visiteur.

— Nous n'avions pas rendez-vous, me semble-t-il ?

— Inspecteur Higgins. Auriez-vous l'amabilité de m'accorder un entretien ?

— Cela ne m'arrange guère, mais enfin… je suppose que vous reviendriez ?

— En effet.

— Alors, débarrassons-nous de cette formalité. Soyez bref, mon temps est compté.

Sir Richard Beaulieu s'assit à son bureau, un meuble d'une taille impressionnante aux nombreux tiroirs. Austère, la pièce était ornée de boiseries anciennes aux teintes variées. L'une d'elles, au-dessus de la tête du maître des lieux, comportait des signes étranges, des sortes de hiéroglyphes hâtivement gravés.

— Je vous écoute, inspecteur.

— Avez-vous assisté au débandelettage d'une momie appartenant à Belzoni, l'organisateur de l'exposition égyptienne ?

— Exact.

— Avez-vous acheté un vestige ?

— Une amulette en cornaline.

— La possédez-vous encore ?

— Pour qui me prenez-vous ? Je ne suis pas un commerçant !

— Cet objet a donc une importance particulière à vos yeux.

— Pas du tout, inspecteur. Cette babiole illustre la crédulité des anciens Égyptiens et s'ajoute à une collection de documents destinés à prouver leur stupidité.

Le professeur chaussa un monocle.

— Cette acquisition a été parfaitement légale, et j'ai

189

payé ce Belzoni, un aventurier inculte. L'affaire est réglée, me semble-t-il.

— Reste à retrouver un assassin coupable de trois meurtres.

— Des meurtres ? Ça ne me concerne pas.

— Si, puisque vous connaissiez les victimes, présentes lors du spectacle dont la momie était la vedette. Le médecin légiste, un vieux lord et un pasteur en colère.

De l'index, le professeur tapota ses lèvres.

— Je me rappelle vaguement ces personnes, surtout le médecin qui a ôté les bandelettes. Elles n'appartenaient pas à mes relations et je n'ai rien à vous apprendre à leur sujet.

— Littlewood ne serait-il pas l'un de vos familiers ?

— Augustin Littlewood, le professeur de latin centenaire décédé l'an dernier ?

— Non, quelqu'un de beaucoup plus jeune.

— Je ne connais pas d'autre Littlewood. Avez-vous terminé, inspecteur ?

— Je suspecte la momie d'avoir joué un rôle décisif dans les trois crimes. Elle a malheureusement disparu, et vous pourriez peut-être m'aider à découvrir l'identité du voleur.

Les poings serrés, sir Richard Beaulieu se releva.

— Vous outrepassez les bornes, inspecteur, et je ne manquerai pas de le signaler à vos supérieurs ! Sortez de mon bureau !

— Ma proposition ne me paraissait pas insultante.

— Elle l'était ! On ne se moque pas d'un professeur d'Oxford.

Le regard de Higgins fit le tour du bureau.

— Admirables boiseries, sir Richard. D'où proviennent-elles ?

— De divers châteaux. Cet entretien inutile est terminé !

Au moment de sortir, Higgins se retourna.

— Si vous entendez parler de cette momie, laissez-moi un mot au commissariat de Piccadilly. On me le transmettra.

L'épais brouillard régnant sur le quartier sordide de Whitechapel était le meilleur allié de Littlewood. Véritable caméléon, le chef des conspirateurs avait pris l'allure d'un ouvrier traînant sa misère et son mal de vivre. Il écarta d'une main lasse la proposition d'une prostituée vieillissante et se rendit au lieu du rendez-vous, un entrepôt désaffecté que colonisaient des rats.

Comme prévu, un policier corrompu lui amena le cocher travaillant aux écuries royales. Les étrangers qui s'aventuraient dans les ruelles étroites couraient de sérieux risques, et Littlewood voulait garder intact son informateur.

Il sortit de l'épaisse couche de brume malodorante et barra la route à son hôte.

— Tu es arrivé, l'ami.

Le bonhomme sursauta.

— Ce n'est pas vous que je viens voir !

— Mais si, c'est moi, Littlewood.

Affolé, le cocher tenta de s'enfuir. Le policier l'agrippa au collet et le plaqua contre le mur humide de l'entrepôt.

— Calme-toi, recommanda Littlewood. Entre ici, nous serons tranquilles pour causer. Ne reconnais-tu pas ma voix ?

— Possible…

Le conspirateur rappela au cocher les termes de leur premier entretien. Enfin, ce dernier s'apaisa.

— Vous savez vous déguiser, vous !

— Question de sécurité. Et ça me permet d'être présent partout. Autrement dit, n'essaie pas de me mentir. Qu'as-tu à m'apprendre ?

— L'intendant des écuries royales a effectivement besoin d'argent, à cause de ses dettes de jeu. Son salaire et ses emprunts ne suffisent plus à les éponger. Ma proposition tombait à pic. En revanche, il s'est insurgé contre votre projet. Le vol des chevaux de Sa Majesté, quelle honte ! J'ai tenu bon : pas de renseignements, pas d'argent. La discussion a été longue et rude. En échange de la somme, il m'a donné la liste des déplacements du roi, le mois prochain. Si vous souhaitez des précisions concernant les horaires, les personnalités présentes et le nombre de serviteurs, il exige davantage.

— Ton supérieur est gourmand !

— Je ne me suis pas engagé. Voici la liste.

Un gros rat noir frôla les pieds du cocher qui recula brusquement et se heurta à une pile de cageots. Littlewood n'avait pas bougé.

— Crédit accordé, l'ami.

Le conspirateur lui remit une belle somme en billets de banque.

— Et… ma part ?

— Prélève dix pour cent. Quand auras-tu les informations ?

— Dans deux ou trois jours.

— Ce policier te contactera et te conduira auprès de moi.

— Ici même ?

— Tu verras bien. Ne pose pas de questions, l'ami, et contente-toi de remplir correctement ta mission.

Le policier et le cocher s'éloignèrent. Le plan de Littlewood prenait forme, l'assassinat de George IV frapperait le royaume à la manière de la foudre. Le conspirateur n'était pas un révolutionnaire de bas étage, avide de pouvoir et de privilèges. Il songeait à établir le règne du Mal, à faire déferler pendant des siècles les puissances obscures. Y parvenir impliquait de retrouver la momie et d'utiliser ses capacités de destruction. Belzoni n'avait pas réveillé un mort ordinaire, mais un être doté d'une puissance terrifiante.

Assister au débandelettage avait permis à Littlewood de prendre conscience des pouvoirs de ce faux cadavre. Le voleur de la momie comptait-il les utiliser ou se satisfaisait-il d'un trésor archéologique ? En tout cas, il n'avait pas hésité à massacrer un lord, un pasteur et un médecin !

La traque était lancée. Et Littlewood disposait d'un précieux allié qui, comme lui, était présent lors du débandelettage.

Le sergent du poste de police de Piccadilly attendait avec impatience l'arrivée de lady Suzanna. En ce jour, il n'était pas de service et aurait dû pêcher au bord de la Tamise.

À midi moins une, elle apparut.

Robe rouge, cape en soie, délicieux petit chapeau printanier. Et ce teint de pêche, tranchant sur la pâleur réfrigérante de la plupart des ladies !

— Bonjour, officier. L'inspecteur Higgins est-il présent ?

Le sergent écarquillait les yeux.

— Officier… vous sentez-vous bien ?

— Oui, oh oui ! Ah, l'inspecteur… Je vais le chercher. Surtout, ne partez pas !

Higgins écoutait le rapport de son subordonné chargé de collecter les informations fournies par son réseau d'indicateurs. Une partie du commissariat de Piccadilly se composait de policiers honnêtes, voués au respect de l'ordre et de la loi. Ils ne reconnaissaient d'autre patron que Higgins et soutenaient son projet de former un corps d'authentiques professionnels, capables d'empêcher Londres de sombrer dans la corruption et de devenir la proie des gangs. L'entreprise semblait condamnée à l'échec, mais la détermination de l'inspecteur remontait le moral des troupes, et son idéal obtenait de plus en plus d'échos.

Un passage du rapport avait intrigué Higgins. Il s'apprêtait à demander des éclaircissements lorsque le sergent de garde l'interrompit.

— Lady Suzanna vous attend, inspecteur.

— J'arrive.

Réfléchissant à la façon d'écarter une nouvelle menace, Higgins accueillit la belle avocate.

— Auriez-vous besoin de mes services, lady Suzanna ?

— Je viens d'acquérir une nouvelle calèche. Que penseriez-vous d'une promenade à Hyde Park ?

— Entendu.

Laquée noir, la voiture était superbe et confortable. Quant aux quatre chevaux chargés de la tirer, ils avaient une allure princière.

— Je me suis trouvée en concurrence avec l'intendant des écuries royales, et j'ai proposé un meilleur prix. Amusante victoire, n'est-ce pas ?

— À l'évidence, vous possédez une appréciable fortune.

— Un héritage, et quelques affaires réussies.

La calèche s'élança et parcourut en un temps record la courte distance entre le poste de police de Piccadilly et Hyde Park.

Un doux soleil baignait les cent cinquante hectares du parc royal ouvert au public en 1600. On nageait l'année durant dans le lac Serpentine, un plan d'eau artificiel créé en 1730, le bain le plus apprécié restant celui de Noël. En 1814, on y avait organisé une reconstitution de la victoire de Trafalgar.

Les voitures de maître circulaient de dix-sept à dix-neuf heures. De midi à quatorze heures, se déroulaient des parades équestres, permettant aux amazones et aux cavaliers de montrer leurs talents.

Lady Suzanna et Higgins descendirent de la calèche et empruntèrent une allée paisible bordée de tilleuls. Des érables, des frênes et des marronniers servaient de terrains de jeux à des écureuils gris et roux, habitués aux badauds. Un couple de vanneaux huppés, au bec noir et aux plumes vert sombre, survola les promeneurs auxquels un troglodyte mignon, minuscule oiseau au chant puissant, offrit un concert.

— Vous me pardonnerez d'avoir glané des informations vous concernant, inspecteur, mais je tenais à savoir si vous recherchiez réellement la vérité. Votre réputation est flatteuse, et l'on vous considère comme un policier exceptionnel, sans égal dans le royaume. Néanmoins, votre indépendance d'esprit dérange quantité de notables, et votre grand projet déplaît aux autorités.

— Scotland Yard verra le jour, promit Higgins, car sa naissance est indispensable.

— Je partage votre avis et j'ai l'intention de vous aider. De nombreux juges et avocats approuvent cette démarche, et je lui donnerai un maximum d'audience.

Les relais d'opinion finiront par convaincre le gouvernement de céder à vos exigences.

— Ces encouragements me vont droit au cœur, lady Suzanna. Cependant, j'aimerais dissiper toute équivoque.

— À savoir une sorte de chantage : mon appui en échange de votre servilité et de l'abandon de votre enquête ? Soyez tranquille, telle n'est pas mon intention. Je suis sincère, inspecteur, et je partage votre vision de l'avenir.

Une mésange tourna autour de Higgins et, à l'étonnement de l'avocate, se posa sur son épaule.

— Sauriez-vous apprivoiser les oiseaux ?

— C'est la seule manière de les mettre à l'abri de mon chat, Trafalgar. Il est pourtant bien nourri et passe l'essentiel de son temps au coin du feu. Mais il reste un chat et, de temps à autre, l'instinct du chasseur reprend le dessus. À moi de protéger les oiseaux qui fréquentent ma propriété.

— Avant la naissance d'une nouvelle police, il vous faudra retrouver l'assassin d'un pasteur, d'un lord et d'un médecin.

— Et la momie mêlée à ces crimes, rappela Higgins. Ainsi vous avez identifié les trois victimes.

— J'ai commencé ma propre enquête, révéla lady Suzanna, et j'utiliserai mon propre réseau afin de vous damer le pion. La lutte menace d'être féroce, inspecteur, et j'espère découvrir la vérité avant vous.

La mésange s'envola en poussant quelques notes.

— Je suppose que vous n'êtes pas femme à écouter des conseils.

— Au contraire ! Quand l'écoute est bonne, la parole est bonne. Et la pratique de mon métier requiert l'application de cette vieille maxime.

— En ce cas, évitez de courir des risques, lady

Suzanna. Cette affaire est à la fois compliquée et dangereuse. Déjà trois victimes, et ce ne sont probablement pas les dernières.

La jeune femme s'assit sur un banc en bois, à l'ombre d'un hêtre. Elle invita Higgins à prendre place à sa droite.

— Et si nous devenions alliés ? proposa-t-elle.

— J'apprécie votre goût de la vérité mais je redoute qu'il ne vous entraîne trop loin.

— J'ai découvert un suspect, déclara l'avocate avec gravité. Il se nomme Thomas Pettigrew, exerce la profession de médecin spécialiste de l'anatomie et a pour passe-temps l'étude des momies.

Higgins ouvrit son carnet noir en moleskine et prit note de cette déclaration.

— Mon hypothèse est la suivante, confia-t-il : l'assassin assistait au débandelettage de la momie et s'est procuré un souvenir en achetant l'un des éléments de cette relique.

— Disposez-vous de preuves ?

— D'indices intéressants.

— Et le voleur de la momie ?

— Lui aussi devrait appartenir au cercle des acheteurs. Je poursuis mon enquête pas à pas en rassemblant ce qui est épars.

— Merci de votre confiance, inspecteur.

Ils se relevèrent et retournèrent en direction de la calèche. Le soleil se voilait, une averse se préparait.

— Une sorte de démon nommé Littlewood rôde dans l'ombre, ajouta Higgins. Il cherche à semer le chaos et ne serait pas étranger à l'affaire de la momie. Ses interventions rendront cette enquête particulièrement périlleuse.

— Et vous aimeriez donc me voir renoncer...

— Un vœu pieux, je suppose ?

— Je le redoute, inspecteur. En cas d'urgence, puis-je continuer à utiliser le poste de police de Piccadilly ?

Higgins hocha la tête affirmativement. Les premières gouttes commencèrent à tomber.

31

Le sauveur pénétra dans la crypte où reposait la momie. Peu à peu, il redonnait vie à cet ancien laboratoire d'alchimie, abandonné depuis longtemps. Il avait ouvert plusieurs cachettes contenant des cornues, des coupelles, des vases de pierre et des traités consacrés à l'élaboration de la pierre philosophale suivant la voie brève et la voie longue, tradition héritée du *Livre des deux chemins* gravé sur les sarcophages des grands initiés de l'Égypte ancienne.

Lors de l'invasion arabe du VIIᵉ siècle après Jésus-Christ, la voix des sages s'était éteinte. On avait dévasté les temples et pillé les demeures d'éternité. Pressentant le désastre et l'anéantissement de leur civilisation, quelques prêtres avaient réussi à s'enfuir et à gagner l'Europe où la transmission des secrets ne s'était jamais interrompue. Les héritiers des pharaons avaient formé les premières communautés monacales et les loges d'artisans, créateurs des cathédrales, véritables livres de pierre offrant leur enseignement à qui avait des yeux pour voir. Alchimistes et francs-maçons avaient pris le relais, mais fort rares étaient les dépositaires de la connaissance des hiéroglyphes, « les paroles de Dieu [1] ».

1. *Medou Neter.*

Le sauveur appartenait à cette minuscule confrérie dont il serait bientôt le dernier survivant car son maître, l'abbé Pacôme, ne tarderait pas à disparaître. Les dieux décideraient-ils de priver l'humanité de la langue sacrée ou bien permettraient-ils à un chercheur comme Champollion d'en redécouvrir les clés ?

Le sauveur avait une tâche prioritaire : préserver de la corruption cette extraordinaire momie, porteuse de la vie des Anciens. Cet être au regard lumineux et paisible était un chef-d'œuvre de la Demeure de l'Or, lieu de l'initiation suprême. Soixante-quinze étapes rituelles avaient été nécessaires pour rendre efficace la magie de l'embaumement et façonner le *sâh*, «corps noble».

Seul un «juste de voix» accédait à cette dignité, capable de vaincre la seconde mort, l'anéantissement du cœur et de la conscience, et d'accéder à une vie en éternité, perpétuel voyage à travers l'univers.

Encore fallait-il que les parties du corps immortel d'Osiris fussent réunies et protégées. En dépouillant la momie de ses attributs magiques, les profanateurs l'avaient mise en grand danger. Le sauveur récita les formules de transformation en lumière, encensa la momie et célébra le rituel de la veillée funèbre.

Il devait la maintenir hors des ténèbres.

À n'importe quel prix.

Belzoni remit la carte de Francis Carmick au conservateur du British Museum qui avait accepté de le recevoir. Le visage anguleux orné de favoris, l'érudit occupait un local étriqué, encombré d'étagères croulant sous le poids de lourds volumes reliés. De style élisabéthain, son bureau, couvert de dossiers, tenait les visiteurs à bonne distance. Ici, on ne plaisantait pas avec la science.

Regrettant les vastes espaces de l'Égypte et de la Nubie, le Titan de Padoue respirait mal. L'été pourri rendait ses articulations douloureuses, et l'automne n'améliorerait pas la situation. Un instant, il songea à la douceur d'un mois d'octobre à Louxor.

— Êtes-vous l'organisateur de l'exposition qui se tient à l'Egyptian Hall ? demanda le conservateur d'une voix pincée.

— En effet. C'est un immense succès.

— La populace a souvent mauvais goût, monsieur Belzoni. C'est même sa principale caractéristique. Dieu merci, elle ne fréquente pas notre musée. Comment apprécierait-elle le grand art ?

— Vous êtes-vous rendu à l'Egyptian Hall ?

Le regard froid du conservateur devint franchement glacial.

— L'ampleur de mes responsabilités m'interdit ce genre de distractions.

— Il s'agit d'une exposition fort sérieuse, protesta l'Italien. J'y ai rassemblé des dessins de la plus belle tombe de la Vallée des Rois, quantité d'objets anciens et un chef-d'œuvre incomparable, un grand sarcophage d'albâtre orné de figurines et de textes hiéroglyphiques.

— Les chefs-d'œuvre incomparables sont conservés au British Museum.

— Justement, sur la recommandation de Francis Carmick, j'ai une proposition à vous faire.

— Soyons clairs, Belzoni. Je n'ai croisé ce politicien qu'une seule fois, à l'occasion d'un événement mondain. Ses amis ne sont pas les miens, et il ne joue aucun rôle dans l'administration de ce musée.

L'Italien contint sa colère. Ainsi le notable s'était moqué de lui !

— Alors, cette proposition ?

— Ce sarcophage est une pièce unique. Le rapporter en Angleterre fut une sorte d'exploit, et je suis persuadé qu'il sera considéré comme l'un des plus fabuleux trésors du British Museum.

— Mon cher, vos convictions n'ont rien de scientifique. Car, m'a-t-on dit, vous ne possédez pas de diplômes et n'avez pas de compétence archéologique reconnue.

— Mon livre prouve l'étendue de mes découvertes !

— Ce n'est pas un ouvrage de référence, Belzoni, mais le récit d'un chercheur de trésors destiné à distraire les badauds.

L'Italien avala sa salive.

— Le sarcophage d'albâtre n'est ni une illusion ni une curiosité !

— À supposer qu'il mérite cette appellation, l'art de l'Égypte ancienne n'intéresse qu'une minorité d'amateurs.

— Mon exposition démontre le contraire !

— Je parlais d'amateurs éclairés, objecta le conservateur. Peut-être mes collègues et moi-même pourrions-nous étudier une procédure de don et accueillir votre sarcophage dans les réserves du musée.

Belzoni sursauta.

— Une procédure... de don ?

— Ce serait une faveur. De mon point de vue, les sarcophages sont des objets mineurs.

— Celui-là vaut une fortune !

— Vous plaisantez, je présume ?

Le colosse se releva.

— C'est vous qui plaisantez ! Et vous n'avez pas le droit de refuser une telle merveille.

— Un aventurier étranger prétendrait-il apprendre son métier à un conservateur du British Museum ?

— Je me passerai de vos compétences. Le musée doit m'acheter le sarcophage d'albâtre, et il l'achètera !

Belzoni sortit de ce bureau où il manquait d'air et claqua la porte.

Higgins s'accommodait de son refuge de la City, bénéficiant du confort moderne. Néanmoins, son chien Geb et son chat Trafalgar lui manquaient. Les longues promenades, les soirées au salon, les excellents repas de Mary, le calme de la campagne… Autant de bonheurs qu'il espérait retrouver au plus tôt.

Hélas ! l'avenir immédiat ne s'éclaircissait guère. La relecture de ses notes ne manquait pas d'intérêt, mais elle ne lui procurait pas encore les clés d'énigmes entremêlées. Une intuition le guidait : les trois meurtres, la disparition de la momie et Littlewood étaient indissociables. Un ou plusieurs suspects avançaient masqués, et tous ceux qu'il avait interrogés avaient quelque chose à cacher, y compris Belzoni et son épouse.

Higgins ne croyait pas au hasard et au crime de circonstance. Accomplir un tel acte impliquait un état d'être et un cheminement. À lui d'en découvrir la cause et de ne pas s'égarer.

Selon la vieille méthode des alchimistes, il accumulait les matériaux et les observations, sans idée préconçue, et laissait à la vérité le temps de s'épanouir. L'essentiel ne consistait-il pas à poser les bonnes questions ?

Après s'être humidifié le visage avec une serviette chaude, il l'enduisit d'une mousse de savon à barbe, parfumée à l'eau de rose. Passée et repassée sur un cuir à aiguiser, la lame de son coupe-chou au manche de nacre assurait un rasage parfait. Restait à lisser la moustache poivre et sel, en soumettant les poils rebelles. Respecter autrui, et le comprendre, commençait par le maintien de soi-même.

Utilisant l'eau de toilette Tradition Chèvrefeuille, au parfum suranné, l'inspecteur se remémora les enquêtes qui l'avaient conduit, depuis le début de sa carrière, à mettre sous les verrous quantité de criminels. Cette fois, la situation ne ressemblait à aucune autre, et l'expérience acquise serait inutile. Higgins s'aventurait en terrain inconnu et nul ne lui porterait assistance.

Vêtu d'un habit de bonne facture et ressemblant à un homme d'affaires de la City, l'inspecteur quitta son abri et se dirigea vers un restaurant où il dégusterait des œufs brouillés, du bacon et du poisson grillé.

Un gentleman coiffé d'un haut-de-forme marcha à ses côtés.

— Nuit tranquille, sergent ?

— Pas autant que les précédentes. Quand vous êtes rentré, quelqu'un vous suivait.

— Homme ou femme ?

— Un bonnet, un long manteau… Impossible à dire. J'ai préféré observer et ne pas m'approcher de trop près. Le suiveur a tenté de repérer votre domicile, mais il a échoué et tourné en rond. Il recommencera, et je suggère de doubler votre protection.

— Agissez au mieux, sergent.

— Devons-nous intercepter ce curieux ?

— Seulement en cas d'extrême urgence.

— Nous n'aimerions pas vous perdre, inspecteur.

— J'aurais tendance à vous approuver.

Les deux hommes se séparèrent, Higgins déjeuna d'un excellent appétit. Ses premiers coups de pied dans la fourmilière donnaient déjà des résultats.

32

Le quartier de Bloomsbury était une sorte de paradis géorgien, élégant et tranquille. Places discrètes agrémentées de verdure, ses *squares* offraient aux riches familles d'agréables cadres de vie, à l'écart de la pauvreté de l'East End dont les remugles ne parvenaient pas à Russell Square et à Bedford Square. Réaménagé en 1800, Bloomsbury se composait de petites rues paisibles et d'espaces dégagés. Certains aristocrates regrettaient la présence de parvenus, de riches négociants fiers d'habiter à l'ombre du British Museum, mais se résignaient à cette cohabitation.

Higgins se présenta au portier d'un superbe hôtel particulier orné de colonnes corinthiennes surmontées de chapiteaux représentant des corbeilles de fruits.

Le domestique écouta la requête du visiteur, s'inclina et monta prévenir son maître, l'illustre acteur Peter Bergeray, à peine réveillé.

Le hall était tapissé d'affiches à la gloire de Bergeray, capable d'interpréter tous les rôles majeurs du répertoire shakespearien.

Le domestique redescendit et conduisit le policier au salon d'honneur, surchargé de canapés, de fauteuils, de poufs, de guéridons et de miroirs qu'astiquait une soubrette, priée de quitter les lieux. Un lustre démesuré éclairait la vaste pièce. Alors que Higgins observait ce surprenant luminaire, apparut le comédien aux cheveux blonds décolorés et au visage pâle comme la mort. Vêtu d'une cape bleue et chaussé de babouches, il avait le regard vague.

— Excusez-moi, inspecteur, je sors de mon *tub*[1]. Rien de plus reposant qu'un bon bain ! J'en prends au moins trois par jour. Grâce aux citernes, ce merveilleux quartier ne manque jamais d'eau. Demain, j'en suis persuadé, tout Londres aura des baignoires ! La technologie progresse à grands pas, et notre bon roi encourage les savants. Bientôt, nous nous inspirerons de l'exemple de Pilâtre de Rozier, et nous volerons. Son ballon dirigeable, quelle formidable idée ! Blanchard n'a-t-il pas réussi la traversée du Channel en 1785 ? Il aurait mérité davantage de célébrité. L'Histoire se montre parfois injuste, n'est-il pas vrai ? Ah, du chocolat et des gâteaux !

Un maître d'hôtel stylé déposa un plateau en argent sur un guéridon.

— Mon pâtissier est un artiste, inspecteur. Ces macarons me font à peine grossir, et George IV en personne les apprécie. Le nouveau palais de Buckingham, magnifique idée ! Lorsqu'il sera terminé[2], la monarchie britannique disposera d'un fabuleux écrin, digne d'un théâtre. Nous vivons une époque exaltante, inspecteur, et chaque jour nous apporte son lot de surprises. Vous appréciez le chocolat, j'espère ? Moi, j'en suis fou ! Deux tasses, et l'énergie revient. Et mon art en exige beaucoup, vous pouvez me croire ! Choisissez un bon fauteuil, asseyez-vous et régalez-vous. Je n'arrête pas d'acheter des canapés et des fauteuils, cette maison devient une salle de spectacle.

1. L'ancêtre de la baignoire.
2. Buckingham ne sera occupé qu'en 1837.

Comme s'il revenait à la réalité, l'acteur fixa Higgins.

— Vous êtes de la police… Pourquoi vouliez-vous me voir ?

— Trois crimes ont été commis.

— Ah oui… Des gens que je connaissais ?

— Ils assistaient au spectacle donné par Belzoni.

— Le débandelettage de la momie ! Laissez-moi deviner, j'adore les énigmes. Voyons, voyons… D'abord, le pasteur hystérique, décidé à détruire la momie. Forcément, elle s'est vengée ! Ensuite, le vieux lord sarcastique et méprisant. La malédiction l'a frappé, lui aussi. Enfin… Je parierais sur le médecin légiste. Un homme froid, dépourvu de respect à l'égard de cette relique. Ai-je gagné, inspecteur ?

— Remarquable, monsieur Bergeray.

— Ne cherchez plus le coupable : c'est la momie. Et je vais vous le prouver. Disposons-nous autour de cette table ronde en ébène et touchons-la du bout des doigts. Maintenant, fermons les yeux.

Higgins se plia aux exigences de l'acteur, tout en l'observant du coin de l'œil.

— Je voyage, murmura Peter Bergeray, je remonte le temps. Des pyramides, des temples, des tombeaux… Une porte de bronze, un long couloir, des torches, des prêtres, un sarcophage baigné d'une lumière dorée… La momie est là, elle respire… Oui, elle respire ! Des démons surgissent, égorgent les prêtres et s'approchent du sarcophage. Ils veulent détruire la momie, elle se relève, elle les maudit, elle triomphe !

L'acteur s'éloigna de la table et se laissa tomber dans un fauteuil. Trempé de sueur, il peina à reprendre son souffle.

— Avez-vous vu le visage des agresseurs ? demanda Higgins.

— Des masques hideux, des fantômes…

— La momie ressemblait-elle à celle de Belzoni ?

— C'était elle, j'en suis certain ! J'ai entendu un mot, un seul : *Magnoon*. C'est lui, le chef des assassins. Contrairement au nôtre, le monde des morts ne ment pas.

Higgins nota l'information.

Bergeray se calma et but une tasse de chocolat.

— Communiquez-vous souvent avec l'au-delà ? questionna l'inspecteur.

— De tels voyages sont épuisants, et je ne les accomplis qu'en cas de nécessité absolue.

— Soyez remercié de votre aide, monsieur Bergeray.

— Si quelqu'un vous parle d'une expérience semblable, méfiez-vous de lui. Il aura tenté de dérober ma vision et appartiendra à la cohorte de criminels désireux de détruire la momie.

— Elle a disparu, révéla Higgins.

— Fâcheux, très fâcheux. Je redoute de nouveaux drames.

L'acteur dévora une dizaine de macarons.

— Vous avez acheté des bandelettes, rappela l'inspecteur.

— De longues et larges bandes de lin recouvrant le visage de cette admirable momie, en effet. Elles m'étaient nécessaires pour préparer un jeu de scène inédit qui a suscité l'enthousiasme du public.

— J'ai assisté au spectacle, et j'ai été fort impressionné. Transformé en momie, vous sortiez du néant, et vous vous déplaciez, animé d'une vie surnaturelle.

— Je ne suis pas mécontent de cet effet-là, avoua le comédien en allumant une longue pipe en nacre. Ce délicat objet m'a été offert par le Smoking Club, lors de mon intronisation. Et dire que de mauvaises langues osent prétendre que c'est un faux !

Higgins nota la présence de hiéroglyphes grossièrement gravés sur le tuyau.

— Cette mauvaise langue ne serait-elle pas celle de Belzoni ?

— Vous êtes intuitif, inspecteur !

— L'auriez-vous donc accueilli ici même ?

Peter Bergeray parut gêné.

— Après le spectacle de la momie, nous nous sommes revus au théâtre, dans ma loge. Et cette rencontre ne fut guère agréable.

Nerveux, il bourra de tabac le fourneau de la pipe.

— Un moment difficile à évoquer, inspecteur. Puisque vous menez une enquête criminelle, je préfère ne rien vous cacher, bien que l'événement n'embellisse pas ma réputation. Votre discrétion m'est-elle acquise ?

Higgins hocha la tête affirmativement.

— La parole d'un gentleman vaut de l'or ! À la vue de la momie, j'ai ressenti une émotion profonde. D'autres spectateurs se portant acquéreurs de bandelettes, j'ai tenté ma chance. Le prix qu'a fixé Belzoni était exorbitant, mais je n'ai pas prêté attention à la somme. La fascination vous entraîne parfois à commettre des imprudences ! Bref, j'ai emporté les bandes de lin et j'ai oublié de les payer. Se consacrer à l'art fait négliger les côtés sordides et mercantiles de l'existence. Le couple Belzoni, lui, s'en souvient ! Moi, Peter Bergeray, j'ai été victime d'une agression.

— Des blessures ? s'inquiéta Higgins.

— Surtout morales, car j'ai réussi à éteindre leur fureur en promettant de régler ma dette rapidement. Ce monstre d'Italien est un colérique, et son horrible épouse tout aussi dangereuse ! Ils m'ont menacé des pires sévices si je ne les payais pas. La fréquentation des textes de Shakespeare m'a donné le sens de la grandeur et de la repartie. Face à la violence bestiale, j'ai opposé la dignité.

— Affaire réglée ?

— Presque ! En raison d'un récent achat de mobilier, je suis un peu à court en ce moment. Les prochaines représentations d'*Hamlet* et la scène de la momie me procureront des sommes substantielles. Les Belzoni auront leur argent, et je n'entendrai plus parler d'eux.

— Les croyez-vous capables de commettre un meurtre ?

L'acteur tira sur sa pipe.

— Question difficile... En mon âme et conscience, je le crois. La violence de ce couple est effrayante ! Je ne me risquerais pas à les attaquer, de peur d'être écrasé. À mon avis, quiconque s'oppose aux Belzoni est en danger de mort.

L'inspecteur termina sa tasse de chocolat, savoureux.

— Merci de m'avoir éclairé, monsieur Bergeray.

— Vous devriez surveiller les Belzoni, recommanda l'acteur. Il vaudrait mieux éviter qu'ils ne commettent un mauvais coup. Cette femme, Sarah, est un véritable démon !

Au moment de sortir du salon, Higgins se retourna.

— Un dernier détail : auriez-vous entendu parler de Littlewood ?

Peter Bergeray se concentra.

— Ce nom ne m'est pas familier. En tout cas, pas de comédien nommé Littlewood ! Serait-il un suspect privilégié ?

— Passez une bonne journée. Ce soir, vous enchanterez un public fervent, et la scène de la momie s'inscrira dans les mémoires.

33

— J'ai failli soulever le bureau de cet imbécile de conservateur et lui fracasser la tête ! avoua Belzoni à son épouse. Les administrateurs de ce musée me méprisent et refusent d'attacher la moindre considération au sarcophage d'albâtre. Si nous ne le cédons pas à bon prix, nous ne ferons pas fortune.

— L'exposition est toujours très fréquentée, l'éditeur réimprime ton livre et j'écoule de manière satisfaisante les statuettes et autres petits objets rapportés d'Égypte. La situation n'est pas mauvaise, Giovanni ; nous avons de quoi assumer nos frais et mener une vie agréable.

— L'exposition fermera ses portes, je ne me sens pas capable d'écrire un nouvel ouvrage, et notre stock s'épuise. En vendant ce sarcophage au British Museum, je remplirais les caisses et me taillerais une belle réputation !

— Comment passer au-dessus de la tête des conservateurs ?

— Il nous faudrait l'appui d'un homme politique influent. Cette ordure de Francis Carmick m'a menti et m'a trahi ! L'hypocrite mériterait de finir dans l'enfer égyptien, dévoré par un monstre. Mais je n'ai pas dit mon dernier mot.

L'Italien montra à son épouse la bague ornée d'un phénix.

— Les circonstances m'obligent à l'utiliser.

— N'est-ce pas imprudent ?

— Je ne trahirai aucun secret et je n'ai rien à perdre. Je veux obtenir une mission officielle, Sarah. Elle me permettra d'imposer l'achat du sarcophage au British Museum et de retourner en Égypte afin d'y conduire de nouvelles fouilles. Il reste tant à découvrir !

— Le pacha Méhémet-Ali et son âme damnée Drovetti te laisseront-ils agir ?

— Moi, chargé de mission, je leur clouerai le bec ! J'ouvrirai des tombeaux, je sortirai du sol des trésors, je ramènerai des statues à Londres et j'écrirai le récit de cette aventure. Cette fois, le nom de Belzoni brillera d'un éclat inaltérable. De plus, je rapporterai des momies pour le docteur Pettigrew.

Sarah se suspendit au cou de son géant. Elle aimait le voir rêver, elle adorait sa folie qui le conduisait sur des chemins improbables. Jamais il ne se calmerait, jamais il ne deviendrait un grand bourgeois vivant de ses rentes.

Le policier à la solde de Littlewood conduisit le cocher à une mercerie de l'East End. Un troupeau de porcs parcourait la ruelle, des ménagères s'invectivaient, des gamins sales jouaient avec des balles de chiffon.

— Le patron t'attend dans l'arrière-boutique, indiqua le policier. Je ferme la porte et je monte la garde.

Une maigre bougie éclairait les lieux, encombrés de caisses en bois et d'outils. Le cocher ne distingua pas le visage de Littlewood.

— Mission accomplie, déclara-t-il d'une voix chevrotante. Voici la liste complète des déplacements officiels du roi George IV pour le mois à venir, les horaires, le nombre de personnes qui l'accompagnent. Ce ne fut pas facile, je vous l'assure ! L'intendant des écuries est un type méfiant, il exigeait des explications.

— Que lui as-tu dit ?

— Je lui ai remis la somme demandée et lui ai conseillé de garder sa langue, tout comme moi. Ce vol de chevaux ne nous concerne pas.

— Excellent, mon ami.

Littlewood alluma une deuxième bougie et consulta le document. Il ne tarda pas à repérer une curieuse visite au nord de Londres. Un seul carrosse tiré par huit chevaux et seulement deux soldats ! Objet du déplacement non précisé.

— En sais-tu davantage ?

— Le palais entier s'amuse de la dernière amourette du roi, une paysanne aux yeux de braise et à la peau laiteuse ! Il croit se rendre à une auberge en parfaite discrétion, oubliant que son valet de chambre est le pire des bavards. George IV se lassera vite de cette jeunette délurée et reviendra à des maîtresses de la bonne société.

L'occasion rêvée ! Ce monarque fantoche et dépravé vivait ses derniers jours. Littlewood imaginait déjà un plan d'action, simple et rapide. Le tyran n'aurait pas la moindre chance de lui échapper.

— J'aimerais vous présenter une requête, murmura le cocher.

— Je t'écoute.

— Je vous ai donné totale satisfaction, n'est-ce pas ? Une prime supplémentaire me paraît justifiée.

— Tu n'as pas tort, reconnut Littlewood, et j'ai l'habitude de reconnaître les mérites de mes collaborateurs. Suis-moi, nous sortons par-derrière.

Une ruelle étroite, encombrée de déchets.

Quatre dockers armés de barres de fer.

— Débarrassez-moi de ça, leur ordonna Littlewood en désignant le cocher. Qu'on ne retrouve pas le cadavre.

Belzoni hésitait encore.

À deux pas de la librairie, il faillit rebrousser chemin. Mais pourquoi reculerait-il ? Lors de la dernière réunion des Frères de Louxor, le Vénérable Maître lui avait souhaité bonne chance et donné une adresse et un nom en cas de nécessité.

L'Italien préférait se débrouiller seul et ne rien devoir à personne. Vu les circonstances, impossible de s'en tenir à cette ligne de conduite.

Une forte averse se déclencha, les parapluies fleurirent. Un client sortit de la librairie d'Oxford Street, Belzoni y pénétra. Elle abritait des milliers d'ouvrages et trois vendeurs zélés conseillaient les amateurs.

— Puis-je vous aider ? demanda l'un d'eux.

— Je désire parler à M. James.

— Désolé, il est occupé.

— Je ne suis pas pressé.

— Auriez-vous l'obligeance de me remettre une carte de visite ?

Belzoni donna au vendeur un exemplaire de son livre dédicacé au propriétaire de la librairie. Sa signature était suivie de trois points disposés en triangle.

— Monsieur Belzoni… Ravi de vous connaître ! Votre livre est un beau succès, les lecteurs sont passionnés. Quelles aventures vous avez vécues ! Je vous conduis au bureau du patron.

Empruntant un escalier en colimaçon, les deux hommes grimpèrent à l'étage.

— Patientez un instant, je vous prie.

L'attente fut brève, le vendeur introduisit le géant dans le bureau du libraire, un quinquagénaire alerte au grand front et aux yeux perçants.

La porte se referma.

— D'où venez-vous ? demanda James.

— D'un lieu hermétiquement clos où naît la lumière.

— Quel âge avez-vous ?

— Sept ans et plus.

— Savez-vous déchiffrer le secret ?

— Je ne sais ni lire ni écrire, mais nous partageons les lettres de la langue sacrée.

— Asseyez-vous, mon Frère. Heureux de vous accueillir.

Un vieux fauteuil gémit sous le poids du colosse.

— Quel est le nom de votre respectable loge ? demanda le libraire.

— Les Frères de Louxor.

Le libraire se gratta l'extrémité du nez.

— Ainsi elle existe vraiment… J'aurais parié le contraire ! En tout cas, elle n'a pas d'équivalent à Londres, et les autorités maçonniques ne la comptent pas parmi les loges régulièrement affiliées. Une telle indépendance n'est guère appréciée.

— Dois-je comprendre que vous appartenez aux hautes sphères ?

— J'ai cet honneur.

— Ma loge travaille dans le plus grand secret. Subsister en Égypte n'est pas une sinécure, et la police du pacha n'apprécie pas les esprits libres.

— Depuis votre arrivée à Londres, avez-vous fréquenté un atelier ?

— Je n'en ai pas eu le temps, confessa Belzoni. S'imposer ici n'est pas facile, et j'ai tenté de voler de mes propres ailes. Le Vénérable m'ayant donné votre nom, j'ai osé vous importuner.

— En dépit des rigueurs administratives, indiqua James, je ne suis pas hostile à certaines formes de recherches, en dehors des sentiers battus. Malgré l'hostilité de quantité de francs-maçons, je demeure persuadé que l'Égypte est notre mère spirituelle. La transmission des travaux de votre loge serait essentielle. Acceptez-vous d'en parler à des Frères intéressés, sous le sceau du secret ?

— J'accepte.

— Votre présence est un appel à l'aide. Qu'espérez-vous ?

— Une mission officielle en Égypte et un appui pour obliger le British Museum à m'acheter un extraordinaire sarcophage d'albâtre.

— Ce ne sera pas facile, et je ne vous promets pas d'aboutir.

— Mon avenir en dépend, affirma Belzoni.

— J'agirai au mieux, mon Frère. Vous n'appartenez malheureusement pas aux cercles d'influence, et je devrai déployer des trésors d'éloquence.

— Ma connaissance du terrain ne plaide-t-elle pas en ma faveur ?

— Certainement. Rendez-vous à la librairie mercredi prochain, dix-neuf heures. Je vous emmènerai à ma loge.

34

L'hôtel particulier de Portland Square soulignait la richesse et l'importance de son propriétaire. À elle seule, la grille en fer forgé marquant l'entrée du domaine de Francis Carmick valait une fortune. Le revêtement de stuc de la façade avait été peint et entaillé de manière à imiter la pierre, et de hautes fenêtres à larges carreaux étaient équipées de volets finement ouvragés. Deux colonnes de marbre encadraient l'entrée, surmontée d'un triangle de style grec.

Grâce à son ami banquier, Higgins avait obtenu un dossier sérieux concernant Carmick. Politicien de naissance, corrompu et corrupteur, il achetait les grands électeurs indispensables pour obtenir un siège au Parlement. Personnage redoutable et séduisant, il avait tissé un important réseau de relations et tirait un nombre considérable de ficelles. Beaucoup de hauts fonctionnaires lui mangeaient dans la main, et l'on ne tarderait pas à lui confier un ministère de premier plan.

Conformément au code de politesse britannique, l'inspecteur frappa une vigoureuse série de coups à l'aide du heurtoir en bronze.

Le portier consentit à ouvrir.

Le visiteur lui remit son chapeau.

— Annoncez l'inspecteur Higgins, je vous prie.

— M. Carmick ne m'a pas signalé votre venue et…

— Je mène une enquête criminelle. Quiconque cherchera à entraver mes investigations finira en prison.

— Si monsieur insiste… Veuillez patienter au petit salon.

La demeure du politicien correspondait au standing des personnalités. Au sous-sol, la cuisine, la cave et le stock de charbon. Domestiques et serviteurs accédaient à leur espace réservé par une entrée de service. Un escalier monumental desservait les trois étages, composés de pièces relativement petites. Le personnel, lui, empruntait un étroit escalier annexe. Salle à manger et bureau se trouvaient au rez-de-chaussée, le grand salon de réception au premier, les chambres, les salles d'eau et les toilettes au deuxième et au troisième. La domesticité occupait les chambrettes aménagées sous les combles.

Un valet se substitua au portier et précéda Higgins jusqu'au premier palier dont le décor était un hymne à l'Égypte ancienne. Dessins, peintures, tapisseries et sculptures évoquaient, de façon souvent naïve, le monde des pharaons.

Sur la porte du bureau, une représentation de la déesse Isis, vêtue d'une robe ornée d'étoiles. Le valet l'ouvrit lentement, et l'inspecteur découvrit un bureau entièrement décoré à l'égyptienne.

Debout, mains croisées derrière le dos, vêtu d'une redingote d'une coupe parfaite, Francis Carmick dévisageait son hôte.

— Votre visite me surprend, inspecteur. Puis-je en connaître le motif ?

— Trois assassinats et la momie de Belzoni.

— Diable ! Vous ne vous déplacez pas pour rien, en effet !

Le valet referma la porte.

— Asseyez-vous, inspecteur Higgins. Désirez-vous du thé ou du café ?

— Café, s'il vous plaît.

— Je dispose du meilleur de Londres.

Carmick utilisa une sonnette. Coiffée d'une charlotte en coton, fière de son tablier blanc immaculé, une servante s'empressa d'exécuter les ordres de son maître.

— J'ai assisté au débandelettage de cette momie, reconnut le politicien, et j'ai acheté une superbe enveloppe de lin. Un authentique linceul, comment rêver mieux ? Un fil maintenait ce tissu au niveau de la poitrine et des chevilles. Ce spectacle – ne devrait-on pas dire cette cérémonie ? – avait un aspect irréel. Nous tous, êtres civilisés du siècle du progrès, étions témoins de la résurrection d'un Égyptien mort depuis des millénaires ! Résurrection est un terme excessif, bien entendu, mais vous me comprenez. Et la perfection de cette momie, la jeunesse de ses traits, l'incroyable état de conservation du corps faisaient illusion. Curieuse expérience, en vérité. Et vous parliez… de trois assassinats ?

— Pendant le débandelettage, des incidents se sont-ils produits ?

Francis Carmick réfléchit en buvant une gorgée de café.

— Je me souviens d'un vieux fou qui brandissait sa canne en hurlant : « De la viande pour mes chiens, voilà comment finira cette charogne ! »

— C'est l'une des victimes, révéla Higgins. Un lord riche et âgé.

— Ah… Belzoni n'a pas apprécié, le public non plus. On a expulsé le braillard, un autre s'est manifesté. Un pasteur, je crois. Lui, il maudissait la momie !

— La deuxième victime.

— À l'évidence, observa Carmick, il ne fallait pas

insulter ce vieil Égyptien ! Un détail me revient, à propos du lord. J'ai revu Belzoni et sa femme chez John Soane, un amateur d'art dont la demeure est devenue un musée. Votre première victime était là aussi ! Il a promis d'acheter les morceaux de la momie au médecin légiste Bolson et de les jeter en pâture à sa meute. Furieux, Belzoni a confié ses intentions à son épouse : lui fracasser le crâne ! Des paroles en l'air, probablement.

— Le médecin légiste est la troisième victime, précisa Higgins.

— Diable, diable ! La momie se serait-elle vengée ?

— Impossible de le savoir tant que je ne l'aurai pas retrouvée.

Carmick parut étonné.

— Se serait-elle… enfuie ?

— Quelqu'un l'a dérobée au moment où Bolson allait l'autopsier.

— Fabuleuse histoire ! Vous m'apparaissez comme un homme sérieux et pondéré, inspecteur, et je suis obligé de vous croire. Avouez néanmoins que ces faits dépassent l'entendement ordinaire ! L'ancienne Égypte, il est vrai, est remplie de mystères et nous réserve bien des surprises.

— Votre passion pour cette civilisation me surprend, avança Higgins. Un homme politique de votre envergure a-t-il le loisir de s'occuper de l'Antiquité ?

— L'histoire ancienne est une source d'enseignement et de réflexion. Les Égyptiens n'ont-ils pas tenté de vaincre la mort, cette ennemie à la fois repoussante et fascinante ?

— La momification vous préoccupe particulièrement, semble-t-il.

— N'illustre-t-elle pas le résultat obtenu par les savants égyptiens ? Si vous aviez contemplé cette momie, vous ne douteriez pas de leurs compétences. Mais vous avez raison, la politique occupe la quasi-totalité de mon temps. Servir son pays n'est-il pas le plus noble des idéaux ? Une lutte quotidienne, des adversaires féroces, d'innombrables pièges à éviter. Heureusement, le royaume bénéficie d'un gouvernement responsable, conscient des problèmes et ouvert sur l'avenir. Le développement de la capitale est une réussite spectaculaire, et le progrès éradiquera la pauvreté.

— Avez-vous entendu parler d'un dénommé Littlewood ?

Un instant, le visage lisse de Francis Carmick se modifia. Une inquiétude mêlée d'agressivité remplaça l'amabilité de façade. Le politicien reprit aussitôt contenance.

— Ignorez-vous qu'il s'agit d'une sorte de… secret d'État ?

— Je suis chargé d'arrêter Littlewood.

— Alors, ne tardez pas et mettez ce conspirateur hors d'état de nuire !

— Que savez-vous à son sujet ?

— Des bruits ont circulé, j'ai interrogé les ministres, et le chef du gouvernement m'a accordé des confidences en me priant de ne pas les ébruiter. Littlewood est le nom de code d'un dangereux révolutionnaire fasciné par l'exemple français et désireux de l'importer en Angleterre. La saisie de tracts nous a appris ses intentions : renverser la monarchie, instaurer le pouvoir du peuple et distribuer les richesses aux masses laborieuses. La plupart des responsables politiques se tordent de rire, quelques-uns prennent la menace au sérieux.

— C'est votre cas, je suppose ?

— En effet, inspecteur. Des agités incitent les déshérités de l'East End à contester le pouvoir, et ce Littlewood tente de les fédérer. Mépriser un tel adversaire risque de conduire le pays au chaos. Il est heureux que les autorités aient pris conscience de la gravité de la situation, et je vous souhaite bonne chance. L'identification et l'arrestation de Littlewood sont des priorités.

— Vous-même ne possédez aucune information susceptible de m'aider ?

— Malheureusement non, et je le regrette. Disposez-vous des effectifs nécessaires ?

— Je n'ai pas à me plaindre.

Francis Carmick se redressa.

— L'Angleterre compte sur vous, inspecteur.

— Je tâcherai de me montrer digne de sa confiance. Au sujet de la momie disparue… le nom d'un suspect vous viendrait-il à l'esprit ?

— Non, je ne vois pas.

— Merci de m'avoir reçu, monsieur Carmick.

— Collaborer avec la police est un devoir.

On frappa à la porte.

— Entrez ! ordonna sèchement le politicien.

Le valet ouvrit et s'aventura d'un pas à l'intérieur du bureau.

— Monsieur, M. Andrew Yagab est arrivé.

— Mon entretien est terminé. Faites-le monter.

Higgins consulta son carnet noir.

— Votre visiteur assistait au débandelettage de la momie, me semble-t-il.

— Exact, inspecteur. Nous nous sommes rencontrés à cette occasion, il m'a chaudement félicité pour mon action politique et a sollicité un rendez-vous. En raison de ses nombreuses relations, tant à Londres qu'en province, il souhaite développer un réseau d'amitiés. Un apport non négligeable dont je me félicite. J'ai été ravi de vous connaître et, une fois encore, je vous souhaite bonne chance. Débarrassez-nous de cette crapule de Littlewood.

Andrew Yagab apparut.

Higgins avait rarement vu un personnage aussi sinistre.

Grand, voûté, l'allure molle, il avait un visage laid et méprisant. À la vue du policier, il se figea.

— Si je vous dérange, mon cher Carmick…

— Permettez-moi de me présenter, monsieur Yagab : inspecteur Higgins. J'avais l'intention de vous contacter et je profiterais volontiers de l'occasion afin de vous poser quelques questions. Bien entendu, j'attendrai la fin de votre rendez-vous, avec l'accord de M. Carmick.

— Mon petit salon vous est ouvert, inspecteur. Demandez à mon valet ce qu'il vous plaira.

Higgins utilisa cette pause pour relire l'ensemble de ses notes. Des lignes de force commençaient à se dégager, des hypothèses s'évanouissaient, d'autres perduraient. Il se garda d'en privilégier une, au risque de passer à côté de la vérité. Il restait trop de zones d'ombre et d'aspects majeurs à préciser.

Andrew Yagab lui permettrait peut-être de progresser.

35

Quand Andrew Yagab se présenta à l'entrée du petit salon, il affichait une tête de croque-mort. L'austère personnage était affligé de plusieurs fautes de goût : une tache de boue sur sa chaussure gauche, un foulard et un chapeau gris.

— Désolé, inspecteur, assena-t-il d'une voix rauque, je n'ai pas le temps de vous accorder un entretien. Je n'habite pas Londres, et mon emploi du temps est très serré. À une autre fois.

Calme, Higgins se leva.

— Je suis également désolé, monsieur Yagab. Je vous attends aujourd'hui même, à dix-huit heures, au poste de police de Piccadilly. Si vous ne vous y présentez pas, vous vous rendrez coupable de délit de fuite et serez fortement soupçonné d'actes graves. À ce soir.

Alors que Higgins s'apprêtait à franchir le seuil, Yagab s'interposa.

— Entendu, inspecteur, je répondrai à vos questions ! Acceptez-vous de m'accompagner à Burlington Arcade ?

— Excellente idée.

— Ma voiture nous y conduira.

Le fiacre de Yagab n'était pas de la première jeunesse, et son cocher était crotté. Fatigués, les chevaux refusèrent de forcer l'allure. Une pluie fine les rafraîchit.

— Où résidez-vous ? demanda Higgins.

— Je possède un manoir, à la campagne, et je dirige une exploitation agricole. La population ne cesse de croître, il faut la nourrir. Quel que soit le progrès technique, le blé demeurera l'aliment de base. Je ne regrette pas d'avoir acheté ce domaine à un vieux châtelain impotent, attaché aux coutumes ancestrales. Sans moi, le personnel aurait été réduit à la misère. Ils ne gagnent pas gros, mais ils mangent à leur faim et ne manquent de rien. Un investissement rentable, en définitive. Et mes terres me permettent de satisfaire mon goût de la chasse, une saine distraction.

— Cette existence campagnarde ne vous empêche pas de vous intéresser à la politique, semble-t-il.

— Ne régit-elle pas notre monde ? L'avenir du territoire est entre les mains de ces messieurs du Parlement. En lisant les articles de Francis Carmick consacrés à l'agriculture, j'ai découvert un responsable compétent et décidé d'appuyer ses démarches. À mon avis, il fera un excellent ministre et saura défendre la cause des propriétaires terriens. Voilà la raison de ma visite : une déclaration d'amitié et la formation d'un comité de soutien.

— Si je ne m'abuse, vous avez rencontré Francis Carmick auparavant.

Importuné, le châtelain renifla.

— Je résiste mal à l'humidité de la capitale. L'air de la campagne est plus sain.

— Ma question vous gênerait-elle ?

— À dire vrai, un peu.

Le fiacre s'immobilisa à proximité de Burlington Arcade, une rue bordée de commerces et couverte d'une verrière, construite en 1819 entre Piccadilly et Burlington Gardens.

— J'ai des courses à faire, expliqua Yagab. À la campagne, on ne trouve pas tout.

Cette nouvelle artère était fort courue des Londoniens. À l'abri des intempéries, ils déambulaient des heures durant, à la recherche de la dernière babiole à la mode ou du cadeau de Noël idéal. Les membres de la haute société et les nouveaux riches s'y croisaient, et les commerçants se battaient pour y obtenir une boutique.

Higgins n'imaginait pas la grande carcasse molle de Yagab se transformer en amateur de shopping. De fait, il semblait mal à l'aise parmi les badauds qu'il évitait en s'excusant. Il s'arrêta devant la vitrine d'un antiquaire.

— Je recherche des pots en étain et des bassines de cuivre afin de compléter mon matériel de cuisine. Entrons, voulez-vous ?

Un vendeur proposa un vaste choix à cet éventuel acheteur et le laissa réfléchir.

— Votre question me gêne, inspecteur, parce que j'ai assisté à un spectacle bizarre et troublant, la mise à nu d'une momie égyptienne. La curiosité m'a attiré, et je l'ai regretté. Belzoni a eu tort de dépouiller ce cadavre en public. À cette occasion, j'ai eu la chance de rencontrer Francis Carmick et de lui témoigner mon admiration. Il m'a fixé rendez-vous, et nous entamons aujourd'hui une collaboration qui s'annonce fructueuse. Êtes-vous satisfait et votre interrogatoire est-il terminé ?

— Je n'ai pas abordé les points essentiels.

— À savoir ?

— Des incidents n'auraient-ils pas émaillé cet étrange spectacle ?

Le châtelain reposa un pot ventru.

227

— Deux personnes, un religieux et un vieillard, ont protesté d'une façon véhémente et proféré des insanités. On les a expulsés, et le débandelettage a suivi son cours.

— Connaissiez-vous ces trouble-fête ?

— Je ne les avais jamais vus, inspecteur. À les entendre, on se demandait s'ils possédaient toute leur raison. Menacer une momie… Quoi de plus ridicule ?

— Ne croyez-vous pas à son éventuelle capacité de nuisance ?

Le châtelain toisa l'inspecteur.

— La police sombrerait-elle dans la fantasmagorie ?

— Pourtant, les deux perturbateurs et le médecin légiste qui a dépouillé la momie ont été assassinés. Et celle-ci a disparu.

Andrew Yagab acheta deux petits pots anciens et sortit du magasin, le visage crispé.

— Ces tristes événements ne me concernent pas, inspecteur, et je dois me procurer un autre objet. Continuez-vous à m'accompagner ?

— Je souhaiterais des éclaircissements supplémentaires.

— À votre guise.

De son pas lourd et lent, le châtelain gagna une armurerie, récemment ouverte, qui exposait des armes anciennes.

— Je suis collectionneur, expliqua Yagab, et ne cesse de rechercher des raretés. En fabriquant des pistolets, des fusils et des canons, le génie de l'homme a prouvé ses immenses capacités, et je lui rends ainsi hommage. Quelle arme utilisez-vous, inspecteur ?

— Aucune.

Le propriétaire terrien regarda son interlocuteur comme une bête curieuse.

— Vu votre métier, n'est-ce pas imprudent ?

— Rassurez-vous, je sais me défendre.

Un mousquet de l'armée britannique attira l'attention de Yagab.

— Une petite merveille… On la posait sur une fourche et on allumait une mèche. C'est plus lourd qu'une arquebuse mais aussi plus efficace.

— Sauriez-vous où se trouve la momie disparue ? demanda Higgins, paisible.

— Moi ? Certes non ! Je ne collectionne pas les cadavres.

— Cependant, vous avez acheté une sorte de relique, lors du débandelettage.

— Un petit vase déposé le long du flanc gauche de la momie, en effet. Une curiosité, vous en conviendrez.

— Contenait-il une substance ?

— Je l'ignore, car il était scellé.

— Ne comptez-vous pas l'ouvrir ?

— Il perdrait de sa valeur, inspecteur. Décidément, ce mousquet me plaît. Un instant, je dois négocier le prix. Ces commerçants sont tous des voleurs.

La discussion fut longue et rude. Acheteur et vendeur finirent par s'entendre.

— On me livrera le mousquet, précisa Yagab, vaguement réjoui. Mes courses sont terminées, je rentre au manoir. D'autres éclaircissements ?

— Connaîtriez-vous un dénommé Littlewood ?

Le châtelain réfléchit.

— Mon valet de pied s'appelle Bramwood, mon cuisinier Woodford… Non, je ne connais pas de Littlewood. Une quatrième victime de la momie en fuite ?

L'ironie de la grande carcasse molle ne démonta pas Higgins.

— Puis-je vous déposer quelque part, inspecteur ?

— Ce ne sera pas nécessaire.

— Je vous plains d'être obligé de vivre à Londres,

l'air y est de moins en moins respirable. Le développement industriel est indispensable, et nul ne saurait le remettre en cause, mais n'oublions pas l'agriculture ! Puisque nous ne nous reverrons pas, je vous souhaite d'arrêter le coupable.

Andrew Yagab s'installa dans son fiacre, les chevaux fatigués reprirent la route.

Higgins ne résista pas aux produits qu'exposait un parfumeur, notamment une eau de toilette lui rappelant les effluves subtils de l'Orient. Un long séjour en Égypte lui avait permis de pressentir l'ampleur de cette civilisation et de ses mystères.

L'affaire de la momie ne relevait pas du hasard. Un simple officier de police y aurait perdu son anglais, face à l'énigme des hiéroglyphes.

Higgins avait rencontré tous les acheteurs de précieuses reliques appartenant à la momie et soulevé une petite partie du voile. Mensonges par omission, travestissements de la vérité et fausses pistes ne manquaient pas.

Détail non négligeable : on l'observait. Un suiveur particulièrement habile qui ne s'était jamais offert à son champ de vision. Néanmoins, l'inspecteur avait ressenti sa présence, et son flair ne le trompait pas.

La fourmilière continuait à s'agiter.

36

L'automne s'installait, le soleil désertait le ciel de Londres. Depuis l'apparition de la momie de Belzoni, plusieurs mois s'étaient écoulés, et le sauveur continuait à célébrer les rites anciens au cœur de la crypte où reposait le corps osirien.

Le laboratoire alchimique fonctionnait à plein régime et, grâce à l'apport régulier d'or végétal, les chairs gardaient une parfaite consistance, conforme à celle obtenue par les initiés du temps des pharaons. L'âme à corps d'oiseau et à tête humaine, le *ba*, circulait de la terre au ciel et du ciel à la terre, réanimant chaque matin le « juste de voix ». La puissance créatrice, le *ka*, s'épuisait peu à peu, en dépit des formules de protection, mais le sauveur, héritier de la langue sacrée des initiés, disposait encore de ressources efficaces.

Lui que l'on avait pris pour un simple curieux, lors de l'atroce spectacle du débandelettage, détenait une arme décisive contre l'usure du temps : un scarabée de cœur. Le mot « scarabée », en hiéroglyphique, était synonyme de « naître, venir à l'existence, se transformer sans cesse ». Et telle était la clé de la vie en éternité, la mutation incessante de l'être osirien que symbolisait cette momie.

Le cœur était toujours l'objet d'une grande attention. L'embaumeur le laissait à sa place et, si les instruments tranchants le lésaient, on lui redonnait son aspect premier avant de le remettre à l'intérieur du corps. Selon les anciens Égyptiens, la pensée, l'intelligence et la sensibilité ne provenaient pas du cerveau, mais d'un cœur immatériel dont les battements de l'organe matériel indiquaient la présence.

— Ta tête est réunie à ton cou, affirma le sauveur, et ton cœur ne sera pas tranché.

Il plaça sur le plexus solaire de la momie un scarabée en serpentine, une pierre vert sombre. Engendrant un nouveau soleil, incarnant lui-même la lumière du matin, ce scarabée ferait circuler l'énergie au sein de la momie.

Afin de l'animer et de le rendre efficace, le sauveur prononça les formules rituelles[1] :

— Ô mon cœur de ma mère, mon cœur qui assures mes transformations, ne te dresse pas contre moi, ne prends pas parti contre moi devant le tribunal de l'au-delà, ne fais pas pencher contre moi la balance en présence du Maître de la connaissance. Tu es ma puissance créatrice à l'intérieur de mon corps, tu me protèges et tu maintiens la cohérence de mon être, tu me façonnes en rendant mes membres vivants. Garde mon nom intact auprès des dieux, emmène-moi vers le lieu d'accomplissement.

La pierre verte se fixa à la momie, une douce lueur prouva la réussite de l'opération.

Ce succès ne devait pas occulter la nécessité de recueillir les bandelettes et autres éléments originaux assurant la véritable protection de la momie. Le sauveur avait l'obligation de les rassembler un à un, et cette

1. *Livre des Morts*, chapitre 30.

tâche serait longue et ardue. Identifier les possesseurs ne suffisait pas ; il fallait découvrir leurs cachettes et ne frapper qu'à coup sûr.

Arpenter les rues de Londres ne remplaçait pas les longues promenades à travers les bois, mais Higgins aimait marcher, et ce mode de déplacement l'aidait à réfléchir. La dernière lettre de la gouvernante, Mary, l'avait rassuré : le chien Geb et le chat Trafalgar se portaient à merveille, bien qu'ils déplorassent la longue absence de leur maître.

La City s'était vidée de ses hommes d'affaires et, à cette heure tardive, plusieurs becs de gaz étaient malheureusement éteints.

Higgins n'avait pas besoin de se retourner pour savoir qu'on le suivait.

Un professionnel méfiant, donc dangereux. Peut-être ne se contenterait-il pas de repérer le logement de l'inspecteur et souhaitait-il l'éliminer. Aussi Higgins adopta-t-il le plan prévu en cas de danger immédiat : modifier son parcours habituel et se diriger vers la Banque d'Angleterre.

Si ses hommes assuraient leur faction, pas d'inquiétude. S'ils manquaient de vigilance, il se défendrait seul.

Ainsi le collaborateur privilégié de Littlewood ne lui avait pas menti ! Contrairement à ce que croyait le chef des révolutionnaires, l'inspecteur Higgins était bel et bien vivant. Certes, son interrogatoire resterait stérile, puisque le bras droit du conspirateur ne lui avait fourni aucun renseignement utile. Pourtant, ce policier trop curieux risquait de découvrir un début de piste.

C'est pourquoi Littlewood devait le supprimer.

En mettant aux trousses de l'inspecteur l'un de ses zélés domestiques qui ne l'avait pas perdu de vue, l'allié du meneur des classes populaires s'était comporté en excellent second. Son chef lui offrirait un rôle majeur dans le nouveau gouvernement du pays, après la mort du tyran George IV.

Malgré ses nombreux contacts au sein de la police, Littlewood ne parvenait pas à connaître les intentions de ce Higgins, à la réputation d'incorruptible obstiné. Unique certitude : il posait des questions à son sujet et ne s'intéressait pas seulement à la momie de Belzoni et aux trois notables assassinés. L'inspecteur le recherchait, lui, l'âme de la révolution en marche. Entre eux, une lutte à mort s'était engagée.

Le gibier devenait le chasseur.

En rentrant à son quartier général, Higgins se croyait en sécurité et baissait la garde. Le moment idéal pour l'abattre.

Enfin, une zone mal éclairée et pas le moindre passant en vue.

Accélérer l'allure, se rapprocher de sa proie, l'attaquer par surprise, lui trancher la gorge et s'éloigner d'un pas tranquille.

Soudain, Littlewood serra très fort son poignard, comme si sa main agissait de manière indépendante et lui signalait un péril. Le révolutionnaire ne négligeait pas ce genre de signe. Un piège... ce maudit policier lui tendait un piège !

Des bruits de pas précipités, provenant à la fois de la droite et de la gauche ! Oubliant Higgins, Littlewood tenta de prendre la fuite.

Le sergent peinait à reprendre souffle.

— On l'a raté, dit-il, penaud, à l'inspecteur Higgins. Une sacrée anguille, je vous jure ! On était trois, on a cru le coincer, et il a réussi à s'enfuir en jouant des poings et des coudes. Satané bagarreur, je vous jure ! Et plus rapide qu'un cheval au galop. Je vous jure, ce n'était pas du pudding ! Comment a-t-il pu nous échapper ? Ah, j'oubliais un détail : votre suiveur était une femme.

— Une femme, vous en êtes certain ?

— Elle portait une jupe sombre et une espèce de tricot à manches longues. Des habits de pauvresse.

— Avez-vous vu son visage ?

— Un fichu lui couvrait la tête, un second le bas de la figure. Nous serions incapables de la reconnaître. Vu sa vigueur et sa rapidité, c'est forcément une jeunette en pleine forme. À mon avis, inspecteur, le coin devient malsain. À Whitechapel, les gangs ont l'habitude d'utiliser une prostituée pour repérer les habitudes de leur future victime. On vous en veut, c'est sûr. Il faut changer de résidence.

Songeur, Higgins se rendit à la raison. Si la suiveuse était aux ordres de Littlewood, il courait un réel danger. Puisqu'on ne renonçait pas à le supprimer, il tenait une bonne piste.

— Entendu, nous déménageons.

— Mes camarades et moi, on reste avec vous, décida le sergent. Des malfaisants vous attendent peut-être dans votre appartement.

Vérification faite, cette inquiétude-là était infondée. Higgins décida d'élire domicile au poste de police de Piccadilly où il ferait le point en compagnie de ses principaux limiers. En fonction des informations qu'ils avaient récoltées, l'inspecteur entrevoyait une explication à cette filature.

À lui de reprendre la main.

Littlewood l'avait échappé belle.

Sans son instinct et sa capacité de réaction, il serait tombé entre les mains de la police, car il ne serait pas parvenu, au terme d'une rude et brève confrontation, à terrasser les trois costauds chargés de protéger Higgins et de tendre un piège.

À l'évidence, ce maudit inspecteur avait réuni une équipe de fidèles difficiles à corrompre. S'attaquer à lui devenait une tâche périlleuse, exigeant de s'aventurer en terrain inconnu. Après cette tentative manquée, Higgins redoublerait de précautions et ses hommes l'épauleraient en permanence.

Dans un premier temps, mieux valait contourner l'obstacle en laissant croire à l'inspecteur que son adversaire de l'ombre renonçait à s'en prendre à lui. Littlewood rechercherait un moyen de percer ses défenses et de l'atteindre en ne courant aucun risque.

Et puis Higgins n'était que Higgins, un simple inspecteur incapable de s'opposer à la vague géante qui déferlerait bientôt sur le roi George IV et sa société d'exploiteurs ! Dépourvue de tête pensante et de commandement central, incompétente, pourrie jusqu'à la moelle, la police de Sa Majesté n'opposerait qu'une résistance dérisoire à la colère du peuple.

Au fond, cet enquêteur courait à l'échec.

37

Le poste de police de Piccadilly était devenu le centre opérationnel de la réorganisation des forces de police de la capitale. Quantité d'agents en uniforme et d'inspecteurs en civil ne supportaient plus la passivité de leurs collègues, corrompus et laxistes. Le grand projet de Higgins circulait, et ses idées gagnaient du terrain. Le jour où naîtrait Scotland Yard, l'insécurité reculerait et les crimes ne resteraient pas impunis.

Higgins occupait un appartement de fonction plutôt agréable aménagé sous les combles du commissariat. Un salon, un bureau, une chambre à coucher, une salle d'eau, des toilettes et une petite cuisine équipée. Son accès était gardé en permanence et la sécurité de l'inspecteur assurée.

Il se leva à l'aube, s'acquitta de ses ablutions et se vêtit d'une redingote classique due au talent du meilleur tailleur de Regent Street. Un planton lui apporta du café, des œufs au lard, des toasts et de la marmelade d'Oxford. En prenant son breakfast, Higgins réfléchit aux événements de la nuit. Rien d'illogique, en vérité.

Pluie glacée et brouillard gênaient la circulation. L'inspecteur se rendit à pied au domicile des Belzoni et frappa une belle série de coups à la porte récemment repeinte en vert.

Mal réveillé, le domestique James Curtain ouvrit.

— J'aimerais voir M. Belzoni.

— Entrez, inspecteur.

La demeure de l'explorateur ne ressemblait pas à la maison traditionnelle d'un gentleman. Des caisses étaient empilées dans le hall et portaient diverses inscriptions : «statuettes», «vases», «poteries», «fragments de sculptures». Normalement réservé aux visiteurs, le salon abritait les pièces détachées d'un sarcophage et une petite momie d'ibis.

Les cheveux dénoués, vêtue d'une robe de chambre grenat, Sarah Belzoni vint à la rencontre de Higgins.

— Bonjour, inspecteur. Mon mari a travaillé tard, il dort encore. Puis-je vous aider ?

— J'ai malheureusement des questions précises à lui poser en tête à tête.

Le regard de la grande Irlandaise se troubla.

— Serait-ce grave ?

Higgins se contenta d'un bon sourire.

— Je vais le réveiller. James, installez notre hôte et offrez-lui du café.

L'inspecteur eut droit au bureau de l'Italien, un superbe capharnaüm digne des bazars orientaux.

Belzoni avait entassé des dossiers, des cartons remplis de dessins, des peintures naïves représentant des temples pharaoniques, des pipes en nacre, des fioles de parfum, des paires de babouches et quelques autres souvenirs de son séjour en Égypte.

Le café était puissant, son arôme remarquable. Il rappela à Higgins de magiques soirées romaines, à la terrasse d'un palais, sous un ciel étoilé. L'existence semblait légère, les lendemains radieux. Le jeune homme n'imaginait pas la lutte acharnée qu'il aurait à mener contre le crime.

Le pas lourd du Titan de Padoue fit craquer le parquet. Peigné à la hâte, non rasé, enveloppé d'une robe de chambre bariolée en pure laine, il avait un regard las, manquant de sommeil.

— Une urgence, inspecteur ?

— En effet, monsieur Belzoni.

Le géant choisit un fauteuil à haut dossier et se servit une tasse de café.

— Auriez-vous retrouvé ma momie ?

— Malheureusement, non.

— De nouveaux crimes ?

— Heureusement, non.

L'Italien engloutit une brioche.

— Quelle est la signification du mot *Magnoon*, monsieur Belzoni ?

Le géant faillit s'étrangler.

— Je l'ignore.

— Ne l'auriez-vous jamais entendu ?

— Jamais.

— On jurerait une résonance arabe, mais je n'ai pas eu le temps de vérifier.

— Ce mot a-t-il une importance particulière à vos yeux ?

— Le comédien Peter Bergeray l'a entendu en rêve, et il pourrait désigner l'assassin du pasteur, du lord et du médecin légiste.

Belzoni eut l'air étonné.

— Accorderiez-vous du crédit aux propos de ce malhonnête ? Il s'est porté acquéreur des bandelettes recouvrant le visage de la momie et a oublié de payer le prix qu'il avait pourtant accepté ! Ma femme et moi l'avons relancé, et il nous a promis de régler rapidement ses dettes. S'il continue à se conduire comme un voleur, je lui briserai les os !

— Je vous le déconseille.

— Faut-il accepter un tel comportement ? Comédien

ou pas, ce personnage n'a pas le droit de fixer sa propre loi !

— Si Bergeray ne tenait pas sa promesse, utilisez les services d'un avocat.

— Je n'y crois guère, inspecteur. En Orient, j'ai appris à me débrouiller seul.

— Ce matin, vous ne portez pas de bague.

Belzoni observa ses mains.

— Mes goûts varient.

— Acceptez-vous de me montrer la bague ornée d'un phénix ?

L'Italien posa sa tasse. Cette fois, il était tout à fait réveillé.

— Est-ce vraiment indispensable, inspecteur ?

— Je le crains.

Belzoni se releva et ouvrit une boîte métallique se trouvant au sommet d'une pile de livres. Il en sortit le bijou.

— Comporte-t-il une inscription ? demanda Higgins.

— Vous la connaissez déjà, je suppose ? Vérifiez de vos propres yeux.

Le géant remit l'objet à l'inspecteur. À l'intérieur de l'anneau, des lettres finement gravées formaient trois mots : « Frères de Louxor ».

— Voici la bague que m'a remise Henry Cranber, l'un des acheteurs présents lors du débandelettage, dit Higgins en exhibant l'éventuelle pièce à conviction.

Belzoni l'examina et ne dissimula pas sa stupéfaction.

— Comment Cranber se l'est-il procurée ?

— À une vente aux enchères. Ce n'est pas votre cas, je présume ?

L'Italien hésita.

— Je ne sais pas mentir, inspecteur. Ce bijou m'a été offert en Égypte, à Louxor.

— À quelle occasion ?

— Sur ce point, je dois garder le silence.

Higgins fit face à Belzoni.

— Quand s'ouvrent les travaux du Souverain Tribunal ? lui demanda-t-il.

— À l'heure de la Vérité en action.

— Connaissez-vous Hermès et Mithra ?

— Je suis chevalier du Soleil.

Higgins serra la main du géant d'une manière très particulière.

— Ainsi, inspecteur, vous êtes un Frère !

— Ne tirez pas de conclusions hâtives, monsieur Belzoni. Je me devais d'étudier les symboles et les signes des francs-maçons dont le rôle est loin d'être négligeable. Vous, vous appartenez à cette confrérie et avez été initié dans une loge originale et indépendante, les « Frères de Louxor ».

Belzoni approuva d'un signe de tête.

— D'après mon enquête, elle n'est pas inscrite sur le tableau administratif de la Grande Loge d'Angleterre et possède donc un caractère « sauvage ». Acceptez-vous néanmoins de me parler de ses rites et de ses travaux ?

— L'initiation aux anciens mystères ne s'est jamais complètement perdue, et une poignée de sages a perpétué un enseignement majeur : l'Égypte des pharaons était la concrétisation terrestre du plan céleste du Grand Architecte de l'Univers. À Louxor, j'ai eu la chance de rencontrer l'un de ces initiés, et la porte de la loge me fut ouverte. Elle m'a permis de vivre certains rites antiques et de mieux en apprécier l'importance. Les Frères de Louxor m'ont facilité la tâche en me secourant à des périodes difficiles.

— À Londres, faites-vous appel aux francs-maçons ?

— Étant donné la situation et l'entêtement des ânes du British Museum, j'y suis contraint.

— Le secret entourant les Frères de Louxor ne leur déplaît-il pas ?

— Ce n'est pas un avantage et j'ignore si mes démarches aboutiront.

— Votre loge abordait-elle le mystère de la momification ?

— Les grands mystères sont ceux d'Osiris assassiné, embaumé et ressuscité, rappela Belzoni. À la fois spirituellement et matériellement, la momification les incarne. Je n'en ai perçu qu'une infime partie, mais je sais que notre courte existence est une simple parenthèse entre l'au-delà d'où nous venons et celui vers lequel nous nous dirigeons. Notre cœur demeure-t-il inerte, notre conscience assoupie, cherchons-nous à lever un coin du voile ? À chacun de se déterminer. Le phénix crée son propre bûcher, seul moyen de brûler le périssable et la mort, afin de renaître d'une vie nouvelle.

— Un point me trouble, précisa Higgins. Chez les francs-maçons, le mythe d'Osiris est devenu celui d'Hiram, lui aussi trahi et assassiné. Or, les coupables, de mauvais Compagnons décidés à obtenir de force le mot de passe des Maîtres, sont au nombre de trois.

— Songeriez-vous… au pasteur, au vieux lord et au légiste ?

— Appartenaient-ils à la loge des Frères de Louxor et auraient-ils trahi leur serment ?

— Non, inspecteur ! Je les ai rencontrés pour la première fois lors du débandelettage, aucun ne s'est approché de moi en accomplissant les signes de reconnaissance. À mon avis, ils n'étaient pas francs-maçons.

— Voler une momie n'est pas un acte banal, vous-même la considérez comme une sorte de révélation des grands mystères. J'imagine mal un profane dérober une telle relique.

— Les collectionneurs commettent n'importe quelle folie afin d'assouvir leur passion, objecta Belzoni.

— Êtes-vous le seul Frère de Louxor actuellement présent à Londres ?

Belzoni soutint le regard de l'inspecteur.

— À ma connaissance, oui.

— Avez-vous l'intention de voyager ?

— Pas dans l'immédiat.

— Montrez-vous prudent, monsieur Belzoni. Cette affaire est complexe, et je redoute d'autres drames. Si vous vous sentez menacé ou si vous éprouvez de sérieux soupçons envers un éventuel coupable, n'hésitez pas à vous rendre au poste de police de Piccadilly et à m'alerter.

Après le départ de Higgins, le géant eut envie d'un bain bouillant. Sarah avait réussi à dénicher un *tub* de grande taille et prenait plaisir à frotter le dos de son aventurier. Il lui relata fidèlement l'interrogatoire.

— J'ai l'impression que cet inspecteur ne croit pas à ma totale innocence, déplora le Titan de Padoue.

— Simple attitude professionnelle, mon chéri.

— Pourquoi serions-nous en danger ?

Le va-et-vient de la brosse à poils durs s'interrompit.

— Cette momie pourrait te reprocher de l'avoir exposée aux regards profanes, estima Sarah. Rassure-toi, je te protégerai.

38

En ce dimanche venteux, l'Angleterre paressait. Certains se préparaient à pique-niquer, d'autres à recevoir des proches ou des amis, d'autres encore à repeindre une pièce ou à disposer des étagères. Higgins, lui, ne s'accordait pas de repos. Vu la proximité d'événements graves, il devait s'entretenir avec le personnage officiel auquel il fallait théoriquement rendre des comptes.

L'adresse donnée par Peter Soulina correspondait à une maison de trois étages datant du XVIIIe siècle, sise dans Adam Street. Austère et raide, la demeure s'inspirait de l'architecture grecque. Pilastres, colonnes et frontons rendaient la façade un peu pompeuse. Le premier étage s'ornait de balcons en fer forgé, et la porte en chêne massif semblait repousser les visiteurs.

Pourtant, au moment où Higgins s'en approchait, elle s'ouvrit.

— Cherchez-vous quelqu'un ? demanda un cerbère au visage carré et aux bras de lutteur de foire.

— Peter Soulina.

— De la part de qui ?

— Inspecteur Higgins.

— Entrez et ne bougez pas.

Deux autres costauds surgirent.

— On doit vous fouiller.

— Je ne porte pas d'arme.

— On doit vérifier.

Higgins accepta et demeura immobile. Satisfait, le cerbère l'invita à le suivre. Ils montèrent au premier étage.

Sur le palier, Peter Soulina, mains croisées derrière le dos. Ses petits yeux inquisiteurs émirent une lueur d'agressivité.

— Ce n'est pas trop tôt, Higgins ! Voilà longtemps que j'attendais votre rapport. Une semaine de plus, et je vous adressais un blâme administratif.

— Certaines enquêtes prennent du temps, monsieur Soulina. Et celle-là se révèle particulièrement ardue.

— Hmmm… Je n'apprécie pas les bonnes excuses. Allons dans mon bureau.

L'endroit était glacial et presque vide. Un petit secrétaire en loupe de noyer, deux chaises d'allure médiévale.

Les deux hommes s'assirent face à face.

— Avez-vous progressé, Higgins ?

— Je l'espère.

— Un suspect ?

— Plusieurs.

— Ah ! des indices sérieux ?

— Disons… troublants. De multiples investigations seront nécessaires.

— Combien de temps ?

— Je l'ignore.

— Croyez-vous que je me contenterai de cette réponse ?

— Il le faudra bien, monsieur Soulina. La précipitation serait catastrophique, et nous risquerions de passer à côté de la vérité.

— Admettons, admettons… Remettez-moi votre rapport.

— Je n'en ai pas écrit.

— Permettez-moi de m'étonner !

— Un tel document serait inutile et nuirait à la poursuite de l'enquête, s'il tombait entre de mauvaises mains.

— N'auriez-vous pas confiance en mes services ?

— En effet.

— Vous allez trop loin, inspecteur !

— Certainement pas.

Excédé, l'émissaire du gouvernement se leva et fit les cent pas.

— J'ai beaucoup entendu parler de vous, ces derniers temps. Vous vous acharnez à défendre un projet de réorganisation de la police, et certains notables vous soutiennent.

— Je suis heureux de l'apprendre.

— N'imaginez pas un succès rapide ! Le gouvernement hésite à modifier la situation actuelle et à s'engager sur une voie peut-être sans issue.

— C'est la situation actuelle qui est sans issue.

— Les autorités vous ont confié une mission, inspecteur, et vous n'avez pas à faire de politique. Préoccupons-nous de l'essentiel : avez-vous identifié et localisé Littlewood ?

— Pas encore.

— Inadmissible ! jugea le haut fonctionnaire. Vous accordez davantage d'importance à votre enquête criminelle qu'à l'arrestation de ce dangereux révolutionnaire.

— Tout est lié.

Intrigué, Peter Soulina s'immobilisa.

— Que voulez-vous dire ?

— Les trois meurtres, Littlewood, la disparition de la momie : tout est lié.

— Hypothèse ou certitude ?

246

— Intuition.

— Intuition délirante, à mon avis ! Littlewood en relation avec une momie… vous m'imaginez défendre cette thèse absurde devant un ministre ?

— La vérité est parfois surprenante, monsieur Soulina. L'équipe du colonel Borrington a-t-elle obtenu des résultats intéressants ?

L'émissaire du gouvernement revint s'asseoir.

— Rien de décisif, hélas ! Consentiriez-vous à travailler de nouveau en sa compagnie ?

— Le colonel observe la discipline militaire et n'a pas l'habitude de mener des enquêtes. Quant à son équipe, elle a été gangrenée, et je ne serais pas surpris que plusieurs policiers placés sous ses ordres soient au service de Littlewood.

— Auriez-vous… des noms ?

— Arrêter ces corrompus serait une erreur. Mieux vaut les laisser en place et leur laisser croire qu'ils n'ont pas été identifiés. Fournissez-leur de faux renseignements qu'ils transmettront à Littlewood. Ce dernier s'estimera maître du jeu, et je continuerai à progresser dans l'ombre.

— Vous exigez beaucoup, Higgins. Et cette stratégie pourrait se révéler aussi risquée qu'inefficace.

— Je connais personnellement chacun des hommes qui m'aident à combattre le crime et je sais qu'aucun d'eux ne travaillera pour Littlewood. De plus, ils sont sur le terrain, à la différence des bureaucrates.

— Inutile, bien entendu, de vous demander un rapport concernant le conspirateur et sa clique de révolutionnaires.

— Ce genre de paperasse ruinerait le travail accompli.

— Oseriez-vous supposer que des responsables de haut niveau fussent complices de Littlewood ?

— J'ose, monsieur Soulina. En envisageant le pire, on parvient à l'éviter.

— Je suis votre supérieur direct, inspecteur. Moi, vous devez m'informer de manière détaillée.

— Ce serait fastidieux. L'important, ce sont les résultats.

— Je ne les vois pas !

— Les méthodes classiques ont échoué, le colonel Borrington et ses semblables ne sont pas parvenus à identifier Littlewood et à l'empêcher de nuire. Vous m'avez confié une mission, et je la remplirai, conscient de me heurter à de multiples adversaires, sans oublier la momie.

Le regard de Peter Soulina vacilla.

— L'heure n'est pas aux plaisanteries !

— Ce n'en est pas une.

— Perdriez-vous l'esprit, inspecteur ?

— Je vous le répète, tout est lié.

— Oubliez cette momie, et traquez Littlewood !

— Je m'en occupe davantage que vous ne le supposez.

La fermeté du ton impressionna le haut fonctionnaire.

— Nous reverrons-nous dimanche prochain ?

— Probablement, monsieur Soulina.

39

En dépit du froid et de l'humidité, Higgins serait volontiers retourné à Hyde Park afin de s'y promener en paix, à l'écart de la ville agitée et bruyante. Mais il lui restait d'importants détails à régler en compagnie d'une dizaine de policiers, et il avait décidé d'utiliser les renseignements fournis par lady Suzanna.

Aussi se présenta-t-il à l'entrée de l'amphithéâtre du Charing Cross Hospital où des sommités avaient coutume de donner des conférences.

Un gardien lui barra le chemin.

— Appartenez-vous au corps médical ?

— Non, désolé.

— Aujourd'hui, l'accès est réservé aux professionnels.

— Inspecteur Higgins. Je m'intéresse aux théories du docteur Pettigrew.

Le gardien s'inclina.

Une centaine de praticiens et d'étudiants avaient pris place dans les gradins. Higgins s'assit au dernier rang et assista à l'arrivée théâtrale de Pettigrew, suivi de deux assistants qui portaient le cadavre d'un vieillard qu'ils déposèrent sur une table basse en bois brut.

Utilisant un langage abscons, l'anatomiste évoqua ses dernières recherches qu'il considérait comme essentielles et annonça une série de publications remettant en cause des idées admises depuis des lustres. D'après lui, l'étude de la médecine ancienne, particulièrement celle des Égyptiens, procurerait des informations utiles à la science moderne. Enflammé, Pettigrew parla longuement des momies, déplorant le manque d'investigations sérieuses. Il comptait combler cette lacune et découvrir les secrets des embaumeurs.

Ensuite, il s'occupa de la dépouille et fit appel aux services de deux étudiants se destinant à la profession de médecin légiste. Suivant ses instructions, ils découpèrent le corps et Pettigrew en décrivit les diverses composantes, du cerveau à la pointe des orteils. Le cœur au bord des lèvres, deux spectateurs sortirent de l'amphithéâtre, sous le regard courroucé du professeur.

À la fin du cours, l'assistance applaudit. Le maître accepta de répondre aux questions, puis on évacua les restes du cadavre martyrisé, et l'anatomiste accorda quelques brefs entretiens à des étudiants.

Higgins fut le dernier à se présenter.

— Navré, je dois partir.

— Me permettez-vous de vous accompagner ?

Scandalisé, le médecin se haussa du col.

— De quel droit ?

— J'aurais besoin d'une consultation.

— Seriez-vous souffrant ?

— Trois cadavres me causent de réels soucis.

— En quoi me concernent-ils ?

— Ils sont liés à la fameuse momie de Belzoni.

— Celle-là, je l'ai ratée ! Selon les témoignages d'admirateurs, elle était exceptionnelle. Trouver de beaux spécimens, voilà le vrai problème. Je cours les salles des ventes et je n'obtiens que de médiocres vestiges. Vos trois cadavres… anciens ou modernes ?

— Modernes. Un pasteur, un lord et un légiste, le docteur Bolson.

Cette révélation laissa le docteur Pettigrew indifférent.

— Ils assistaient au débandelettage de la momie, ajouta Higgins, et ne songeaient qu'à la détruire.

— A-t-elle été sauvée ?

— Elle a disparu.

— Vous voulez dire... anéantie ?

— Volée.

— Un voleur de momies ! Je désire le rencontrer. Il doit posséder des trésors indispensables aux progrès de la science.

— Vous avez demandé à Belzoni de vous procurer des momies.

Pettigrew regarda son interlocuteur d'un œil méfiant.

— Cela ne vous concerne pas, inspecteur. Enquêteriez-vous sur ma vie privée ? Je vous conseille de ne pas tourner autour de moi. J'ai la chance de fréquenter des personnalités haut placées qui ne toléreront pas des persécutions policières à mon encontre.

— Puis-je connaître l'identité du cadavre que vous avez étudié ?

— Un mendiant de Whitechapel, je crois. On l'a ramassé dans une ruelle pouilleuse. Pas un penny, pas de famille. Au moins, il aura servi à la médecine. C'est souvent ainsi, hélas ! Ces pauvres bougres mènent une existence misérable et meurent sans nom. Au gouvernement de résoudre le problème.

— N'auriez-vous pas une idée de l'endroit où pourrait se trouver la momie de Belzoni ?

L'anatomiste se raidit.

— Oseriez-vous me soupçonner de l'avoir volée ?

— Ai-je émis pareille hypothèse, docteur Pettigrew ?

251

— Vous le pensez, j'en suis certain, et vous n'êtes pas loin de m'accuser d'un triple crime, moi, un homme de science et de progrès ! C'est monstrueux, inspecteur, et je ne vous le pardonnerai pas. Votre comportement inacceptable sera sanctionné.

— Le vôtre m'intrigue.

— Votre opinion m'indiffère, sachez-le ! Cette entrevue était la dernière.

Offusqué, l'anatomiste sortit à grands pas de l'amphithéâtre.

Higgins parvint à rencontrer le directeur de l'hôpital, son adjoint et plusieurs médecins. Ils n'hésitèrent pas à parler du docteur Pettigrew, et leurs témoignages permirent à Higgins d'établir un portrait du personnage. Étudiant brillant devenu un spécialiste reconnu, il semblait promis à une belle carrière en dépit d'une passion dévorante pour les momies égyptiennes. Il était prêt à dépenser des sommes importantes, voire à gaspiller sa fortune personnelle, si l'occasion se présentait d'acquérir des spécimens bien conservés. Travailleur, entêté, susceptible, l'anatomiste ne manquait pas de relations et attirait la sympathie d'aristocrates que ses recherches amusaient. On ne lui connaissait pas de vices majeurs.

Pensif, Higgins regagna à pied son quartier général de Piccadilly.

À l'entrée de la ruelle sordide, un guetteur armé. Coiffé d'une casquette dont la large visière lui masquait le visage, un ouvrier s'approcha.

— Le soleil ne s'est pas levé, déclara-t-il à mi-voix.

— Les riches l'ont volé.

— Je les noierai dans la Tamise.

À ces phrases de reconnaissance, le garde identifia le chef des révolutionnaires.

— Aucun curieux signalé, patron. Nos amis vous attendent.

Littlewood marcha rapidement jusqu'au fond de la ruelle et frappa deux séries de coups à un mur de brique.

Le panneau s'entrouvrit en pivotant. Littlewood pénétra à l'intérieur de la principale cache d'armes de Whitechapel, seulement accessible à ses lieutenants. Pistolets et fusils s'y accumulaient jour après jour, au fur et à mesure des vols et des cambriolages. Encore insuffisants, les stocks commençaient à prendre consistance.

Une dizaine d'hommes saluèrent leur leader. Deux lampes à huile éclairaient l'entrepôt qui comportait une issue de secours en cas de danger. Mais la police ne se risquait pas à investir le coin le plus déshérité de Whitechapel, et les mesures de sécurité éviteraient toute mauvaise surprise.

— Demain est le grand jour, annonça-t-il avec fierté. À cette heure-ci, le tyran George IV aura cessé de vivre, et un vent de liberté soufflera sur l'Angleterre.

— Ne faut-il pas craindre une réaction violente des forces de l'ordre ? s'inquiéta un conjuré.

— La police est désorganisée, ses différents services s'entre-déchirent et personne ne les coordonne. Le gouvernement ne s'attendant pas à ce type d'attentat, il sera désemparé. Peut-être ordonnera-t-il des arrestations au hasard en promettant la capture imminente des coupables. Nous laisserons le soufflé retomber et nous déclencherons l'insurrection. Messieurs, montrons-nous à la hauteur de ce moment historique ! Un empire riche et puissant va être offert au peuple dont nous serons les guides. Les comités de quartier sont-ils mobilisés ?

— Nous sommes prêts, répondit le responsable. J'ai nommé les meneurs capables d'exciter la foule.

— Revoyons ensemble les détails de l'opération, préconisa Littlewood. Chacun des participants devra accomplir sa tâche à la perfection, sans la moindre hésitation. Je vous écoute.

Les révolutionnaires s'exprimèrent tour à tour et rappelèrent le rôle précis qu'ils auraient à jouer. Leur détermination ravit Littlewood. George IV n'échapperait pas à un tel commando.

40

La berline du roi George IV quitta sa résidence à l'heure prévue. Huit superbes chevaux s'élancèrent à une allure soutenue en direction de l'auberge sise au lieu-dit La Pastourelle où le monarque passerait d'agréables moments en compagnie d'une jeune paysanne belle à croquer. Deux cochers expérimentés guidaient la confortable voiture, deux soldats l'escortaient.

Cette liaison déplaisait fortement aux proches conseillers du monarque, détesté de la population en raison de son comportement sentimental. Si l'affaire s'ébruitait, elle aggraverait la situation. Le séducteur se lassant déjà des charmes de la campagnarde, le gouvernement espérait que sa prochaine proie appartiendrait à l'aristocratie et ne ferait pas scandale.

Les révolutionnaires attendaient le souverain à La Pastourelle. Ils avaient pris la place de l'aubergiste, des serveurs et des garçons d'écurie, ligotés et bâillonnés.

D'ordinaire, le tyran arrivait vers onze heures, emmenait sa maîtresse à l'étage, déjeunait au lit et regagnait Londres. Le jour de ses ébats, l'auberge était évacuée par le patron en personne, enchanté de recevoir un large dédommagement.

Au nom de la discrétion, toute présence policière

était exclue. Méfiant, Littlewood avait exploré la vieille bâtisse, y compris le grenier et la cave.

Rien d'anormal.

— Il a du retard, lui dit un conjuré en regardant sa montre.

— Ce temps pourri et la mauvaise qualité de la route empêchent les chevaux de progresser normalement, estima Littlewood.

— Pourvu que le coureur de jupons n'ait pas un accident !

Le chef des révolutionnaires prisa du tabac noir afin de conjurer le destin. Il songeait au moment où George IV descendrait de sa berline, les sens en émoi. Il franchirait le seuil de l'auberge, n'accorderait pas le moindre regard aux employés et grimperait l'escalier quatre à quatre. Le roi ouvrirait la chambre de sa dulcinée, nue et désirable.

Seule modification au programme : il se trouverait face au pistolet de Littlewood qui viserait le cœur. Le pantin s'écroulerait, et son royaume avec lui.

Les minutes s'écoulaient, les nerfs des conspirateurs se tendaient. À cause de la brume, le séducteur avait-il renoncé à rejoindre sa belle ? Obtenir de nouveaux renseignements et monter une opération similaire ne serait pas facile.

Soudain, un bruit.

Des chevaux au galop.

La voiture de Sa Majesté et son escorte approchaient de l'auberge.

— La fille est-elle neutralisée ? demanda Littlewood à son adjoint.

— Enfermée dans un placard. Elle ne peut ni bouger ni crier.

— Les hommes sont-ils à leur poste ?

— On est prêts, patron.

— Vive la révolution, vive le peuple !

Un nuage creva, une pluie battante se déclencha.

Prenant soin d'éviter les ornières, la berline ralentit. Au petit trot, les chevaux parcoururent les derniers mètres les séparant de l'écurie.

La voiture s'immobilisa. Brandissant un parapluie, le second de Littlewood s'élança hors de l'auberge. Il éviterait au monarque d'être mouillé.

Les soldats de l'escorte mirent pied à terre, un gradé ouvrit la portière de la berline et le despote en descendit.

La main droite dans la poche de sa blouse de paysan serrant un pistolet, la gauche tenant le parapluie, le conjuré jeta un œil haineux au souverain.

— Pas un geste, Littlewood, ordonna Higgins qui avait pris la place du roi d'Angleterre. Rendez-vous, l'auberge est cernée.

— Mort au tyran !

Les soldats tirèrent, le second de Littlewood s'écroula, la poitrine en sang.

Jaillissant d'un petit bois, une vingtaine de policiers coururent vers l'auberge. Les conspirateurs déclenchèrent un feu nourri et tentèrent de les repousser. Disciplinés, les hommes de Higgins organisèrent un assaut méthodique. Assistés des quatre soldats d'élite, ils éliminèrent les faux garçons d'écurie puis visèrent les fenêtres.

La précision du tir causa des ravages. Abandonnant les siens, Littlewood descendit à la cave, ôta la grille d'un soupirail, sortit à l'air libre derrière la bâtisse et courut à perdre haleine en direction d'une rivière bordée de saules.

Le souffle court, il regretta de trop manger, de trop boire et de trop fumer. Mais aucune balle n'interrompit sa fuite.

Un policier gravement blessé, deux légèrement, dix conspirateurs tués, les otages indemnes. L'opération préconisée par Higgins était une réussite. Il réconforta la jeune beauté sortie de son placard.

— Je le reverrai, mon roi ? questionna-t-elle en pleurnichant.

— Probablement pas, mademoiselle. Tâchez de l'oublier.

— On s'amusait tellement ! Voulez-vous que je vous raconte ?

— Ce ne sera pas nécessaire. Allez à la cuisine, on vous y donnera un remontant.

Ce succès ne devait rien au hasard. En prenant conscience de la dangerosité de Littlewood, Higgins avait aussitôt songé à la sécurité de la personne royale. N'ayant pas confiance en sa garde rapprochée, il avait contacté des employés du palais occupant des postes stratégiques, dont l'intendant des écuries royales, un authentique serviteur de l'État. Ces professionnels amoureux de leur métier valaient souvent mieux que les courtisans et les politiciens. Ils s'étaient engagés à signaler à Higgins, et à Higgins seul, toute situation anormale.

L'un des cochers, endetté, ivrogne et infidèle, avait proposé à l'intendant une belle somme pour obtenir la liste des déplacements de George IV. Alerté, l'inspecteur avait organisé une filature, mais le suspect s'était évaporé dans le quartier de Whitechapel. Autrement dit, il s'était vendu à Littlewood et l'aidait à préparer un mauvais coup.

La disparition du cocher avait conforté cette hypothèse. Principal point faible de la liste des déplacements royaux : cette auberge abritant ses amours clandestines. Lors des apparitions de George IV, le service d'ordre dissuaderait d'éventuels agresseurs. Ici, la faible et discrète escorte serait exterminée et le roi à la merci de Littlewood.

Sorte de miracle, le palais avait accepté de prendre en compte les avertissements de Higgins. Écoutant des conseillers inquiets et persuasifs, le monarque s'était résolu à rompre sa liaison campagnarde, et Higgins avait été autorisé à courir un maximum de risques afin d'arrêter le chef des révolutionnaires.

L'inspecteur s'assura qu'aucun des employés de l'auberge n'avait subi de dommages. Choqué, le patron déboucha plusieurs bouteilles de vin vieux et les offrit à ses sauveurs auxquels il fournit des draps destinés à recouvrir les cadavres des conspirateurs.

Higgins les examina un à un avant d'explorer la totalité de l'auberge, accompagné de deux policiers, l'arme au poing. L'un des membres du commando avait peut-être essayé de se cacher. Satisfait du résultat négatif de ses investigations, le trio regagna la salle d'hôtes. Le patron et son personnel avaient servi du caneton au lard, un gratin de pommes de terre et du fromage de chèvre destinés au repas royal.

— Régalez-vous, messieurs ! Des moments comme ceux-là vous apprennent à profiter de l'existence, affirma l'aubergiste.

La tension retomba, les policiers et les soldats acceptèrent l'invitation. Seul Higgins sortit de l'établissement pour revoir les visages des conspirateurs abattus.

Alors qu'il terminait cette funèbre vérification, le gradé chargé de commander la petite escouade de cavaliers le rejoignit.

— Mes félicitations, inspecteur. Tout s'est déroulé selon vos prévisions.

— Nous avons eu de la chance et nos hommes se sont comportés de façon remarquable.

— Ils méritent une décoration, et mon rapport vantera leurs mérites. Grâce à votre perspicacité, un redoutable complot vient d'être brisé. Désormais, notre roi sera en sécurité.

— Conseillez-lui néanmoins de ne pas baisser la garde.

L'officier fronça les sourcils.

— Que redoutez-vous ? La preuve du triomphe est à nos pieds ! Personne n'osera plus s'en prendre à la personne de notre souverain.

— Le ciel vous entende.

— J'ai décidé d'enterrer ces vauriens dans ce trou perdu. La presse n'entendra pas parler de ce drame, et l'aubergiste sera fermement prié de se taire. Venez vous restaurer, inspecteur. Ensuite, nous rentrerons à Londres. Vous y deviendrez, à juste titre, une sorte de héros.

Cette perspective ne dérida pas Higgins.

Certes, le pire avait été évité. Mais ce succès-là n'était qu'un trompe-l'œil.

41

De chemins creux en bosquets, de bosquets en sentiers, Littlewood s'était éloigné de l'auberge et avait repris la route de Londres. Trempé, fourbu, encore sous le choc du désastre, il restait animé de la rage de vaincre et de se venger.

Lorsqu'il atteignit l'un de ses repaires, au milieu de la nuit, il n'avait même pas envie de dormir. Il but un grand verre de gin, dévora des tranches de jambon fumé et tira le bilan de cette défaite inattendue.

On l'avait trahi.

Cette ordure de cocher, bien entendu, jouant un rôle d'agent double ! Littlewood était heureux de l'avoir éliminé.

Un policier de haut rang, peut-être un ministre, avait organisé cette expédition, destinée à trancher la tête de la révolution. Le roi avait eu l'intelligence de l'écouter, et il se trouvait à présent hors d'atteinte. À l'avenir, il bénéficierait d'une protection rapprochée et permanente.

Higgins… Oui, ce maudit inspecteur devait être au cœur de cette opération ! Ses informateurs lui apprendraient son degré exact de responsabilité. D'instinct, il pressentait que le véritable cerveau, c'était lui. Higgins ne cherchait-il pas à former un corps de police efficace, débarrassé de ses éléments corrompus et capable de lutter contre le crime ? Si le gouvernement encourageait cette démarche, les révolutionnaires se heurteraient à un adversaire de taille.

Cette sombre perspective ne décourageait pas Littlewood et, malgré la disparition de ses meilleurs lieutenants, il ne baisserait pas les bras. Il possédait un atout majeur : l'ennemi le croyait mort ! On enterrerait les cadavres à la sauvette, la presse ne serait pas informée de la tentative d'attentat visant la personne royale, et la bonne société continuerait à couler des jours heureux en ignorant la misère des quartiers déshérités. Les meneurs éliminés, le pouvoir se sentirait inébranlable.

Ce sentiment de sécurité servirait la cause de la révolution. Contraint de modifier sa stratégie, Littlewood reconstituerait une équipe d'agitateurs puisés parmi les membres les plus radicaux des groupes contestataires. Il les formerait à l'action souterraine et enflammerait les esprits par ses discours tant appréciés de la populace. Promettre des lendemains merveilleux, la richesse pour les pauvres et la pauvreté pour les riches procurait toujours d'excellents résultats. Quand le mensonge favorisait l'idéal révolutionnaire, il devenait une vertu.

S'attaquer de nouveau à George IV serait impossible. En revanche, il fallait lui laisser croire qu'il restait la cible prioritaire. Ainsi les forces de l'ordre se préoccuperaient d'un leurre tandis que Littlewood préparerait pas à pas le soulèvement des masses populaires. Une vague monstrueuse détruirait cette société bourgeoise, rongée de l'intérieur.

Le mal et la violence fascinaient Littlewood. La guillotine, les têtes des nobles plantées au bout des piques, les foules hurlantes et déchaînées partant à l'assaut des châteaux et des hôtels particuliers, les exécutions sommaires, les tortures hantaient ses rêves. Il n'existait pas de meilleure méthode de gouvernement, et sa république populaire et révolutionnaire la porterait à sa perfection. Des bourreaux tout-puissants d'un côté, des sujets dociles de l'autre et continuant à croire à la liberté, à l'égalité et à la fraternité, tel était son programme. À cause de sa mollesse, Robespierre avait échoué ; lui, Littlewood, réussirait.

Au cours de cette lutte à mort, l'utilisation des forces occultes ne serait pas négligeable. C'est pourquoi il devait retrouver la momie de Belzoni et répandre la magie noire dont elle était porteuse. La puissance de ce revenant terroriserait une bonne partie de ses adversaires comme de ses partisans, persuadés que le chef de la révolution disposait de pouvoirs surnaturels. Les âmes simples étaient sensibles à ce genre d'argument, et parfois même de hauts responsables.

La momie... Un fantastique fer de lance !

Rassasié, Littlewood s'endormit. Dès le lendemain, il repartirait en croisade.

— Inspecteur... Lady Suzanna souhaiterait vous voir !

Par chance, Higgins avait fini de s'habiller et de se parfumer. Émoustillé, le sergent avait été ravi de revoir la magnifique jeune femme et d'échanger quelques mots avec elle avant de courir prévenir l'inspecteur, devenu un véritable héros aux yeux des policiers.

Enjolivé en passant de commissariat en commissariat, le récit de son succès prenait des allures d'épopée, s'approchant des conquêtes d'Alexandre le Grand.

En raison du froid, l'avocate s'était vêtue d'un long manteau beige fort seyant.

— Mes félicitations, inspecteur. Le Tout-Londres ne

parle que de vos exploits. En sauvant la vie du roi et en brisant une redoutable conspiration, vous avez rendu un fier service au pays.

— On exagère mes mérites, lady Suzanna.

— L'un des brigands n'a-t-il pas tiré sur vous ?

— Il a seulement essayé.

— Vous auriez pu être tué !

— Ce sont les risques du métier.

— M'accordez-vous une promenade à Hyde Park ?

— Je dois malheureusement déjeuner avec un représentant du gouvernement, mais il me reste deux petites heures.

En ce milieu de matinée, les allées du vaste parc étaient presque désertes. La froidure n'incitait guère à l'évasion, et seuls les amoureux du lieu venaient déposer des graines et du beurre à l'intention des oiseaux. Les écureuils accumulaient des provisions, les rongeurs aménageaient de confortables terriers. Des merles bien gras sautillaient à proximité des chênes.

— Je plaide votre cause chaque soir, révéla la jeune femme. Je sélectionne les invitations à dîner en fonction des convives et je ne m'intéresse qu'aux hommes politiques, aux courtisans influents et aux membres de la magistrature. Mettre fin aux divisions de la police et créer un grand service efficace ne plaît pas à l'ensemble de ces messieurs, et la bataille s'annonce rude. Étant persévérante de nature, je continuerai à les affronter. Votre récent exploit parle en votre faveur et convaincra les indécis. À la Cour, vous comptez désormais de fervents partisans.

— La route sera longue et parsemée d'embûches. L'essentiel ne consiste-t-il pas à voir la naissance de Scotland Yard ?

— Avez-vous creusé le cas du docteur Pettigrew, inspecteur ?

— Un curieux personnage, au caractère difficile.

— Sa passion des momies ne vous intrigue-t-elle pas ?

— Elle est peu commune, je l'admets.

— Je suis persuadée que ce praticien est mêlé d'une manière ou d'une autre au vol de la momie de Belzoni. Il a dû contacter son confrère, le légiste Bolson, et lui arracher son trésor.

— En ce cas, Pettigrew est devenu un assassin.

— Préserver une aussi belle momie était tellement impérieux qu'il en aura perdu la raison !

— Notre entrevue s'est mal passée, précisa Higgins. Ce brillant anatomiste m'a menacé de représailles si je tentais de le mettre en cause.

— Ces menaces vous effraieraient-elles ?

— Rassurez-vous, je ne perdrai pas de vue cet étrange praticien.

— Vous ne semblez pas convaincu de sa culpabilité !

— Il me faudrait des preuves solides. Et le docteur Pettigrew n'assistait pas au débandelettage de la momie.

— Ce point-là vous paraît-il déterminant ?

— Il l'est, lady Suzanna.

— Fouiller sa demeure de Spring Gardens vous procurerait peut-être des résultats intéressants ?

— En cas d'échec, le médecin déclenchera un scandale qui compromettra la suite de l'enquête.

— Retenez-vous cependant ma suggestion ?

— Elle s'impose, lady Suzanna.

La jeune femme sourit.

— Puisque les comploteurs sont éliminés, vous vous consacrerez entièrement à l'assassin du lord, du pasteur et du légiste, et à la recherche de la momie ! De mon côté, je poursuis mes investigations et vous rendrai compte de mes trouvailles.

— Je vous le répète, soyez très prudente. Cette affaire est tout à fait exceptionnelle, car des forces maléfiques rôdent et continuent à se répandre. Il ne s'agit pas de crimes banals, et je ne suis pas certain que la meilleure des polices parviendrait à résoudre l'énigme.

Des corbeaux survolèrent Hyde Park en croassant, un vent violent se leva.

— Tentez-vous de m'effrayer, inspecteur ?

— Y parvenir me comblerait d'aise.

— La peur ne doit pas empêcher d'avancer. Maintenant, je dispose de la liste des personnes ayant acheté des reliques lors du débandelettage de la momie, et je vais m'intéresser à leur cas.

— Ne vous en approchez pas, je vous en prie. L'une d'elles est une sorte de monstre froid, résolu à supprimer quiconque se mettra en travers de son chemin.

— Je vous promets de rester à distance et d'agir en parfaite discrétion. Au moindre signe suspect, je vous avertis.

42

Restaurant chic de la City, Le Saumon et le Perdreau n'accueillait qu'une clientèle fortunée, composée d'industriels et d'hommes politiques qui venaient y traiter des affaires avantageuses pour les deux bords, fréquemment à la lisière de la légalité. La morale n'était-elle pas cantonnée aux discours ?

Peter Soulina avait réservé un salon particulier décoré de lourdes tentures beige clair et de tableaux représentant des fruits et des fleurs. L'atmosphère feutrée convenait à l'entretien fort privé auquel il avait convié l'inspecteur Higgins, rigoureusement à l'heure.

— Afin de fêter votre triomphe, nous déjeunons au champagne. Le maître d'hôtel nous a composé un menu de fête : foie gras, homard, cuissot de chevreuil et sorbets exotiques. Vous convient-il ?

— Je m'en régale d'avance.

Soulina arborait une mine de papier mâché de mauvaise qualité.

— Auriez-vous des problèmes de santé ? s'inquiéta Higgins.

— Vous en êtes la cause, inspecteur.

— Vous m'en voyez désolé.

— Ne jouez pas les naïfs ! Vous avez eu l'audace de passer au-dessus de ma tête et de vous adresser directement au palais. Je vous rappelle que je suis votre supérieur direct, nommé par le gouvernement, et que vous auriez dû me décrire en détail vos intentions. Monter une opération de ce genre était extrêmement périlleux.

— Le danger ne visait que des volontaires, dûment avertis. Le roi, lui, était en sécurité.

— C'était à moi d'en juger, Higgins, et de donner des ordres ! Vous cherchez à me ridiculiser, n'est-ce pas ?

— En aucun cas. Mes seuls objectifs étaient le secret absolu et l'efficacité.

— Objectifs atteints, félicitations !

— Votre gratitude me va droit au cœur.

Le regard de Peter Soulina devint franchement agressif.

— Donc, vous me soupçonniez d'une éventuelle complicité avec les conspirateurs !

Higgins prit le temps de savourer une gorgée de champagne et une bouchée de foie gras.

— Je n'irais pas jusque-là. Étant donné les circonstances, il me fallait utiliser mon propre réseau, en dehors du cadre officiel, de manière à éviter les fuites et les entraves. L'absence d'intervention de votre part prouve votre honnêteté.

Soulina manqua de s'étouffer.

— Puis-je vous tapoter le dos ?

— Ça ira, merci ! Vous… vous vous rendez compte de la gravité de vos soupçons ? Moi, un allié de Littlewood !

— Dans la sphère politique, n'a-t-il pas existé de semblables collusions ?

— Vous outrepassez les bornes, Higgins !

— Le brouillard est à présent dissipé, et Sa Majesté prévenue des risques.

Soulina se racla la gorge.

— Trop modeste, inspecteur ! Les conspirateurs ont été éliminés, et tout le mérite de cet exploit vous revient. Cette fois, votre folle idée de former un nouveau corps de police prend de la consistance.

— Y seriez-vous opposé ?

Le haut fonctionnaire toucha enfin à son assiette.

— À dire vrai, non. Je crois que vous avez raison et que la création de ce Scotland Yard, comme vous souhaitez l'appeler, serait une excellente solution. Mais je tiens ma revanche, car j'ai su défendre ma position et le gouvernement continue à m'accorder sa confiance. Je reste votre supérieur et je récupère le dossier concernant la réorganisation des forces de l'ordre. C'est à moi, non à vous, que l'on attribuera les lauriers. Vous ne dirigerez jamais Scotland Yard, Higgins.

— Excellente nouvelle.

Le visage de fouine se teinta d'étonnement.

— N'était-ce pas votre ambition majeure ?

— Je suis un homme de terrain, pas de bureau. Et je n'aspire qu'à regagner ma retraite campagnarde. Réalisez mon idée, monsieur Soulina, et tirez-en le maximum de bénéfices à condition de servir la population et de combattre le crime.

Désemparé, l'émissaire du gouvernement vida sa flûte.

— Je ne vous comprends pas, Higgins.

— N'essayez pas, nous ne sommes pas faits du même bois.

Le homard ne dérida pas Peter Soulina.

— Sa Majesté vous recevra en audience privée, et la rumeur parle d'une décoration. N'oubliez pas, cependant, que je dirige l'ensemble des services de sécurité. Littlewood anéanti, vous vous consacrerez à la recherche de l'assassin des trois notables. Je suis contraint de vous élever au rang d'inspecteur-chef, mais j'exige des rapports hebdomadaires et des résultats. L'honneur de la police est en jeu.

— Et l'équipe du colonel Borrington ?

— Elle est dissoute, et cet officier supérieur bénéficiera d'une agréable retraite.

— Croiriez-vous à la fin de la conspiration ?

Le haut fonctionnaire avala de travers, fut victime d'une quinte de toux et vida une nouvelle flûte de champagne.

— Votre humour me déplaît, Higgins. Vous avez exterminé la mauvaise troupe de Littlewood et vous en tirez bénéfice, entendu ! N'en rajoutez pas.

— Vous persistez à mal me comprendre. La bataille de l'auberge ne marquait pas le terme de la guerre clandestine.

L'appétit de Soulina fut brutalement coupé.

— Expliquez-vous.

— À mon avis, Littlewood n'est pas mort.

— N'était-il pas à moins d'un mètre de vous, ne vous a-t-il pas menacé d'un pistolet, l'escorte du roi ne l'a-t-elle pas abattu ?

— Il s'agissait de l'un des conspirateurs, pas du chef des révolutionnaires.

— Comment pouvez-vous en être sûr, Higgins ?

— J'ai examiné les cadavres. Parmi eux ne figurait aucun des acheteurs des reliques provenant de la momie de Belzoni. Or, Littlewood se dissimule sous l'identité de l'un de ces personnages.

— Théorie fumeuse.

— J'ajouterai qu'il s'est enfui par la cave en ôtant la grille d'un soupirail qu'il a replacée de façon approximative.

— Pourquoi serait-ce Littlewood et non l'un de ses lieutenants ?

— Je viens de vous l'expliquer. L'homme est à la

fois rusé et prudent, il ne montera pas en première ligne avant d'avoir triomphé. Il a formé des soldats dévoués et fanatiques jusqu'au sacrifice suprême.

— C'était à Littlewood d'ouvrir lui-même la porte de la calèche et de tuer George IV ! Impossible d'abandonner cette tâche à un subordonné, objecta Soulina.

— Littlewood n'a pas couru le risque d'être abattu, affirma Higgins. Il redoutait la riposte des cavaliers formant l'escorte du roi. Ceux-ci et les cochers éliminés, il serait apparu en triomphateur.

— Je ne partage pas vos convictions, inspecteur-chef. Elles reposent sur une hypothèse inconsistante, et vous mélangez des affaires sans rapport entre elles. À l'évidence, Littlewood est mort et sa révolution décapitée.

— Sauf votre respect, je maintiendrais de strictes mesures de protection autour de la personne royale.

— Elles relèvent de ma responsabilité, en effet, et j'ai l'intention de l'assumer. Grâce à vous, je le reconnais, le dossier Littlewood est clos. Préoccupez-vous à présent de l'enquête criminelle dont vous êtes chargé.

Le cuissot de chevreuil, accompagné de pommes de terre rissolées et de gelée d'airelle, était proche de la perfection. L'estomac noué, Soulina ne lui fit pas honneur.

— Une question mérite d'être posée, estima Higgins : pourquoi, en dépit de multiples investigations, ne disposons-nous pas d'une description, même approximative, de Littlewood ?

— Absence de rapports précis et carences administratives, jugea le haut fonctionnaire. La réorganisation des forces de l'ordre permettra d'éviter ce genre d'erreur.

— Souhaitons-le, mais il existe une autre raison.

— Auriez-vous la bonté de m'éclairer, inspecteur-chef ?

— Littlewood est un caméléon. Il s'adapte en permanence, change d'apparence, d'allure, de vêtements, voire d'habitudes. Ses familiers ignorent ses véritables activités et les comités révolutionnaires implantés dans les quartiers ne connaissent pas l'identité réelle d'un chef aux multiples visages.

— La tête me tourne, Higgins ! N'inventez pas n'importe quoi afin de conforter vos illusions. Une dernière fois, oubliez Littlewood et arrêtez l'assassin des trois personnalités honorablement connues. Votre logement de fonction, à Piccadilly, vous convient-il ?

— Rien n'y manque.

— Tant mieux ! *A priori*, nos chemins ne se croiseront plus. Ma carrière prend un nouvel essor, et la lourdeur de mes tâches m'empêchera de m'intéresser au tout-venant. Néanmoins, en cas de nécessité absolue, vous savez où me joindre. L'immeuble d'Adam Street m'est entièrement attribué. Bon vent, inspecteur-chef.

43

— Tout est juste et parfait, déclara le Vénérable Maître lors de la fermeture des travaux de la loge auxquels Belzoni avait participé en évoquant les recherches des Frères de Louxor.

Le temple était spacieux, les banquettes confortables. À l'orient trônait un delta contenant un œil que l'Italien avait souvent remarqué dans les inscriptions égyptiennes[1]. Les francs-maçons quittèrent le local en procession et se dirigèrent vers la « salle humide » où ils prirent place autour d'une table bien garnie. On porta de nombreuses santés au roi, à l'Angleterre et aux Frères dispersés sur la surface de la terre avant de déguster une poularde au riz. Invité exceptionnel, le Titan de Padoue dut répondre à de nombreuses questions concernant l'Égypte et ses mystères.

Un seul convive demeura silencieux. Âgé, sobre et réfrigérant, il semblait s'ennuyer. Au terme des agapes, alors que les Frères se dispersaient, il s'approcha de Belzoni.

— J'aimerais vous voir en privé.

L'Italien suivit l'austère personnage qui le conduisit à une petite bibliothèque dont il referma soigneusement

1. L'œil est un hiéroglyphe qui signifie « créer, faire ».

la porte. Les rayonnages étaient remplis d'ouvrages consacrés à l'histoire de la franc-maçonnerie.

— Asseyez-vous, mon Frère.

Belzoni et son hôte prirent place de part et d'autre d'une longue table en chêne massif.

— Vous avez fait appel à notre fraternité afin de résoudre de délicats problèmes, rappela l'austère. Et c'est à moi qu'il appartient de traiter ce dossier, puisque j'appartiens au conseil d'administration du British Museum.

Était-ce une bonne ou une mauvaise nouvelle ? Ne sachant sur quel pied danser, Belzoni préféra se taire.

— Une minorité d'entre nous attribue une relative crédibilité à votre loge de Louxor. Ce n'est pas mon cas. Quiconque ne répond pas aux lois de la Grande Loge d'Angleterre ne saurait prétendre à une quelconque légitimité. Notre institution est née en 1717, et les références à l'Égypte et aux bâtisseurs de cathédrales sont dépourvues de pertinence. Notre unique but est l'humanisme, non l'étude des mystères et des symboles. Et l'appartenance à la bonne société demeure le principal critère d'admission.

Belzoni serra les poings et garda un calme apparent. L'austère ouvrit une sacoche posée à ses pieds et en sortit un dossier.

— Abordons des faits précis. Quand le comte d'Elgin a proposé au British Museum les marbres du Parthénon, il a fallu débourser la somme exorbitante de trente-cinq mille livres, et cette énorme dépense a déclenché une vague d'indignation. Payer un tel prix pour des antiquités étrangères choquait à juste titre. Lorsque le consul Henry Salt nous a envoyé sa collection d'objets égyptiens, elle ne souleva pas l'enthousiasme et le prix de huit mille livres nous parut exorbitant.

— Un montant dérisoire, pourtant ! Mon sarcophage vaut au moins le double !

Un regard polaire interrompit Belzoni.

— Nous avons offert deux mille livres à Salt, et il a accepté. Quant à votre sarcophage, il ne nous intéresse pas. Et cette décision est définitive. Le British Museum a d'autres préoccupations.

L'Italien se leva.

— Un instant, je vous prie. Ce dossier refermé, traitons à présent de votre seconde demande, une mission officielle qui vous permettrait de retourner en Égypte et d'y diriger des fouilles.

Belzoni reprit espoir.

— De hautes instances ont examiné la situation avec sérieux, affirma l'austère. Les compétences de l'éminent Henry Salt n'ont pas été mises en cause, et il continuera à sélectionner des œuvres destinées aux amateurs. Entreprendre des recherches archéologiques aux résultats incertains exigerait un budget que personne n'a l'intention d'envisager. Et puis soyons lucides : vous n'êtes pas un scientifique, mais une sorte de chasseur de trésors, habile à manier un matériel simple et de pauvres ouvriers. De l'avis général, il ne reste plus de monuments et de richesses à découvrir en Égypte. Oubliez donc ce projet ridicule de mission officielle et consacrez-vous à des activités commerciales. Heureux de vous avoir rencontré, mon Frère, et bonne chance.

Traversant la tempête de neige comme un automate, Belzoni se souvint[1]. Au cœur du désert brûlé de soleil,

1. D'après un texte de Belzoni.

ses chameaux étaient tellement épuisés qu'ils pouvaient à peine avancer. Trois avaient déjà succombé, un quatrième rendait l'âme. À l'infini, une étendue immense couverte de sable et de pierres, parfois entrecoupée de montagnes, sans abri, ni trace de végétation ni de séjour d'hommes. De rares arbres bravaient la sécheresse, la canicule les faisait tomber en poussière. Entre les points d'eau, souvent de six à huit journées, et certaines sources ne procuraient qu'un liquide saumâtre, désespoir des assoiffés. Le pire, c'était le puits tant convoité et… à sec ! Ultime solution : tuer son chameau, lui ouvrir le ventre, boire le reste d'eau que contenait son estomac. Et cet horrible sacrifice n'était pas toujours salvateur. Pendant l'agonie du voyageur incapable d'échapper au piège du désert, les yeux sortaient de la tête, la langue et les lèvres enflaient, d'insupportables tintements rendaient sourd et le cerveau prenait feu.

Belzoni absorba un peu de neige et revint à Londres. Cette mort atroce et lointaine n'aurait-elle pas été préférable à l'humiliation ? Au fond, ce Frère si cruel le mettait face à la réalité. À l'origine, il était ingénieur mais n'avait pas réussi à imposer sa machine hydraulique en Égypte. L'engin aurait pourtant été fort utile, facilitant le travail des paysans. Le pacha et ses conseillers ne souhaitaient pas enrichir l'Italien et avaient empêché le projet d'aboutir.

La découverte de l'entrée de la pyramide de Khéphren, sur le plateau de Guizeh, le 2 mars 1818, date inscrite par le colosse lui-même, au noir de fumée, dans la chambre de résurrection ? Un exploit à peine reconnu. Et malheureusement, la pyramide était vide, comme le temple nubien d'Abou Simbel que Belzoni avait été le premier à explorer. Les pénibles et dangereux voyages jusqu'à la mer Rouge, en 1818, et à l'oasis de Bahariyah, en 1819, n'avaient pas abouti à des résultats spectaculaires.

C'était lui, le Titan de Padoue, qui avait ramené en Europe le buste de Memnon, parvenant à le transporter du Ramesseum [1] au British Museum dont l'ingratitude dépassait l'entendement. Au lieu de se constituer sa propre collection d'antiquités, Belzoni avait eu le tort de travailler pour Henry Salt, amoral et rusé. Le diplomate n'hésitait pas à lui manger la laine sur le dos et ne lui serait d'aucun secours.

Désenchanté, il se hâta de regagner sa demeure londonienne. Sarah en personne lui ouvrit, comme si elle avait pressenti sa détresse.

— Te voilà transformé en bonhomme de neige ! Viens te réchauffer.

— On refuse de me donner une mission officielle et le British Museum n'achètera jamais le sarcophage d'albâtre.

— Inutile de prendre froid en plus.

Elle le déshabilla, le frictionna avec de l'eau de Cologne et l'emmena devant la cheminée du grand salon où de grosses bûches se consumaient.

— Te souviens-tu de tes propres paroles, Giovanni ? «Chacun peut être heureux, s'il veut ; car le bonheur dépend certainement de nous. L'homme qui se contente de ce que le sort lui donne est heureux, surtout s'il est bien persuadé que c'est là tout ce qu'il pourra obtenir.»

Enveloppé dans une robe de chambre en laine, le géant serra tendrement son épouse contre lui.

— Je suis fatigué, Sarah, la force de la jeunesse

---

1. Le Ramesseum (rive ouest de Thèbes) est le «temple des millions d'années» de Ramsès II, connu au XIXᵉ siècle sous le nom de Memnon.

m'abandonne. Tant de luttes, tant de déceptions, peu de succès, un avenir incertain…

— Souviens-toi de l'Égypte, mon amour, souviens-toi de la terre des dieux, du lac du Fayoum.

« Le rivage où nous allions passer la nuit offrait des traces d'une ancienne culture ; on y voyait des souches de palmiers et d'autres arbres, à peu près pétrifiées ; la vigne y abondait. Au clair de lune ce paysage était d'un effet ravissant. Le silence solennel qui régnait dans cette solitude, la vaste nappe d'eau qui reflétait le disque argenté de l'astre de la nuit, les ruines d'un vieux temple égyptien, l'extérieur étrange de nos bateliers, tout ce mélange d'objets agissait d'une manière douce et agréable sur mon âme, et transportait mon imagination dans les temps où ce lac était au nombre des merveilles de l'Égypte. M'abandonnant à mes rêveries, je me promenais le long de la côte, et me trouvais heureux au sein d'une solitude où l'envie, la jalousie et toutes les passions haineuses des hommes ne pouvaient m'atteindre. J'oubliais presque le monde entier, et j'aurais voulu passer ma vie sur ces bords enchantés [1]. »

L'Italien ouvrit de grands yeux étonnés. Sarah venait de lui citer par cœur et par le cœur un passage de son livre qu'il avait oublié. La cheminée et le salon s'évanouissaient, les flammes dessinaient un paysage enchanteur, sous un ciel peuplé de milliers d'étoiles formant l'âme d'Osiris.

— Sarah…

Les lèvres ardentes de l'Irlandaise empêchèrent le colosse de discourir, et la déesse de l'amour imposa ses douces lois.

---

1. Texte extrait du livre de Belzoni.

44

Le temple maçonnique était plongé dans la pénombre. À ce grade, les Frères se vêtaient d'une sorte de robe à l'antique et d'un tablier. Étant donné le caractère exceptionnel de la demande formulée par l'inspecteur-chef Higgins, le Vénérable avait accepté de le recevoir en loge.

Seule brillait la lumière de l'Orient.

Le Couvreur, chargé de garder le lieu sacré et de le maintenir hermétiquement clos, ouvrit la porte sur l'ordre du Vénérable.

Il amena le visiteur au centre du sanctuaire, face à une vasque.

Aux murs, une équerre, un compas et un niveau. Higgins ne distingua pas les visages du petit nombre de Frères présents lors de cette cérémonie inhabituelle.

— Les Fils des ténèbres ne souilleront pas ce temple, affirma le Vénérable. Afin de nous assurer que vous n'appartenez pas à la cohorte des destructeurs, veuillez plonger votre main au fond de cette vasque. Elle contient du plomb fondu mais, si votre cœur est pur, vous n'avez rien à craindre et vous ne souffrirez d'aucune blessure.

Les nécessités de l'enquête contraignirent Higgins à courir le risque. Avoir obtenu cette entrevue relevait de

279

l'exploit, et refuser cette inquiétante invitation aurait manqué de panache.

Il plongea donc sa main.

La sensation ne fut pas désagréable. Le « plomb fondu » n'était que du vif-argent non chauffé. Le Couvreur essuya la chair intacte et invita l'inspecteur-chef à s'asseoir.

— Vous avez eu raison de nous faire confiance, déclara le Vénérable. Nous délivrer de nos impuretés est notre seul but. Puisse le Grand Architecte de l'Univers graver en nous son éternelle parole et nous préserver des êtres maléfiques. Consacrons nos efforts à la construction du temple, inclinons nos intelligences et nos cœurs devant Dieu, puissance inconnue et mystérieuse que la raison humaine ne saurait définir.

L'assemblée se recueillit longuement.

— Vous qui venez en paix, possédez-vous le signe ? demanda le Vénérable.

Higgins présenta une bague portant l'inscription *La Règle est le Maître*.

— À présent, exprimez-vous en toute liberté. Afin de servir la vérité, nous nous engageons à vous répondre de manière franche et précise.

L'inspecteur-chef connaissait la voix du Maître de cette loge réunissant des membres éminents du gouvernement de Sa Majesté. Il s'agissait d'un juriste de haut rang, favorable à la création de Scotland Yard et franc-maçon de longue date. Cet endroit lui paraissait le seul cadre approprié à des révélations placées sous le sceau du secret.

— Avant de me présenter ici, rappela Higgins, je vous ai soumis un dossier concernant l'assassinat d'un pasteur, d'un lord et d'un médecin légiste. Étaient-ils francs-maçons ?

— Aucun n'appartenait à une loge, répondit le Vénérable.

— Et parmi la liste des suspects ?

— Le commerçant Henry Cranber a été membre d'une petite loge londonienne il y a huit ans. Il a vite remis sa démission.

— Pour quelles raisons ?

— D'après le rapport du Secrétaire, cet ex-Frère n'avait pas un comportement exemplaire et confondait son atelier avec une entreprise où tout se vend et tout s'achète. Une banale erreur de parcours comme nous en connaissons beaucoup.

— Acceptez-vous de me parler des Frères de Louxor ?

— Cette loge échappe à notre juridiction et ne répond pas à nos critères administratifs. Ses recherches dépassent le cadre de nos travaux habituels, et les hautes instances maçonniques n'apprécient guère cette indépendance.

— Giovanni Belzoni est-il l'un de ses membres ?

— Il appartient à cette confrérie, en effet.

— À votre connaissance, d'autres Frères de Louxor seraient-ils présents à Londres en ce moment ?

— Nous ne le pensons pas.

— Il existe de nombreux mots de passe en franc-maçonnerie, *Magnoon* est-il l'un d'eux ?

— Non, inspecteur.

— Votre enquête interne vous a-t-elle procuré des informations que je devrais connaître ?

— Comme promis, nous ne vous avons rien caché.

— Soyez-en remercié, Vénérable Maître.

Le Couvreur ramena l'inspecteur-chef sur les parvis.

Pensif, il sortit de l'immeuble abritant la loge. La neige tombait à gros flocons, de rares passants se hâtaient de rentrer chez eux.

Conscient qu'il lui était interdit d'accorder une totale confiance à quiconque, Higgins attribuait un certain poids à la parole de ce Vénérable, jamais pris en défaut dans l'exercice de ses fonctions. À l'en croire, la piste maçonnique n'était pas la bonne. Mais les francs-maçons londoniens, si hauts gradés fussent-ils, connaissaient-ils la véritable identité de l'ensemble des Frères de Louxor ? Certes, vu les difficultés que rencontrait Belzoni, il ne semblait pas disposer d'appuis efficaces.

Fait acquis : les trois victimes étaient des profanes. La théorie d'un complot maçonnique volait en éclats.

La momie semblait sommeiller.

Le sauveur descendit lentement les marches de la crypte, déroula un papyrus couvert de hiéroglyphes et prononça les formules de transformation en lumière.

L'âme d'Osiris continuait à voyager. Après s'être rechargée d'énergie au cœur du soleil et des paradis du cosmos, elle revenait animer ce corps apparemment inerte.

La science moderne prétendait tout expliquer. En refusant les grands mystères, elle rendait les hommes infantiles et les détournait du véritable combat, la victoire sur la mort. On oubliait le Verbe au profit du bavardage, et l'on s'enivrait de fausses certitudes vite remplacées par d'autres.

Qui, en ce monde où la bêtise et la cupidité avaient pris le pouvoir, percevait l'importance d'une momie créée selon les rites des initiés de l'Égypte ancienne ?

En assistant au débandelettage, le sauveur avait soudain revécu les temps heureux de ses ancêtres. Les temples s'érigeaient à la gloire des divinités rendant la terre céleste, les demeures d'éternité abritaient les corps de lumière des «justes de voix», les paroles de puissance prononcées pendant les rituels déclenchaient les forces de création reliant l'au-delà et l'ici-bas.

La tâche du sauveur s'annonçait particulièrement difficile. Avoir identifié les profanateurs qui détenaient bandelettes et objets indispensables à la survie de la momie ne suffisait pas. Il fallait découvrir leurs cachettes, et cette démarche délicate ne devait pas alerter les coupables. Au moindre faux pas, ce serait la catastrophe. Si le sauveur ne rassemblait pas la totalité des éléments épars, la momie serait condamnée à disparaître et les ténèbres accroîtraient leur empire.

Discuter avec les profanateurs, les amener à se confier, étudier leur emploi du temps et leurs manies, interroger discrètement leurs domestiques, fouiller leurs domiciles à leur insu... ce travail exigeait du temps, beaucoup de temps, sans certitude de succès.

Mais le sauveur ne renoncerait pas.

Il disposait encore d'armes efficaces, à commencer par quatre vases d'albâtre [1] qu'il sortit d'un coffre en sycomore. Chaque bouchon de pierre figurait l'un des fils d'Horus, symboles de la résurrection accomplie.

Le sauveur plaça au nord le premier, à tête de cynocéphale, chargé de protéger les poumons de la momie ; à l'est, le deuxième, à tête de chacal, l'estomac et la rate ; à l'ouest, le troisième, à tête de faucon, les intes-

---

1. Il s'agit des quatre vases aux noms de Hapy, Douamoutef, Kébehsénouf et Imsety. On les appelle «canopes» car, à l'époque grecque, on vénérait à Canope (l'actuel port d'Aboukir) un symbole d'Osiris ayant la forme d'une jarre surmontée d'un bouchon de pierre représentant le dieu de la résurrection. Lorsque les archéologues retrouvèrent des objets analogues consacrés aux fils d'Horus, en usage dès l'Ancien Empire, ils les désignèrent comme «vases canopes».

tins et les vaisseaux ; au sud, le quatrième, à tête d'homme, le foie.

Ainsi disposés, ils formaient un carré magique reflétant la communauté des étoiles impérissables. Grâce à leur intervention, la momie ne souffrirait ni de la faim ni de la soif, et se nourrirait du lait des constellations.

Déclamant les formules millénaires du rituel de l'embaumement, le sauveur les anima. « Que les organes osiriens soient régénérés par les lymphes du corps divin », exigea-t-il.

Les quatre vases s'illuminèrent, le rayonnement de l'albâtre entoura la momie d'un halo protecteur.

Sur les lèvres de pierre du cynocéphale, du chacal, du faucon et de l'homme apparut un onguent. Le sauveur le recueillit de l'extrémité du petit doigt et en enduisit le front, la gorge, le plexus solaire et le nombril de la momie.

Devenant des flambeaux, les quatre fils d'Horus dissipaient la nuit et repoussaient les forces des ténèbres.

Apaisée, la momie sourit.

45

Le quartier de Spring Gardens s'était endormi sous la neige. Higgins avait pris soin d'envoyer au docteur Pettigrew une invitation à une soirée mondaine où des voyageurs revenant d'Égypte vendraient peut-être une momie. Ces bons amis du Traveller's Club occuperaient l'anatomiste pendant plusieurs heures, laissant le champ libre à l'inspecteur-chef pour explorer la demeure de l'étrange praticien.

Décoré la veille par le roi George IV, Higgins ne pouvait prendre le risque de mettre en péril sa réputation et la naissance de Scotland Yard. Mais il lui fallait poursuivre son enquête et en avoir le cœur net à propos de l'éventuelle culpabilité de Pettigrew.

Bien entendu, l'inspecteur-chef agissait le jour de congé des domestiques. L'un de ses indicateurs observait les alentours et sifflerait à pleins poumons en cas de danger.

Higgins utilisa le passe universel que lui avait offert le roi des cambrioleurs au moment de son départ à la retraite. Perfectionné au cours de longues années de pratique, ce remarquable objet ouvrait toutes les serrures et ne laissait aucune trace.

Le hall était décoré de planches d'anatomie issues des traités publiés depuis le XVIe siècle. Certaines traduisaient davantage une vision artistique qu'une étude scientifique, mais l'ensemble engendrait une sensation de malaise. Le petit salon accueillant les visiteurs présentait une série d'écorchés qui n'incitaient pas à fréquenter l'endroit trop longtemps. À la place de la salle à manger, un cabinet médical agrémenté de scalpels, de scies, de pots remplis d'acides et de diverses solutions. La cuisine, elle, contenait des substances comestibles.

À l'étage, trois chambres au mobilier sommaire ressemblaient à des bibliothèques aux étagères surchargées de livres de chirurgie et de médecine.

Restait une porte soigneusement close. Trois verrous de première qualité qui se montrèrent assez récalcitrants. *A priori*, un bon signe. Le docteur Pettigrew avait quelque chose à cacher.

La porte s'ouvrit en grinçant.

Des murs nus, peints en vert. Au centre de la pièce, une énorme malle de la taille d'un sarcophage.

Si Pettigrew avait volé la momie, il était aussi l'assassin des trois notables. Et sous le masque d'un honorable anatomiste se cachait probablement Littlewood, le chef des révolutionnaires.

Higgins ôta délicatement le verrou et souleva le couvercle, se préparant à contempler le visage d'un ancien Égyptien.

Des vêtements d'enfant, de petites chaussures, des dessins naïfs, des jouets en bois, un journal intime. On pouvait être médecin et nostalgique.

Lady Suzanna et Higgins empruntèrent une barque pour se rendre aux Royal Vauxhall Gardens, ainsi baptisés après la récente visite de George IV en ce lieu de plaisirs, sis sur la rive droite de la Tamise où les bonnes mœurs n'étaient pas toujours de mise.

L'hiver accordait une trêve aux Londoniens, un pâle soleil faisait briller les eaux du fleuve. Beaucoup profitaient de ce moment de répit et parcouraient les allées de ces jardins aux pelouses impeccablement entretenues et aux grands arbres protecteurs. La particularité de l'endroit était son aspect antique : fausses ruines, statues, grottes artificielles et cascades. Des pagodes et des pavillons chinois ajoutaient une note d'exotisme, prisée des aristocrates.

— J'aime venir méditer ici, avoua la jeune femme. On se croit loin de l'Angleterre, dans un pays imaginaire. Rêver d'un passé merveilleux, sans crimes ni violences, n'est-ce pas un plaisir délicieux ?

— La mémoire me manque, confessa l'inspecteur-chef. Comment avez-vous obtenu la liste des acheteurs de reliques égyptiennes ?

— J'ai assisté au débandelettage de la momie, rappelez-vous. Je connaissais certains d'entre eux, l'acteur Peter Bergeray et l'homme politique Francis Carmick. J'ai demandé le nom des autres à Giovanni Belzoni, puisque vous êtes persuadé que l'assassin et voleur de momies appartenait à ce petit cercle. Une hypothèse remarquable... tout à fait remarquable. Ai-je correctement déchiffré votre pensée ?

À l'abri d'un kiosque, un orchestre jouait une sérénade de Mozart. La grâce de cette musique enchantait les passants et quelques auditeurs attentifs. Le policier et l'avocate goûtèrent une ultime mélodie avant de reprendre leur promenade.

— Le domicile du docteur Pettigrew n'abrite pas la momie, révéla Higgins, et je n'ai pas de raisons de croire qu'il soit mêlé à cette affaire.

— Ma propre enquête aboutit à des conclusions différentes, objecta la jeune femme. En étudiant les registres cadastraux, j'ai fait une curieuse découverte. Francis Carmick possède une grande propriété, à proximité de Greenwich. Pas de maison sur ce vaste terrain, mais une sorte de mausolée ressemblant à un tombeau égyptien.

— L'avez-vous visité ?

— Le devoir et la curiosité me l'imposaient, inspecteur. Comme la porte de bronze n'était pas fermée, ma tâche fut aisée.

— Et vous espériez découvrir la momie de Belzoni ?

— J'en étais presque certaine ! Cruelle déception. Un sépulcre glacial, mais pas complètement vide, car il contient une cuve en pierre, forcément destinée à recevoir le corps – ou dois-je dire la momie ? – de Francis Carmick. Et ce n'est pas tout. Carmick n'a cessé de harceler Belzoni afin d'obtenir un maximum de détails à propos de la momification. Ne s'estimant pas satisfait, il a recherché des érudits, fort rares, s'occupant de cette question. Qui a-t-il déniché ? Le docteur Pettigrew ! Ils déjeunent souvent ensemble et, selon les témoignages, les discussions sont très animées. N'êtes-vous pas troublé, inspecteur ?

— Remarquables résultats, lady Suzanna.

— J'ai eu de la chance. Le notaire de Carmick est une relation de longue date, et j'ai recueilli ses confidences. Il estime que les projets politiques de son client sont dangereux et se demande parfois si sa passion pour les momies ne le rend pas complètement fou.

— J'aimerais connaître votre opinion à propos de M. Belzoni.

— Un personnage fascinant, généreux et rêveur, incapable d'avoir les pieds sur terre. Heureusement, son épouse, Sarah, le ramène de temps en temps à la réalité. C'est une femme admirable, d'un courage inébranlable. Leur adaptation à la société londonienne me paraît sérieusement compromise. En dépit de leurs efforts, ils ne parviendront pas à devenir de bons bourgeois respectables. Leur tempérament d'aventuriers reprendra le dessus et ils repartiront en quête de nouveaux trésors. Le succès de Belzoni et la ferveur du grand public lui attirent quantité d'ennemis qui l'empêchent d'obtenir la reconnaissance officielle dont il a tant envie. Si nous déjeunions, inspecteur ? J'ai commandé un repas simple dans un endroit tranquille.

Les Royal Vauxhall Gardens offraient restaurants, salles de bal, spectacles d'ombres chinoises et d'acrobates, feux d'artifice et concerts. La jeune femme avait réservé un kiosque, à l'abri du vent et des badauds.

Le cuisinier vint aussitôt saluer ses hôtes et leur proposa une truite saumonée sur un lit de poireaux. Le vin de la maison était un rouge léger et fruité.

— Avez-vous assisté au dernier spectacle de Peter Bergeray, inspecteur ?

Higgins opina du chef.

— Surprenant, n'est-ce pas ? Notre grand acteur shakespearien transformé en momie et terrorisant une salle entière ! Et cette momie bouge, grimace et menace. On la jurerait revenue des enfers, décidée à détruire l'humanité entière.

— Ce n'est que du théâtre, lady Suzanna.

— Espérons-le !

— En douteriez-vous ?

— Bergeray se prétend médium, et de hautes personnalités le consultent, Francis Carmick en tête. J'aimerais savoir ce qu'il lui raconte !

— Comment avez-vous appris ce détail ?

— Toujours grâce au notaire. D'après lui, un homme politique entiché d'occultisme ne mérite pas d'entrer au gouvernement. Et notre acteur possède d'autres talents qu'il préfère cacher !

— Également liés aux momies ?

— On ne saurait mieux dire, inspecteur ! Au cours d'une ennuyeuse soirée chez un baron épris d'art dramatique, j'ai rencontré le dernier amant en date de Bergeray. Un jeune homme à la pointe du dandysme, contraint de changer de chemise cinq fois par jour et de consacrer ses après-midi à ses tailleurs. L'excès de champagne lui a délié la langue, et il ne s'est pas montré avare de révélations. La passion secrète de Bergeray, c'est la peinture, et pas n'importe laquelle : exclusivement des portraits de momies ! Quand son ultime maîtresse a vu les tableaux, elle a été horrifiée et s'est enfuie en hurlant. Depuis cet épisode, le comédien ne s'intéresse plus aux femmes, incapables d'apprécier son génie, et il choisit des dandys à la sensibilité délicatement décadente. Ah, j'oubliais : cette béotienne au manque de goût impardonnable s'appelle Kristin Sadly.

— La Kristin Sadly qui assistait au débandelettage ?

— J'ai voulu en avoir le cœur net et j'ai tenté de la localiser.

— Avec succès ?

— Ce ne fut pas facile, mais ma profession ouvre nombre de portes. En réalité, dans son domaine, cette dame est plutôt voyante ! Elle possède une papeterie et des entrepôts sur les docks où elle exploite des ouvriers sous-payés. Un véritable dragon impitoyable en affaires. Le dandy Peter Bergeray n'était pas de taille à l'affronter !

— Avez-vous rencontré Kristin Sadly ?

— Je me suis contentée de l'apercevoir : c'est bien la personne présente lors du débandelettage. Simple coïncidence ou début de piste ? Je n'ai pas encore creusé la question.

Ils achevèrent de déguster une truite savoureuse.

— Me permettez-vous de m'en occuper, lady Suzanna ?

Le sourire de la jeune femme aurait séduit un régiment de féroces guerriers.

— Je ne suis qu'une modeste auxiliaire de police, inspecteur.

— Trop modeste, en l'occurrence. Vos trouvailles constituent de précieux apports à mon enquête, et je vous en remercie. N'oubliez pas, cependant, qu'une sorte de monstre, capable de tuer sans le moindre remords, continue à rôder. Et si la momie est responsable de ces meurtres, notre misérable condition humaine n'interrompra pas son œuvre de mort.

— Vous réussiriez presque à m'effrayer, monsieur Higgins ! Une tarte aux pommes nappée de crème fraîche vous conviendrait-elle ?

— Difficile de résister.

— Je vous recommande aussi le moka, l'un des meilleurs de Londres.

Ravi d'échapper au thé, l'inspecteur suivit le conseil de l'avocate. Le soleil se cachait derrière des nuages gris, la température fléchissait.

— Vous n'évoquez pas les autres protagonistes de cette affaire, lady Suzanna.

— Je n'ai pas l'intention de les négliger et je tenterai d'obtenir un maximum d'informations à leur sujet. À l'heure actuelle, rien d'excitant. Andrew Yagab est un parvenu habile, exploitant agricole et châtelain de pacotille ; Henry Cranber un riche négociant en tissus ; Paul Tasquinio un commerçant ambitieux, capable de prospérer à Whitechapel ; et sir Richard Beaulieu un universitaire pontifiant, imbu de sa propre personne.

En buvant sa tasse de moka, la jeune femme s'assombrit.

— À deux reprises, récemment, j'ai vu converser en tête à tête, dans des restaurants huppés, sir Richard Beaulieu et le politicien Francis Carmick. Ce dernier se comportait comme un félin guettant sa proie, et l'érudit paraissait énervé.

— Avez-vous entendu ce qu'ils se disaient ?

— Malheureusement non.

Une cinquantaine de mouettes survolèrent les Royal Vauxhall Gardens en poussant des cris aigres.

— Vous ai-je été utile, inspecteur ? Parfois, j'ai l'impression que vous savez déjà tout ce que je crois vous apprendre !

— Détrompez-vous, lady Suzanna.

— En ce cas, je continue.

46

La neige tombait à gros flocons. Dégustant une tisane de thym additionnée de rhum, Higgins passait la soirée à consulter ses notes, les rapports des indicateurs et le dossier établi par un ami juriste, ardent partisan de la création de Scotland Yard. Appréciant le confort de son appartement de fonction, l'inspecteur-chef découvrit avec intérêt les feuillets consacrés à lady Suzanna.

Spécialiste des causes perdues, la brillante avocate suscitait jalousie et admiration. Célibataire, elle jouissait d'une grande fortune. Une résidence à Lincoln's Inn Fields, le quartier de la magistrature, un manoir au nord de Londres, des terres agricoles dans le Gloucestershire, d'excellents placements en Bourse. Lady Suzanna invitait à sa table la meilleure société, la meilleure société l'invitait à la sienne. Femme d'influence, elle comptait d'innombrables relations de premier plan. Voyageuse intrépide, elle avait parcouru l'Afrique, l'Asie et l'Europe, et aurait mérité d'appartenir au Traveller's Club.

Orpheline, elle avait été recueillie par un baron richissime, épris de poésie et de beaux-arts. Partisan de l'émancipation des femmes, il l'avait encouragée à poursuivre des études de droit en Allemagne, en Italie et en Angleterre. Brillante, sérieuse, compétente, elle s'était imposée au sein d'un monde de mâles qui commettaient tous la même erreur en croyant la vaincre d'un revers de manche. Étant donné l'ampleur de ses succès, on commençait à la redouter, et un nombre croissant de techniciens sollicitaient ses conseils.

Souffrant de la nuque, Higgins calma la douleur grâce à une bouillotte. De retour chez lui, il ferait appel aux mains expertes du rebouteux, capable de soigner les humains comme les chevaux et les vaches. Fermant les yeux, il songea aux jours tranquilles vécus à la campagne, à l'écart de cette ville tentaculaire dont la violence rongeait l'âme.

Combien de semaines encore, voire de mois, pour résoudre une énigme hors du commun ? Conscient de ne pas maîtriser les événements, Higgins devait s'adapter en permanence à des évolutions imprévisibles. Certes, il était parvenu à freiner Littlewood en l'empêchant d'assassiner George IV. Mais le révolutionnaire ne renoncerait pas à ses sinistres projets. Après avoir reconstitué ses forces, il lancerait un nouvel assaut. Cette fois, l'inspecteur-chef trouverait-il la parade ?

— M. Bergeray vient juste de se lever, inspecteur. Son triomphe au théâtre, hier soir, l'a épuisé.

— Je patiente, dit Higgins au valet de chambre.

Son oignon marquait onze heures du matin. Des nuages bas emplissaient le ciel de Londres.

Quand l'acteur apparut, fripé et non maquillé, il faisait dix ans de plus.

— Une urgence, inspecteur ? Je vous avoue que je dors debout. Un chocolat chaud au rhum vous plairait-il ?

Il fut servi avec un beignet aux pommes. Les yeux dans le vague, le comédien le dévora.

Soudain, il fixa Higgins.

— Ce n'était pas un rêve... Vous êtes bien là, en face de moi ? Il y a donc du nouveau ! Ah oui, cette série de meurtres affreux... Auriez-vous identifié le coupable ?

— Je progresse lentement.

Peter Bergeray s'allongea sur un canapé et ferma les yeux.

— La mort est terrifiante. Chaque soir, au théâtre, je parviens à l'apprivoiser. Loin de la scène, elle ricane et me déchire. Nous autres artistes apprenons à nous mentir et à l'abuser, le temps d'une pièce. Ensuite, la réalité nous saute au visage. En réalité... existe-t-elle vraiment ? Moi, le grand Bergeray, je la transforme en comédie et un public de fantômes m'acclame ! Je suis la voix des ténèbres, je ressuscite les défunts, je donne vie aux mots. Quel destin ! Sans moi, Shakespeare resterait muet. Aviez-vous réfléchi à ça, inspecteur ?

— Vous m'en donnez l'occasion, monsieur Bergeray.

— À propos... pourquoi cette visite ?

— Je souhaite m'adresser au médium.

— Mes visions ne se déclenchent pas à la demande. Le matin, j'ai l'esprit brouillé.

— J'aimerais évoquer l'un de vos clients, l'homme politique Francis Carmick.

L'acteur se redressa brusquement. Son regard exprimait une sorte de panique.

— C'est faux ! Je ne le connais pas, il n'est jamais venu chez moi !

— Évitons le chemin du mensonge, recommanda Higgins, paisible. Vous l'avez rencontré en présence de la momie de Belzoni et il vous consulte.

Le comédien baissa pavillon.

— Admettons. Serait-ce un délit ?

— Quelles questions vous pose-t-il ?

— C'est strictement privé, inspecteur.

— Votre collaboration m'est indispensable.

— Bon, bon, je comprends ! Carmick me demande de parcourir le passé et d'atteindre le monde perdu des anciens Égyptiens. Il souhaite assister à une momification, connaître le moindre détail de la technique des embaumeurs et suivre pas à pas leur démarche.

— Y parvenez-vous ?

— Des bribes de visions, juste des bribes ! Et ça énerve Carmick, et Carmick m'irrite. Tous les mêmes, ces hommes politiques ! Ils ne songent qu'à leur carrière et méprisent le monde entier. Ce tyran me considère comme une machine, il exige des résultats impossibles à obtenir. Lors de notre dernière entrevue, le ton a monté, et je l'ai sommé de ne plus m'importuner. Son obsession me trouble, et je ne me soumettrai pas à ses caprices.

— Ne redoutez-vous pas des représailles ?

— Un politicard s'attaquer à Peter Bergeray ? Échec assuré !

Le comédien bourra de tabac exotique le fourneau de sa pipe ornée de hiéroglyphes et l'alluma avec nervosité.

— Carmick n'est pas le seul à s'intéresser aux momies, avança Higgins.

— Un mystère à la mode et tellement théâtral ! Belzoni a donné l'impulsion, je le reconnais, mais mon interprétation a déclenché la ferveur du Tout-Londres. Même les critiques hostiles admirent mon audace et sont subjugués. Peter Bergeray n'est pas un acteur ordinaire. Ce qu'il touche, il le recrée et lui donne une nouvelle dimension.

— Vos qualités artistiques ne se limitent pas au théâtre, me semble-t-il.

De lourdes volutes de fumée odorante sortirent de la pipe.

— Que sous-entendez-vous, inspecteur ?

— Ne vous adonneriez-vous pas à la peinture ?

Bergeray se renfrogna.

— Serait-ce interdit ? J'apprécie tous les arts !

— Auriez-vous un thème de prédilection ?

— Qui vous a parlé de mes tableaux ?

Higgins eut un sourire tranquille.

— Mon métier consiste à découvrir ce que l'on tente de cacher.

Le regard de Peter Bergeray vacilla. Piqué au vif, il se mit debout.

— Puisque vous voulez voir mes toiles, suivez-moi !

Les deux hommes empruntèrent un escalier en colimaçon menant à une soupente. L'acteur ouvrit une lourde porte en chêne et alluma une lampe à pétrole.

Alignés le long des murs, une trentaine de tableaux consacrés à un seul et même thème : des momies égyptiennes. Certains réalistes, d'autres proches du cauchemar.

Higgins les examina longuement.

— Impressionnant, monsieur Bergeray. Avez-vous l'intention de les exposer ?

— Certainement pas ! Ces œuvres dérouteraient mon public et lui feraient croire que je suis la proie d'une obsession.

— Ne serait-ce pas le cas ?

La question surprit l'acteur, incapable de répondre.

L'une des toiles capta l'attention de l'inspecteur-chef.

— Ce visage de femme me rappelle quelqu'un. Voyons… Une personne remuante, dirigeant une entreprise... Voilà, je me souviens de son nom : Kristin Sadly. Elle assistait au débandelettage de la momie et semble vous avoir servi de modèle.

Bergeray croisa les bras.

— Un mauvais souvenir, très mauvais.

— Vous aurait-elle causé du tort ?

— Je n'aurais pas dû m'amouracher de cette excitée mercantile ! À force de subir ses déclarations de spectatrice déchaînée, j'ai succombé. Erreur impardonnable ! Elle m'a usé les nerfs en me rebattant les oreilles de ses exploits commerciaux. À l'entendre, elle aurait construit la totalité des docks et développé le commerce du papier dans le monde entier. Elle avait toujours raison, savait tout sur tout et n'écoutait que son propre bavardage. En me débarrassant de cette furie, j'ai compris le sens du mot « liberté » ! Méfiez-vous des femmes, inspecteur. C'est une engeance maléfique dont le seul but est de détruire les mâles. Désormais, je les considère comme une horde de mantes religieuses.

— Kristin Sadly a-t-elle accepté de vous servir de modèle ?

L'acteur retourna le tableau.

— À dire vrai, je me suis inspiré de son visage et ne lui ai montré la toile qu'achevée. Cette hystérique s'est mise à hurler ! Pourtant, elle ne serait supportable qu'à l'état de momie. La malheureuse étant dépourvue de sens artistique, elle s'est jugée offensée et a menacé de ravager mon domicile. J'ai acheté ma tranquillité en lui jurant de ne jamais montrer ce tableau à quiconque et de le brûler au plus tôt.

— Vous a-t-elle laissé en paix ?

— Par bonheur, pas de nouvelles !

Higgins contempla de nouveau la série de tableaux.

— Je n'aperçois pas le visage de la momie de Belzoni. Vous aurait-elle déplu ?

298

— Au contraire, inspecteur, elle m'a paru trop parfaite ! Les momies figent la mort, mais celle-là préservait une forme de vie qui nous est inconnue. Les Égyptiens ont franchi les portes de l'autre monde, ne l'oublions pas, et je ne voulais pas prendre le risque d'offenser leur magie. À force de détruire les momies, nous le payerons cher.

— Seriez-vous opposé à la recherche scientifique ?

— Quand elle profane des cadavres, oui ! Elle donne libre cours à des forces hostiles que les Anciens avaient su emprisonner.

— Vos visions ne pourraient-elles vous révéler l'endroit où l'on a caché la momie de Belzoni ?

Peter Bergeray éteignit la lampe à pétrole.

— Peu probable, inspecteur. Quoi qu'il en soit, ne vaut-il pas mieux la laisser dormir en paix ?

— Elle a peut-être commis trois crimes. Ne cherchera-t-elle pas à se venger de tous ceux qui l'ont dépouillée de ses bandelettes ?

— Je dois répéter un texte, le temps m'est compté.

L'acteur referma la porte de la soupente et reconduisit Higgins au rez-de-chaussée.

Le ciel était si bas que le jour ressemblait à la nuit. L'inspecteur-chef remonta le col de son manteau et affronta la froidure en songeant à lady Suzanna. Ses informations se révélaient d'une remarquable exactitude.

47

— As-tu terminé ? s'inquiéta Belzoni.

— À l'instant, répondit Sarah.

— Bilan ?

— Cet hiver, nous maintiendrons notre train de vie. Ensuite, cela dépendra du nombre de visiteurs.

— Le succès de l'exposition ne sera pas éternel, déplora le géant.

— Jusqu'à présent, il se maintient. Au début de l'année prochaine, pourquoi ne pas augmenter le prix des billets ?

— J'ai peur de faire fuir le public.

L'Italien ouvrit une caisse remplie de figurines en terre cuite.

— Ces petites sculptures ne sont pas difficiles à écouler, rappela-t-il, à condition de ne pas les vendre trop cher.

— Oublierais-tu nos derniers trésors ? Il nous reste une dizaine d'amulettes, des cartonnages de momies aux jolies couleurs et des fragments de papyrus. Je m'occuperai moi-même de les négocier sans les brader.

— J'attendais tellement du sarcophage d'albâtre !

— N'existe-t-il pas un amateur ?

— Sir John Soane, je sais…

— Et toi, mon chéri, tu songes toujours au British Museum.

Le Titan de Padoue baissa les yeux et enlaça son épouse.

— C'est sa destination naturelle. Je l'imagine trônant au milieu d'une vaste salle, offert aux regards de milliers d'admirateurs. Il y aurait une plaque indiquant : « Chef-d'œuvre de l'art égyptien découvert par Giovanni Battista Belzoni et transporté à Londres. »

— La demeure de John Soane n'est-elle pas une sorte de musée ? Cet aristocrate amateur d'art sera heureux d'exposer cette merveille.

— Je me méfie de lui, car il est lié au consul Henry Salt et je redoute qu'il ne me joue un mauvais tour.

— À nous de savoir négocier ! Soane aime entasser des antiquités et se vanter de son exceptionnelle collection. S'il désire un énorme sarcophage royal, il mettra l'argent nécessaire.

Belzoni commençait à fléchir. Oublier le British Museum ne serait pas facile, il lui fallait encore un peu de temps avant de se résigner.

Le domestique James Curtain interrompit la méditation de son patron.

— Un visiteur laid et crotté demande à vous voir.

— Au petit salon.

— Le ménage et le rangement laissent à désirer.

— Vu l'état du personnage, il s'en contentera.

Le châtelain Andrew Yagab n'avait pas fière allure. Redingote élimée, chapeau à bout de souffle, bottes grossières. Ses dents de lapin jaunies n'amélioraient pas le tableau.

— Alors, Belzoni, attaqua-t-il de sa voix rauque, où en sommes-nous ?

— À quel propos ?

— Auriez-vous négligé mes exigences ?

301

— J'en ai peur.

Peu aimable de nature, Andrew Yagab devint franchement agressif.

— Nous nous sommes mal compris, Belzoni, et je dois donc apporter des précisions. Vous m'avez vendu deux vases scellés à un prix exorbitant, j'ai payé afin d'amorcer des relations commerciales. Il me faut d'autres récipients semblables, parfaitement clos, provenant de tombes égyptiennes.

— Désolé, je n'en ai pas en stock. En revanche, un scarabée, un papyrus, un…

— Il suffit ! J'ai horreur que l'on se moque de moi. Vous vous étiez engagé à me fournir ces objets, remplissez votre promesse.

— Cette promesse est née de votre imagination, Yagab.

— Retournez en Égypte, découvrez des tombeaux et rapportez-moi un maximum de vases !

— Désolé, mes occupations me retiennent à Londres.

— Vous avez tort de me parler sur ce ton, Belzoni. On ne me défie pas impunément.

— Serait-ce une menace ?

Le regard de Yagab fusilla l'Italien.

— Ou vous m'obéissez, ou vous serez brisé.

— Sortez de chez moi et n'y revenez plus !

Le châtelain tourna les talons et claqua la porte.

Higgins reçut Belzoni dans son nouveau bureau d'inspecteur-chef du poste de police de Piccadilly, aux peintures à peine sèches. Aux murs, des aquarelles consacrées à la campagne anglaise. Un mobilier rustique, en chêne clair, comprenant un bureau rectangulaire à quatre tiroirs, une armoire destinée au classement des dossiers, un fauteuil et quatre chaises. L'ensemble évoquait davantage le cabinet d'un chercheur qu'une salle d'interrogatoire.

Agité, Belzoni consentit à s'asseoir.

— J'ai hésité à venir vous voir, inspecteur, mais mon épouse m'a convaincu de vous dire la vérité.

Le géant était mal à l'aise, Higgins tenta de l'aider.

— Aurait-on déclenché une nouvelle campagne de presse contre vous ?

— Elle n'a pas cessé ! En ce moment, c'est plutôt calme. Enfin, à part ces menaces…

— Qui en est l'auteur ?

— Je n'aime pas jouer les délateurs et j'ai envie de repartir.

— À votre guise, monsieur Belzoni. N'oubliez pas, cependant, que trois crimes ont été commis et que vous pourriez être en danger.

Le géant fit craquer ses doigts.

— Andrew Yagab est venu m'importuner chez moi, avoua-t-il. Une obsession le hante : acquérir des vases clos sortis des tombeaux égyptiens. C'est assez rare et, d'ordinaire, ce genre d'objet n'intéresse pas grand monde. Il m'a ordonné de lui en procurer, j'ai refusé son ultimatum. Aussi me menace-t-il de représailles. Notre premier contact n'avait pas été fameux, le second fut détestable ! D'après mon épouse, le personnage serait plus redoutable qu'il n'y paraît, et sa mollesse apparente cacherait une méchanceté féroce. En Égypte, nous nous serions expliqués d'homme à homme. Ici, je dois tenir mon rang.

— Attitude digne d'éloges, monsieur Belzoni. Soyez rassuré, j'inciterai fermement Andrew Yagab à cesser de vous importuner. À la moindre dérive, alertez-moi et je demanderai son inculpation. Dites-moi… que contiennent ces vases qui le passionnent tant ?

— Des résidus de parfums, d'onguents, de substances médicamenteuses, voire des céréales desséchées et des graines… Jamais d'or ou de pierres précieuses.

— Et vous n'en avez aucun en votre possession ?

— Aucun, inspecteur. Ce Yagab est collectionneur d'armes anciennes, mais il manie peut-être les récentes ! À Louxor, je me suis retrouvé en face de pistolets et de fusils prêts à tirer, sur l'ordre des pillards de Drovetti, et je n'aimerais pas revivre cette expérience.

— Si vous le désirez, je ferai surveiller discrètement votre domicile, et Yagab sera interpellé avant d'en franchir le seuil.

— Entendu, mon épouse sera rassurée.

— Que pensez-vous du docteur Pettigrew, monsieur Belzoni ?

Le géant réfléchit.

— Un drôle de bonhomme… Il semble compétent et déterminé à étudier les momies de façon sérieuse.

— À votre avis, serait-il capable de percer les secrets des embaumeurs ?

— Certains sont définitivement perdus. On a cessé de momifier après l'invasion arabe du VIIe siècle de notre ère, et les techniques se sont évanouies. Pettigrew cherche partout de beaux spécimens, et je n'en ai malheureusement pas un seul à lui vendre. Espérez-vous retrouver la superbe momie débandelettée par le regretté docteur Bolson ?

— Je m'y efforce.

— En cas de succès, me sera-t-elle restituée ?

— Je ne peux vous le promettre.

— Bolson l'avait acquise, je le reconnais, mais je

doute que ses héritiers la réclament. Ne me reviendrait-elle pas de droit ?

— Nous étudierons le problème, assura Higgins. J'aimerais la confirmation d'un détail : avez-vous mis le politicien Francis Carmick en rapport avec le docteur Pettigrew ?

— En effet, inspecteur. Puisque Carmick veut tout savoir du processus de momification, autant l'adresser au meilleur spécialiste. Ainsi, je m'en suis débarrassé.

— Le succès de votre exposition ne se dément pas et les ventes de votre livre sont remarquables. Quelles bonnes surprises nous réservez-vous ?

— Les projets ne manquent pas !

Belzoni se leva.

— Merci de votre aide, inspecteur. Et… l'assassin du légiste, du pasteur et du lord sera-t-il bientôt sous les verrous ?

— L'affaire n'est pas simple. Néanmoins, il sera identifié.

Higgins compléta ses notes. Ce bref entretien avait été riche d'enseignements.

48

Littlewood pressa le pas.

Il venait de croiser deux nouveaux policiers, à la lisière de Whitechapel, son ultime sanctuaire. La rumeur se confirmait : sous l'impulsion de l'inspecteur-chef Higgins, récemment promu et décoré, les forces de police se réorganisaient et commençaient à quadriller la cité.

Sans nul doute, Higgins était le principal responsable de l'échec de l'attentat perpétré contre George IV. Ce maudit inspecteur avait empêché le complot d'aboutir et de mettre le royaume à genoux. Depuis son quartier général de Piccadilly, il dirigeait à présent la chasse à l'homme. Car Littlewood ne cédait pas à l'illusion d'une fausse sécurité : Higgins le croyait toujours vivant et ne baisserait pas la garde. Jamais cet adversaire-là ne le laisserait en paix. Entre eux, la lutte à mort continuait.

Le chef de la révolution devait reconstituer un noyau de fidèles, prêts à donner leur vie pour la cause. Tâche longue et difficile, exigeant une extrême prudence. En exterminant ses lieutenants, l'inspecteur-chef lui avait porté un coup très rude, mais pas définitif. Peu à peu, Littlewood recrutait.

À Whitechapel, une partie de la population acceptait

ses misérables conditions d'existence ; une autre relevait la tête et se déclarait prête à se battre. Encore fallait-il lui en donner les moyens, et c'était là le rôle de Littlewood.

Il animait des comités de quartier restreints, ne comprenant que des révolutionnaires intransigeants, adeptes d'une nécessaire violence, et détectait les plus enragés. Ses discours enflammaient les esprits, et chacun s'imaginait déjà brûler la résidence royale et les bâtiments officiels. On décapiterait le roi et ses proches, et, comme en France, on planterait leurs têtes sur des piques exhibées à travers la capitale.

Par bonheur, les caches d'armes étaient intactes. Littlewood avait nommé de nouveaux gardiens et reprendrait bientôt les livraisons. À l'approche de ces entrepôts dissimulés au fond des ruelles sordides, un policier, fût-il en civil, serait repéré et éliminé.

Littlewood avait envoyé au palais une lettre annonçant que « le tyran George IV ne tarderait pas à subir un juste châtiment, lui, l'oppresseur du peuple ». Le pouvoir renforcerait la sécurité autour du souverain, cible privilégiée, et oublierait les grondements de l'East End.

Un suiveur, pas loin.

Contrôle de routine ou traque organisée ?

Si les limiers de Higgins l'avaient repéré, l'avenir s'assombrissait. D'abord, sauver sa peau ! Littlewood se réfugia dans le renfoncement d'une porte de taudis, face à un magasin abandonné, et sortit un couteau.

Le suiveur se rapprochait… en grognant ! Un vieil imbécile que Littlewood égorgerait comme un porc.

Et justement, c'était un porc empruntant son chemin habituel, à la recherche de déchets. Il passa devant Littlewood et continua sa route.

Soulagé, le chef de la révolution revint en arrière.

Personne.

Whitechapel demeurait une zone protégée, les comploteurs s'y trouvaient en sécurité. Cette nuit, le comité du quartier revêtirait une importance particulière. Littlewood confierait à l'un de ses proches une mission capitale : tenter de découvrir les plans de l'inspecteur-chef Higgins.

Les chutes de neige avaient cessé, un vent violent débarrassait le ciel de ses nuages et asséchait les routes. Une aubaine pour Higgins qui avait entrepris de découvrir le domaine du châtelain Andrew Yagab. Ses terres agricoles s'étendaient à perte de vue, il y cultivait du blé, de l'orge et de l'épeautre.

L'inspecteur-chef repéra les principaux corps de ferme, dominés par un faux château, l'une de ces bâtisses prétentieuses que les parvenus de l'Angleterre triomphante aimaient habiter. Proportions ratées, matériaux médiocres, et l'inévitable tourelle donnant au propriétaire un sentiment de puissance. Bien entendu, nul Yagab ne figurait au *Domesday Book* de 1084, recensement des biens et des personnes dignes de passer à la postérité.

Grâce à son ami banquier, Higgins avait obtenu d'intéressantes précisions à propos de la récente fortune d'Andrew Yagab. Elle provenait de prêts usuraires, d'escroqueries habilement dissimulées et de placements judicieux. Ami d'un certain nombre de politiciens dont il avait acheté la conscience, il continuait d'acquérir des terres et profitait du prix élevé des céréales.

Un bruit bizarre troubla le calme de la campagne. En s'approchant, l'inspecteur-chef aperçut un monstre de métal équipé d'une cheminée d'où sortait une fumée noire. Pétaradant, il parvenait à avancer sur ses quatre roues et traçait des cercles dans la cour précédant un porche couvert de lierre.

Armé d'une fourche, un paysan menaça l'intrus.

— T'es qui, l'étranger ?

— Police. Je désire parler à M. Yagab.

— Qu'est-ce qu'il a fait, le patron ?

— J'en parlerai avec lui. Abaissez cette fourche, voulez-vous ?

Le monstre de métal cracha une ultime colonne de fumée noire et s'arrêta. En descendit le grand corps mou d'Andrew Yagab, vêtu d'une combinaison de cuir.

— Inspecteur Higgins ! Vous rôdiez dans le coin ?

— Je prenais conscience de l'immensité de votre domaine.

— Ce n'est qu'un début ! Il faut bien nourrir les gens. Vu l'étendue de mes terres, j'ai besoin de me déplacer rapidement. C'est pourquoi j'ai amélioré ce modèle de voiture à vapeur conçu par Richard Trevithick en 1802, lui-même s'inspirant de l'invention du Français Cugnot, en 1769. Cette petite merveille transforme le mouvement rectiligne des pignons en mouvement rotatif continu, atteint la vitesse de douze miles par heure et transporte dix-huit passagers, six à l'intérieur, douze à l'extérieur. N'est-ce pas fabuleux ? Bientôt, des centaines de véhicules de ce type sillonneront les rues de Londres !

« Encore davantage de pollution et de bruit », songea Higgins.

— Et cette belle bête ne pèse que deux tonnes, renchérit le châtelain. Le progrès et la mécanisation, rien de plus exaltant ! Allons boire un verre.

Un domestique en livrée ouvrit la porte du manoir.

— Installez-vous au salon d'honneur, inspecteur. Je vais me changer.

Les têtes de cerfs et de sangliers empaillées engendraient une atmosphère sinistre, le long couloir n'en finissait pas. Quant à la vaste pièce, elle était consacrée à l'exposition d'une multitude d'armes anciennes, prouvant l'inépuisable capacité de destruction de l'espèce humaine. Pistolets, arquebuses, mousquets, tromblons et autres fusils formaient une cohorte menaçante, semblant prête à reprendre du service. Entretenues à la perfection, ces reliques contrastaient avec un canapé fatigué et un mobilier rustique.

— Superbe collection, n'est-ce pas ? s'extasia Andrew Yagab en franchissant le seuil du salon d'honneur.

Il avait troqué sa combinaison de cuir pour un costume campagnard à bout de souffle. Un domestique aux gants douteux entra de manière compassée, portant un plateau en étain.

— Jus de pomme et liqueur du manoir, annonça le châtelain. Je vous la recommande. Asseyez-vous donc, inspecteur !

L'alcool local ne valait pas le détour, mais il avait le mérite de ne pas être du thé.

— Vous êtes un spécialiste du grand écart, monsieur Yagab. Quoi de commun entre des vases de l'Antiquité égyptienne et des machines ultramodernes ?

— Mes goûts de collectionneur ne m'empêchent pas d'être à la pointe du progrès.

— Je comprends mal votre passion pour ces fioles pharaoniques.

— Difficile d'expliquer les méandres de l'âme humaine ! Une simple distraction qui me repose de mes soucis d'exploitant agricole.

— Cette distraction vous conduit à de regrettables excès.

Le visage avachi du châtelain se durcit.

— Serait-ce une accusation ?

— Les graves menaces que vous avez formulées à l'encontre de Giovanni Belzoni s'apparentent à un délit, monsieur Yagab.

— Banale discussion un peu vive ! Les mots ont dépassé ma pensée.

— Acquérir plusieurs vases scellés provenant de tombeaux vous amène à perdre votre sang-froid. J'aimerais connaître les motifs précis de votre recherche.

— Collectionner, uniquement collectionner ! Puisque cet Italien ne veut plus m'en vendre, je me fournirai ailleurs. Avec ce genre d'étranger, impossible d'avoir longtemps de bons rapports commerciaux. Cet aventurier ne se contente pas de proposer de modestes trouvailles à des prix exorbitants, il ose également me mettre en cause ! C'est lui qui m'a insulté, non l'inverse, et je n'ai pas l'intention de le revoir. Si la police faisait son travail, elle l'expulserait.

— Souhaitez-vous porter plainte ?

— Pfff ! Je suis au-dessus de ça. À force de voler et d'agresser les honnêtes gens, ce Belzoni finira par être arrêté et condamné.

— Auriez-vous des faits précis à lui reprocher ?

— Mon opinion n'a pas valeur de preuve, et je préfère oublier ce mécréant. Ne le perdez pas de vue, inspecteur. Il ne manquera pas de piétiner la loi.

49

Obtenir un rendez-vous n'avait pas été facile. L'homme politique Francis Carmick se multipliait, et ses déclarations publiques semaient parfois un certain trouble, en raison d'opinions progressistes. Prenant soin de ne pas franchir les limites de la bienséance, il continuait à recueillir de nombreux soutiens, et des voix autorisées lui promettaient un poste ministériel. Son réseau de relations ne cessait de se développer, au prix de dîners mondains touchant les sphères de la haute administration, du journalisme, des lettres, des arts et du spectacle. Peu à peu, Carmick se rendait indispensable en promettant monts et merveilles à ses interlocuteurs et persuadant chacun qu'il était son ami intime.

La grille en fer forgé était ouverte, des domestiques nettoyaient les fenêtres de l'hôtel particulier de Portman Square.

Le portier prit le chapeau de l'inspecteur-chef.

— M. Carmick vous attend dans son bureau.

Un valet précéda le visiteur jusqu'à l'antre du maître des lieux. Sous forme de peintures, de dessins, de sculptures et de tapisseries ornées de scènes souvent naïves, l'Égypte ancienne avait pris possession de la vaste demeure.

Carmick resta assis et continua à compulser des dossiers.

— Bonjour, inspecteur. Je n'ai que quelques minutes à vous consacrer, soyez bref et précis. Félicitations pour votre succès et votre décoration. La mort de l'agitateur Littlewood nous enlève une épine du pied. Et votre assassin ?

— Il court toujours.

— Diable ! Vous finirez par le pincer, j'en suis persuadé. Et je soutiendrai votre projet de coordination des forces de police. Scotland Yard, ça sonne bien. Est-ce tout ?

— Je n'ai pas commencé, monsieur Carmick.

Le politicien leva les yeux.

— Quoi encore ?

— Vous avez fait construire un mausolée, près de Greenwich.

Le regard de Francis Carmick se durcit.

— Auriez-vous l'audace de mener une enquête à mon sujet ?

— C'est mon devoir et mon métier.

Le futur ministre maîtrisa sa colère montante.

— Ce mausolée m'appartient, en effet.

— Son style égyptien correspond à vos goûts. Comptez-vous y reposer ?

— Mes dernières volontés ne vous concernent pas, inspecteur, et je juge cette question déplacée et indiscrète.

— La complexité de l'affaire me contraint à ce genre d'écarts, déplora l'inspecteur-chef en tournant une page de son carnet noir en moleskine. Des réponses claires de votre part m'obligeraient.

Carmick manipula un coupe-papier.

— J'ai une longue carrière devant moi, affirma-t-il,

et n'ai nullement envie de songer à ma mort. Ce mausolée est une fantaisie architecturale sans lendemain.

— Le professeur d'anatomie Thomas Pettigrew ne serait-il pas devenu l'un de vos familiers ?

— Je fréquente des centaines de gens importants, inspecteur, et je n'omets pas les sommités médicales ! Ces scientifiques contribuent au progrès et au bien-être de notre société.

— Ce médecin-là présente une originalité marquante.

— Ah oui… Laquelle ?

— Giovanni Belzoni ne vous l'a-t-il pas révélée en vous recommandant de consulter le docteur Pettigrew ?

— Belzoni est un bateleur et un amuseur ! Sa parole n'a aucun poids, et ses compétences se limitent à l'organisation d'une exposition. Le docteur Pettigrew, lui, est un authentique spécialiste et deviendra l'un des plus brillants professeurs d'université. Son amitié m'honore et il peut compter sur la mienne.

— Vos entretiens ne débordent-ils pas le cadre de l'anatomie contemporaine ?

— Le système de santé m'apparaît comme un enjeu fondamental, inspecteur. Trop de pauvres gens en sont exclus, et cette injustice risque de provoquer de graves troubles sociaux, orchestrés par un nouveau Littlewood. L'honneur d'un homme politique consiste à les éviter en prenant conscience du danger et en agissant de manière efficace. Le docteur Pettigrew sera l'un des fers de lance contre la misère, et le futur ministère de la Santé rendra les soins accessibles à l'ensemble de la population.

— Magnifique projet, reconnut Higgins. Cet éminent spécialiste ne partage-t-il pas votre goût pour l'Égypte ancienne ?

— Il nous arrive de l'évoquer. Mais nous sommes

davantage préoccupés de la grande idée que je viens de vous révéler. Un très petit nombre de confidents la connaissent, et j'espère votre discrétion.

— Elle vous est acquise, monsieur Carmick. Je vous recommande cependant de vous méfier du docteur Pettigrew.

Le politicien fronça les sourcils.

— Aurait-il commis un délit ?

— Sa passion pour les momies m'intrigue.

— Ce n'est pas un crime, inspecteur !

— Oublieriez-vous la magnifique momie de Belzoni ? Sa disparition reste un mystère.

— Ne vous égarez pas, mon cher Higgins, et continuez d'appliquer les méthodes qui vous ont permis d'éliminer Littlewood et sa clique ! Les petites manies de Pettigrew n'ont rien de répréhensible, croyez-moi. Je n'en dirais pas autant de Belzoni.

— Seriez-vous informé de faits précis ?

Francis Carmick se leva, croisa ses mains derrière le dos et regarda tomber les flocons par la fenêtre de son bureau.

— Faits précis, ce serait beaucoup dire. Les démarches de cet aventurier trop voyant ont déplu à l'*establishment*. Comment un ex-lutteur de foire, étranger de surcroît, a-t-il osé exiger un poste officiel ? Belzoni a perdu la tête, ses rêves de grandeur le conduiront au désastre.

— Est-ce l'opinion de votre ami, le professeur Richard Beaulieu ?

Carmick se retourna, irrité.

— Pourquoi le qualifiez-vous de mon « ami » ?

— N'avez-vous pas souvent déjeuné ensemble, ces derniers temps ?

— Auriez-vous ordonné de m'épier, inspecteur ?

315

— Certes pas, monsieur Carmick. Votre notoriété vous empêche de passer inaperçu.

L'explication plut au politicien. Il se rassit et utilisa le ton doucereux qui séduisait la plupart de ses interlocuteurs.

— Il ne s'agit pas d'amitié, mais de stratégie. Le professeur Beaulieu exerce une influence considérable sur le milieu universitaire, et j'ai besoin de l'appui des intellectuels. Je tente de le convaincre de la justesse de mes vues afin qu'il les propage. Tâche délicate, au succès incertain. Les premiers résultats sont encourageants, et je saurai me montrer persévérant. C'est ainsi que l'on conquiert un territoire, à la force des convictions, pas après pas. La santé publique n'est pas ma seule préoccupation ; l'éducation a, elle aussi, besoin de profondes réformes. Le professeur Beaulieu ne s'y oppose pas, et son appui pourrait se révéler décisif.

Higgins consulta son carnet.

— La rumeur est un véritable poison, estima-t-il, et s'en défendre n'est pas facile. Un personnage public de votre importance doit lutter quotidiennement contre elle, je suppose.

Carmick eut un geste las.

— On s'y habitue, inspecteur ! Vouloir le progrès et la justice sociale déclenche le fiel des mauvaises langues. Grâce à l'expérience, on se forge une armure.

— Ne vous reproche-t-on pas de solliciter les visions du médium Peter Bergeray et de vous soumettre aux pouvoirs occultes ?

Le politicien rit d'une manière forcée.

— Ces stupidités me sont parvenues aux oreilles ! Bergeray est l'acteur le plus célèbre, et nos relations cordiales font également partie de ma stratégie. Il connaît mon attachement à la culture et aux arts. Les encourager me paraît indispensable, et j'écoute les propositions de ce grand comédien, invité aux meilleures tables. La santé, l'éducation, la beauté : ne touche-t-on pas aux exigences fondamentales de l'humanité ? Quantité d'hommes politiques ont tendance à négliger ces valeurs de base, ma mission première consistera à les rappeler.

Francis Carmick se releva, l'air hautain.

— Vous avez eu toutes les explications nécessaires, inspecteur. À présent, des dossiers urgents m'attendent.

— Il reste une petite formalité.

— Laquelle ?

— Étant donné votre position, j'ai supposé qu'une démarche officieuse serait préférable à un déploiement de policiers en uniforme, et je pense agir seul.

— Et… que comptez-vous faire ?

— Une perquisition.

— Une… quoi ?

— Vous accordez un grand intérêt à l'Égypte pharaonique, monsieur Carmick, et je recherche une momie, au centre d'une affaire criminelle. En saine logique, j'espère découvrir ici des indices.

— Seriez-vous devenu fou, Higgins ? C'est hors de question !

— En ce cas, je reviendrai demain avec une escouade. Votre domicile étant placé sous surveillance, ne tentez pas d'en sortir des objets compromettants.

— Vous ne dirigerez jamais Scotland Yard, Higgins.

— On me l'a déjà annoncé. À demain, monsieur Carmick.

— Un instant, je vous prie ! Si vous agissez seul, vous comporterez-vous de façon délicate ?

— On remarquera à peine ma présence.

— Mon valet de chambre vous accompagnera. Et soyez rapide.

Tel un félin, Higgins explora la vaste demeure. Les

chambres des domestiques sous les combles, celles du maître de maison et de ses proches, les salles d'eau et les toilettes aux troisième et deuxième étages, le grand salon de réception au premier, la salle à manger au rez-de-chaussée, le petit salon d'accueil, les armoires et coffres de rangement, rien n'échappa à ses investigations.

— Monsieur est-il satisfait ? demanda le valet de chambre, pincé.

— Restent la cuisine et l'office.

Offusqué, le domestique y conduisit le policier.

Higgins devait se rendre à l'évidence : pas la moindre momie.

— Où mène cette porte ?

— À la réserve de charbon. Monsieur désire-t-il la visiter ?

— Bien entendu.

Ayant des yeux dans le dos, l'inspecteur-chef vit le valet de chambre hausser les épaules.

L'endroit était correctement tenu. À côté d'un tas de boulets, des pelles, des seaux et un empilage de caisses. Les trois premières, en bois, contenaient des rondins destinés aux cheminées. La quatrième, métallique, était fermée par un verrou.

Le passe universel de l'inspecteur-chef vainquit aisément l'obstacle. Il souleva le couvercle et découvrit un étrange trésor.

— Veuillez demander à M. Carmick de venir, dit Higgins au valet de chambre.

— Mon maître est occupé, je…

— Soyez persuasif.

Le politicien ne tarda pas.

L'inspecteur-chef avait sorti un crochet servant à extraire le cerveau des momies. La caisse abritait aussi

318

des couteaux, des aiguilles, des sortes de cuillères, des pinces et des bandes de lin soigneusement pliées.

— Que se passe-t-il, Higgins ?

— J'ai découvert cet ensemble d'objets.

— À première vue, des babioles dépourvues d'importance. Il était inutile de me déranger. Puisque votre... votre visite n'a donné aucun résultat, je vous libère.

— Ce résultat-là ne manque pas d'intérêt, monsieur Carmick. Peu d'amateurs, même éclairés, disposent d'un matériel de momificateur.

Le politicien se pencha sur la caisse.

— De momificateur, vous êtes certain ?

— En doutiez-vous ?

— Je ne m'en étais pas aperçu ! Si ma mémoire est bonne, j'ai acheté ces misérables choses lors d'une vente aux enchères. Elles faisaient partie d'un lot comprenant des statuettes, des tissus et une stèle couverte de hiéroglyphes. Sans doute aurais-je dû m'en débarrasser. Elles ont été reléguées dans cette cave et oubliées depuis longtemps.

— Bizarre... Pas la moindre trace de poussière, comme si quelqu'un avait utilisé récemment ce crochet et ces instruments coupants.

— Une explication simple, inspecteur : cette caisse est parfaitement étanche. Et voilà plusieurs années que personne ne l'a ouverte. Mes domestiques vous le confirmeront.

Le valet de chambre hocha la tête affirmativement.

Higgins rabattit le couvercle et replaça le verrou.

— Des policiers passeront la prendre.

Francis Carmick toisa l'inspecteur-chef.

— Ne serait-ce pas une sorte de vol ?

— Peut-être s'agit-il d'une pièce à conviction qu'il convient de mettre en sécurité.

— Vos investigations me fatiguent, Higgins. Emportez ce qu'il vous plaît et, surtout, débarrassez-moi le plancher ! Soyez-en assuré, cette humiliation ne restera pas impunie.

50

Le froid de la crypte évoquait celui de la mort. Mais le sauveur ne perdait pas espoir, car la magie des fils d'Horus se révélait d'une remarquable efficacité et maintenait la momie en parfait état. Captant l'énergie émanant des quatre coins de l'univers et la restituant au corps osirien, les vases canopes écartaient les forces de destruction et créaient un champ de protection infranchissable.

Ainsi le fil ténu reliant la momie à la vie de l'autre monde et à la lumière de l'éternité demeurait-il solide. Le sauveur disposerait d'un délai supplémentaire pour rassembler bandelettes et objets rituels volés par les profanateurs et redonner au «juste de voix» son intégrité.

Ses investigations progressaient lentement, il lui manquait encore des informations capitales, difficiles à obtenir. Lorsqu'il détiendrait tous les atouts en main, le sauveur devrait agir vite et ne laisser aucune chance à ses adversaires.

L'enquête de l'inspecteur Higgins semblait piétiner. Ce redoutable policier ne prenait-il pas son temps afin de frapper un seul coup, décisif?

Peut-être tissait-il une toile où il espérait prendre à la fois l'assassin des trois notables, le révolutionnaire

Littlewood et la momie. Comprendrait-il la valeur inestimable de cette dernière, se contenterait-il de servir la loi, choisirait-il le camp des vandales et deviendrait-il un ennemi à abattre ?

Le sauveur récita les formules de résurrection qui prolongeaient la cohésion de l'être momifié. En ces temps de bavardage, la pensée se noyait dans des flots de paroles inutiles et perdait la puissance du Verbe. Les rites égyptiens, au contraire, l'utilisaient au maximum, et chaque hiéroglyphe était porteur d'une force vitale qu'énonçait le « serviteur du *ka* », l'initié chargé d'établir le contact entre le visible et l'invisible.

Immortel, ce *ka* se fixait le temps de son existence chez tout être vivant sans rien perdre de sa réalité universelle. Beaucoup d'individus s'en détachaient lors de la mort physique et retournaient au cycle de la nature. Quelques-uns allaient vers leur *ka*, au-delà de l'extinction du corps, et se transformaient en Osiris, vainqueur du néant.

En détruisant les momies, les barbares se privaient des témoins de la résurrection et de la vérité céleste. Esclaves de la matérialité et de l'apparence, ils se nourrissaient de croyances naïves et violentes, façonnant de manière systématique leur propre malheur.

— Sois en paix, dit le sauveur à la momie. Je ne renoncerai pas et nous remporterons ce combat.

À l'époque de sa régence, le prince de Galles et futur George IV avait tenu à marquer Londres de son empreinte en confiant à son architecte préféré, John Nash, grand adepte du stuc, le soin de mettre au point un vaste projet d'urbanisme qui modifierait le visage de la capitale. La fin des guerres et la prospérité économique du pays avaient permis le financement de grands travaux, comprenant la transformation de Regent's Park, jadis le terrain de chasse d'Henri VIII, en une sorte d'immense jardin bordé de belles villas formant les *Nash Terraces*, et l'aménagement de Regent Street, artère reliant Regent's Park à Carlton House, palais bâti en 1787 et demeure du régent. Décrivant une courbe, cette rue était devenue l'une des favorites des Londoniens aisés qui y trouvaient de nombreux magasins très fréquentés, dont le fameux Liberty's, vendant tissus et mobilier.

Lady Suzanna et Higgins marchaient d'un pas tranquille, profitant d'une éclaircie. Le valet de la jeune femme s'était chargé de ses emplettes, sa voiture l'attendrait à proximité.

— Je progresse, inspecteur. Ce ne fut pas facile, mais j'ai réussi à obtenir des renseignements à propos de Henry Cranber en menaçant de sévères poursuites le patron de la corporation des tisserands s'il refusait de répondre à mes questions.

— Est-ce bien légal, lady Suzanna ?

Son sourire désarmait toute critique.

— Nous autres avocats sommes parfois obligés de franchir certaines bornes afin de faire surgir la vérité. Ce Cranber est une véritable fripouille, d'une habileté remarquable, et personne n'est parvenu à freiner son ascension. Issu d'un milieu modeste, il a longtemps occupé des fonctions de comptable. Spécialiste du maquillage des livres, il a détrôné son patron, un fabricant de tissus d'ameublement, et s'est lancé dans l'industrie en rachetant à bas prix de petites entreprises en difficulté. Chaque fois, il a volé leurs propriétaires.

— Pas de plaintes contre lui ?

— Cranber est un excellent procédurier, et ses contrats réduisent ses proies à l'impuissance. Aujourd'hui, c'est un homme riche et sa fortune continue à croître au fil de transactions douteuses. Ses ouvriers sont mal payés, ses usines insalubres et ses bénéfices en hausse. Son unique but semble être d'amasser un maximum d'argent.

— Comment l'utilise-t-il ?

— Il s'achète une respectabilité et souhaite s'affirmer comme un nouveau membre de l'*establishment* londonien. Voici d'ailleurs sa future conquête.

Les promeneurs venaient de quitter Regent Street pour aborder Regent's Park et découvrir la remarquable perspective formée des façades recouvertes de stuc des somptueuses demeures conçues par John Nash. L'ensemble était encore en construction et ressemblerait à un immense palais dont les façades donnaient sur des arbres et un lac.

— Henry Cranber rêve d'habiter ici, révéla l'avocate. En devenant propriétaire de l'une de ces merveilles, il appartiendrait définitivement à l'élite et pourrait prétendre à la qualité de fournisseur de la Couronne.

— L'Égypte et les momies ne semblent guère jouer de rôle dans cette peu reluisante carrière, observa l'inspecteur-chef.

— À part l'achat de bandelettes anciennes qui ont intrigué ce possesseur de filatures, rappela la jeune femme. Sa présence active lors du débandelettage vous a conduit à l'inscrire sur la liste des suspects.

— Et je ne l'en retire pas, précisa Higgins.

Insolente, une corneille s'approcha du couple en sautillant. De la poche de son pantalon, l'inspecteur-chef sortit une brioche enveloppée dans un mouchoir et l'offrit au bec habile et déterminé.

— La folie des industriels tuera les oiseaux, prédit-il. Un jour, l'air de cette ville ne sera plus respirable.

Lady Suzanna et Higgins firent lentement le tour du lac. Des colverts y barbotaient.

— Je me suis également intéressée au châtelain Andrew Yagab, poursuivit-elle. Un fanatique de l'agriculture industrielle, précisément. De nombreux achats de terres agricoles, ces dernières années, et la recherche d'un rendement maximum. Rien d'illicite en apparence. Chasseur acharné, et l'avarice comme mode de gestion. N'oublions pas sa passion pour les armes anciennes, le seul motif capable de lui faire délier sa bourse.

— Il en existe un autre, rappela Higgins : les vases scellés provenant des tombes égyptiennes. J'ai dû intervenir afin qu'il cesse d'importuner Belzoni à ce sujet.

— Ce Yagab est détesté par tout le monde, précisa lady Suzanna, mais il compte au nombre des principaux producteurs de céréales et se vante de ses appuis politiques. Il se rend souvent à Londres, et les commérages lui prêtent des ambitions cachées.

— Ministre de l'Agriculture d'un gouvernement Carmick, par exemple ?

— Je n'en sais pas davantage, inspecteur. Avez-vous creusé cette piste-là ?

L'avocate et le policier s'assirent sur un banc, face au lac de Regent's Park. Un petit vent ridait la surface de l'eau, des canards jouaient à se poursuivre.

— Notre dernière entrevue s'est terminée de façon orageuse, avoua Higgins. Francis Carmick a l'intention de me briser et les moyens d'y parvenir.

Le délicat visage de lady Suzanna se crispa.

— Que s'est-il passé ?

— À l'issue de ma perquisition à son domicile, j'ai découvert une caisse contenant un matériel de momification. Ses explications furent plutôt embrouillées, et notre homme politique n'a pas supporté cette atteinte à sa vie privée.

— Auriez-vous trouvé… l'assassin ?

— Ne nous fions pas aux seuls indices. Le comportement de l'acteur Peter Bergeray et son goût morbide pour les momies sont tout aussi suspects. La qualité de vos informations me fut fort utile, lady Suzanna.

La jeune femme rosit légèrement.

— Je vais à présent me pencher sur le cas de Kristin Sadly, annonça Higgins, et j'aimerais que vous vous occupiez des activités commerciales de Paul Tasquinio.

— Me confieriez-vous… une mission ?

— À une condition : ne vous approchez pas de Tasquinio. Il prospère à Whitechapel, une zone dangereuse où l'on disparaît aisément. Contentez-vous d'une enquête administrative et ne courez aucun risque. Me le promettez-vous ?

La jolie brune prit un air sérieux.

— Parole d'avocate !

Empruntant une allée, un écureuil roux alla boire au lac, rebroussa chemin, passa près du couple rigoureusement immobile et grimpa le long d'un frêne.

— La vie sait être magnifique, estima Higgins. Ne jouez pas avec la mort, elle a toujours un coup d'avance.

51

— Monsieur pourrait-il me rappeler son nom ? demanda le secrétaire particulier de sir John Soane.

— Giovanni Battista Belzoni.

— Un instant, je vérifie… En effet, vous aviez rendez-vous à dix-sept heures. Suivez-moi, je vous prie.

La demeure-musée de l'aristocrate épris d'archéologie était impressionnante. Le Titan de Padoue traversa le hall aux murs peints imitant le porphyre et fut introduit dans la bibliothèque rythmée par des arches et pourvue de miroirs où se reflétaient les reliures de centaines d'ouvrages rares.

Soane examinait un bronze antique qui s'ajouterait aux urnes funéraires, aux moulages et aux fragments de sculptures exposés au Dôme, la partie principale de la maison qu'éclairait une rotonde aux verres rouges, bleus et jaunes.

— Monsieur Belzoni ! Ravi de vous revoir. Votre exposition continue à faire courir les Londoniens, et l'on réédite votre ouvrage. De belles satisfactions.

— Certainement, sir John.

— Auriez-vous besoin de mes lumières ?

— Certainement.

— Eh bien, asseyons-nous et buvons un porto. Cette cuvée m'est réservée.

Un domestique apporta aussitôt le précieux breuvage, deux verres en cristal et s'éclipsa.

Grâce à l'efficacité de Sarah, la vente de petits objets provenant d'Égypte rapportait un maximum, et les Belzoni parvenaient à maintenir leur train de vie. Mais les caisses se vidaient à une allure inquiétante, et l'Italien n'avait pas la moindre momie à proposer au docteur Pettigrew.

— Que pensez-vous de ce nectar, monsieur Belzoni ?

— Une merveille.

— Lorsque l'on apprécie les arts, il faut rechercher l'excellence en toutes choses. Un vin de cette qualité-là n'est-il pas une sorte de chef-d'œuvre ? Venons-en au motif de votre visite.

Les mots furent difficiles à prononcer.

— J'ai rapporté ici une pièce unique, le sarcophage d'albâtre d'un des plus grands pharaons d'Égypte, et je le destinais au British Museum. Hélas ! les conservateurs n'en mesurent pas la valeur.

— J'ai entendu parler de vos ennuis, Belzoni. Les administrateurs de nos musées ne brillent pas par leur intelligence. La plupart sont de petits comptables dépourvus de sensibilité artistique et de connaissances scientifiques. Du haut de leur autorité qu'alimente leur bêtise, ils se comportent en tyrans et multiplient les décisions stupides. Souvenez-vous : je fus le premier à vanter la beauté de votre sarcophage et son caractère unique.

— Je vous en sais gré, sir John, et vous prie de comprendre ma démarche. À mes yeux, le British Museum symbolisait l'Angleterre, et je désirais rendre hommage à ma patrie d'adoption.

— Noble attitude, mon cher ! Aujourd'hui, vous

328

constatez que cette institution se trouve entre les mains de bureaucrates à la vue limitée.

Le Titan de Padoue baissa la tête.

— J'ai renoncé à convaincre le British Museum et je vous propose d'acquérir ce monument unique qui deviendra le phare de votre musée.

John Soane demeura silencieux un long moment. L'Italien redoutait une réaction de dépit et un échec cuisant.

— Vous m'en voyez très heureux, Belzoni ! Cette merveille trônera au cœur de mes collections. Reste à nous entendre sur le prix. Malgré ma fortune, je ne dispose pas d'un budget comparable à celui de la Couronne ! Accepteriez-vous... quinze cents livres ?

— Sir John...

— Disons deux mille et n'en parlons plus !

Le ton de l'aristocrate interdisait la réplique.

— Entendu, admit Belzoni.

— Marché conclu, vous avez ma parole. Cependant, nous devons nous montrer prudents et patients. Ces messieurs du British Museum verront d'un mauvais œil votre sarcophage arriver chez moi, et je ne désire pas me brouiller avec certaines autorités administratives. En conséquence, la livraison n'aura pas lieu avant plusieurs mois.

— Le paiement, en revanche...

— Soyez sans crainte, Belzoni. Il sera effectué dans les meilleurs délais. Cher ami, vous avez pris la bonne décision. Je vous confie à mon secrétaire qui réglera les problèmes de paperasserie.

La plaie à la main de l'ouvrier était profonde, et le sexagénaire se mordait les lèvres afin de ne pas crier.

— Il faudrait un médecin, estima le contremaître.

— Je m'en occupe moi-même, décida Kristin Sadly. Va me chercher ma trousse de secours.

Ne se contentant pas d'avoir construit la moitié des docks à elle seule, de contrôler la quasi-totalité de l'industrie du papier et de prévoir l'avenir de l'Angleterre, la petite femme agitée savait aussi soigner toutes les maladies et manier les masses laborieuses.

Elle désinfecta la main du blessé, la banda et renvoya son employé au travail. Ici, pas de fainéants ni de demi-portions. On ne comptait pas ses heures et on s'alignait sur le rythme de la patronne.

La cheffe [1] d'entreprise examina des factures, admonesta son comptable, vérifia une livraison, courut à l'un de ses ateliers et sermonna un technicien trop lent avant de recevoir un fournisseur auquel elle reprocha ses tarifs de rapace.

C'est alors qu'elle remarqua un inconnu, vêtu d'une élégante redingote. Immobile, il semblait tout à fait inutile.

— Qui êtes-vous et que faites-vous chez moi ?

— Inspecteur-chef Higgins. Pouvez-vous m'accorder quelques instants ?

— Ah oui ! nous nous sommes déjà rencontrés. Je vois tellement de gens, j'avais oublié votre visage. Accompagnez-moi à mon entrepôt principal, je veux évaluer mes stocks.

Un épais brouillard recouvrait les docks. D'un pas nerveux, Kristin Sadly traversa l'obstacle.

— Votre enquête a-t-elle avancé ? Avec moi, l'assassin serait depuis longtemps en prison ! La police ne se donne pas les moyens d'agir, et les crapules prolifè-

---

1. Orthographe admise dans certains pays francophones et, à nos yeux, justifiée.

rent. Quand rétablira-t-on enfin la sécurité dans cette ville ?

— Je partage votre indignation, madame Sadly, et j'espère des jours meilleurs.

Le vaste entrepôt abritait des tonnes de papier de diverses qualités. Des étiquettes précisaient l'origine et la destination.

L'une d'elles déclencha la colère de Kristin Sadly.

— Illisible et incomplète ! Le responsable ira travailler ailleurs. Ce genre d'erreur me fait perdre un temps précieux. Et vous, que voulez-vous ?

— Avoir une confirmation de votre part.

— À quel sujet ?

— L'acteur Peter Bergeray.

Le regard de la petite femme s'enflamma.

— Ce malade mental, cet obsédé ! Qu'on ne m'en parle plus.

— Désolé d'insister, mais avez-vous été sa maîtresse ?

— Sans moi, cette poule mouillée n'aurait été qu'un histrion de troisième ordre ! Il me doit tout, j'ai façonné sa carrière et bâti son succès. Ma récompense ? Me voir portraiturée en momie ! Là, c'en était trop. Je l'ai giflé cent fois, à le laisser raide mort, et j'ai regretté qu'il survive. Ses dons de voyant, une vaste blague ! À force de jouer la comédie, il croit à ses propres mensonges. Envoyez-le à l'asile et débarrassez-nous de ce malade. Sinon, il commettra un mauvais coup.

— Et s'il l'avait déjà commis ? avança Higgins.

Kristin Sadly se figea deux secondes.

— Ça, c'est votre problème !

— Imaginez-vous Peter Bergeray en assassin ?

— C'est également votre problème. Encore des questions ?

— J'en ai terminé.

— Tant mieux, j'ai du travail ! Je n'appartiens pas à la police, moi. Ne traînez pas sur mon domaine, mes gardiens risquent de vous prendre pour un voleur, et vous passerez un sale moment. Adieu, inspecteur.

La petite femme sortit de l'entrepôt et retraversa le brouillard à marche forcée.

Higgins quitta lentement les lieux. Il avait vu ce qu'il désirait voir.

52

Le long des docks, quantité de bateaux de charge étaient au repos. Dès l'aube, on chargerait et on déchargerait du charbon, des briques, du ciment, des tonneaux de vin, des balles de coton et bien d'autres marchandises. À deux heures du matin rôdaient des ivrognes et des miséreux.

Vêtu d'une veste rapiécée et d'un pantalon élimé, coiffé d'une casquette d'ouvrier, Higgins bénissait la présence d'un épais brouillard qui lui permit de s'approcher de l'entrepôt de Kristin Sadly sans être repéré par le gardien. Située à l'arrière du bâtiment principal, une petite porte réservée aux livreurs ne lui opposa qu'une brève résistance.

Équipé d'une lampe de mineur, l'inspecteur-chef s'engagea dans l'allée centrale, bordée de tas de chiffons et de rames de papier. Alors qu'il s'intéressait à une pile de vieux linges de couleur brune, un grognement l'alerta.

Un dogue contemplait l'intrus, prêt à bondir. Vu sa taille, il pesait au moins quatre-vingts kilos.

Higgins posa sa lampe, fit face au monstre et parvint à capter son regard. Un seul instant de relâchement, et le fauve bondirait. Lentement, l'inspecteur-chef l'apaisa, le persuadant qu'il ne lui voulait aucun mal.

Un premier pas en direction du dogue. Il ne bougea pas. Un deuxième, un troisième… Higgins tendit la main et toucha le museau du chien. Méfiant, il recula. Son nouveau maître continua d'avancer et réussit à le caresser. Détendu, le dogue lui lécha le poignet.

— Maintenant, nous allons travailler ensemble. Si quelqu'un entre, tu m'alertes.

L'auxiliaire de police se coucha en travers de la petite porte. Higgins retourna aux vieux linges qui l'intriguaient depuis sa première exploration du domaine de Kristin Sadly. Il en préleva une bonne dizaine, conscient de l'illégalité de sa démarche. Néanmoins, il devait en avoir le cœur net.

Giovanni et Sarah s'enlacèrent longuement.

— J'ai réussi, annonça-t-il. Le sarcophage d'albâtre est vendu !

— À quel prix ?

— Deux mille livres. C'est décevant, je sais, mais John Soane ne m'offrait pas davantage, et je n'aurais pas trouvé d'autre acquéreur. Comme il ne souhaite pas une livraison immédiate afin de ne pas froisser les autorités du British Museum, cette merveille restera à l'Egyptian Hall jusqu'à la fin de l'exposition.

— A-t-il signé une sorte de contrat ?

— Rassure-toi, j'ai tout réglé avec son secrétaire. John Soane ne deviendra propriétaire du sarcophage d'albâtre qu'après avoir versé la somme convenue à son légitime découvreur. Parfaites garanties, mon amour ! Ce succès-là ne mérite-t-il pas une bonne bouteille ?

Belzoni ouvrit du champagne.

— En fouillant dans nos dernières caisses d'antiquités, révéla Sarah, j'ai fait deux découvertes intéressantes. La première, quelques figurines de terre cuite vernissées et peintes en bleu[1] ; je les négocierai une à une et au meilleur prix. La seconde, un papyrus de belle allure qui, selon une indication de ta main, accompagnait la momie.

Belzoni le déroula.

Une cinquantaine de lignes, des suites de hiéroglyphes incompréhensibles, un dessin représentant un oiseau à tête humaine devant une flamme.

— Je vais le proposer au docteur Pettigrew.

— Échec assuré, estima Sarah. Il ne s'intéresse qu'à l'anatomie des momies.

— Alors, John Soane…

— Le client idéal ne serait-il pas l'inspecteur Higgins ? proposa l'Irlandaise. Il tient beaucoup à retrouver notre momie, semble-t-il. Ce papyrus l'aidera peut-être.

— Personne ne sait lire cette écriture !

— Ne parles-tu pas souvent des progrès foudroyants de Young ?

Belzoni opina du chef.

— Higgins nous en saura gré, prédit Sarah, et ta candidature au Traveller's Club en sera facilitée.

— Je crains que ce vieux parchemin ne le passionne pas.

— Je suis persuadée du contraire !

Il la contempla, admiratif, et lui offrit une flûte de champagne.

Coiffé d'un chapeau noir, vêtu d'un long et épais manteau, chaussé de bottes, armé d'un bâton et bran-

---

1. Des répondants (*ouchebtis*) provenant de la tombe de Séthi Ier.

dissant une lanterne, le Charly [1] parcourait une ruelle à la lisière de Whitechapel. Cette ronde de police, effectuée chaque nuit à la même heure, ne gênait pas les délinquants, et le représentant de l'ordre public n'avait nulle envie de croiser leur chemin.

— Arrête-toi, Charly, ordonna une voix impérieuse.

— C'est... c'est vous ?

— Aurais-tu oublié le mot de passe ?

La gorge du policier se serra. S'il ne s'en souvenait pas, il ne sortirait pas vivant de la ruelle. Mille mots se bousculèrent dans sa tête, il eut envie de vomir et, soudain, l'exclamation jaillit :

— Mort à la misère !

— Et le peuple sera sauvé, répondit Littlewood. Ne te retourne pas, l'ami. As-tu réussi ?

— Plus ou moins. La plupart des policiers de Piccadilly sont à la dévotion de Higgins, et j'ai dû marcher sur des œufs. L'inspecteur-chef est un homme méfiant qui n'a pas de confident et ne laisse traîner aucun papier. Seul le sergent préposé à l'accueil et à l'enregistrement des plaintes a pu me fournir de maigres indications. Cet ivrogne bavarde volontiers et se félicite de son sens de l'observation.

— Résultats ?

— Higgins réunit ses indicateurs une fois par semaine, mais son enquête piétine. Pas d'arrestation en vue. La rumeur prétend qu'il croit à la culpabilité d'une momie disparue et introuvable ! Ses ennemis prétendent qu'il déraisonne et sera bientôt condamné à une retraite définitive. D'après les circulaires officielles, il n'est chargé ni de la protection du roi ni de la recherche d'éventuels révolutionnaires de l'East End, et

1. Ainsi nommé parce que le roi Charles Ier avait tenté de réorganiser la police.

se cantonne à son enquête criminelle. Les protestations commencent d'ailleurs à fuser. Des lords, des pasteurs et des médecins se plaignent de l'inertie de Higgins et des atteintes insupportables portées à leur dignité. Au poste de police, l'atmosphère est plutôt sombre. Chacun croyait que le héros qui avait sauvé George IV accomplirait de nouveaux exploits et redorerait le blason des forces de l'ordre. Aujourd'hui, on déchante et l'on déplore le manque de stratégie de l'inspecteur-chef. Il se disperse, court à droite et à gauche et n'aboutit à rien.

— Qu'en pensent ses adjoints ?

— Il n'en a pas et travaille en solitaire. Tôt ou tard, il devra rendre des comptes, et l'on prévoit une sanction sévère.

— Pas d'opération d'envergure prévue à Whitechapel ?

— Pas la moindre ! On parle beaucoup d'une récente lettre de menace adressée à George IV, et les mesures de sécurité ont été renforcées autour de la personne royale. Un illuminé se vante d'être Littlewood, et l'enquête se localise en Écosse. Le monarque ne tardera pas à s'y rendre afin de rétablir son autorité. Les journaux de demain annonceront cette visite officielle, sous haute surveillance. Voilà, je vous ai tout dit.

Littlewood donna une liasse de billets à son informateur.

— Continue à ouvrir tes oreilles, l'ami, et à faire ta ronde. Si tu as de nouveaux renseignements à me communiquer, balance ta lanterne de haut en bas une dizaine de fois, et je te contacterai.

Le Charly s'éloigna, Littlewood demeura caché de longues minutes. On n'avait pas suivi le policier corrompu dont les propos contenaient peut-être une part de vérité. Higgins dépourvu de stratégie ? Improbable. En revanche, une hiérarchie sclérosée et jalouse pouvait le contraindre à l'isolement et à l'inefficacité.

La momie disparue intriguait le chef des révolutionnaires. Des investigations menées dans les musées, les hôpitaux, les asiles et les morgues s'étaient révélées stériles. Quelqu'un dissimulait ce cadavre antique parce qu'il était porteur d'une puissance maléfique, et Littlewood espérait le retrouver avant Higgins.

Ce soir, il animait un comité de quartier composé de jeunes révoltés, prêts à combattre le pouvoir en place et persuadés de la nécessité d'une action violente. Une livraison d'armes venait d'arriver, et cette bonne nouvelle réchaufferait les ardeurs. La passivité du peuple était insondable, et il fallait une horde de meneurs intrépides et déterminés afin de réveiller cette masse tendant sans cesse à l'inertie. Une fois en mouvement, elle ressemblerait à une déferlante qu'aucun obstacle ne saurait arrêter. Les humbles ménagères se transformeraient en furies, les ouvriers soumis en hordes sauvages. Pas de miracle, mais une longue et savante préparation des esprits auxquels Littlewood imposerait une vérité indiscutable. Agiter ces marionnettes lui procurait un plaisir souverain.

L'échec de l'attentat contre George IV avait été une excellente leçon. Écartant la précipitation, Littlewood ne commettrait pas deux fois la même erreur. Désormais, il n'accorderait sa confiance à personne et contrôlerait chaque détail. Le cloisonnement s'imposait, de manière à ne pas compromettre la réussite du mouvement en cas de défaillance d'une des recrues.

Et dire que le gouvernement le croyait mort ! Postée en Écosse, sa dernière lettre de menace, signée d'un certain Wallace, vieux cauchemar des Anglais, brouillait les pistes. La réaction du roi le satisfaisait au plus haut point. Aveugles, les conseillers du monarque ne pressentaient pas la colère de l'East End et le tremblement de terre qui détruirait la monarchie britannique.

53

Les policiers chargés de surveiller le domicile des Belzoni n'avaient pas noté d'incidents. Parmi les visiteurs, pas un seul des suspects présents lors du débandelettage de la momie. Les dessins de l'inspecteur-chef étaient suffisamment précis pour que ses hommes reconnaissent un visage. Tenant compte de l'avertissement, le châtelain Andrew Yagab avait donc cessé d'importuner le Titan de Padoue.

Comme Higgins le supposait, les vieux chiffons brunâtres recueillis chez Kristin Sadly n'avaient rien d'ordinaire. Les conclusions de deux chimistes étaient formelles : il s'agissait de bandelettes de lin fort anciennes, imprégnées de résine.

Le domestique James Curtain ouvrit la porte.

Toujours bien rasé et coiffé, impeccablement vêtu, réservé, le fidèle serviteur des Belzoni ne manquait pas d'allure.

— M. Belzoni serait-il visible ? demanda Higgins.

— Un instant, je vous prie.

Sarah apparut.

— Inspecteur, quelle bonne surprise ! Giovanni et moi mettions un peu d'ordre dans nos papiers en buvant du chocolat. Venez vous joindre à nous.

Gaie, chaleureuse, la sculpturale Irlandaise était un rayon de soleil.

Encombré de documents divers et de dossiers éparpillés, le petit salon semblait inaccessible.

— N'hésitez pas à piétiner, recommanda Sarah. Il ne restera pas grand-chose de cette paperasse.

Le colosse se releva et se retourna.

— Ah, inspecteur ! Merci de m'avoir débarrassé du châtelain à la triste figure. Auriez-vous retrouvé ma momie ?

— Malheureusement non, mais j'ai une bonne nouvelle à vous annoncer : j'ai déposé votre candidature au Traveller's Club. Ne vous impatientez pas, la procédure sera longue et compliquée. Elle ne sera pas bloquée, car je la suivrai de près.

Sarah eut un large sourire.

Higgins présenta à l'Italien l'une des bandes de tissu de Kristin Sadly.

— Qu'en pensez-vous ?

Belzoni la tâta.

— À coup sûr, une bandelette de momie de médiocre qualité ! Les Bédouins, détrousseurs de cadavres, en vendent des centaines de ce genre-là aux amateurs. Quoique ça n'ait aucune valeur, ils en exigent des prix prohibitifs avant de négocier.

— Je n'ai pas réussi à découvrir la signification du mot *Magnoon*, avoua l'inspecteur-chef. Y avez-vous réfléchi ?

Belzoni s'empara d'une liasse de factures.

— Pas la moindre lueur.

Sarah offrit une tasse de chocolat à son hôte. Le dieu des enquêteurs protégeait Higgins en lui permettant, cette fois encore, d'échapper au thé.

— Puisque mon mari évoquait notre fameuse momie, nos rangements nous ont réservé une jolie trouvaille : un petit papyrus précisément lié à cette dépouille. Voici cette rareté.

Les hiéroglyphes avaient été tracés d'une main habile, et l'oiseau à tête humaine était l'œuvre d'un véritable artiste.

— Ce document révèle sûrement le nom et la généalogie de la momie, ajouta Belzoni. Quand cette écriture sera déchiffrée, vous bénéficierez de renseignements essentiels. Le grand érudit Thomas Young avance à pas de géant, paraît-il.

— Aimeriez-vous acquérir cette pièce à conviction ? demanda Sarah. Nous vous consentirions un prix d'ami.

Higgins examina longuement les signes mystérieux. Belzoni s'attendait à une réaction défavorable. Au mieux, l'inspecteur-chef réquisitionnerait ce parchemin.

— Entendu, chère madame. Ces lignes contiennent peut-être la clé de l'énigme, et j'aurais tort de les négliger. Quant au prix, le vôtre sera le mien.

Sarah se montra raisonnable. Higgins la régla aussitôt et roula le papyrus.

— Oserais-je solliciter une faveur ?

— Je vous écoute, inspecteur.

— Une seconde tasse de cet excellent chocolat me comblerait.

Le Titan de Padoue se félicita d'avoir épousé une femme hors du commun. Elle ne cessait de le surprendre et de vaincre l'adversité.

À l'est de Londres, sur la rive droite de la Tamise, les Kew Gardens, jardins botaniques royaux couvrant plusieurs hectares, étaient un enchantement. Créés en 1759, ils avaient l'ambition de regrouper un spécimen de chaque plante connue. Explorateurs et botanistes l'enrichissaient année après année, au fil de leurs découvertes. George III et la reine Charlotte avaient établi là leur résidence d'été, une modeste demeure de brique rouge baptisée « la maison hollandaise » où le couple menait une existence austère.

Lady Suzanna fit visiter à Higgins les serres admirablement entretenues. En cette veille de Noël, la vision d'un palmier éloignait l'hiver. Et la surprenante pagode chinoise à dix étages, attraction majeure des Kew Gardens, attirait les pensées vers l'Orient lointain.

— J'ai tenté de remplir ma mission, inspecteur, et je crois que les résultats vous intéresseront.

Face à diverses espèces d'orchidées aux couleurs raffinées, la jeune femme rivalisait de beauté.

— Notre Paul Tasquinio n'est pas un personnage facile à cerner ! reprit-elle. J'ai dû mettre à contribution de nombreuses relations afin de découvrir la véritable nature de ses activités commerciales. Il a commencé sa carrière il y a vingt ans en rachetant un atelier de confection, à Whitechapel, puis l'a échangé contre un entrepôt. Il a acquis des chevaux et des charrettes, et livre de la viande au fameux marché de ce quartier. Tasquinio est célibataire, fréquente assidûment les pubs, se montre violent et bagarreur, joue beaucoup d'argent au billard et passe au moins trois nuits par semaine chez les prostituées. Officiellement, le siège de ses activités est toujours le vieil entrepôt de Whitechapel, mais à mon avis, ce n'est qu'une façade. Il dispose certainement d'autres locaux, non déclarés.

— Remarquable, apprécia Higgins, tout en admirant une rose d'Ispahan.

— Ce local est proche de l'entreprise de Kristin Sadly, et la papetière a récemment acheté à Paul Tasquinio un lot de vieux chiffons. Le montant de la fac-

343

ture n'était pas négligeable, et cette transaction différait des occupations habituelles de notre livreur de viande. Une idée saugrenue m'a traversé l'esprit : et s'il s'agissait de linges anciens, voire... de bandelettes de momie ? J'ai consulté des commissaires-priseurs et découvert la clé de l'énigme. Lors d'une vente aux enchères, au mois d'octobre, Tasquinio a effectivement emporté une belle quantité de « lin usagé provenant d'Égypte », selon le texte de l'acte de cession.

Un rayon de soleil éclaira les Kew Gardens. L'avocate et l'inspecteur sortirent des serres et marchèrent en direction de la pagode chinoise.

— Vous semblez avoir le don d'éclairer le ciel londonien, lady Suzanna. Ôtez-moi d'un doute : j'espère que vous avez suivi mes conseils de prudence en ne cédant pas à la tentation d'explorer le domaine de Paul Tasquinio.

— Je sais me montrer raisonnable, inspecteur, et le pedigree de cet individu m'avait un peu effrayée ! Néanmoins...

Perchée à l'angle du premier toit de la pagode, une chouette observait les promeneurs. Son étrange regard ne fouillait-il pas les âmes, à la recherche de la vérité ?

— Néanmoins, continua lady Suzanna, ma curiosité était éveillée, et je désirais en savoir davantage. Aussi ai-je demandé à mon maître d'hôtel de convoquer Paul Tasquinio.

Higgins frémit.

— C'est peut-être un assassin !

— Je ne courais aucun risque, rassurez-vous, et ne lui ai pas posé de question dangereuse. J'attendais de lui qu'il me procure de l'excellente viande comme à d'autres personnalités, tels... l'homme politique Francis Carmick et le professeur Beaulieu. J'ai lancé ces noms au hasard et je n'ai pas été déçue ! « Beaulieu, vous vous trompez, a répondu Tasquinio, mais Carmick est un bon client. Et je lui réserve un emballage spécial : de vieilles bandelettes dont la magie rend la chair goûteuse. Évidemment, ça augmente le prix. » J'ai donné mon accord et prié Tasquinio de s'entendre avec mon maître d'hôtel. Il a livré du porc et du bœuf de qualité convenable, et voici ce fameux emballage.

Les bandelettes de lin étaient semblables à celles que Higgins avait prélevées chez Kristin Sadly.

— Ne recevez plus cet individu, exigea Higgins. Votre maître d'hôtel lui annoncera qu'il n'apprécie pas ses produits et ne le garde pas au nombre de ses fournisseurs.

— J'aurais pu…

— Ne tentez pas le diable, lady Suzanna. Si l'on s'approche trop de lui, il tue.

— Ainsi Paul Tasquinio serait l'assassin et le voleur de momie ?

Higgins ne répondit pas.

Le rayon de soleil disparut, une brume montant de la Tamise recouvrit les Kew Gardens. À l'abri des serres, les fleurs survivaient.

54

Couvert de neige, Londres s'apprêtait à passer un Noël conforme à la tradition. Même les quartiers pauvres oublieraient la misère et les lendemains difficiles, et l'on se gaverait de plats en sauce et de pudding.

Exilé depuis de longs mois, Higgins avait décidé de regagner sa demeure et de partager ces moments de fête avec le chien Geb et le chat Trafalgar. La dinde de Mary, savoureuse et fondante, réjouirait la maisonnée.

Les policiers de garde acceptaient leur sort. En raison de l'insistance de l'inspecteur-chef, l'administration leur verserait une prime, et ils étaient autorisés à réveillonner. Alors que Higgins leur souhaitait une bonne soirée avant de monter dans la calèche, l'un de ses indicateurs, un vendeur d'almanachs, l'aborda.

— Une drôle d'histoire, inspecteur !

Higgins l'entraîna à l'écart.

— Racontez.

— Des matchs de boxe clandestins étaient organisés au fond d'une savonnerie, à proximité des docks. Une bonne centaine de parieurs, de l'alcool frelaté, et des gaillards se battant à mains nues. Comme d'habitude, des blessés graves et au moins un mort. Un incident inhabituel s'est produit, lorsqu'une femme hystérique s'est jetée sur un vaincu à la tête ensanglantée et a tenté de lui crever les yeux parce qu'il ne s'était pas battu et lui avait fait perdre une forte somme. En l'empêchant d'aboutir, des spectateurs lui ont arraché son chapeau et son corsage, et se sont aperçus qu'il s'agissait... d'un homme ! Des rieurs se sont esclaffés, on a tenté d'évacuer le fauteur de troubles. Il hurlait tellement qu'une ronde de police fut alertée et l'a emmené au poste de Dough Street. Sans cesser de se débattre, le forcené a promis qu'il se vengerait, foi de Peter Bergeray, l'acteur le plus célèbre du royaume. On l'a collé au trou, mais j'ai cru le reconnaître et j'ai tenu à vous avertir.

— Soyez-en remercié, et joyeux Noël.

Higgins monta dans la calèche.

— Changement de programme, dit-il au cocher. On oublie la campagne, direction l'East End.

— La paie prévue...

— Elle vous est acquise.

Retrouvant le sourire, le cocher s'élança.

Le poste de police de Dough Street aurait eu besoin d'une sérieuse réfection. Éclairage miteux, façade lépreuse, peintures écaillées lui donnaient triste allure. Selon de récentes informations, le moral des troupes sombrait et le goût du travail s'éteignait.

Ce soir-là, un sergent légèrement aviné se trouvait à l'accueil.

— Vous voulez quoi ?

— Inspecteur-chef Higgins.

— Ah, c'est vous... Vous ici, ce soir ?

— J'aimerais voir un prisonnier qui prétend se nommer Peter Bergeray.

— Le type déguisé en fille ? Il s'est enfin calmé ! Ça ne vous ennuie pas si je vous donne les clés ? En ce

347

moment, on manque de personnel. Cellule numéro deux.

La cellule numéro un était occupée par des caisses de gin à l'usage des policiers. Vêtu d'une veste déchirée et d'une jupe marron, l'acteur avait l'air grotesque. À la vue de Higgins, il s'agrippa aux barreaux.

— Sortez-moi de cet enfer, inspecteur !

— Je souhaiterais quelques explications, monsieur Bergeray.

— J'adore les combats de boxe clandestins et je ne pouvais pas rater cette réunion-là ! D'ordinaire, je ne me trompe pas de champion, et j'ai parié une énorme somme. Au premier coup sévère, ce lâche s'est effondré et n'a pas repris la lutte ! Lui crever les yeux était un maigre châtiment. Ce minable m'a presque ruiné !

— Pourquoi vous déguiser en femme ?

— Mon public n'apprécierait pas cette passion honteuse et me reprocherait un attachement aux bas-fonds. Étouffez l'affaire, je vous en prie, et libérez-moi ! Vous agirez en faveur de l'art dramatique, et ma reconnaissance vous sera acquise.

— Fréquentez-vous assidûment l'East End, les docks et Whitechapel en adoptant divers accoutrements ?

— Bien sûr que non ! Je me limite aux endroits où s'affrontent les boxeurs clandestins. Ce déchaînement de violence me fascine. Le sang, les hurlements des spectateurs, la rage de vaincre… Superbe ! Je ne m'en lasse pas.

— Au sein de ces assemblées, auriez-vous croisé des personnes connues ?

Migraineux, Bergeray tenta de rassembler ses souvenirs.

— Non, non… Ce n'est pas le genre d'endroit fréquentable. Délivrez-moi, je vous en supplie !

Higgins ouvrit la porte de la cellule.

— J'implorerai l'au-delà de vous protéger, inspecteur ! promit le comédien.

— Bonne fin de nuit, monsieur Bergeray.

Le sergent regarda passer d'un œil bovin l'ex-prisonnier.

— Et le rapport de police, qu'est-ce que j'en fais ? demanda-t-il à Higgins.

— Vous me le donnez.

«Un dossier de moins à classer», pensa le policier, heureux de s'en débarrasser.

— Je vous offre un verre de gin, inspecteur ?

— Merci, sans façon. Joyeux Noël quand même.

Le fiacre de Higgins reprit le chemin de Piccadilly. La nuit était froide et claire, les étoiles scintillaient.

À l'arrivée, un autre indicateur l'attendait.

— Enfin un résultat, inspecteur ! Mes gars et moi, on se planquait depuis une éternité, et je commençais à désespérer. Cette nuit, ça vient de bouger !

— Allons dans mon bureau.

Le planton leur servit un grog brûlant, à base d'excellent rhum, et l'indicateur fut heureux de se réchauffer.

— En fin d'après-midi, révéla-t-il, une importante livraison a eu lieu à la menuiserie que possède sir Richard Beaulieu. Une petite femme très excitée dirigeait les opérations et engueulait tout le monde.

Higgins ouvrit son carnet noir et montra le portrait de Kristin Sadly.

— Oui, c'est elle ! Une agitée de ce calibre, on ne l'oublie pas.

— Nature de la livraison ?

— Une série de planches, des grandes et des petites, protégées par des linges. L'excitée ordonnait aux livreurs de les manier avec précaution. Il n'y a pas eu

349

de casse, ils sont repartis, et le gérant de la menuiserie a bouclé la porte. Ce trafic m'a intrigué, je suis resté à proximité en vendant des allumettes et des bougies. Je me décidais à quitter les lieux, quand Beaulieu s'est pointé ! Il conduisait lui-même une charrette, a ouvert la menuiserie et chargé les planches. Sacré spectacle ! Ensuite, il a pris la direction de l'East End, et j'ai réussi à le suivre. Le vieux cheval marchait au pas, et Beaulieu progressait lentement. Côté cocher, un minable ! Il s'est arrêté devant un superbe hôtel particulier de Portland Square. Le coin était presque désert, j'ai pris soin de me planquer. Un bonhomme râblé est venu à la rencontre de Beaulieu, ils ont discuté.

— Avez-vous vu son visage ? demanda Higgins.

— Distinctement, grâce à la lumière d'un bec de gaz.

L'inspecteur-chef montra le portrait du politicien Francis Carmick.

— C'est lui ! Vous dessinez rudement bien, dites donc.

— Nécessité professionnelle.

— La discussion a été rapide, poursuivit l'indicateur. Le râblé et Beaulieu ont déchargé les planches. Le professeur en a cogné une à la grille de l'hôtel particulier, et son copain l'a traité d'abruti ! Ces morceaux de bois devaient avoir une sacrée valeur. Il resterait pas du grog ?

Higgins pria le planton de préparer une nouvelle tournée. Le visage de l'indicateur reprenait des couleurs.

— Son labeur achevé, reprit-il, Beaulieu est rentré chez lui. Les lumières se sont éteintes, et j'ai couru vous avertir, en espérant vous trouver.

— Excellent travail. Vous et votre équipe aurez de belles étrennes.

Un large sourire aux lèvres, l'indicateur vida son verre et songea aux plaisirs qui couronneraient sa fin de nuit. Une cousine galloise peu farouche lui avait préparé de la dinde farcie.

Higgins, lui, regagna son logement de fonction.

Ces derniers jours, l'enquête avait progressé de manière significative, et ce Noël solitaire marquait la naissance d'une petite lueur.

Allongé sur son lit, adossé à des oreillers, l'inspecteur-chef relut ses notes. De solides hypothèses se dessinaient, en fonction de faits clairement établis. Aussi s'accorda-t-il deux biscuits fourrés à l'orange et un doigt de whisky écossais avant d'envisager une nouvelle stratégie.

Il était temps de passer à l'offensive.

55

La nuit de Noël avait été calme. Pas de meurtres ni
de vols spectaculaires, seulement quelques cas d'ivro-
gnerie sur la voie publique et deux accidents de calèche.
Le poste de police de Piccadilly reprenait le travail au
ralenti, et les agents en service appréciaient les brioches
offertes par Higgins.

Deux gentlemen au superbe haut-de-forme se pré-
sentèrent au sergent de garde. L'un avait le nez pointu,
l'autre une barbe rousse.

— Nous désirons voir l'inspecteur-chef Higgins, dit
Nez pointu, cassant.

— Il travaille.

— C'est urgent. Très urgent.

— J'ai reçu l'ordre de ne pas le déranger. Revenez
demain.

— Vous comprenez mal, sergent, intervint Barbe
rousse, à la voix grasseyante. Nous avons également des
ordres, supérieurs aux vôtres. Si vous souhaitez garder
votre emploi, allez chercher Higgins.

Intimidé et prudent, le policier quitta son poste et
emprunta le couloir menant au bureau de l'inspecteur-chef. Après une ultime hésitation, il frappa et entra.

— Deux officiels vous demandent, annonça-t-il.

Higgins étudiait des schémas, tirait des traits, gommait des mots, traçait des cercles autour de certains noms.

— Je suis occupé.

— Ça m'a l'air sérieux, insista le sergent. Des types genre ministère, vous voyez ?

Intrigué, Higgins rangea les documents, sortit du bureau et découvrit les deux personnages, froids et dédaigneux.

— Veuillez avoir l'obligeance de nous suivre, inspecteur, demanda Nez pointu.

— Pourrais-je connaître vos identités, messieurs ?

— Désolé, notre mission est confidentielle.

— Pourquoi devrais-je suivre des inconnus ?

— Ordre du délégué à la Sécurité.

— Ah, ce cher Soulina ! Comment se porte-t-il ?

Les deux envoyés demeurèrent muets.

— À quelle adresse nous rendons-nous ?

— Désolé, répondit Barbe rousse, c'est confidentiel.

— Un instant, je prends mon manteau et mon chapeau. Sergent, vous nous accompagnez.

— Hors de question ! protesta Nez pointu. Notre démarche est…

— Confidentielle, je sais. Je m'estime néanmoins en droit de prendre certaines précautions. Lorsque l'on traite une affaire criminelle complexe, des accidents stupides peuvent l'interrompre.

— Vous n'imaginez pas…

— Le sergent m'accompagne, messieurs.

Nez pointu et Barbe rousse se concertèrent du regard.

— Entendu, accepta le premier.

Une calèche assez confortable emmena le quatuor à Adam Street. Higgins reconnut l'immeuble à la façade austère à laquelle les pilastres et les colonnes donnaient un aspect pompeux.

Nez pointu et Barbe rousse accompagnèrent l'inspecteur-chef et le sergent jusqu'à la porte qui s'ouvrit à leur approche.

Un portier armé s'avança.

— Vous m'attendez ici, demanda Higgins au sergent avant de franchir le seuil.

L'intérieur de cette résidence d'État avait beaucoup changé. Tableaux représentant des hommes politiques, bouquets de fleurs séchées et statuettes de bronze à l'effigie des empereurs romains affirmaient la dignité des lieux.

L'inspecteur-chef monta au premier étage. La porte du bureau de Peter Soulina était ouverte. Là aussi, changement de décor. Le secrétaire en loupe de noyer n'avait pas bougé, mais tapisseries, rideaux de velours et mobilier en bois d'ébène rendaient la pièce plutôt théâtrale.

Vêtu de sombre, face à une fenêtre, le délégué à la Sécurité avait la raideur d'une statue.

— Entrez, inspecteur, et fermez la porte.

Peter Soulina se retourna.

— J'espérais ne pas vous revoir, Higgins. Hélas ! les circonstances m'y obligent.

— Navré de troubler ce jour de fête.

— Un bon serviteur du royaume ne prend pas de congés. Asseyons-nous.

Mains à plat sur son bureau, Soulina peinait à contenir son irritation.

— Êtes-vous fier des résultats de votre enquête, inspecteur ?

— Suis-je tenu de vous répondre ?

— Soyons clairs : fiasco total ! Pas d'arrestation, pas de charges solides, pas de suspect sérieux. À la suite de votre exploit, vous vous êtes assoupi. Votre manque de sérieux me consterne, et je le juge inadmissible. Faute de travail, vous avez commis une grave erreur en importunant de manière scandaleuse une personnalité de premier plan.

— Évoquez-vous Francis Carmick ?

— Cette démarche insensée déshonore notre police et met en lumière votre incompétence. Francis Carmick a eu le courage de s'en plaindre auprès du Premier Ministre, lequel m'a alerté. Qu'est-ce qui vous a pris, inspecteur ? Vous avez perdu tout sens commun en vous attaquant à un futur ministre de Sa Majesté. Et n'essayez pas de me présenter vos excuses ! Un tel faux pas est impardonnable. Cette fois, Higgins, vous avez passé les bornes. Vu votre réputation et votre récente action d'éclat, je ne peux malheureusement imposer une sanction méritée. En conséquence, j'ai décidé de vous envoyer à la retraite et je vous conseille d'accepter. Votre honneur sera sauf, et nous éviterons d'autres dérapages.

— Et l'enquête ?

— Elle ne vous concerne plus.

Higgins se leva.

— Auriez-vous oublié Littlewood ?

— Il est mort, inspecteur !

— C'est vous qui commettez une grave erreur, monsieur Soulina.

— Votre opinion n'a aucune importance. La sécurité du roi est assurée par d'authentiques professionnels, conscients de leurs responsabilités. Et nous briserons les misérables trublions de l'East End sans avoir besoin de vos dérisoires conseils.

— Vous vous exposez à de lourdes déconvenues. Littlewood est bien vivant et prépare un nouveau plan de combat.

— Vos divagations ne m'intéressent pas, inspecteur. Je suis chargé de la réorganisation de nos forces de police et, si des révolutionnaires commettaient la folie de s'attaquer à la monarchie, ils seraient vite écrasés. Votre Scotland Yard verra le jour, mais vous n'en ferez même pas partie.

S'emparant d'un coupe-papier, Peter Soulina s'occupa de son courrier.

— La lenteur de mon enquête était volontaire, indiqua Higgins. Rassembler les morceaux du puzzle et contraindre un fauve redoutable à sortir de sa tanière exigeaient patience et méthode. J'étais sur le point d'obtenir des résultats et j'aimerais terminer mon travail.

— Refusé. Vous êtes définitivement exclu de toute enquête et vous ne sortirez plus de votre résidence campagnarde. L'air y est très sain, les activités variées. Vous êtes un homme d'autrefois, notre monde vous dépasse. Goûtez une retraite tranquille et ne vous souciez pas de criminels que vous ne parvenez pas à identifier.

— Je vous prie de transmettre mes notes et mes conclusions à mon successeur. Elles lui permettront d'apprécier l'ampleur de l'affaire et de prendre les initiatives nécessaires.

Higgins proposa à Soulina trois petits carnets noirs en moleskine. Le haut fonctionnaire consentit à lever les yeux.

— Gardez-les. Ma nouvelle équipe d'inspecteurs n'aura pas de temps à perdre. Abandonnez ces inepties au fond de votre grenier ou, mieux encore, brûlez-les.

— Il s'agit de faits, non d'hypothèses.

Le délégué à la Sécurité se leva à son tour.

— Votre insistance me déplaît, Higgins. Et me déplaire, c'est contrarier le Premier Ministre Castlereagh. En m'humiliant et en ne suivant pas la voie hiérarchique, vous avez offensé le gouvernement de Sa Majesté. Surtout, ne cédez pas à votre légendaire entêtement et n'essayez pas de poursuivre votre enquête. En ce cas, je vous promets les pires ennuis. Votre carrière est terminée et vous partez immédiatement à la retraite.

Higgins remit les trois carnets dans la poche de son manteau.

Le regard qu'il jeta à Peter Soulina mit mal à l'aise le haut fonctionnaire.

— Nous ne vous ôtons pas votre décoration, précisa-t-il, et nous ne commenterons pas votre échec. Réjouissez-vous de notre mansuétude et appréciez votre bonne fortune.

— C'est bizarre, estima l'ex-inspecteur-chef, observant son interlocuteur comme s'il découvrait un phénomène inhabituel.

— Que trouvez-vous bizarre ?

— Je vais revoir certaines de mes conclusions. Ne seriez-vous pas entré au service du crime ?

Peter Soulina s'empourpra.

— Sortez, Higgins ! Et ne réapparaissez jamais devant moi !

56

L'année 1822 commençait bien. Installé au coin du feu, son chat sur les genoux et son chien à ses pieds, l'ex-inspecteur-chef Higgins relisait *Le Songe d'une nuit d'été* de Shakespeare en se remettant du réveillon pantagruélique concocté par Mary : quenelles de brochet à la sauce blanche, râble de lièvre aux petits lardons, sole de Douvres au champagne, sorbet au cognac, coq au vin, plateau de chèvres, charlotte au chocolat, l'ensemble arrosé d'un bourgogne puissant, charpenté et long en bouche. Le pousse-café, digestif composé de diverses plantes non identifiées, remettait le foie en marche, à condition d'avoir de l'estomac. Une petite nature n'y aurait pas résisté.

Pendant que la gouvernante préparait du saucisson chaud et du bœuf braisé, Higgins irait nourrir les oiseaux de la forêt en compagnie du chien Geb, ravi de se rouler dans la neige. L'essuyage des pattes exigeait un temps certain, car Mary tenait à la propreté de la demeure ancestrale et ne supportait pas une seule trace de boue.

Après ce déjeuner léger, promenade pour admirer les grands arbres couverts de givre. Geb dénicherait un ou deux sangliers avec lesquels l'ex-inspecteur-chef entretenait d'excellentes relations. De retour à son ermitage, il classerait des archives et rangerait ses carnets noirs en moleskine, sans parvenir à oublier son principal échec : ne pas avoir retrouvé la momie, la véritable clé de cette surprenante affaire.

La cloche du grand portail résonna, le chien aboya.

Mary apparut.

— Attendiez-vous quelqu'un ?

— Je ne crois pas.

— Allez voir. Si je quitte ma cuisine, ma recette sera ratée.

L'ex-inspecteur-chef se vêtit d'une sorte de cape et emprunta l'allée sablée. Un pâle soleil tentait d'éclairer cette journée glaciale.

Au portail, lady Suzanna habillée en cavalière. De la main gauche, elle tenait les rênes d'un cheval gris à l'impressionnante musculature.

— Pourriez-vous m'accorder l'hospitalité, monsieur Higgins ?

— Volontiers. Conduisons d'abord votre monture à l'écurie.

Geb montra le chemin, surveillant le cheval du coin de l'œil.

L'avocate bichonna elle-même son destrier, affamé et assoiffé.

— Cet endroit est un paradis, estima-t-elle, et votre demeure une authentique merveille.

— Je remercie chaque jour mes ancêtres.

— D'illustres personnages, inscrits au *Domesday Book*, comme votre propriété.

— Auriez-vous étudié ma généalogie, lady Suzanna ?

La jolie brune sourit.

— Les avocats sont curieux. Et vous avez certaine-ment étudié la mienne.

— Venez vous réchauffer.

Fière de son tablier blanc immaculé, les mains sur

les hanches, Mary occupait le seuil. Elle scruta cette visiteuse inattendue.

— Je vous présente lady Suzanna, une brillante avocate, dit Higgins légèrement anxieux.

— Avocate ! Damez-vous le pion à tous ces baveux perruqués ?

— Je m'y efforce.

— Vous avez de l'appétit, j'espère ? Je déteste les pimbêches qui grignotent et se cantonnent à l'eau claire. À midi pile, nous passons à table. L'inspecteur vous servira un apéritif au petit salon.

— Je meurs de faim, murmura la jeune femme à l'oreille de Higgins.

Le petit salon du rez-de-chaussée était orné de souvenirs d'Orient : un paravent du XVIIIe siècle, un buffet laqué de Cathay, un bouddha en méditation et un fauteuil en bois d'ébène aux accoudoirs taillés en forme de caractères chinois signifiant « la Voie et la Vertu ».

Higgins offrit du champagne à sa visiteuse, heureuse de s'asseoir sur un canapé moelleux.

— Je dispose d'une excellente selle, mais le voyage fut éprouvant, avoua-t-elle. En apprenant votre mise à l'écart, je ne suis pas restée inactive. Vous comptez beaucoup d'admirateurs, inspecteur, sans doute davantage que vous ne le supposez. Malheureusement, votre ennemi principal, Peter Soulina, a l'oreille du Premier Ministre Castlereagh. À la manière d'un rat, il a creusé ses galeries en direction du pouvoir et manipulé un maximum d'esprits faibles. Son obsession : empêcher la naissance de Scotland Yard et vous éliminer. S'il prétend le contraire, Soulina ment.

— Dispose-t-il de l'appui du politicien Francis Carmick ?

— Ils sont devenus les meilleurs amis du monde ! Quand Carmick sera ministre, Soulina dirigera son cabinet. Peut-être ignore-t-il que notre amateur de momies a promis ce poste à une bonne dizaine de personnes.

— Soulina a certainement prévu des positions de repli.

— N'en doutez pas ! Sa fonction de délégué à la Sécurité n'est qu'un pis-aller. Votre cas réglé, il passe son temps à nouer des contacts fructueux. Moi, j'allume des contre-feux !

— La décision de Peter Soulina est définitive, lady Suzanna, et je ne prends pas ses menaces à la légère. Il m'a promis les pires ennuis si je sortais de ma retraite.

— Envisageriez-vous d'abandonner l'enquête ?

Higgins remit une bûche dans la cheminée. Geb et Trafalgar apparurent et s'approchèrent avec prudence de l'avocate, le chien protégeant le chat. L'examen se révélant favorable, le chat occupa le fauteuil chinois et le chien se lova aux pieds de son maître.

— Abandonner serait trahir mes ancêtres, lady Suzanna. Et trahir ses ancêtres revient à se renier soi-même. Un manque d'élégance inexcusable, n'est-il pas vrai ?

L'angoisse de la jeune femme se dissipa.

— Je vous le confirme : Soulina est un serpent venimeux. Néanmoins, j'ai toujours cru à votre détermination et je ne suis pas déçue.

— Des contre-feux, disiez-vous ?

— D'abord, la création de Scotland Yard séduit de plus en plus d'hommes politiques et de juristes. À chaque dîner en ville, j'enregistre de nouvelles adhésions à ce projet. Ensuite, je dénonce le double jeu de Soulina et ses ambitions démesurées. Enfin, je souligne votre sérieux, vos compétences et votre dévouement, en ajoutant que vous êtes le seul à pouvoir mener cette enquête à son terme.

— Encore un peu de champagne ?

— Je cède à la gourmandise.

Le nombre et la finesse des bulles prouvaient la qualité du nectar.

— Votre attitude me surprend, lady Suzanna. Pourquoi tenez-vous tant à m'aider ?

Élevant sa flûte de cristal à la hauteur de son visage, la jolie brune parut soudain songeuse. À son charme naturel s'ajouta une teinte de nostalgie.

— Rares sont les êtres qui privilégient la recherche de la vérité, quelles que soient les circonstances. Et votre persévérance force l'admiration. L'affaire se présente mal, j'en conviens, mais je vous crois capable de réussir.

— Votre confiance m'honore, et je tenterai de m'en montrer digne. Hasard malencontreux, je viens d'être interrompu dans mon élan au moment de prendre des initiatives déterminantes. En raison de l'hostilité de Soulina, impossible de m'approcher des suspects et d'utiliser les forces de police. Il faudra donc emprunter un autre chemin.

— Le comportement de Francis Carmick ne vous semble-t-il pas révélateur ? En vous empêchant d'agir, il se met hors d'atteinte !

— Il n'est pas le seul à bénéficier de la situation, et des manipulateurs de l'ombre ne sont pas à exclure.

Les aiguilles de la pendule approchaient de midi. Mary se montrant très stricte sur les horaires, Higgins emmena l'avocate à la salle à manger. L'odeur du pain chaud provenant du four qu'utilisait la gouvernante enchantait les narines. Et les petits pâtés à la viande servis en entrée ravirent les convives, chat et chien compris.

Higgins évoqua les bonheurs de la vie à la campagne et questionna son invitée à propos de ses derniers procès, gagnés de haute lutte. Au terme du repas, lady Suzanna tint à féliciter la cuisinière. La cavalière ferait étape dans l'une de ses propriétés avant de regagner la capitale.

— Je continuerai à recueillir des informations, promit-elle. Si j'obtiens des résultats intéressants, je vous enverrai une lettre.

— Une fois encore, je vous recommande la prudence.

— Vous reviendrez à Londres et vous agirez, inspecteur. J'en suis persuadée.

Revigoré, le cheval de l'avocate s'élança à vive allure.

— Cette petite a un bel appétit, jugea Mary, et elle apprécie le bon vin. Sa beauté séduirait n'importe quel grincheux, à condition qu'il ne s'intéresse pas qu'à des crimes sordides. Votre chien a besoin de se promener.

Geb se dressa et posa ses pattes sur les épaules de son maître.

— Ne traînez pas pendant des heures, exigea la gouvernante, vous prendriez froid et je serais obligée de vous poser des ventouses. En rentrant, vous boirez un bouillon de légumes brûlant. Et enfilez votre manteau le plus chaud. Au moins, tâchez d'oublier votre histoire de momie. Mon Dieu ! Comment peut-on se préoccuper de telles horreurs ?

57

Lors de sa ronde de la veille, le Charly avait balancé dix fois sa lanterne de haut en bas pour annoncer à Littlewood qu'il avait des renseignements importants à lui communiquer. Cette nuit, il espérait un contact et la somme due en échange de ses bons et loyaux services. La peur au ventre, il parcourut lentement la ruelle déserte, encombrée de détritus. Selon la rumeur, Littlewood supprimait les informateurs qui ne lui donnaient pas totale satisfaction. Mais il avait besoin du Charly, bien infiltré au sein de la police londonienne grâce à son ancienneté et à son caractère sympathique. Le corrompu savait recueillir les confidences en passant inaperçu.

Engourdi de froid malgré sa lourde cape, le Charly avançait d'un pas hésitant, cherchant à percevoir une présence. Le coin n'était pas sûr, et il valait mieux ne pas s'y attarder.

— Continue à marcher, l'ami, et ne te retourne pas.

La voix de Littlewood, derrière lui ! Le chef des révolutionnaires apparaissait et disparaissait comme un fantôme.

— J'ai d'excellentes nouvelles.

— Ne te vante pas, laisse-moi juge.

— D'abord, le projet de création d'une police cohérente appelée Scotland Yard est définitivement abandonné. Le nouveau délégué à la Sécurité, Peter Soulina, ne veut pas modifier la situation actuelle. Et il a l'oreille du Premier Ministre. Autrement dit, personne ne viendra vous ennuyer à Whitechapel, et les postes de police continueront à travailler sans la moindre coordination. Unique préoccupation : garantir un maximum de sécurité aux aristocrates et aux bourgeois du West End.

— Intéressant, reconnut Littlewood. Ensuite ?

— L'absence de l'inspecteur-chef Higgins à Piccadilly m'a intrigué. Quelques jours de repos, des problèmes de santé ? La vérité est beaucoup plus réjouissante : mise à la retraite d'office ! L'attitude de votre principal adversaire a déplu en haut lieu. On lui reproche sa manière d'agir et son manque de résultats. Sur ordre du gouvernement, il a été déchargé de toute fonction et passera le reste de ses jours à la campagne.

— Très intéressant, l'ami. Ce soir, tu mérites une belle récompense.

À la fois doux et menaçant, le ton de la voix de Littlewood inquiéta le Charly. Et si...

Une liasse de billets fut glissée dans la poche de sa cape.

— Je continue à glaner des informations, assura-t-il, et je vous préviendrai de la même façon.

Deux rats détalèrent en frôlant la pointe de ses bottes.

En dépit des rafales de vent glacé, le Charly patienta un long moment avant de regarder autour de lui. Littlewood avait disparu.

Les journées s'écoulaient, et les deux mille livres promises par sir John Soane pour l'acquisition du grand sarcophage d'albâtre n'arrivaient pas. À bout de patience, Belzoni avait décidé de demander un rendez-vous au secrétaire de l'illustre collectionneur.

Un froid intense marquait le début de ce mois de février 1822. Il ne ralentissait pas les activités de la capitale du royaume qui croissait à vue d'œil. Satisfait de la fréquentation de son exposition pendant les fêtes, l'Italien redoutait l'inévitable érosion de l'intérêt du grand public, toujours avide de nouveautés. Tenir jusqu'à l'été serait une sorte d'exploit. Ensuite, comment remplir sa bourse ?

Les nouvelles en provenance d'Égypte n'étaient pas fameuses. Drovetti et Salt, ses ennemis jurés, tenaient d'une main ferme le commerce des antiquités et ne lui permettraient pas de se faire une place au soleil. Impossible d'acheter des momies et d'entreprendre de nouvelles fouilles avec la certitude de rapporter des objets de valeur en Europe. À moins d'opérer de manière clandestine et d'utiliser des réseaux inconnus des consuls... Une utopie selon Sarah, hostile à ce genre d'expédition.

Un valet conduisit le Titan de Padoue au bureau du secrétaire de John Soane, une petite pièce mal éclairée et remplie de dossiers impeccablement rangés. Maigre, les joues creusées, l'œil éteint, ce scribe britannique ne souriait jamais.

— Quand sir John me recevra-t-il ?

— Il est en voyage d'affaires.

— À quelle date sera-t-il de retour ?

— Je l'ignore, monsieur Belzoni.

— Vous devez avoir une idée !

— C'est à sir John, et à lui seul, de décider de son emploi du temps. Moi, je me contente d'exécuter ses instructions.

— Vous en a-t-il laissé me concernant ?

— Pourriez-vous me donner des précisions ?

— C'est fort simple ! Voici le contrat qui engage sir John à me verser deux mille livres.

— Montrez-moi ce document, je vous prie.

Le secrétaire lut ligne à ligne.

— Le contrat est authentique, estima-t-il.

— Oseriez-vous en douter ?

— Et j'ajoute que ses clauses ont été respectées.

— Certainement pas ! tonna le Titan de Padoue. Je n'ai pas reçu l'argent promis !

— Voyons, voyons... Je consulte le livre des comptes.

Le secrétaire utilisa une clé pour ouvrir le tiroir d'un meuble bas en merisier. Il en sortit un cahier marron dont il tourna les pages.

— Nous y voici... La somme de deux mille livres a été effectivement versée par sir John au légitime propriétaire d'un sarcophage en albâtre sorti d'une tombe de la Vallée des Rois.

— C'est faux, archifaux !

— Vous vous appelez bien Belzoni ?

L'Italien se figea.

— Giovanni Battista Belzoni, en effet !

— Alors tout s'explique. Cette somme ne vous était pas destinée.

— Pas destinée ?

— Vous n'êtes pas le légitime propriétaire.

— Qui le serait ?

— Le consul Henry Salt, votre employeur. Votre rôle s'est borné à ouvrir la tombe, à en extraire le sarcophage et à le transporter à Londres. Officiellement et juridiquement, il ne vous appartient pas et vous ne pouviez donc pas en tirer un bénéfice personnel. En réalité, vous avez négocié au nom de l'honorable Henry Salt, lequel a perçu le prix convenu.

— C'est... c'est du vol !

— Je vous conseille de modérer vos propos, monsieur Belzoni. Une si grave accusation choquerait sir John. Mes compétences me permettent d'affirmer que cette transaction est parfaitement légale. À la fermeture de votre exposition, le sarcophage sera livré à son nouveau propriétaire.

— Pas question, j'exige mes deux mille livres ! Sinon je garde l'objet.

— Je vous le déconseille, Belzoni, car ce comportement stupide vous conduirait en prison. Sir John déteste les commerçants malhonnêtes.

— Malhonnête, moi...

— Affaire classée, conclut le secrétaire en se levant.

— Vous m'avez trompé, dépouillé, vous...

— Ne nous égarons pas, cher monsieur. Affaire classée, je le répète. À présent, veuillez sortir.

Abasourdi, Belzoni quitta la demeure-musée de John Soane[1].

Ne ressentant pas la morsure de la pluie battante, l'Italien se frotta les yeux. Un cauchemar... C'était forcément un cauchemar ! Il explora ses poches à la recherche des deux mille livres du collectionneur, de cette somme qui lui était due, de ce viatique indispensable.

Des poches vides, un contrat inutile, un aristocrate hypocrite et complice d'Henry Salt... le piège était bien tendu ! Comment échapper à ce traquenard ?

Pas d'argent, pas de sarcophage.

Pour la première fois depuis qu'il se battait contre l'adversité, le dos du Titan de Padoue se voûta. Le poids des épreuves et des déceptions devenait trop lourd. À

---

1. Le sarcophage d'albâtre de Séthi Ier, malheureusement très dégradé à cause de l'humidité de la pièce où il fut exposé, se trouve toujours au musée John Soane, à Londres.

quoi bon continuer la lutte puisque toutes les portes se fermaient ?

D'instinct, le géant prit la direction de la Tamise, un fleuve si différent du Nil, bordé de cultures d'un vert éclatant, de palmeraies et de villages aux maisons blanches baignées d'un soleil généreux. En cette nuit d'hiver, cependant, le fleuve noir de la grande cité aux innombrables usines ne serait-il pas un havre de paix, un passage vers l'oubli éternel ?

Belzoni arpenta un quai désert. Les clapotements l'enivraient.

Seul, désespérément seul… Non, il n'avait pas le droit de penser ainsi ! Aux pires moments, Sarah avait été présente. L'abandonner serait une impardonnable lâcheté.

Tournant le dos à la Tamise, le géant se redressa et reprit le chemin de son domicile londonien. Le chemin de l'espérance.

58

Membre de la Société royale d'histoire, l'ex-inspecteur-chef Higgins recevait régulièrement les publications relatant les découvertes archéologiques. Après le dîner, il prenait connaissance des dernières trouvailles en buvant une tisane au thym.

Ce soir-là, alors que la pleine lune illuminait son domaine, un long article consacré à un petit obélisque haut de six mètres cinquante et provenant de l'île de Philae, tout au sud de l'Égypte, l'intrigua. Dédié à Cléopâtre, le monument avait été transporté jusqu'au Dorsetshire, à la résidence de William Bankes [1]. Ce passionné d'archéologie était un ami de Young et un adversaire de Champollion, lequel avait pourtant obtenu une lithographie de l'obélisque comportant une inscription en hiéroglyphes et une seconde en grec. S'il s'agissait du même texte, ne fournirait-il pas de précieuses données aux savants à la recherche de la clé de l'écriture égyptienne ?

Et le responsable du transport mouvementé n'était autre que… Belzoni ! Higgins relut le passage de son livre où il narrait ses mésaventures et son exploit. Mal

1. Cet obélisque se trouve toujours dans le parc de Kingston Lacy House (Dorsetshire).

arrimé, l'obélisque avait descendu une pente et s'était enfoncé au sein du Nil. Stupéfait, le Titan de Padoue crut ce « beau morceau antique perdu à jamais ». Mobilisant les énergies de ses ouvriers arabes, cédant déjà au fatalisme, le colosse s'était évertué à ramener le monolithe à la surface, sans le secours d'aucune machine.

« Voici comment je me préparai à cette opération, écrivait Belzoni. Je fis apporter une quantité de pierres sur la rive, et je fis entrer quelques ouvriers dans l'eau, afin de former sur le bord du fleuve un lit assez solide pour que les leviers y trouvassent un point d'appui. Après cela, je fis soulever l'obélisque à l'aide de ces longs leviers, et des plongeurs étaient chargés de mettre des pierres dessous à mesure que la masse se soulevait. J'avais aussi fait attacher deux cordes à l'obélisque, dont l'une tenait à des dattiers sur le rivage, tandis que des ouvriers tiraient l'autre pendant l'opération pour faire approcher le monument de la rive. Par ce moyen nous réussîmes à le retourner et à l'approcher de toute sa largeur ; en le roulant ainsi, nous parvînmes en l'espace de deux jours à le faire entièrement sortir de l'eau. Je fis embarquer ensuite l'obélisque grâce à une espèce de pont que je jetai du rivage jusqu'au milieu du bateau, et sur lequel le monument fut roulé jusqu'à ce qu'il fût dans l'embarcation. »

La nuit durant, l'ex-inspecteur-chef rêva de cet exploit. Au petit matin, sa décision était prise.

— Je suis obligé de retourner à Londres, annonça-t-il à Mary. Mon séjour sera bref.

— On dit ça... Encore cette momie ?

— Peut-être un indice décisif.

— Le gouvernement ne vous a-t-il pas condamné à la retraite ?

— Rassurez-vous, je ne mènerai aucune opération et me contenterai d'une simple visite de courtoisie.

La gouvernante haussa les épaules. Higgins ne lâchait pas une affaire avant de l'avoir résolue, et cet entêtement s'accompagnait de multiples ennuis.

— J'avais préparé votre valise, précisa-t-elle. Tâchez de ne pas attraper la mort dans cette ville remplie de courants d'air.

Assis sur leur derrière, le chat et le chien regardèrent partir Higgins. Vu les circonstances, ils auraient droit à un double dessert.

Âgé de quarante-neuf ans, le surdoué Thomas Young était l'un des plus brillants esprits du royaume. Membre de la Société royale des sciences et du Collège des médecins, il exerçait, à vingt ans, la profession d'ophtalmologiste au St. Bartholomew's Hospital, concevait des instruments d'optique et apprenait les langues avec une facilité déconcertante. Pratiquant l'hébreu, l'arabe, le grec, le latin, le syriaque, le chaldéen, le français, l'italien et l'espagnol, il se livrait à des expériences concernant les rapports entre le son et la lumière, et avait introduit l'usage du gaz à Londres tout en s'occupant de construction navale. Accumulant les succès et les honneurs, adulé, riche, il avait cessé d'exercer la médecine en 1814. Dirigeant une compagnie d'assurances, jouant de la flûte et courant les soirées mondaines, Thomas Young s'adonnait à une nouvelle lubie : déchiffrer les hiéroglyphes.

L'arrivée de la pierre de Rosette au British Museum l'avait passionné. Extirpé, en Égypte, aux soldats vaincus de Bonaparte qui avaient pris la fuite, ce monument datant d'une époque tardive[1] présentait une particularité notoire : la même inscription rédigée en trois écritures différentes, à savoir l'écriture hiéroglyphique et le démotique[2], non déchiffrés, et le grec.

En 1818 était paru dans l'*Encyclopaedia Britannica* un article « *Egypt* », signé de Thomas Young, dressant le bilan des connaissances scientifiques. Désormais autorité incontestée en la matière, l'érudit anglais avait composé, en 1819, un tableau des signes hiéroglyphiques, prélude à un déchiffrement imminent.

Hélas ! la fabuleuse prédiction tardait à se concrétiser. Les textes de l'obélisque de Philae procureraient-ils la dernière pierre à l'édifice ?

Higgins et Thomas Young se rencontrèrent à la Société royale d'histoire. À côté de la bibliothèque, un salon tendu de velours grenat permettait aux érudits d'échanger leurs points de vue à l'heure du thé. Par bonheur, l'illustre érudit préférait celle de l'apéritif et appréciait un whisky écossais de bonne facture.

Mondain et capable de s'isoler, hautain et généreux, sûr de lui et ouvert aux idées d'autrui, Young était pétri de contradictions et ne semblait pas désireux de les résoudre.

Assis à la manière d'un empereur romain, les avant-bras posés sur les accoudoirs, il toisait son interlocuteur.

— L'un des membres de notre honorable société

---

1. Ce bloc de basalte noir d'un mètre vingt sur quatre-vingt-dix centimètres et d'environ trente centimètres d'épaisseur, fut découvert à Rosette par le lieutenant Bouchard en juillet 1799 et « capturé par l'armée britannique en 1801 ». Il s'agit d'un décret du pharaon Ptolémée V.
2. Forme tardive de l'écriture hiéroglyphique qui a perdu les signes originels.

prétend que vous seriez inspecteur de police, monsieur Higgins. Calomnie ou réalité ?

— Réalité, sir Thomas.

— Me soupçonneriez-vous d'un quelconque délit ?

— Au contraire, j'ai grand besoin de votre aide.

— Médecine, assurances, ophtalmologie, égyptologie ?

— Hiéroglyphes.

— Vous tombez à pic ! C'est ma spécialité actuelle. Grâce à la pierre de Rosette, le déchiffrement a progressé de façon spectaculaire. Aujourd'hui, je parviens à lire deux cent vingt mots, notamment le nom du roi Ptolémée.

— Auriez-vous mis au point une méthode de lecture ?

La moue de Thomas Young fut significative.

— Méthode serait un terme excessif. Parlons plutôt de lueurs au cœur des ténèbres.

— J'aimerais vous montrer un papyrus et vous demander si vous parvenez à comprendre certaines phrases. Votre savoir pourrait me permettre d'identifier un assassin.

Les yeux de Young brillèrent.

— Très excitant ! Voyons ça.

D'un tube métallique doublé de tissu, Higgins sortit le précieux document acheté à Belzoni et le déroula.

L'érudit prit son temps. Peu à peu, son visage se crispa.

— Désolé, inspecteur, je ne vois rien de vraiment lisible. Une lettre ici ou là, pas le moindre nom. Ne soyez pas désespéré, je parviendrai à percer les ultimes mystères des Égyptiens et votre papyrus deviendra une excellente pièce à conviction. À la fin de cette année, j'aboutirai.

Ne montrant aucun signe de déception, Higgins enroula le vieux parchemin.

— Je ne souhaite pas vous offenser, sir Thomas, mais existe-t-il une sorte de compétition entre plusieurs savants à la recherche du secret des hiéroglyphes ?

— Exact, inspecteur. L'Europe entière se passionne pour cette science naissante à laquelle je promets un bel avenir ! Sans forfanterie, j'ai une énorme avance par rapport à mes concurrents.

— Un jeune Français, Jean-François Champollion, n'a-t-il pas proposé des hypothèses intéressantes ?

Les traits de Thomas Young se durcirent.

— Nous avons échangé une correspondance. À mon avis, Champollion est un fantaisiste qui explore en vain de fausses pistes. Dès l'annonce de ma découverte définitive, il baissera pavillon et nous n'entendrons plus parler de lui. Des dizaines d'amateurs s'échinent à étudier ces signes énigmatiques en échafaudant des théories fumeuses, car ils manquent d'une formation linguistique.

— Je saurai donc me montrer patient. Ma dernière question, sir Thomas : connaîtriez-vous la signification du mot *Magnoon* ?

— C'est de l'arabe de Haute-Égypte, affirma-t-il, et ce terme signifie « le fou ». Votre prononciation est déformée, inspecteur, mais je suis formel. À dire vrai, je dois en partie ma science au consul Henry Salt, spécialiste des antiquités égyptiennes. « Le fou » est le surnom que les Arabes attribuaient à l'un de ses collaborateurs.

— Vous aurait-il donné son nom ?

— Il s'agit de Belzoni, un chasseur de trésors.

59

Sarah Belzoni portait un corsage blanc et une jupe noire. Altière, elle tentait de ressembler à une parfaite bourgeoise anglaise, mais une lueur sauvage, dans son regard, anéantissait ces louables efforts. Fortunée ou non, elle resterait une aventurière indomptable et farouche.

Le domestique James Curtain l'avait avertie de la visite inopinée de l'inspecteur Higgins. Introduit au petit salon, ce dernier constatait que le nombre de caisses contenant de petits objets égyptiens avait fortement diminué.

— Bonsoir, inspecteur. Désiriez-vous voir mon mari ?

— En effet, madame Belzoni.

— C'est malheureusement impossible. Giovanni vient de s'absenter.

— Je reviendrai demain.

— Cette absence sera longue, je le crains.

— Un voyage à l'étranger ?

— Un voyage d'affaires. Sir John Soane nous a grugés de façon scandaleuse en versant les deux mille livres prévues pour l'achat du sarcophage d'albâtre à son « légitime propriétaire », c'est-à-dire Henry Salt.

Face à ce puissant personnage, nous n'avons aucun recours.

— Un avocat ne pourrait-il pas vous aider ?

— La transaction s'est opérée en toute légalité, et nous ne sommes pas de taille à lutter contre Soane. Vu le médiocre accueil de Londres, à part le succès de l'exposition qui ne durera pas éternellement, Giovanni a dû aller chercher fortune ailleurs.

— Auriez-vous l'obligeance de préciser cet « ailleurs », madame Belzoni ?

— Serait-ce une injonction déguisée ?

Sarah remit en place une mèche rebelle.

— Au fond, ce déplacement n'a rien de secret, estima-t-elle. Mon mari est parti pour la Russie où il espère rencontrer le tsar Alexandre Ier et l'intéresser à ses recherches.

— Comptez-vous le rejoindre ?

— Non, inspecteur. Quels que soient les résultats de cette démarche, Giovanni reviendra à Londres et nous ferons le point. Pourquoi désiriez-vous lui parler ?

— Une affaire… sérieuse. Je dois dissiper un malentendu, et lui seul peut m'y aider. À bientôt, madame Belzoni.

La police ne surveillait plus le domicile de l'Italien. Dans l'incapacité de donner des ordres officiels, Higgins se retrouvait sourd et aveugle.

Magnoon, « le fou », s'était douté que la vérité finirait par éclater, et il avait décidé de prendre la fuite. Sarah ne tarderait pas à le rejoindre. De lourds soupçons pesaient sur eux, mais avaient-ils commis trois meurtres et dissimulé la momie avec l'intention de la vendre à un amateur fortuné ? Higgins avait laissé en suspens trop de dossiers brûlants pour conclure de manière aussi abrupte.

Il lui fallait imaginer une nouvelle stratégie.

La magie des quatre fils d'Horus continuait à opérer. En puisant l'énergie des points cardinaux, ils maintenaient en bon état les organes vitaux de la momie. Revêtant le masque d'Anubis à tête de chacal, le premier des embaumeurs et l'inventeur de la momification, le sauveur célébrait à intervalles réguliers le rituel des « justes de voix », assurant ainsi la circulation de l'énergie à l'intérieur du corps osirien. L'âme parcourait les chemins de l'au-delà et voyait les paradis sans se couper de son ancrage terrestre.

Impossible, cependant, de pratiquer l'ouverture de la bouche, des yeux et des oreilles tant que les linceuls, les bandelettes et les objets symboliques d'origine n'auraient pas été restitués à la momie. Le sauveur, malgré ses efforts, ne parvenait pas à tous les localiser.

La mise à l'écart de l'inspecteur-chef Higgins se révélait catastrophique. En recherchant la momie et l'assassin des trois démons qui voulaient la détruire, il avait obtenu de précieux indices que lui seul parvenait à recueillir. Les possibilités d'action du sauveur étaient plus limitées qu'il n'y paraissait, et il se heurtait depuis deux mois à des obstacles infranchissables.

Après les outrages subis, la capacité de survie de la momie avait été gravement lésée. Certes, la magie du Verbe et l'efficacité des quatre fils d'Horus prolongeraient son existence au maximum, mais l'avenir s'assombrissait.

Higgins définitivement ligoté, comment sortir de l'impasse ? Une intervention brutale et hasardeuse risquait de conduire au désastre.

Les dieux accepteraient-ils de fournir au sauveur une autre solution ?

Un épais brouillard noyait les ruelles de Whitechapel. Les émanations provenant des usines et des fabriques rendaient l'air irrespirable. Le prix du pain avait augmenté, et quantité d'habitants de l'East End guettaient la fin des marchés afin de ramasser fruits et légumes abîmés ou pourris.

La grogne montait, Littlewood se réjouissait. Au cours des derniers comités de quartier, la violence était apparue comme l'unique solution, puisque le gouvernement refusait d'entendre la voix des pauvres. Sous l'impulsion du tribun révolutionnaire, les modérés avaient été balayés, et le noyau dur bouillonnait d'impatience.

Littlewood se félicitait de sa patience. Il disposait à présent d'une petite armée, encadrée par des gaillards déterminés. Pas de traître, aucune infiltration, un stock d'armes appréciable, une police incohérente et désorganisée… tableau presque idéal !

Manquait encore la momie ! Le futur maître du pays ne désespérait pas de la retrouver et d'en faire le symbole de la mort du passé, de la royauté et de l'aristocratie. Qui s'était emparé de cette angoissante dépouille et l'avait dissimulée avec tant de soin ?

En pénétrant dans l'arrière-salle du pub enfumé où se réunissait son état-major, Littlewood remit cette question à plus tard.

Coiffé d'une casquette d'ouvrier dont la visière masquait le haut du visage, il portait une épaisse moustache, et des favoris lui mangeaient les joues. Ces postiches le rendaient méconnaissable.

Un jeune lui barra le chemin en brandissant un couteau.

— C'est privé.

— Pas pour Littlewood !

Le garde s'écarta. À la voix, il avait reconnu le grand patron, l'âme de la révolution.

La porte fut soigneusement refermée, et une douzaine d'hommes se rassemblèrent autour d'une table rustique sur laquelle étaient disposées des pintes de bière brune.

— Je suis porteur d'excellentes nouvelles, annonça Littlewood. Nous venons d'acheter une dizaine de policiers de l'East End qui s'estiment mal payés et déconsidérés. Persuadés de la justesse de notre cause, ils nous fournissent des renseignements de première main et sèmeront le trouble au sein de leurs propres services. Ils souhaitent devenir les instructeurs des forces de sécurité du nouveau régime.

— Je refuse d'obéir à ces ordures ! protesta un barbu.

— Rassure-toi, l'ami. Nous les supprimerons dès notre prise de pouvoir. En attendant, ils nous aideront à triompher. Nos caches d'armes de Whitechapel abritent du beau matériel, et les autorités continuent à sommeiller. Le tyran et ses conseillers croient le peuple incapable de se révolter.

— Je propose d'attaquer le palais royal, avança le barbu. On fonce et on massacre !

— Nous en avons tous envie, concéda Littlewood, mais cette offensive risquerait de tourner court, et je ne veux frapper qu'à coup sûr. Notre priorité consiste à semer la panique chez l'adversaire et à lui faire perdre pied. Confronté à la colère des miséreux, le gouvernement n'osera pas réagir de façon trop brutale. Nous élargirons la brèche, des milliers de mécontents se rallieront à notre croisade. Demain, mes amis, nous remporterons notre première victoire.

Les conjurés écoutèrent attentivement les explications de Littlewood. Séduits, ils vidèrent les pintes de bière et les remplirent en saluant leur chef.

Le fiacre de lady Suzanna approchait de Hyde Park. Attendant une nouvelle de première importance, la jeune femme éprouvait le besoin de parcourir les allées de ce vaste espace vert où l'air de la capitale était plus respirable.

Elle aperçut deux policiers en uniforme qui s'éloignaient en courant. Pressés, ils bousculèrent des passants, indignés.

Soudain, des cris. « Du pain pour les affamés », « Du travail pour les pauvres », « Un avenir pour nos enfants », « Honte aux exploiteurs ». Déferlant comme une vague géante, une foule hurlante montait à l'assaut de Hyde Park.

Les meneurs jetèrent des pierres sur les voitures des nantis. Atteint à la tempe, un cocher s'effondra et fut piétiné. Des femmes et des enfants frappèrent les calèches à coups de poing et tentèrent d'en extirper les occupants.

— Partons, vite ! ordonna lady Suzanna.

Deux costauds bloquèrent les chevaux et agrippèrent les bottes du cocher. L'avocate ouvrit la portière, sauta à terre, releva ses jupes et courut à toutes jambes.

Une pierre frôla sa tête, un filet de sang coula de sa tempe. Son chapeau s'envola, la pluie fouetta son visage. Elle n'osa pas se retourner, craignant de voir ses poursuivants se rapprocher. À bout de forces, elle crut sentir leur souffle. Non, elle ne devait pas renoncer à survivre. Encore un pas, un deuxième, un troisième…

— Par ici, mademoiselle !

Un groupe de jeunes officiers recueillit lady Suzanna. À la vue de leurs sabres, les poursuivants reculèrent.

Aux abords de Hyde Park, des fiacres brûlaient.

60

Le chien Geb posa sa patte gauche sur l'épaule de son maître, visiblement préoccupé, et le chat Trafalgar occupa son bureau, de manière à l'empêcher de consulter ses notes. Depuis son retour, Higgins cherchait en vain une nouvelle stratégie. S'il n'intervenait pas, un ou plusieurs suspects parviendraient à se mettre hors d'atteinte, et la vérité deviendrait inaccessible.

Seule solution : agir en franc-tireur en courant le risque de se heurter aux autorités et de se voir brisé dans son élan. Au moins, l'ex-inspecteur-chef aurait tout tenté.

Précédé de ses deux compagnons affamés, il descendit d'un pas lourd à la salle à manger. L'hiver reculait et, d'après le comportement des sangliers de la forêt voisine, le printemps s'annonçait précoce.

Mary avait préparé un pâté de canard et une truite saumonée royale accompagnée de chicorée et de blettes.

— Ne me dites pas que vous êtes malade, avança-t-elle en lui servant un verre de saint-émilion. Buvez, ça vous requinquera. Cette histoire de momie vous ronge les sangs, ma parole ! Ah ! le facteur vient d'apporter une lettre de Londres.

Higgins la décacheta.

Le message était aussi bref qu'impérieux :

Cher inspecteur, veuillez vous rendre au poste de police de Piccadilly lundi prochain à dix-sept heures. Votre présence est indispensable.

Bien à vous.

— Et c'est signé *lady Suzanna*, observa Mary, lisant par-dessus l'épaule de Higgins. Ça me laisse deux jours pour préparer une malle convenable.

— Peut-être ne s'agit-il que d'un aller-retour.

— Sûrement pas ! Cette petite-là est une femme sérieuse. Il y a du nouveau, vous verrez.

À l'instant où Higgins poussa la porte du poste de police de Piccadilly, une salve d'applaudissements le salua.

— Au nom de la totalité de mes collègues, déclara le sergent préposé à l'accueil, je tiens à vous féliciter et à témoigner notre satisfaction de vous revoir. À votre santé !

Chacun leva son verre de bière, et le sergent pria son supérieur de regagner son bureau, entièrement repeint. Des bouquets de fleurs séchées et des petits vases vénitiens colorés rendaient l'endroit plus attrayant.

Vêtue d'une robe vert pâle d'une rare élégance, lady Suzanna était radieuse.

— Cette décoration vous convient-elle, inspecteur ?

— J'aurais tort de m'en plaindre, mais… accepteriez-vous de m'expliquer ?

Le sergent referma discrètement la porte du bureau.

— Prenez place dans votre nouveau fauteuil, inspecteur-chef. Vous dirigez de nouveau ce poste de police et, à mon avis, vos fonctions ne se limiteront pas à cette tâche. Nous en saurons davantage ce soir lors du dîner dont vous serez l'invité d'honneur.

— Peter Soulina aurait-il changé d'avis ?

— Ce triste sire a donné sa démission et n'appartient plus à la haute administration. Vous pouvez l'oublier.

— Que s'est-il passé, lady Suzanna ?

— La politique, monsieur Higgins, la politique ! Elle bouleverse souvent nos existences. En l'occurrence, le règne de Castlereagh prend fin et celui de Canning, son successeur, débute. Castlereagh ne s'en remettra pas[1], Canning est un érudit, excellent orateur et bon marin. Opposé à toute réforme du Parlement, favorable à l'indépendance de chaque nation et à l'émancipation des catholiques, il est déjà le vrai patron. En raison de la gravité de la situation, j'ai réussi à obtenir un rendez-vous d'urgence. George Canning est impatient de vous entendre, inspecteur. J'ai affirmé que vous seul vous montreriez à la hauteur des événements.

— Les événements...

— La presse a reçu l'ordre de ne pas en parler, et elle a obéi afin de ne pas jeter de l'huile sur le feu. Une bande d'émeutiers vient d'attaquer à coups de pierres et d'outils divers des fiacres et des calèches, à proximité de Hyde Park. À la foule d'ouvriers déchaînés se mêlaient des femmes et des enfants, non moins excités. On déplore un nombre important de blessés.

— A-t-on arrêté les meneurs ?

— J'ai vu moi-même des policiers disparaître juste avant le déclenchement des troubles.

— Cette petite cicatrice, à votre tempe gauche... Auriez-vous été menacée ?

— Je l'ai échappé belle, inspecteur. Sans ma rapidité à la course et l'intervention de soldats courageux,

1. Il mettra effectivement fin à ses jours.

j'aurais été piétinée ou lapidée. Le calme semble revenu, mais Canning, à la différence de Castlereagh, le considère comme un trompe-l'œil. Aussi l'entourage du roi l'a-t-il persuadé de changer de Premier Ministre pour éviter une effroyable guerre civile.

— Ainsi, estima Higgins, Littlewood lance sa grande offensive. Ce n'était, en effet, qu'une première étape, et nous devons nous attendre à d'autres mouvements de foule. Inefficace et corrompue, la police sera incapable de les contenir. La pire solution consisterait à envoyer l'armée et à lui ordonner de tirer. La majorité de la population se rallierait à la cause des insurgés et le royaume entier vacillerait.

— Je partage votre point de vue, inspecteur. C'est pourquoi j'ai demandé à Canning de vous écouter.

Âgé de cinquante-deux ans, le nouveau chef du gouvernement britannique était un homme déterminé et pondéré. Conscient de la lourdeur de sa tâche et du danger que couraient les institutions, il ne cédait pas au fatalisme et comptait se battre sans faiblesse ni aveuglement. Fort inquiet à la suite des récents désordres et très mécontent de l'attitude de la police, il tenait à connaître l'ampleur de la menace.

S'exprimant avec une totale franchise, Higgins n'avait pas essayé de le rassurer. Contrairement à la thèse officielle, Littlewood n'était pas mort et, profitant de la naïveté des autorités, il ne cessait de conforter son complot contre la royauté. Les quartiers pauvres de l'East End ne tarderaient pas à se soulever, et le déferlement de violence balaierait tous les obstacles.

L'appétit coupé, George Canning avait posé d'innombrables questions à l'inspecteur-chef avant de lui attribuer des missions précises : réorganiser les forces de l'ordre, préparer la naissance de Scotland Yard, arrêter Littlewood en évitant de provoquer le peuple, repousser le spectre d'une guerre civile.

Inquiète, lady Suzanna redoutait une réaction négative de Higgins, plus attaché à sa retraite campagnarde qu'à ce combat incertain. Savourant un grand cru de Bourgogne, il ne s'était pas hâté de répondre, comme si cet entretien l'indifférait.

D'un ton paisible, il avait formulé ses exigences : poursuivre l'enquête concernant l'assassinat du pasteur, du vieux lord et du médecin légiste, retrouver la momie disparue dont le rôle lui paraissait essentiel, éliminer les policiers corrompus et pourchasser Littlewood à sa manière. Certes, il n'éviterait pas des soubresauts, car les révolutionnaires bénéficiaient d'une avance considérable, due à l'aveuglement d'un pouvoir nourri de ses illusions. Priorité absolue : éviter l'embrasement de la capitale de l'Empire.

Aucune de ces conditions n'était négociable. En dépit de ses talents d'avocate, lady Suzanna s'était gardée d'intervenir. Au Premier Ministre et au destin de choisir.

À son tour, Canning avait savouré le vin au bouquet inimitable. Sa position l'autorisait-elle à satisfaire un simple enquêteur ? Au terme d'un long silence, il s'était pourtant résolu à reconnaître la validité des arguments de son interlocuteur.

Higgins obtenait carte blanche.

Ainsi se retrouvait-il locataire de l'immeuble d'Adam Street, naguère le fief de Soulina. Le mobilier, les rideaux, les tentures et les tapis avaient été remplacés et le nouvel ensemble, plus chaleureux, ne manquait pas d'élégance. Higgins occuperait un logement de fonction au dernier étage et bénéficierait des services d'un cuisinier et d'un valet de chambre. Vu la difficulté de sa mission, que ne mentionneraient pas les documents officiels, Canning lui accorderait toutes les facilités. Et Higgins n'aurait de comptes à rendre qu'au Premier Ministre.

L'inspecteur-chef convoqua son équipe d'indicateurs et mit sous surveillance permanente le domicile des Belzoni. Dès le retour éventuel du Titan de Padoue, il tenait à être averti. Et si Sarah tentait de quitter le pays afin de rejoindre son mari, elle serait arrêtée et ramenée chez elle. Giovanni ne l'abandonnerait pas et rentrerait en Angleterre.

Ensuite, Higgins s'attela à une tâche délicate : rassembler les gradés responsables des postes de police de la capitale. Il les vit d'abord en tête à tête, prit un nombre considérable de notes, puis présida une réunion plénière où il dévoila ses objectifs : réorganiser la police, la mettre au service de la population, identifier les corrompus et les licencier, combattre le crime, garantir la sécurité des biens et des personnes.

Ce discours enthousiasma les uns et inquiéta les autres. Dans les jours qui suivirent, une dizaine d'inspecteurs et de sergents sollicitèrent un entretien et avouèrent leurs erreurs. Bon confesseur, Higgins leur donna une seconde et dernière chance. En revanche, il se montrerait impitoyable envers les crapules continuant à profiter de leur statut pour s'enrichir en négligeant leurs devoirs. Éradiquer la corruption minant les forces de police serait long et difficile, mais Higgins ne cesserait de traquer les profiteurs.

Un air de printemps chassait les rigueurs de l'hiver, des averses entrecoupées d'ondées aidaient la nature à reverdir.

— Vous êtes superbement installé, constata lady Suzanna, invitée à découvrir les locaux d'Adam Street.

— George Canning est un homme généreux.

— Son succès dépend en grande partie du vôtre, inspecteur. À titre de confidence, je redoutais votre refus et je l'aurais compris. Terrasser Littlewood et son armée souterraine exige beaucoup de courage et d'habileté.

— Littlewood, la momie, les trois meurtres... tout est lié. Cette conviction m'habite depuis le début de l'enquête, et chaque nouvel élément la renforce.

— J'admire votre ténacité, monsieur Higgins. À votre place, la plupart auraient renoncé.

— Je vous dois la possibilité de mettre au jour la vérité, lady Suzanna. Votre intervention auprès de Canning a été décisive.

— Il est entouré de tant de courtisans, de flatteurs, de menteurs et de médiocres que votre franchise l'a convaincu.

— Je ne le lui ai pas caché : émeutes et attentats sont en préparation. Même en travaillant jour et nuit, je ne parviendrai pas à briser Littlewood avant de disposer d'une police digne de ce nom.

— Avez-vous songé à votre propre sécurité ?

— Le temps me manque, et je n'attaquerai pas l'adversaire de manière frontale. Littlewood est une sorte de pieuvre dont il faut couper les tentacules pour espérer atteindre la tête. Cet homme ment, dissimule, détruit ses propres partisans en cas de nécessité et ne songe qu'à prendre le pouvoir en établissant le règne de la violence et de l'injustice.

— On jurerait que vous parlez du diable !

— Qui sait, lady Suzanna ?

61

Petit, les cheveux courts, d'épais sourcils poivre et sel, mal fagoté, le préposé à la sécurité de Hyde Park était un personnage bougon et agressif.

— Je n'étais pas obligé de répondre à votre convocation, lança-t-il à Higgins, et je n'ai rien à vous dire.

— Détendez-vous, monsieur le préposé, et analysons tranquillement la situation.

— Quelle situation? Je fais correctement mon travail et ne mérite que des éloges.

— La récente émeute ne vous aurait-elle pas surpris?

— Ma responsabilité n'est nullement engagée. Personne ne saurait maîtriser un mouvement de foule.

— Personne, sauf la police.

— Mes hommes ont obéi à mes ordres et n'ont pas commis d'erreur.

Higgins se leva. Mains croisées derrière le dos, il arpenta son vaste bureau d'Adam Street.

— Exact, monsieur le préposé, puisqu'ils étaient absents.

— Comment, absents?

— Un témoin oculaire, à la parole incontestable, les a vus s'enfuir avant l'arrivée des premiers fauteurs de troubles. Qu'en concluez-vous?

Le préposé se crispa.

— Moi ? Rien, absolument rien.

— J'espérais davantage. Réfléchissez mieux.

— Ce témoin doit se tromper.

— Au terme d'une rapide recherche, je dispose en réalité d'une trentaine de dépositions concordantes. Tous les policiers patrouillant aux abords de Hyde Park se sont envolés au même moment. La conclusion s'impose : ils obéissaient à un ordre. Un ordre donné par leur supérieur : vous, monsieur le préposé.

— Ça ne tient pas debout !

— Les policiers interpellés et interrogés l'ont confirmé.

L'accusé fit face à Higgins.

— Ces misérables mentent !

— Pourquoi cette consigne ?

Le préposé se renfrogna.

— Nécessité de service et hasard dû aux circonstances. Mes hommes allaient être relevés.

— Inexact, monsieur le préposé. J'ai vérifié. Ne serait-il pas temps de dire la vérité ?

Le bougon se tassa.

— Mon honnêteté est parfaite, et je n'accepte aucune critique.

— Vous connaissiez l'heure précise du déclenchement de cette violente manifestation, affirma Higgins, et vous aviez promis à votre véritable employeur de lui laisser le champ libre en éloignant l'ensemble de vos hommes. Plusieurs chefs d'inculpation seront retenus : corruption, complicité de crime, abus d'autorité, participation active à un complot contre l'État. À mon avis, la peine prononcée sera sévère.

— Vous… vous plaisantez ?

— Le dossier d'accusation me paraît solide, et votre arrestation s'impose.

— Vous n'oserez pas !

391

— J'y suis obligé.

Le préposé sursauta.

— Vous n'allez pas me jeter en prison ! Elles sont pleines de bêtes féroces qui me dévoreront, et vous serez responsable de ma mort.

— Vos turpitudes ne méritent-elles pas un châtiment exemplaire ? Si vous désirez éviter le pire, parlez.

Higgins reprit place dans son fauteuil et fixa son interlocuteur dont les épais sourcils frissonnaient.

— Je suis un parfait honnête homme, inspecteur, et ma carrière est marquée au sceau de l'intégrité.

— Quand avez-vous rencontré Littlewood ?

Le préposé resta bouche bée.

— Comment savez-vous que je le connais ?

— Je vous écoute.

Le policier baissa les yeux.

— J'ai des besoins. Mon salaire est misérable, je mérite mieux. J'ai des besoins, vous comprenez ?

— La fréquentation assidue des prostituées coûte cher, n'est-il pas vrai ? Littlewood vous a offert une belle somme pour éloigner vos hommes lors de l'émeute. À vos yeux, un petit délit sans importance.

— Ça ne me paraît pas tellement grave, cher collègue ! N'ai-je pas évité un affrontement sanglant ?

— Avez-vous rencontré Littlewood en personne ou seulement un de ses émissaires ?

Le préposé croisa les doigts, renifla et débita ses aveux en hachant les phrases. Une série de noms s'aligna, Higgins les nota.

La première filière de Littlewood creusée au cœur de la police serait démantelée, la première branche morte coupée.

Le Charly se couvrit de sa cape et vérifia la lanterne qu'il agiterait une dizaine de fois de haut en bas afin de prévenir Littlewood. Les nouvelles qu'il venait d'apprendre ne réjouiraient pas le chef des révolutionnaires : Higgins était de retour et prenait quantité de mesures visant à réorganiser les services de police et à les rendre efficaces. Pure utopie, probablement, mais l'inspecteur-chef était obstiné et avait, cette fois, le soutien du gouvernement.

Le Charly déplorait la violence des émeutiers et aurait souhaité une mutation en douceur, sans affrontements ni blessés. Trop tard pour reculer. Il devait oublier ses remords et continuer à informer le futur maître de l'Angleterre en récoltant un maximum d'argent, grâce auquel il achèterait un petit appartement confortable. Mieux payé, il n'aurait peut-être pas trahi sa corporation. De la légitime défense, en quelque sorte.

Vu l'importance de son rôle, ne méritait-il pas de l'avancement ? Il demanderait à Littlewood un poste de gradé et s'amuserait à faire ramper ses anciens supérieurs en leur confiant des tâches subalternes, de la ronde de nuit au nettoyage des locaux.

Une pluie fine et froide tombait. À l'abord du quartier de Whitechapel, le Charly agita sa lanterne.

Il détestait cette ruelle puante et ne s'habituait pas à ces lieux inquiétants. Son geste accompli, il s'apprêtait à rebrousser chemin quand une interpellation le cloua sur place.

— Reste ici, l'ami, et ne te retourne pas.

Littlewood... Non, quelqu'un d'autre ! Un voleur décidé à le dépouiller, un révolutionnaire désireux de tuer un policier ? Le Charly serra son gourdin.

— Lâche ton arme. Sinon tu le regretteras.

Le Charly n'avait pas l'habitude de se battre. Et si

son agresseur n'était pas seul ? Tenter de se défendre aggraverait la situation.

— Je ne possède que cinq pennies.

— Garde ton argent, l'ami, et lâche ton bâton. Contente-toi de répondre à mes questions, et tu t'en sortiras indemne.

Reprenant espoir, le Charly obéit.

— Tu avais bien rendez-vous avec Littlewood ?

« Ainsi, pensa le policier, c'est un émissaire du grand patron ! »

— Non, je l'avertissais. Des renseignements importants à lui communiquer. Pendant ma ronde de demain soir, il me contactera.

— Quelle tête a-t-il, Littlewood ?

— Je ne l'ai jamais vu et ne connais que sa voix.

— On va gagner du temps, l'ami. Tu me donnes les informations, et je les transmets à Littlewood.

— Ce n'est pas la procédure habituelle !

— Fixe ton prix.

Proposition tentante. Le Charly doubla la somme et fournit quelques indications mineures.

— Le reste, annonça-t-il, je le réserve à Littlewood en personne.

— Nous poursuivrons cette conversation dans un endroit plus agréable, le poste de police de Piccadilly. Là-bas, tu me raconteras tout.

— Qui... qui êtes-vous ?

— Inspecteur-chef Higgins.

Le Charly tenta de ramasser son gourdin. Un pied écrasa sa main, lui arrachant un cri de douleur. Et l'avant-bras de Higgins lui enserra le cou à l'étrangler.

— Pas de réaction stupide, mon bonhomme. Suis-moi sans faire d'histoires, et je tâcherai de me montrer indulgent.

— Je ne veux pas aller en prison ! Les malfrats me massacreront.

Higgins relâcha son étreinte.

— Deux conditions pour éviter ce triste sort : révéler le nom de tes complices et ne pas changer tes habitudes. Demain soir, tu suivras le parcours normal. Et Littlewood te contactera.

62

Tendre ce piège-là n'était pas facile. À la lisière de Whitechapel, un déploiement de policiers, fussent-ils en civil, aurait alerté les guetteurs de Littlewood. Higgins s'était donc contenté d'un dispositif léger, composé de lui-même et de deux hommes conscients des dangers encourus pour prendre vivant le chef des conspirateurs.

Une heure avant la tournée du Charly, un épais brouillard envahit la capitale. À cause de ce handicap, impossible de suivre de loin le policier à la lanterne. En se rapprochant, l'inspecteur-chef et ses adjoints risquaient d'être repérés.

Selon les aveux du corrompu, Littlewood le contactait le jour suivant le signal et lui parlait en évitant de se montrer. Il écoutait, payait et disparaissait. Le Charly n'avait jamais vu d'acolytes et quittait rapidement les lieux.

Le bonhomme sortit d'une rue peu fréquentée et pénétra dans une zone déshéritée. À son passage, des fenêtres et des portes se fermèrent. Un gamin lui jeta des cailloux et détala.

Et ce fut le silence.

Un silence aussi épais que le brouillard.

Le Charly continuait d'avancer en brandissant sa lanterne, Higgins et ses deux collègues tentaient de ne pas le perdre de vue.

Soudain, l'ex-inspecteur-chef sut qu'on le suivait. Il courut vers le Charly et le prit au collet.

— As-tu parlé à quelqu'un de notre petite expédition ?

— Cette nuit, au poste, au policier qui me gardait. C'est… c'est un ami !

— Un vendu à Littlewood, comme toi ! Et tu croyais qu'il allait te délivrer ? Ta bêtise nous met en danger de mort. Agite ta lanterne et crie à pleins poumons : police !

À ses adjoints, Higgins ordonna d'utiliser leurs sifflets. Ce tintamarre disperserait peut-être leurs agresseurs.

— Restons groupés et tentons de regagner une rue.

Des coups de feu claquèrent, une balle frôla l'inspecteur-chef.

— Les renforts arrivent, annonça-t-il d'une voix puissante. Nous, on se déploie à gauche !

Il entraîna la petite troupe à sa droite. Non loin, des formes inquiétantes parcouraient le brouillard.

La rue, enfin. Une charrette transportant des sacs de farine, un chien errant, une dizaine de passants.

Le quatuor était sorti du territoire de Littlewood.

La nuit durant, Littlewood avait rêvé de la momie. Elle se redressait, le fixait de son regard d'outre-tombe et lui serrait le cou lentement, très lentement. Il tentait en vain d'échapper à cet étau, perdait le souffle et prenait feu !

Trempé de sueur, il s'était réveillé en sursaut et avait réussi à se rendormir. Et la momie était revenue hanter ses rêves. Gigantesque, la tête touchant le ciel, elle le piétinait. Un à un, ses os craquaient.

De nouveau réveillé, Littlewood but du whisky, se rasa, se déguisa en miséreux et se rendit à l'une de ses caches d'armes de Whitechapel, gardées en permanence. Il s'offrit du café et des pommes de terre chaudes proposées sur des étals dès avant l'aube. Les ouvriers se contentaient de ce petit déjeuner et partaient au travail.

Selon un code qu'il modifiait fréquemment, Littlewood frappa à la porte d'un atelier désaffecté. De l'intérieur, on lui répondit correctement.

La porte s'entrouvrit, il se glissa à l'intérieur, on referma.

Deux gardiens armés buvaient du café et mastiquaient des morceaux de pain bis.

— La nuit a été mauvaise, patron, déclara le portier. Le Charly nous a trahis. Il était accompagné d'une escouade de policiers qui ont osé franchir la frontière de notre territoire. On a failli les encercler, mais ils ont appelé des renforts. Comme on a tiré, ils ont battu en retraite.

Le cauchemar de Littlewood se poursuivait. Ainsi l'apparition de la momie avait été un avertissement salutaire. Les autorités réagissaient timidement à l'émeute de Hyde Park. Prudent, le chef des révolutionnaires mettrait immédiatement ses troupes en alerte. Si les prochains jours s'écoulaient sans tentative d'intrusion de la police à Whitechapel, il passerait à la deuxième étape de son plan.

Les premiers résultats obtenus par Higgins étaient relativement spectaculaires : vingt-cinq policiers corrompus identifiés, dont quatre gradés. Les uns se repentaient, les autres essayaient de justifier leur comportement. La majorité formait un «réseau Littlewood», chargé de renseigner leur patron occulte. Malheureusement, aucun ne connaissait son vrai visage. Ces agents doubles n'appartenaient pas à la garde rapprochée du leader des émeutiers, ils ignoraient tout de son plan de bataille, du nombre réel de ses hommes et de leurs cachettes à Whitechapel.

Cette petite victoire n'avait donc rien de décisif. Elle n'empêcherait pas Littlewood de continuer à semer le trouble en lançant un nouvel assaut. Une action violente, des affrontements sanglants, des blessés, peut-être des morts… Higgins n'avançait pas assez rapidement pour empêcher cette catastrophe. Avec l'accord de Canning, il avait doublé les effectifs, en uniforme et en civil, à proximité des bâtiments officiels.

À la faveur d'un coup d'éclat, Littlewood espérait une réaction dévastatrice du gouvernement qui provoquerait un soulèvement populaire. En persuadant Canning de ne pas recourir à l'armée, l'inspecteur-chef éviterait une guerre civile. Mais sa position serait-elle tenable? Tant que Littlewood sévirait, le chaos menacerait le pays. Parviendrait-il à trouver la faille permettant d'atteindre la tête de la pieuvre?

On lui remit un rapport concernant la mise en observation de la résidence des Belzoni. Sarah vaquait à ses occupations habituelles, son mari n'était pas rentré de voyage. Le troisième membre du clan, auquel Higgins avait eu tort de ne pas s'intéresser, venait de semer un suiveur en allant faire des courses. James Curtain, le fidèle domestique à la discrétion exemplaire.

— M. Belzoni est absent, inspecteur, et Mme Belzoni s'est rendue à une soirée mondaine.

— C'est vous que je voulais voir, James, dit Higgins, paternel. Avez-vous un moment à m'accorder ?

— À votre disposition. Ah…

— Une difficulté ?

— Hors de la présence de mes patrons, je ne saurais prendre leur place et vous recevoir au petit salon, réservé aux visiteurs.

— Si nous marchions ? Le temps n'est pas trop mauvais.

James Curtain réfléchit. Nulle émotion n'anima son visage minéral.

— Entendu. Je ferme soigneusement la maison.

Le geste lent et précis, le domestique des Belzoni ignorait la précipitation. Aussi les deux hommes adoptèrent-ils un rythme modéré. La rue était calme, le ciel couvert.

— Connaissez-vous les Belzoni depuis longtemps, monsieur Curtain ?

— Depuis toujours.

— Votre travail vous donne-t-il satisfaction ?

— Pleine et entière.

— Pourtant, Giovanni Belzoni n'est pas un homme de tout repos. Parfois, ne se montre-t-il pas… excessif ?

— Je ne l'ai pas remarqué, inspecteur. Et puis je n'ai pas à le juger. C'est mon patron, je dois le servir correctement.

— Vous a-t-il déjà donné des ordres… contrariants ?

— Jamais.

— Connaissez-vous les raisons de son départ pour la Russie ?

— Je n'ai pas à les connaître.

— Vous ne semblez guère curieux, monsieur Curtain.

— Un bon domestique n'entend rien, ne voit rien et ne parle pas.

— Je suppose que la disparition de la momie de M. Belzoni vous a laissé indifférent.

— Je ne m'occupe pas d'archéologie, inspecteur.

— Au cours de votre long séjour en Égypte, ne vous êtes-vous pas intéressé aux antiquités ?

— Mon unique souci consistait à servir au mieux mes patrons dans des conditions souvent difficiles. Le reste ne me concernait pas.

— La vente d'objets anciens fait-elle partie de vos tâches habituelles ?

— Nullement.

— L'avenir de M. Belzoni ne vous paraît-il pas compromis ?

— Il sait prendre la mesure de l'adversité et en triompher.

— À votre avis, reviendra-t-il à Londres ?

— Pourquoi ne reviendrait-il pas ?

— Parce qu'il s'est enfui.

— Giovanni Belzoni enfui ? Impossible, inspecteur.

— N'aurait-il pas dû vous emmener ?

— Il m'a demandé de veiller au bien-être de Mme Belzoni et de leur résidence. J'exécute ses ordres.

— Sarah Belzoni se montre-t-elle soucieuse ?

— Je n'ai pas à m'occuper des sentiments de ma patronne, mais à la servir au mieux.

— Un détail m'intrigue, monsieur Curtain. Pourquoi, en vous rendant au marché, avez-vous semé le policier chargé de vous… protéger ?

Le domestique demeura impassible.

— Ai-je besoin d'une protection ?

— La disparition momentanée de Giovanni Belzoni m'oblige à prendre certaines précautions.

— Je n'avais pas remarqué la présence de ce policier, affirma Curtain d'une voix tranquille, et je n'ai pas tenté de le semer. Il m'aura perdu de vue en raison d'un mouvement de foule.

— Qu'avez-vous acheté ?

— Des poireaux, des navets, des pommes de terre et des courgettes. Sans me vanter, je réalise une excellente soupe.

— Donc, de simples courses et un retour à la demeure de vos patrons afin de vous mettre en cuisine. Ni mauvaise rencontre pendant cette petite escapade ni rendez-vous exceptionnel ?

— Ni l'une ni l'autre.

Parfait domestique était James Curtain, parfait il resterait.

63

Le travail de fourmi commençait à donner d'excellents résultats. Bénéficiant de contacts réguliers avec un émissaire du gouvernement [1], Higgins voyait son grand projet de réorganisation de la police prendre corps. Son action jouissait d'un large écho auprès des forces de l'ordre, les corrompus ne se sentaient plus en sécurité, et quantité d'entre eux abandonnaient leurs pratiques douteuses. Mieux valait rentrer dans le rang avant d'être durement sanctionné. Cette fois, les autorités avaient décidé de traiter le problème Littlewood en profondeur et ne se contenteraient pas d'un coup d'éclat sans lendemain. Ses réseaux se disloquaient un à un, il manquerait bientôt d'informations et serait contraint à l'isolement.

Préférant la persuasion à la rigidité administrative, Higgins passait un temps considérable à convaincre des policiers de tous grades d'épauler son action. Une véritable cohésion était à ce prix.

Belzoni toujours en voyage, Sarah menait une existence tranquille, sacrifiait à quelques mondanités et vendait les derniers objets provenant d'Égypte. Le

1. Sir Robert Peel, qui fut le fondateur officiel de Scotland Yard en 1829.

domestique James Curtain ne se livrait à aucune activité anormale.

La momie demeurait introuvable, mais Higgins n'oubliait ni les trois crimes ni sa liste de suspects. Obligé de retarder certaines initiatives, il n'en restait pas moins déterminé à poursuivre l'enquête jusqu'à son terme. Car Littlewood et la momie étaient liés.

À la réflexion, un personnage méritait davantage d'attention. C'est pourquoi Higgins rencontrait sir John Soane, ravi de lui faire découvrir son musée. Commencée en 1790, sa collection d'antiquités ne cessait de s'accroître, et les trois étages de trois maisons réunies en une seule accueillaient un nombre impressionnant de marbres, d'éléments d'architecture romaine, de bronzes, de monuments funéraires, de moulages, de manuscrits, de gravures et de livres. La visite guidée se termina au Parloir du Moine, une salle étrange ornée de figures grimaçantes de style médiéval. Au centre, une table servant de support à un crâne en bronze.

— Merci de vos précieuses explications, sir John.

— Asseyez-vous, inspecteur.

Les fauteuils rouges semblaient menaçants. L'air hautain, le visage en longueur, le regard difficile à saisir, l'architecte collectionneur paraissait fatigué.

— Il s'agissait d'une perquisition déguisée, n'est-ce pas ?

Le sourire apaisant de Higgins ne satisfit pas Soane.

— Que cherchez-vous, inspecteur ?

— Une momie.

— J'ai horreur de ce genre d'objet !

— Pourtant, l'art funéraire vous intéresse, et vous avez acquis le sarcophage d'albâtre exposé par Belzoni.

— La sculpture ancienne me passionne, pas les dépouilles atroces des vieux Égyptiens.

— Belzoni se plaint d'avoir été floué, sir John.

— J'ai versé la somme convenue au légitime propriétaire du sarcophage. Cet Italien n'était qu'un intermédiaire, et il a récolté de belles sommes en exhibant cette pièce monumentale qui trônera bientôt dans mon musée.

— Belzoni pense être la victime d'une sorte de complot qu'organise une tête pensante, haut placée, capable d'entretenir une campagne de presse et de fermer les portes ouvrant sur la respectabilité et les fonctions officielles.

— Et vous me soupçonnez, moi, John Soane ! La vérité est beaucoup plus simple : cet aventurier souffre de mythomanie et se croit au centre du monde, alors que personne ne s'intéresse à ses médiocres exploits.

— La pyramide de Khéphren, le temple d'Abou Simbel, une immense et superbe tombe de la Vallée des Rois… Ses découvertes ne sont pas méprisables.

— N'ergotons pas, inspecteur ! Le passé de Belzoni ne plaide pas en sa faveur, son livre n'est qu'un mauvais ramassis d'anecdotes. Jamais il ne sera considéré comme un scientifique. En s'installant à Londres, il s'est bercé d'illusions. La dure loi de la réalité s'impose, nul n'y échappe. Que ce colosse reparte à la conquête de ses chimères et oublie ses ambitions déraisonnables ! Personne n'organise de complot contre lui, car Belzoni se déconsidère lui-même. Il n'existe pas d'autre explication, inspecteur. Ne gaspillez pas votre énergie à en rechercher.

Higgins tourna une page de son carnet noir en moleskine.

— Vous rendez-vous parfois à Whitechapel, sir John ?

Le collectionneur le prit de haut.

— Pour qui me prenez-vous ? Un homme de mon

rang ne fréquente pas ce genre de quartier. Je suis hostile au mélange des populations, inspecteur. Il ne saurait conduire qu'au désordre. Mon rôle consiste à rassembler des œuvres d'art, et Whitechapel ne m'apparaît pas comme un terrain de chasse !

Les diables en bois du Parloir du Moine fixaient Higgins d'un œil mauvais.

— Merci de votre aide, sir John.

— Votre enquête avance-t-elle ?

— À son rythme.

— On n'a pas arrêté beaucoup de criminels à Londres, ces temps-ci.

— Les temps vont changer.

Le *ka* de la momie restait fixé, son âme-oiseau circulait entre le ciel et la terre, l'énergie des dieux continuait à faire vibrer son cœur, et l'être noble servait toujours de support à Osiris. Le processus de décomposition interrompu, le corps régulièrement purifié, la mort était tenue à distance. Les portes des paradis demeuraient ouvertes, la gueule du néant ne se refermait pas.

Les destructeurs de momies étaient des assassins de la pire espèce. Non seulement ils profanaient des sépultures, mais encore détruisaient-ils des supports de résurrection, fruits d'un long et difficile travail accompli par des ritualistes et des voyants, capables de parcourir les beaux chemins de l'autre monde. Et la momie se présentait comme l'incarnation du grand voyage. Telle une barque, elle franchissait la frontière séparant le périssable de l'immortel.

En disloquant les momies, en les brûlant, en les mangeant, les envahisseurs de l'Égypte et les explorateurs venus de nations soi-disant civilisées prouvaient leur barbarie et la décadence de l'humanité.

Le sauveur prononça les paroles de transformation en lumière et accomplit le rituel de purification. Assisté des quatre fils d'Horus, il maintenait la cohérence des éléments spirituels et matériels composant la momie. À travers sa présence filtrait la lumière de Râ que des yeux de chair ne pouvaient contempler.

Le sauveur alluma deux flambeaux. Il plaça le premier à la tête du corps osirien, le second à ses pieds. Deux longues flammes montèrent vers le plafond de la crypte, se courbèrent et formèrent une voûte protectrice. De redoutables échéances approchant, il fallait redoubler de précautions. Après une sombre période au cours de laquelle le sauveur avait presque perdu espoir, l'horizon s'éclaircissait enfin.

Rétabli dans ses fonctions, l'inspecteur Higgins progressait pas à pas. Sa vigilance et sa persévérance le mèneraient à la vérité, et le sauveur rassemblerait les reliques nécessaires à la survie de la momie.

Littlewood se réveilla en sursaut.

Une fois de plus, la momie brisait son sommeil. Hideuse, gigantesque, elle le piétinait ! Sa tête brûlait, ses os craquaient, il hurlait en vain.

Trempé de sueur, il but au goulot une rasade de whisky. Et la pénible réalité de ces derniers mois le rattrapa aussitôt. Échecs et déceptions s'étaient enchaînés. Un à un, ses informateurs infiltrés au sein de la police se désistaient, son dernier réseau avait volé en éclats. Sourd et aveugle, il ignorait à présent les projets des autorités.

Higgins... Ce maudit Higgins était le responsable

d'une stratégie souterraine que Littlewood n'avait pas réussi à enrayer ! Trois émeutes, pourtant bien préparées, venaient d'avorter. Les policiers présents ne s'étaient pas retirés, et des renforts arrivés rapidement leur avaient permis de rétablir l'ordre.

Bien protégés, les bâtiments officiels restaient inaccessibles. La veille, deux meneurs avaient été interpellés et arrêtés alors qu'ils tentaient de soulever la foule. Seul Whitechapel demeurait un sanctuaire où n'osaient pas pénétrer les troupes de Higgins.

Dans les comités de quartier, on commençait à perdre espoir et même à critiquer la stratégie de Littlewood, contraint de réaffirmer son autorité et de promettre des actions d'envergure. Cette mauvaise passe devait resserrer les rangs des révolutionnaires dont l'avenir s'annonçait radieux.

Il fallait se rendre à l'évidence : impossible de réaliser le plan initial. En priorité, maintenir la hargne des pauvres à l'égard des riches et continuer à leur faire croire qu'ils prendraient bientôt leur place ; ensuite, se recroqueviller et persuader Higgins qu'il avait gagné.

Le temps s'écoulant, il baisserait la garde.

Imprévisible, touchant un point faible, l'attaque de Littlewood frapperait de stupeur les autorités et la bonne société. Higgins serait accusé de négligence, et la révolution aurait de nouveau le champ libre.

64

Les journées de travail de l'inspecteur-chef Higgins comportaient plus de tâches que d'heures, mais les résultats de ses efforts lui donnaient satisfaction. La Saison s'était déroulée sans incident grave, et la haute société londonienne avait célébré ses festivités habituelles en toute quiétude. La menace Littlewood semblait écartée.

Ruse habile aux yeux de Higgins qui accroissait jour après jour son dispositif de surveillance et traquait les alliés du révolutionnaire infiltrés dans l'administration et la police. Démissions forcées et mises à l'écart se succédaient à un rythme soutenu. Peu à peu, l'étau se resserrait autour de Whitechapel. Se refermerait-il avant que Littlewood ne lançât un nouvel assaut, forcément redoutable ? La bête blessée jouerait sa dernière carte en tentant de regagner le terrain perdu et remporterait peut-être une bataille décisive.

Higgins réussissait parfois à passer une partie du week-end à la campagne, en compagnie de son chat et de son chien. De longues promenades et les repas de Mary lui offraient l'énergie nécessaire à la poursuite de sa mission. Normalement pluvieux et frais, l'été touchait à sa fin, et l'automne frais et pluvieux lui succéderait en teintant d'ors somptueux les feuilles des arbres.

Ce vendredi soir, l'inspecteur-chef devait honorer une invitation à dîner émanant de lady Suzanna. Elle avait été, pendant la Saison, l'une des personnalités en vue de l'élite, attirant le regard des aristocrates, des hommes politiques et des artistes de renom. Pourtant très actives, les mauvaises langues et les cancanières ne parvenaient pas à lui attribuer de liaisons sulfureuses et de défauts excitants. Belle, intelligente, la repartie facile et ravageuse, la jeune avocate éclipsait ses rivales et s'affirmait comme l'une des étoiles montantes de la capitale de l'Empire.

Lady Suzanna possédait un hôtel particulier à Lincoln's Inn Fields, le quartier de la magistrature, non loin de la demeure-musée de sir John Soane. Bâtie en pierre de taille, la résidence de l'avocate avait une allure gothique. Un majordome en livrée accueillit Higgins et le conduisit à une salle à manger ornée de tentures en velours vieux rose. Des natures mortes anglaises et italiennes du xvie siècle célébraient les fruits, des statues en marbre représentant des déesses grecques charmaient le regard des hôtes.

— Ravie de vous recevoir, inspecteur, dit la maîtresse des lieux, vêtue d'une robe de soirée en taffetas aux couleurs changeant selon l'intensité de la lumière. Voilà bien longtemps que nous n'avons pas eu le loisir de faire le point sur nos enquêtes respectives. Les mondanités obligatoires m'ont accaparée, mais je n'ai pas renoncé à découvrir la vérité. Et vous non plus, j'en suis certaine.

Higgins se contenta d'un signe de tête.

— Mon cuisinier m'a promis de se surpasser. Un dîner au champagne vous convient-il ?

— Il m'enchantera.

Le menu ne manquait pas d'allure : caviar, salmis de coq de bruyère, homard aux fines herbes, lièvre aux champignons, assortiment de fromages de chèvre, sorbet cassis et soufflé au citron.

— Le nouveau Premier Ministre se réjouit de votre travail, inspecteur. Nul trouble n'a entaché la Saison, et les convulsions de l'East End ont été réduites au minimum. L'efficacité de vos méthodes est remarquable.

— Patience et précision me guident, lady Suzanna, et l'une ne va pas sans l'autre. Malheureusement, la colère du volcan n'est pas éteinte, et je ne saurais exclure une éruption.

— Autrement dit, Littlewood court toujours.

— Il espère que le calme apparent m'endormira. Après une succession d'échecs, n'aurait-il pas renoncé à la violence ?

— Et si c'était le cas ?

— Je suis persuadé du contraire. Littlewood se moque du bonheur du peuple et ne songe qu'à prendre le pouvoir. En profitant des faiblesses et des injustices de notre société, il veut provoquer une guerre civile et se poser en sauveur.

— Un projet insensé !

— En attisant les haines, il pourrait réussir. La France de la Terreur n'était pas un mirage, et l'on y a commis les pires atrocités au nom d'un prétendu idéal. Se croire à l'abri d'un tel désastre serait une vanité coupable.

— Espérez-vous trouver la piste menant à Littlewood ?

— L'homme possède une multitude de visages et s'est entouré de plusieurs cercles protecteurs. J'ai brisé les premiers et je me rapproche du but. Il le sentira et réagira de manière brutale. En toute franchise, je ne suis pas certain de le terrasser.

411

— Sombre perspective, inspecteur !

— Littlewood ne renoncera jamais à sa croisade meurtrière. Elle est son unique raison d'exister.

Les plats étaient exquis, le champagne touchait à la perfection.

— En dépit des bals, des concerts et des courses de chevaux, déclara la jolie brune, j'ai continué à remplir les dossiers de nos suspects. Une belle brochette de malhonnêtes ! Kristin Sadly, la papetière excitée, aurait dû être condamnée pour faux et usage de faux, mais elle a corrompu un magistrat qui refusa de le reconnaître officiellement. Les documents comptables et les véritables activités de Paul Tasquinio, le livreur de viande, demeurent indéchiffrables. Henry Cranber, le propriétaire de filatures, est un spécialiste des contrats truqués et des ventes arrangées. Il prend quantité de naïfs dans ses filets et s'enrichit sous l'apparence de la légalité. Sir Richard Beaulieu voit son compte en banque augmenter de façon sporadique, et l'origine de fortes sommes demeure inconnue. L'homme politique Francis Carmick manipule une bonne dizaine de financiers de la City, bâtit des sociétés où il n'apparaît pas et en tire de substantiels bénéfices. Andrew Yagab a profité de l'accident bête, vraiment bête, d'un châtelain pour acquérir sa propriété avec l'aide d'un notaire qui devrait séjourner en prison. Je tiens des éléments précis à votre disposition, inspecteur.

— Merci de votre collaboration, lady Suzanna. Vous n'avez pas évoqué le comédien Peter Bergeray.

— Ruiné en janvier, riche en février, aux abois en mars, flamboyant en avril… Une vie décousue et des finances à l'avenant.

Un verre de champagne à la main, la belle avocate fixa l'inspecteur-chef.

— Et l'un de ces personnages peu recommandables est Littlewood, n'est-ce pas ?

— Assurément.

— Un… ou plusieurs ? Ou tous ensemble ?

Du coin de sa serviette de lin ajouré, Higgins s'essuya délicatement les lèvres.

— Vous posez une excellente question, lady Suzanna.

— Un être aux multiples visages ou plusieurs visages formant un seul être… cette dernière hypothèse n'expliquerait-elle pas pourquoi Littlewood est insaisissable ?

— Il ne faut pas l'exclure.

— Me confierez-vous votre intime conviction, inspecteur ?

— Je ne me la confie pas à moi-même, elle risquerait de m'égarer.

Lady Suzanna sourit.

— Vous feriez un redoutable avocat !

— Chacun son métier.

— Quand vous avez été destitué, vous vous apprêtiez à lancer une offensive. Vu l'étendue actuelle de vos pouvoirs, pourquoi la différer ?

— Cet incident a été bénéfique et m'a permis de mieux réfléchir. La momie disparue est au centre du mystère, et je ne dispose d'aucune piste y menant de manière directe. Aussi me suis-je d'abord attaché à neutraliser Littlewood en espérant qu'il commettrait une erreur.

— Espoir déçu ?

— Hélas ! oui. Mon adversaire est un excellent joueur d'échecs, il s'adapte à ma stratégie et poursuit la sienne. Et puis un événement imprévu m'a troublé : la disparition de Belzoni.

Le soufflé au citron était à la fois léger et onctueux.

De fait, le cuisinier de la jeune femme avait atteint un sommet.

— Belzoni, murmura-t-elle. Le considérez-vous comme… suspect ?

— Simple voyage ou tentative de fuite ?

— Belzoni, coupable de trois crimes, voleur de sa propre momie… C'est inimaginable !

— Les actes des assassins dépassent souvent l'entendement, lady Suzanna. Et j'ai besoin d'éclaircir ce cas-là avant de poursuivre mes investigations.

Alors que l'avocate et son hôte quittaient la salle à manger pour se rendre dans le salon où leur seraient servis un café et un digestif, le maître d'hôtel se permit d'intervenir.

— Lady Suzanna, un individu se targuant de la qualité de policier demande à voir M. Higgins.

— Mes hommes doivent pouvoir m'avertir en permanence, et je me suis vu contraint de leur donner votre adresse, précisa l'inspecteur-chef. Pardonnez-moi un instant.

L'entretien fut bref.

— De bonnes nouvelles ? demanda lady Suzanna lorsque Higgins la rejoignit.

— Belzoni vient de rentrer chez lui.

65

La vigueur et le nombre de coups frappés avec le heurtoir prouvant l'importance du visiteur, le domestique James Curtain ouvrit la porte de la résidence des Belzoni.

— J'aimerais voir votre patron, dit Higgins.

— Il n'est pas encore réveillé.

— Mme Belzoni le serait-elle ?

Vêtue d'une robe de chambre rouge vif, la grande Irlandaise apparut.

— Inspecteur ! Une visite de courtoisie, je suppose ? Mon mari est rentré tard, hier soir, et nous avons beaucoup parlé. Aimeriez-vous un café ?

— Volontiers.

— James va vous donner satisfaction. Je préviens Giovanni.

Un instant, Higgins se demanda si Sarah n'aiderait pas le Titan de Padoue à s'échapper. Mais elle savait son domicile surveillé et une telle tentative vouée à l'échec. Aussi patienta-t-il dans le petit salon presque vide qui avait naguère contenu quantité d'objets égyptiens.

Une demi-heure s'écoula, le pas lourd du géant fit gémir les marches de l'escalier. Malgré sa fière allure, il avait un visage fatigué.

— Je viens d'arriver, inspecteur, et vous êtes déjà ici !

— Votre longue absence m'a surpris, monsieur Belzoni.

— Un voyage indispensable.

— Consentiriez-vous à me donner des détails ?

Le géant se laissa tomber dans un fauteuil. James Curtain lui apporta un énorme bol de café.

— Je me suis rendu en Russie où j'ai rencontré le tsar Alexandre Ier, un souverain sympathique auquel j'ai raconté mes découvertes. L'Égypte l'intéresse, et il m'a offert une bague d'améthyste. Ensuite, j'ai pris le chemin du retour en passant par la Finlande, la Suède et le Danemark.

— Avez-vous obtenu une mission officielle ou des subsides pour reprendre vos fouilles ?

Le visage de Belzoni se ferma.

— Échec total. Comme d'habitude, Sarah et moi devons nous débrouiller seuls. Nous avons décidé de vendre aux enchères nos dernières antiquités et d'organiser une nouvelle exposition à Paris. Celle de Londres s'essouffle, et nous irons chercher fortune ailleurs.

— Auparavant, j'aimerais éclaircir certains points.

— De quoi m'accuse-t-on encore ! Avez-vous au moins retrouvé ma momie ? Je pourrais la vendre un bon prix au mieux offrant.

— Je continue à la rechercher.

— Vaine promesse ! Elle a certainement été détruite.

— Et si vous l'utilisiez pour répandre la mort ?

Belzoni renversa son bol de café.

— Vous… vous divaguez !

— N'êtes-vous pas la cible d'un complot visant à détruire votre réputation ?

— Sans aucun doute !

— Convaincu que le responsable se trouvait à

Londres, vous avez conçu le projet de le supprimer. Mais vous avez découvert de nombreux complices, à commencer par un vieux lord, un pasteur et un médecin légiste qui agressaient votre momie. N'avez-vous pas menacé le lord de lui fracasser le crâne et le pasteur de le briser en deux ?

— Ils se comportaient comme des vandales, et j'ai le sang chaud !

— Ces trois soldats éliminés, vous deviez remonter à leur chef : l'homme politique Francis Carmick ou le professeur Richard Beaulieu ?

— Je n'en sais rien, moi !

— Ils se sont moqués de vous, monsieur Belzoni, et vous ont mis des bâtons dans les roues. L'universitaire, spécialiste de l'histoire des religions et grand ennemi de l'Égypte, occupe une position idéale et vous ferme toutes les portes. Vous êtes revenu afin de vous venger, avec l'aide de la momie.

— C'est faux, archifaux !

— Je crois avoir mis au jour vos intentions, *Magnoon.*

Le Titan de Padoue se leva d'un bond et claqua la porte du salon. S'il se ruait sur Higgins, l'inspecteur échapperait difficilement à sa poigne.

— Vous… vous avez dit…

— *Magnoon,* « le fou ». C'est bien le surnom que l'on vous attribuait, en Égypte ?

Tête basse, Belzoni se rassit.

— En effet, inspecteur.

— Pourquoi m'avoir menti ?

— Cette appellation n'est pas très glorieuse, convenez-en, et je la déteste. Elle ne fait quand même pas de moi un criminel ! Les comploteurs ont réussi, inspecteur. Je ne m'imposerai jamais à Londres, la route de l'Égypte m'est barrée. Après l'exposition de Paris, je

417

vendrai mon plus beau trésor : les dessins en couleurs et en grandeur réelle des salles de *ma* tombe de la Vallée des Rois [1]. En France, j'espère trouver un public enthousiaste et me procurer de substantielles recettes. Ensuite, je repartirai à l'aventure avec Sarah et mon domestique. À moins… à moins que vous m'interdisiez de quitter Londres ! Vous me condamneriez à mort, inspecteur. L'exposition parisienne sera mon unique moyen de subsister.

Anxieux, l'Italien attendit le verdict.

— Vous êtes libre, monsieur Belzoni. Et je vous souhaite bonne chance.

Le sourire reconnaissant de Sarah avait conforté Higgins dans son opinion : les Belzoni n'étaient pas mêlés au triple crime et ignoraient l'endroit où était cachée la momie. Le colosse, cependant, avait omis de lui annoncer son voyage en Russie et dissimulait ses véritables projets d'avenir. Aussi l'inspecteur-chef ne lui accordait-il qu'une confiance limitée. Se rendrait-il effectivement à Paris ?

En lisant un Bulletin de la Société royale d'histoire, Higgins apprit que le combat pour le déchiffrement des hiéroglyphes faisait rage. Aux déclarations de victoire de Thomas Young, le Français Jean-François Champollion opposait de vives dénégations. Lui, et lui seul, avançait sur le bon chemin.

Young avait été incapable de lire le document présenté par l'inspecteur-chef. Champollion y parviendrait-il ? Champollion qui résidait à Paris, la destination

1. Il fallut presque deux ans de travail à deux dessinateurs, Ricci et Beechey, pour reproduire les bas-reliefs de la tombe de Séthi Ier.

officielle de Belzoni, lequel rejoignait peut-être un complice, loin de la police britannique.

En conséquence, plusieurs bonnes raisons de sortir d'Angleterre et de s'aventurer en territoire hostile. Là-bas, l'inspecteur-chef ne serait qu'un étranger, privé de tout pouvoir. Avant son départ, il devait renforcer son dispositif de sécurité et mettre l'ensemble de ses indicateurs en état d'alerte. Restait à prier le ciel, en espérant que Littlewood ne profiterait pas de la brève absence de Higgins pour lancer son offensive.

66

Le matin du 14 septembre 1822, Jean-François Champollion se remit au travail. Il n'appréciait guère son grenier-bureau, au troisième étage du 28, rue Mazarine, près de l'Institut, mais c'était son unique refuge, au sein de Paris, «cette sale capitale de la France», selon ses propres mots.

Les cheveux noirs et fins, les yeux brun foncé, l'allure modeste, le jeune érudit âgé de trente-deux ans supportait mal la vanité de l'Anglais Young et ses ridicules prétentions. Lire les hiéroglyphes… Le rêve de toute sa vie, auquel il consacrait d'éprouvantes recherches, sans jamais se lasser. Et ce n'était pas cet érudit d'outre-Manche qui arriverait le premier au but !

Les pluies d'automne rendaient Paris encore plus triste et ne réussiraient même pas à le laver. Champollion regarda les textes hiéroglyphiques à sa disposition, fit le bilan de ses avancées et tenta d'organiser ses hypothèses.

Soudain, les signes des anciens Égyptiens se mirent à parler. Écriture phonétique ou symbolique ? C'était mal poser le débat ! En réalité, une écriture figurative *et* phonétique *et* symbolique, à trois niveaux de lecture. Un alphabet, mais aussi des signes équivalant à deux sons, voire trois, et d'autres qui tantôt se lisaient, tantôt ne se lisaient pas et désignaient la catégorie à laquelle appartenait le mot, par exemple celle des idées abstraites ou des nourritures. Intégrer l'ensemble de ces paramètres et percevoir les règles de leur jeu paraissaient dépasser les capacités d'un cerveau humain.

Une voix s'éleva, la voix de Thot, le dieu des scribes. Et Jean-François Champollion, en cette matinée du 14 septembre 1822, devint un voyant. En un instant, les matériaux dispersés s'assemblèrent, et le grand livre de l'Égypte pharaonique, hermétiquement clos depuis tant de siècles, consentit à s'ouvrir. Et Champollion lut les premiers noms d'illustres souverains, ainsi ressuscités : Thoutmosis, Ramsès...

L'esprit en feu, pantelant, le déchiffreur eut la force de se rendre au bureau de son frère aîné, Jacques-Joseph.

— Que se passe-t-il, Jean-François ? Tu as l'air si bouleversé !

— Je... je tiens l'affaire !

— Aurais-tu trouvé... la clé des hiéroglyphes ?

Jean-François Champollion s'effondra et tomba en syncope. S'il ne se réveillait pas, il emporterait son secret dans la tombe.

Le 27 septembre, les péniches de Belzoni, chargées du matériel de sa future exposition qui s'ouvrirait boulevard des Italiens, à proximité des bains chinois, passèrent sous les fenêtres de l'Institut où Jean-François Champollion, sorti du coma, annonçait au monde savant qu'il était en mesure de lire les hiéroglyphes. Lors d'une déclaration officielle, il décrivait sa méthode et ramenait à la lumière trois millénaires de civilisation, nourrie d'une formidable quantité de textes. Les inscriptions des temples et des tombeaux devenaient enfin lisibles, les papyrus cessaient d'être d'obscurs grimoires. Des tâches titanesques s'offraient à Champollion : traduire des milliers de signes, composer une grammaire et un dictionnaire, révéler au monde la pensée des anciens Égyptiens.

Rassuré quant à la sincérité de Belzoni, Higgins écouta avec attention le fondateur de l'égyptologie. Vu la complexité de sa découverte et la profondeur de sa vision, nul doute qu'il ait été inspiré par les dieux.

Passionné, Jean-François Champollion découvrit les dessins reproduisant les extraordinaires peintures de la tombe de Séthi Ier. L'exposition de Belzoni ne manquait pas d'intérêt.

— Ils ne valent certainement pas les originaux, estima un visiteur, mais vous ne tarderez pas à les contempler.

— C'est mon plus cher désir ! avoua l'égyptologue.

— Permettez-moi de me présenter : inspecteur-chef Higgins, de la police britannique.

— Êtes-vous en voyage d'agrément ou en mission ?

— Un peu des deux. J'ai eu le privilège d'assister à votre conférence, à l'Institut. Vous appartenez à cette catégorie d'hommes exceptionnels dont les découvertes changent le visage de l'humanité. Grâce à vous, l'Égypte renaît. Et les conséquences de ce miracle modifieront notre regard.

— L'histoire ancienne vous intéresse-t-elle, inspecteur ?

— Ne sommes-nous pas des héritiers de l'Égypte ?

— Vous avez raison, c'est une mère généreuse et

rayonnante qui nous a tant donné ! En lisant les hiéroglyphes, nous volerons de surprise en surprise.

— Avez-vous eu l'occasion d'étudier les momies,
monsieur Champollion ?

— Une seule, à Grenoble. Il s'agissait d'un homme
de l'époque des Ptolémées, les successeurs d'Alexandre
le Grand. Le corps était en parfait état, des étuis en or
protégeaient les doigts et les orteils. Un troublant témoignage du passé, très troublant... Mon frère Jacques-
Joseph et moi avons rebandeletté cette momie et publié
le résultat de nos observations en 1814. J'ai eu l'étrange
sentiment de contempler une forme de vie inconnue,
non un objet archéologique. Si j'en avais le pouvoir,
j'interdirais la destruction des momies ! Nous nous
comportons parfois comme des barbares, monsieur
Higgins.

— Un défaut incurable de l'espèce humaine, à mon
sens.

— Pourquoi évoquiez-vous les momies ? s'étonna
Champollion.

— Un extraordinaire spécimen a disparu, à Londres,
et je dois le retrouver afin de résoudre une affaire criminelle aux multiples ramifications.

— Une affaire criminelle... Attribueriez-vous un
pouvoir maléfique à cette momie ?

— Voici le papyrus qui l'accompagnait. Auriez-
vous l'obligeance de traduire ce texte ?

Champollion découvrit le document acheté à Belzoni.

— L'oiseau à tête humaine symbolise l'âme sortant
du corps momifié assimilé à Osiris, expliqua-t-il. Il vole
jusqu'au soleil, se nourrit de sa lumière et revient animer l'être assoupi. Face à lui, la flamme entretient
l'énergie nécessaire à la survie. Maintenant, accordez-
moi le temps nécessaire pour déchiffrer.

Se pénétrant du texte, Champollion parut brusquement animé d'une énergie surnaturelle. Ses yeux brillèrent d'une étrange lueur et sa voix, fiévreuse, dicta la traduction que Higgins nota sur son carnet noir :

Vivants qui passez devant ma demeure d'éternité, faites une libation en ma faveur, car je suis le maître du secret. Ma tête est fixée à mon cou, mes membres sont rassemblés et mes os réunis, mon corps ne pourrira pas. J'étais endormi et je me suis réveillé. Le grand Dieu jugera les profanateurs. Quiconque portera atteinte à une momie, quiconque l'agressera, la déesse d'Occident ne l'accueillera pas en son sein. Les criminels subiront la seconde mort, la Dévoreuse les détruira.

— Cette momie-là n'a pas l'air commode, inspecteur. À votre place, j'éviterais de m'en approcher. La magie des Égyptiens était une véritable science, et certains sages ont peut-être réussi à franchir les frontières du trépas.

— Connaissez-vous un bon restaurant ?

— Certes, mais…

— D'une part, j'aimerais vous inviter à dîner ; d'autre part, je sollicite une faveur : apprenez-moi les bases du déchiffrement.

Convenablement arrosée, la soirée fut riche d'enseignements. Et Jean-François Champollion, le fondateur de l'égyptologie, forma son premier élève.

67

La magie des quatre fils d'Horus commençait à s'épuiser. Bientôt, la momie se dégraderait, et ses organes vitaux s'éteindraient, un à un. Le sauveur avait déjà réalisé une sorte de miracle en dépassant de beaucoup l'année rituelle et en prolongeant l'existence d'un corps osirien dépouillé de ses protections.

Cependant, tout espoir, même fort mince, n'était pas perdu. Les informations patiemment accumulées permettaient au sauveur de tenter une ultime expédition à la recherche des reliques, avec une infime chance de réussir. N'ayant plus le choix, il décida donc de procéder à un dernier rite de purification puis, revêtant un masque d'Anubis, l'Ouvreur des chemins de l'autre monde et le détenteur des secrets de la momification, il ouvrit les yeux, la bouche et les oreilles à l'aide d'une herminette, un ciseau de menuisier.

Ainsi la momie acquérait la capacité de prendre toutes les formes qu'elle désirait, d'utiliser ses sens et de se déplacer. Mais, hors du champ de forces qu'engendrait un bandelettage conforme à la science de l'au-delà, ce serait l'échec, et le corps noble se réduirait à un cadavre.

En quittant la crypte, le sauveur se demanda s'il n'était pas trop tard.

Des murs noircis, un plancher de bois brut couvert de sciure, de petites tables de bois, le Ye Olde Cheshire Cheese, un pub de Fleet Street, n'avait rien d'aristocratique. Les classes sociales s'y mélangeaient, et chacun appréciait ses pintes de bière et ses *pork pies*, des tourtes au porc goûteuses.

Assis face à face près de la cheminée, Higgins et lady Suzanna ressemblaient à des habitués.

— J'avais besoin de vous voir d'urgence, inspecteur, et j'ai choisi cet endroit afin d'éviter les oreilles indiscrètes.

— Vous épierait-on ?

— Mes enquêtes ont peut-être dérangé du gros gibier. Depuis quelques jours, j'ai la sensation d'être suivie. Et mon majordome a repéré un homme rôdant à proximité de mon domicile, sans pouvoir en fournir une description précise.

— Désirez-vous une protection policière ?

— Si mes impressions se confirment, je ne dis pas non.

— Qu'avez-vous découvert de nouveau, lady Suzanna ?

— Le juge qui protégeait Kristin Sadly a été victime d'une crise de conscience. Hier soir, à la fin du dîner, il m'a annoncé sa démission en échange de l'impunité et d'un dossier prouvant les multiples fraudes de cette petite femme excitée. Elle n'a cessé de mentir, de voler et de corrompre. Sa fortune cachée est considérable et lui sert à diriger une sorte de gang.

— Songeriez-vous à un Littlewood en jupons ?

— Excluriez-vous cette possibilité ?

— Kristin Sadly m'intéresse au plus haut point, lady Suzanna.

La belle avocate but une gorgée de bière.

— Deuxième dossier, à la fois remarquable et inquiétant, poursuivit-elle, celui d'Andrew Yagab.

— Inquiétant ?

— Il a menacé de mort son banquier, l'une de mes relations d'affaires, s'il osait parler à l'administration de sa dernière rentrée d'argent, une somme considérable.

— À quoi correspond-elle ?

— Mon ami banquier a eu tort de poser cette question. Terrorisé, il m'a demandé de l'aide et je lui ai promis de le secourir.

— Comptez sur moi, lady Suzanna. Je vais m'occuper rapidement de Yagab.

— Serait-ce… votre grande offensive ?

— L'heure est venue, en effet.

— Un incident aurait-il provoqué votre décision ?

— La rencontre de Champollion, à Paris. Ce jeune savant a trouvé la clé de lecture des hiéroglyphes, et cette découverte a éclairé mon enquête.

— Peut-il lire toutes les inscriptions ?

— Presque comme un journal.

— Alors, l'Égypte est ressuscitée ! Demain, nous connaîtrons ses secrets et nous communiquerons avec les morts ou ceux que nous croyons tels.

— Songeriez-vous aux momies, lady Suzanna ?

— L'Égypte était un livre fermé, rempli de mystères, et le voilà ouvert ! Ne prévoyez-vous pas d'extraordinaires révélations ?

— Je partage vos espérances, confessa Higgins.

— Attribuez-vous toujours un rôle majeur à la momie disparue ?

— Toujours. D'après un papyrus qu'a déchiffré Champollion, elle possède de sérieux moyens de défense contre les profanateurs.

La jolie brune parut sceptique.

— Notre enthousiasme pour une prodigieuse civilisation ne nous égare-t-il pas ?

— Rassurez-vous, lady Suzanna, je m'en tiendrai aux faits. Et la disparition de cette momie en est un.

Des adeptes des fléchettes se livraient une partie acharnée. Concentrés, les joueurs semblaient prêts à s'entre-tuer. Autour d'eux, les spectateurs vidaient des pintes de bière forte. L'un d'eux jeta un regard agressif à la jeune femme, paya ses consommations et sortit du pub.

L'incident n'avait pas échappé à Higgins.

— Connaissez-vous cet homme ?

— Non, inspecteur.

— Vous m'avez beaucoup aidé, lady Suzanna, mais je crains que vous n'ayez pris trop de risques. Notre ennemi n'est ni un amateur ni un plaisantin. S'il vous considère comme un obstacle, il n'hésitera pas à vous supprimer.

— Tenteriez-vous encore de m'effrayer ?

— J'aimerais vous ramener à la raison. Quel qu'il soit, Littlewood ne s'avouera jamais vaincu. À l'approche de sa tanière, il réagira à la manière d'un fauve blessé. D'un seul coup de griffe, il vous déchiquettera.

— Vous avez réussi, inspecteur. J'ai peur.

— Vous m'en voyez ravi, lady Suzanna. Accepteriez-vous d'interrompre vos investigations et de vous consacrer à de paisibles activités jusqu'à l'arrestation de l'assassin ?

Le charmant sourire exprima une déception.

— Au moins, serai-je la première informée ?
— Je ferai de mon mieux.
— Et vous, serez-vous assez prudent ?
— J'ai une mission à remplir, lady Suzanna.
— Bonne chance, monsieur Higgins.

68

Le dos voûté, l'allure encore plus molle que d'habitude, le faux châtelain Andrew Yagab ne cessait de ruminer depuis la réception d'une lettre anonyme le mettant en garde contre un péril imminent. Un message clair, qui le contraignait à prendre des mesures d'urgence, en commençant par sa propre sécurité. Puisque l'inspecteur-chef Higgins se rapprochait de la vérité, Yagab devait s'éloigner rapidement.

À la tombée du jour, il pénétra dans son bureau, sortit une clé de sa poche et débloqua la serrure d'un petit meuble orné de diables grimaçants. À l'intérieur, la précieuse fiole achetée à Belzoni. Son contenu valait une fortune.

— Cet objet ne vous appartient pas, affirma la voix du sauveur.

L'œil glauque et la lèvre pendante, Yagab se retourna.

— Que... que faites-vous chez moi ?

— Si vous souhaitez éviter de graves tourments, donnez-moi ce vase.

— Pas question ! Je l'ai payé, il m'appartient.

— Tant pis pour vous.

Une pluie fine et fraîche arrosait le château d'Andrew Yagab. Accompagné de deux tireurs d'élite, Higgins se présenta à la porte de la propriété. Ses collègues étaient prêts à ouvrir le feu.

En l'absence de réponse, l'inspecteur-chef poussa la porte. La lourde bâtisse était obscure et silencieuse. Progressant avec prudence, les trois policiers explorèrent les pièces une à une. Tout paraissait normal, à l'exception d'un horrible petit meuble aux portes largement ouvertes. Le trésor qu'il abritait avait disparu, mais Higgins savait de quoi il s'agissait : le vase scellé déposé le long du flanc gauche de la momie.

Un vase dont Yagab avait forcément examiné le contenu avant de le reboucher et de le dissimuler, car il préservait une substance extraordinaire : des graines datant du temps des pharaons, des graines prêtes à revivre ! Les indications de Belzoni avaient permis à Higgins de percevoir les intentions de Yagab : faire pousser ces céréales antiques et les vendre à prix d'or. Une seule fiole ne lui suffisant pas, il en recherchait d'autres afin de disposer d'une quantité de graines suffisante. En cas de succès, sa fortune serait assurée. Un projet insensé, à la mesure du personnage.

À l'évidence, la totalité des domestiques avait quitté le château et ses dépendances. Sans doute Yagab lui-même avait-il pris la fuite. Higgins continua cependant ses investigations, à la recherche d'un second trésor, moins pacifique que le blé de la momie.

Il fallut forcer la porte d'une remise. À l'intérieur, une dizaine de caisses. Les deux collègues de l'inspecteur-chef peinèrent à les ouvrir. Elles contenaient des pistolets, des fusils et des munitions.

Ainsi Yagab n'était pas seulement collectionneur d'armes anciennes, mais aussi trafiquant d'armes modernes. Une petite étiquette, collée sur une crosse, précisait la destination de cet arsenal : *Whit. Litt.*, autrement dit « Whitechapel, Littlewood ».

— Superbe trouvaille, patron ! On vient de dénicher une cargaison destinée aux émeutiers.

Un détail gênait Higgins. Pourquoi Andrew Yagab était-il parti avant d'effectuer cette livraison ? Redoutant l'arrivée éventuelle de la police, il aurait dû soit se hâter en acheminant les armes jusqu'à Whitechapel, soit se défendre. Réponse probable, il se terrait ici.

Ils recommencèrent à fouiller le château, en vain. Personne dans les granges, les écuries et les bâtiments réservés aux ouvriers agricoles.

En revanche, le premier silo leur offrit une surprise.

D'un amas de grains, seule la tête d'Andrew Yagab dépassait, toujours fort laide. Ses yeux étaient ouverts, sa lèvre inférieure pendait.

On le dégagea.

— Il est vivant, constata un policier, bien qu'il respire à peine.

— Pouvez-vous parler, Yagab ? interrogea Higgins.

Le châtelain demeura inerte.

— On le croirait congelé, jugea l'autre policier.

— Ramenons-le à Londres, décida l'inspecteur-chef.

Plusieurs médecins aboutirent à une conclusion identique : ils ne comprenaient rien au cas d'Andrew Yagab, un véritable mort vivant. Quoique les fonctions vitales ne semblassent pas atteintes, aucune ne se comportait de manière normale. Le grand bonhomme était incapable de parler, de se mouvoir et de se nourrir. Sa survie apparaissait comme une énigme scientifique, et d'éminents spécialistes ne tarderaient pas à s'en occuper.

Higgins aurait aimé interroger Yagab, mais il pensait savoir l'essentiel. Le faux châtelain courait deux lièvres à la fois : produire des céréales exceptionnelles à partir de graines antiques et fournir des armes aux révolutionnaires. Car l'inspecteur-chef en avait la certitude : Andrew Yagab n'était pas Littlewood. En choisissant un fournisseur éloigné de la capitale, ce dernier se révélait fin stratège. L'arrestation de son complice interrompait les livraisons d'armes et troublerait les plans du chef des émeutiers, à moins qu'il ne disposât d'un stock suffisant pour lancer une grande offensive.

Ce premier succès n'enivrait pas Higgins. Peut-être survenait-il trop tard.

À peine son fiacre s'immobilisait-il devant l'immeuble d'Adam Street qu'un de ses adjoints courut vers lui.

— Une urgence, inspecteur ! L'un de vos informateurs tient du solide.

Le vendeur d'almanachs avait une bonne bouille. On lui aurait offert le bon Dieu sans confession, et personne ne soupçonnait son rôle secret.

— Ce gredin de Tasquinio m'a donné du fil à retordre, avoua-t-il à Higgins. Voilà des mois que j'essaie de localiser son vrai repaire. Cette fois, j'ai réussi. Et ça me paraît louche, très louche.

— Quel quartier ?

— Whitechapel, un cul-de-sac. Approche difficile.

Higgins garda les deux tireurs d'élite et demanda à huit autres policiers, en civil, de l'accompagner.

La réaction de Tasquinio risquait d'être violente.

69

Paul Tasquinio examina la dernière livraison en provenance d'Alexandrie, *via* l'usine de papier de Kristin Sadly. Un navire portugais transportait des morceaux de momie et des bandelettes, achetés à des commerçants arabes qui ne cessaient de monter les prix. Tasquinio était l'un des derniers spécialistes à fabriquer de la *mummia*, une pâte médicinale très prisée des connaisseurs. Il faisait bouillir ces restes de cadavres antiques, fracassait les crânes remplis de résine et d'onguents et en extrayait une huile réservée à des amateurs fortunés, persuadés de guérir n'importe quelle maladie grâce à cet élixir de longue vie.

L'ennui, c'était le manque de matière première. Aussi le commerçant avait-il été contraint de se débrouiller en se procurant de fausses momies. La clientèle ne s'apercevait de rien, et les bénéfices augmentaient. Murs noircis, tas de cendres, déchets peu ragoûtants… L'atelier secret semblait plutôt sinistre, mais Tasquinio appréciait cet antre où il édifiait sa fortune.

Le sourire aux lèvres, il contempla la jolie bandelette de thorax achetée à Belzoni. En comparaison, les autres paraissaient médiocres. Après d'innombrables hésitations, Tasquinio s'était décidé à s'en servir pour emballer des pieds de femme d'une allure correcte.

Deux coups secs frappés à la porte en chêne, puis trois espacés, et un dernier.

Le code convenu.

Tasquinio regarda néanmoins par une fente. Pas de danger.

Il ouvrit, l'acquéreur entra.

— Voici votre paquet. Payez et décampez.

Tasquinio avait omis de fournir une précision : personne ne devait connaître l'emplacement de son repaire. L'argent encaissé, il égorgerait donc l'amateur imprudent et utiliserait sa dépouille à bon escient.

— Vos pensées sont impures, Tasquinio.

Le visage grossier se contracta.

— Mes pensées… Qu'est-ce que vous racontez ?

— Vous êtes un profanateur et un profiteur.

— Ces histoires-là, ça suffit ! Vous sortez l'argent ?

— À votre tour de payer.

Rageur, Paul Tasquinio brandit un couteau de boucher. Son bras se bloqua, une douleur intense l'obligea à lâcher son arme, il fut pris d'un vertige et s'effondra.

Avec vénération, le sauveur recueillit la bandelette de thorax.

À tout moment, des émeutiers de Whitechapel pouvaient agresser le petit groupe de policiers qui, suivant les indications du vendeur d'almanachs, s'approchait de l'antre de Paul Tasquinio. Ne portant jamais d'arme, Higgins se fiait à son instinct et tentait de percevoir le moindre danger. Dans ce quartier hors de contrôle, une seule étincelle mettrait le feu aux poudres. Ce soir-là, le brouillard fut un précieux allié.

435

Le cul-de-sac.

Deux chats se lancèrent un dernier coup de griffe et disparurent. Le silence retomba.

Higgins marcha lentement jusqu'à la porte en chêne souillée de traces de peinture et de noir de fumée. À son étonnement, elle était entrouverte.

Il s'aventura à l'intérieur d'un sinistre atelier peuplé de bassines, de piles de chiffons brunâtres et de grosses bougies. Sur un établi, des fragments de momies.

L'inspecteur-chef ne fut pas étonné. Il soupçonnait Paul Tasquinio de fabriquer de la *mummia*, un faux médicament à base de chair de momie, et de la vendre à de riches amateurs, croyant au pouvoir guérisseur des corps embaumés. Son commerce de viande bouillie dissimulait cet horrible trafic.

Au fond de l'officine, une porte métallique.

Utilisant son passe universel, Higgins l'ouvrit. Et ce que la lumière des bougies lui permit de découvrir le laissa pantois.

À première vue, une chambre froide avec des carcasses accrochées à des crocs. En réalité, des dépouilles d'hommes et de femmes, les uns nus, les autres encore habillés de manière modeste. Des cadavres de pauvres gens ramassés à Whitechapel que personne ne réclamait. Les fausses momies de Tasquinio, sa matière première inépuisable, celle en provenance d'Égypte se faisant rare et ne lui suffisant pas.

Il suivait les méthodes de ses homologues d'Alexandrie et du Caire, vendant des corps d'esclaves qu'ils prétendaient sortir des tombes anciennes. Hommes, femmes, enfants, vieux, jeunes, malades, peu importait. On leur ôtait le cerveau et les viscères, on les remplissait de bitume, on les enveloppait de bandelettes brunies à la poix, on les desséchait au soleil et l'on disposait ainsi de momies présentables.

Au milieu de la seconde rangée, Paul Tasquinio suspendu par le col de sa veste en serge. Hébété, la lèvre inférieure pendante, il était vivant.

— Inspecteur, on approche ! l'avertit l'un de ses hommes, affolé.

En découvrant l'abominable spectacle, le policier se figea.

— Aidez-moi à le décrocher.

Un papier dépassait de la poche du trafiquant de *mummia*. Higgins le déplia : une sorte de facture comptabilisant des lots de chiffons brunâtres à l'intention de K. S. Une belle somme que Kristin Sadly aurait à verser en échange de cette livraison.

— Inspecteur, une bande de types menaçants nous barre la sortie.

— N'utilisez pas vos armes et placez-vous derrière moi.

Brandissant des bâtons, des pioches et des pelles, une vingtaine d'ouvriers avançaient.

— Nous venons d'identifier un criminel et nous l'emmenons, annonça Higgins.

Un barbu au visage carré sortit du rang.

— C'est sûrement un des nôtres ! Il ne sortira pas de Whitechapel, et vous non plus.

— Paul Tasquinio est un voleur de cadavres.

— Vous racontez n'importe quoi !

— Constatez vous-même.

Higgins fit signe à ses hommes de s'écarter. Entouré de plusieurs acolytes, le barbu pénétra à l'intérieur du sinistre atelier.

Quelques secondes après, des hurlements retentirent. Décomposé, le barbu ressortit.

— Des gens que l'on connaît... On n'a pas le droit de les traiter ainsi ! À nous de les enterrer.

437

— Entendu, à condition que vous nous laissiez emmener Tasquinio.

L'ouvrier hésita.

— Vous le pendrez ?

— Face à une telle abomination, la justice ne se montrera pas indulgente. Et le bonhomme a déjà perdu la raison.

— Allez-y !

Au passage de Tasquinio, porté par deux policiers, les habitants du quartier le couvrirent d'injures.

Une dizaine d'éminents praticiens examinèrent longuement Paul Tasquinio. Se grattant le front, leur porte-parole dressa un étrange bilan.

— Nous n'y comprenons rien, inspecteur. Vu son état, ce patient devrait être mort ; pourtant, il survit, mais en violation des critères scientifiques ! Ses organes ne fonctionnent pas, et nous ne savons pas comment il respire. Un cas exceptionnel, vraiment exceptionnel.

— Il est comparable à celui d'Andrew Yagab, je présume ?

— Quasiment semblable ! Si nous parvenons à résoudre cette énigme, la médecine progressera de manière remarquable.

Il était trois heures du matin, le brouillard s'épaississait. Harassé, Higgins s'accorda un bref repos. Nouvelle certitude : Tasquinio n'était pas Littlewood. Whitechapel ne lui avait servi que de cachette pour ses ignobles activités, non de poste de commandement révolutionnaire.

70

Le rouquin tambourina à la porte du bureau de Kristin Sadly. Levée depuis cinq heures du matin, la boulotte faisait et refaisait ses comptes. La récente baisse de ses bénéfices la mettait en rage, et cette situation ne durerait pas longtemps.

Elle ouvrit d'une main nerveuse.

— Que veux-tu, petit ?

— Votre ami est en danger.

— Mon ami… Son nom ?

— Paul Tasquinio. La police a failli le pincer et va débarquer chez vous. Fichez le camp en vitesse, il a dit.

Le gamin tendit la main.

Kristin Sadly y déposa un shilling.

— J'espérais plus !

— Disparais, sale gosse !

Le rouquin décampa, s'enfonça dans le brouillard et se heurta à son commanditaire. Lui n'était pas un rapiat et redonna un beau billet.

— La vieille bique a marché. Salut !

À cette heure-là, Kristin Sadly était seule. Le sauveur s'approcha à pas feutrés et la vit sortir d'un coffret en bois un voile de lin, le premier suaire de la momie la recouvrant jusqu'au sommet du crâne. Selon les anciens textes, ce « vêtement de combat » du corps osirien le protégeait contre ses ennemis.

Kristin Sadly possédait deux trésors : son livre de comptes secrets et ce voile, modèle de son futur papier de momie qu'elle tentait de mettre au point en utilisant les chiffons imprégnés de résine fournis par Tasquinio. Les derniers essais ne lui donnaient pas satisfaction : un médiocre produit brunâtre qu'elle vendait comme emballage aux épiciers et aux bouchers. Certains clients se plaignaient de maux divers, mais on accusait le manque de fraîcheur de la viande ou des légumes. Il lui faudrait du lin de meilleure qualité, celui avec lequel les embaumeurs enveloppaient les momies des nobles, afin de créer un papier haut de gamme qu'exigeraient les aristocrates. La clé de la réussite : toucher à la fois l'élite et les couches populaires.

— Donnez-moi ce suaire.

Kristin Sadly sursauta et se retourna.

— Vous ! Un sacré don pour la comédie, c'est sûr !

— Donnez-le-moi, je vous prie.

— Sûrement pas ! Ce qui est à moi est à moi.

— Ce suaire ne vous appartient pas, Kristin.

— Je l'ai acheté, c'est mon bien. Sortez d'ici, j'ai du travail.

— Vous *devez* me le restituer.

La fureur anima le regard de la petite boulotte. Surexcitée, elle s'empara d'un maillet.

— Dehors, ou je vous fracasse le crâne !

Paisible, le sauveur s'avança.

— Toute violence est inutile. Ayez l'intelligence d'obéir.

— Jamais !

Retardé par une fausse alerte émanant de la Banque d'Angleterre qui avait cru remarquer un groupe suspect, Higgins ne se présenta à l'entrée du domaine de Kristin Sadly qu'à dix heures. Des employés erraient sur le quai, fumant la pipe ou mastiquant du poisson fumé.

L'inspecteur-chef s'approcha d'un contremaître, préposé à la garde de la papeterie.

— Des problèmes ?

— La patronne est absente, et mon équipe n'a pas reçu de consignes précises. En dix ans de travail, c'est la première fois. La patronne, elle ne laisse rien au hasard. Je ne comprends pas, elle aurait dû me prévenir.

— Êtes-vous entré dans son bureau ?

— J'ai frappé au moins cent coups et j'ai osé ! Vide. Ce n'est pas normal, je vous dis. La patronne, elle ne s'absente pas.

— Je vais essayer de la retrouver.

Higgins franchit le seuil de la fabrique, bordée d'entrepôts. Voilà longtemps qu'il avait compris les intentions de Kristin Sadly et son utilisation des chiffons brunâtres. Ex-maîtresse du comédien Peter Bergeray, en affaires avec le professeur Beaulieu et le marchand Paul Tasquinio, elle envisageait le voile de la momie comme une source de profit. Linges et bandelettes imprégnés de résine lui servaient de pâte à papier, en dépit des dangers d'une telle fabrication[1]. Et elle prévoyait certainement de nouvelles techniques aussi morbides.

L'inspecteur-chef retrouva le dépôt de tissus suspects. Juste à côté, une sorte de paquet sur lequel était inscrit en lettres capitales : « À L'INTENTION DE SIR RICHARD BEAULIEU. » Il enveloppait le corps de Kristin Sadly.

---

1. L'Américain Auguste Stanwood utilisa le procédé, à l'origine d'une épidémie de choléra qui le contraignit à l'abandonner.

— Incompréhensible, avoua le porte-parole du collectif de médecins chargés d'examiner la patiente. Elle vit, mais pas selon les mécanismes habituels ! N'espérez pas lui poser des questions, inspecteur. Elle est incapable de s'exprimer et ne retrouvera sans doute pas l'usage de la parole. Un coma qui n'en est pas un... Inexplicable ! Et voici le troisième cas soumis aux spécialistes... Une véritable épidémie ! Espérons qu'elle s'arrêtera là.

— Je n'en suis pas certain, déplora Higgins.

En quittant l'hôpital, l'inspecteur-chef écarta l'hypothèse d'un Littlewood féminin. En dépit de ses prétentions, Kristin Sadly ne possédait pas cette envergure-là. La liste des suspects se rétrécissait, et Higgins se demandait si sa première intuition n'était pas erronée. Laissant croire qu'il devenait le jouet des événements et perdait l'initiative, devait-il remettre en cause sa stratégie ?

La momie menait le jeu et rendait cette enquête incomparable. L'oublier interdirait l'accès à la vérité.

71

Tous les domestiques du professeur Beaulieu s'étaient réunis dans l'antichambre de sa demeure de Tottenham Court Road. Ils hésitaient sur la décision à prendre lorsque Higgins se présenta.

— La police, tant mieux ! décréta la cuisinière, une robuste sexagénaire. Maintenant, il faut agir.

— Que se passe-t-il ?

— Sir Richard a disparu.

— N'exagérons pas, protesta le valet de chambre.

— Toi, tais-toi ! Moi, je sais qu'il a disparu. Je lui avais préparé l'un de ses plats préférés, du hareng avec des pommes de terre à l'ail, et il a coutume de déjeuner à midi quinze.

— Avez-vous fouillé toute la maison, de la cave au grenier ?

— Bien entendu, inspecteur !

— Sir Richard a-t-il dormi ici ?

— Il s'est levé à sept heures, comme d'habitude, précisa le valet de chambre.

— Pas d'incident particulier ?

— Non… Ah, si ! Le facteur a apporté un pli urgent. Après l'avoir lu, sir Richard s'est habillé de façon précipitée et il est sorti en disant : « Je reviens déjeuner. »

— Ah, vous voyez ! s'exclama la cuisinière. Ce n'est pas un homme à oublier mes harengs.

— Je veux voir son bureau, exigea Higgins.

La quantité de boiseries anciennes impressionnait. À présent, Higgins n'en doutait plus : même les marches d'escalier étaient des fragments de sarcophages égyptiens. Beaulieu avait transformé son bureau en une sorte de cercueil antique, formé de vestiges volés en Égypte, livrés à la zone des docks contrôlée par Kristin Sadly et vendus à l'historien devenu fou de ce mobilier funéraire.

À gauche de la fenêtre principale, un panneau entrouvert.

Un coffre soigneusement dissimulé contenait des documents financiers, des liasses de billets et deux lingots d'or, mais pas l'amulette en cornaline achetée à Belzoni. Le professeur était si perturbé à la lecture du courrier urgent qu'il avait oublié de refermer le panneau. Higgins laissa la pièce en l'état, car l'érudit n'aurait plus l'occasion de profiter de cette fortune mal acquise et ses domestiques avaient droit à des gages exceptionnels.

— Avez-vous découvert quelque chose ? demanda la cuisinière.

— Votre patron ne reviendra pas, déclara l'inspecteur-chef. Avant l'arrivée des diverses autorités, mettez son bureau en ordre. Puis-je compter sur votre sens de la répartition ?

— Mon sens de…

— Vous comprendrez. Et partagez aussi les harengs.

Higgins croyait savoir où trouver l'étrange professeur. Il se dirigea donc vers sa menuiserie clandestine, proche de son domicile.

Elle semblait fermée. Il tambourina à la porte en verre dépoli, un rideau se souleva, un œil noir dévisagea l'intrus, et un signe de la main lui intima l'ordre de décamper.

— Police, veuillez ouvrir.

On traîna des pieds, mais la porte s'entrebâilla. Un visage hostile et hirsute apparut.

— Vous voulez quoi ?

— Entrer.

— Y a rien, ici. C'est désaffecté depuis des années.

— En certaines circonstances, le mensonge peut conduire en prison.

— Holà, holà ! J'ai rien fait de mal, moi !

— J'aimerais en être persuadé.

— Bon, entrez.

L'atelier était parfaitement tenu. De tailles variées, des dizaines de planches de sarcophages étaient entreposées.

— Êtes-vous au service de sir Richard Beaulieu ?

Le bonhomme se décomposa.

— Ah... vous savez ?

— Quelles tâches vous confie-t-il ?

— M'occuper de l'atelier, restaurer ces vieilles planches, les vernir, les ranger. C'est fragile et robuste à la fois, ces antiquités. Moi, je suis un bon menuisier et je les traite bien.

— On vous en livre fréquemment ?

— Ça dépend des moments. Je travaille à mon rythme, sir Richard est content. Si j'abîmais, il me chasserait. Et il me demande des exploits ! Transformer ces vieux bois en marches d'escalier, en panneaux de bibliothèque ou en huisseries, ça demande du temps.

— À quelle heure êtes-vous arrivé, aujourd'hui ?

— Il y a vingt minutes environ. J'avais des courses à faire.

— Existe-t-il une arrière-boutique ?

— Une réserve, là-bas. J'y entrepose des outils.

445

Higgins tira un rideau.

Au milieu de la petite pièce, un sarcophage grossièrement ajusté.

— Ça alors ! s'exclama le menuisier. Ce n'est pas
mon boulot, ça ! Mais qui…

L'inspecteur-chef souleva le couvercle.

Étendu sur le dos, les yeux glauques, la lèvre inférieure pendante, sir Richard Beaulieu était dans le
même état que le voleur de cadavres Paul Tasquinio, la
fabricante de papier de momie Kristin Sadly et l'amateur de blé antique Andrew Yagab.

Acheteur de fragments de fausse momie à Paul Tasquinio et destinés à Peter Bergeray, fournisseur d'antiques planches de sarcophages au politicien Francis
Carmick, le professeur d'université Richard Beaulieu
n'avait pas la carrure d'un Littlewood. Trop timoré, trop
médiocre, incapable de prendre des initiatives et des
risques. Son petit confort intellectuel et ses turpitudes
dérisoires lui suffisaient. Il n'avait commis qu'une
erreur fatale : croiser le chemin de la momie.

Le collège de médecins disposerait d'un quatrième
spécimen présentant des caractéristiques incompréhensibles. Celui-ci alimenterait d'interminables débats et
de brillantes controverses.

Restaient trois suspects : l'industriel Henry Cranber,
le politicien Francis Carmick et l'acteur Peter Bergeray.
Cette fois, le mystérieux personnage qui récupérait un
à un les objets et les bandelettes volés à la momie
n'avait indiqué aucune piste, comme s'il revenait à Higgins de s'orienter seul et, surtout, de ne pas se tromper.

Un doux soleil d'automne illuminait la capitale. En
réfléchissant et en triant les éléments à sa disposition,
Higgins marcha jusqu'à son quartier général d'Adam
Street.

446

Une agitation inhabituelle y régnait. L'un de ses subordonnés courut à sa rencontre.

— Inspecteur, enfin ! On vous cherchait partout !

— Du grabuge ?

— Des hordes d'émeutiers ont envahi le West End. C'est la révolution !

72

Obéissant aux consignes de Higgins, les quelques policiers chargés d'assurer la sécurité des beaux quartiers laissèrent les manifestants se déployer et se dispersèrent sans riposter. L'inspecteur-chef avait strictement interdit l'usage d'armes à feu, persuadé qu'une seule victime civile causerait l'embrasement de Londres.

Surprise de ne rencontrer aucune résistance, la horde de Littlewood connut l'ivresse de la victoire. Ainsi le chef de la révolution n'avait pas menti aux miséreux de Whitechapel ! Il leur suffisait d'exprimer leur colère et d'affirmer leurs exigences pour que le pouvoir en place reculât.

Affolés, les propriétaires des hôtels particuliers et des belles demeures claquèrent leurs portes et, figés derrière leurs fenêtres, observèrent une foule hurlante envahir les rues et les jardins.

— Lancez les pierres ! ordonna Littlewood, rageur.

Hommes, femmes et enfants s'en donnèrent à cœur joie. Ils réussirent à briser quantité de vitres, s'excitant à surenchérir. Décidé à sacrifier cette première vague avant de faire intervenir sa milice armée, Littlewood appréciait ce triomphe inattendu. La royauté britannique n'était qu'un château de cartes, Higgins un illusionniste ! Les petits bourgeois ne tarderaient pas à se joindre aux masses populaires. Ensemble, ils piétineraient l'aristocratie et le gouvernement.

Continuant à jeter des pierres, les émeutiers se mirent à chanter.

Envahir les maisons des riches, les piller, violer les femelles, trancher le cou des nantis... Le programme s'imposait.

Coiffé d'un bonnet de laine, habillé de vêtements grossiers à l'usure apparente, méconnaissable en raison de sa fausse barbe rousse, l'inspirateur de la révolution se tenait à l'arrière. Aussi fut-il l'un des derniers à voir un barrage composé de fiacres, de calèches, de charrettes, de chevaux et de mulets. En rangs serrés, des policiers brandissaient des boucliers de cuir et des gourdins. Jaillissant d'une avenue, des cavaliers surgirent, sabre au poing.

— Retraite, hurla l'un des meneurs, ils vont nous massacrer !

Le premier piège de Higgins avait fonctionné. Les manifestants s'enfuirent en désordre, redoutant une intervention brutale des forces de l'ordre. Le second présentait davantage de difficultés. Infiltrés à Whitechapel, les meilleurs éléments de la police avaient pris l'apparence de marchands des quatre-saisons, d'ouvriers, d'artisans, de cochers et même de mendiants. Leur mission consistait à isoler les groupes de révolutionnaires résolus à utiliser fusils et pistolets, à barrer l'accès aux caches d'armes, à fermer momentanément les pubs et à interpeller les fortes têtes. L'armée occupait Whitechapel High Street, la grande artère menant aux domaines agricoles de l'Essex, et surveillait les voies principales qui auraient permis aux insurgés de sortir du quartier. Certes, le labyrinthe de ruelles et de courettes fournirait des abris aux révolutionnaires, mais l'essentiel était d'éviter une effusion de sang et de briser l'insurrection.

Soigneusement préparée depuis de longues semaines, la mobilisation des forces de l'ordre fut efficace et rapide. Dès qu'il prit conscience du désastre, Littlewood abandonna ses troupes et rasa les murs en direction de Whitechapel où il rassemblerait les obstinés. Quand ils abattraient des policiers, leurs collègues seraient obligés de riposter, et le soulèvement renaîtrait de ses cendres avec davantage d'intensité.

— Ne vous jetez pas dans la gueule du loup, recommanda le sauveur. L'inspecteur Higgins a repéré l'ensemble de vos cachettes, et il attend de vous pêcher à l'épuisette. Moi, je peux vous procurer un abri sûr.

— Vous... Comment m'avez-vous identifié ?

— L'art du déguisement et des mois de filature discrète. Je connais tout de vos agissements.

Stupéfait, Littlewood consentit à écouter le personnage à sa hauteur.

— Je vous donne la clé de ce local, vous y trouverez des vivres et attendrez le retour au calme. Ensuite, nous aviserons. Il faudra probablement quitter l'Angleterre.

— Combien voulez-vous ?

— Une pièce de collection.

— J'en possède beaucoup !

— Celle que vous avez achetée à Belzoni.

Littlewood sourit.

— Une chance, je l'ai toujours sur moi à cause de certains cauchemars.

Le sauveur poussa le chef des révolutionnaires contre une porte cochère. Des chevaux lancés au grand galop les rasèrent. On pourchassait les derniers récalcitrants.

— C'est fini, Littlewood. Votre petite armée est

anéantie, reste à sauver votre peau et à refaire fortune ailleurs.

— Pourquoi m'aidez-vous ?

— Le monde actuel ne me plaît guère, et je le combattrai à ma façon, pas à la vôtre.

— On pourrait s'allier…

— Qui sait ? Voilà la clé du local.

— Au fond, vous adhérez à ma cause et vous n'osez pas encore vous l'avouer.

Le silence du sauveur était éloquent. Assuré des faveurs du destin, Littlewood n'avait perdu qu'une bataille. Il reçut les indications nécessaires pour atteindre son refuge temporaire et s'éloigna, rêvant de ses futurs exploits.

Lorsque la nuit tomba, la ville avait retrouvé son calme. On alluma des milliers de becs de gaz dont le nombre ne cessait d'augmenter. À son bureau d'Adam Street, Higgins recevait des rapports détaillés en provenance des divers quartiers de la capitale. Aucun mort, seulement des blessés légers et des dégâts matériels. Restait le cas Littlewood.

Enfin arriva le coordinateur des opérations, coiffé d'une casquette d'ouvrier.

— Réussite totale, patron ! On a dû bousculer un peu certains meneurs afin qu'ils ne fassent pas usage de leurs armes, et les prisons seront pleines à craquer. Des plaies et des bosses, pas de cadavres. Grâce à vos indications précises, on a étouffé la violence dans l'œuf. Cette nuit, les pubs rouvriront sous haute surveillance et les dames de petite vertu accueilleront leurs soupirants. Whitechapel a reçu un sacré coup sur la tête et réfléchira à deux fois avant de préparer une nouvelle révolution. Moins de misère, et les esprits se calmeraient.

— Je tiendrai ce langage au Premier Ministre, promit Higgins. Avez-vous capturé Littlewood ?

— Malheureusement non. Ses principaux complices l'auraient volontiers vendu, mais ils ne l'ont pas revu après la première vague de manifestants au cœur du West End. À l'évidence, le bonhomme s'est enfui, et sa lâcheté écœure ses plus chauds partisans. En agissant ainsi, il nous rend un fier service.

— Une prime spéciale sera versée à tous les hommes qui ont participé à cette opération, annonça l'inspecteur-chef. Allez goûter un repos bien mérité.

— Pas de refus, patron ! On a quand même eu chaud. Ah, un détail… Un de mes gars aurait vu le comédien Peter Bergeray à proximité d'une cache d'armes que nous avons vidée. Il exhortait une dizaine d'adolescents à combattre en déclamant Shakespeare.

— L'avez-vous interpellé ?

— Se sentant menacé, il a détalé comme un lapin. Bonne soirée, chef.

L'insaisissable Littlewood aux cent visages et aux innombrables déguisements, l'acteur Peter Bergeray aux mille facettes, récemment arrêté à Whitechapel habillé en femme… Rassuré quant à l'issue de cette difficile journée, Higgins se rendit au domicile de l'artiste.

Si c'était Littlewood qui lui ouvrait la porte, il lui faudrait agir très vite.

73

— M. Bergeray ne veut pas être dérangé, déclara son valet de chambre, péremptoire. Il se repose.

— Je suis obligé d'insister, dit Higgins, paisible.

— Ses ordres sont formels et…

— Veuillez me conduire à sa chambre. Sinon, je serai contraint de vous arrêter pour entrave à une enquête criminelle et complicité de meurtre.

Cet inspecteur élégant et posé n'ayant pas l'air de plaisanter, le valet de chambre préféra s'incliner. Il essuierait l'une des fameuses colères théâtrales de Bergeray, mais garderait sa liberté.

Ex-amant de Kristin Sadly, lié au sinistre Paul Tasquinio, au trafiquant de sarcophages Richard Beaulieu et au politicien Francis Carmick, l'acteur-médium et peintre de momies semblait être un habitué du quartier de Whitechapel où ses dons de dissimulateur lui permettaient d'endosser les habits de Littlewood.

En ce cas, ce domestique n'était-il pas un complice ?

Se tenant à bonne distance, Higgins le regarda frapper à la porte de la chambre, l'air inquiet.

— Monsieur, murmura-t-il, c'est la police.

N'obtenant pas de réponse, il frappa et parla plus fort. Toujours pas de résultat.

— Ouvrez, ordonna Higgins.

— C'est délicat, je…

— Ouvrez.

Le lit n'était pas défait. Au pied, un portrait de momie inspiré du visage agressif de Kristin Sadly. Au milieu de la pièce, un fauteuil. En émergeait l'arrière du crâne de Peter Bergeray. Des volutes de fumée odorante l'environnaient.

— Monsieur, répéta le valet de chambre, s'interdisant d'entrer, c'est la police.

Higgins contourna le fauteuil.

Engoncé dans une robe de chambre, le comédien semblait fumer la pipe identifiée comme un faux par Belzoni. Les yeux vagues, la lèvre inférieure pendante, il flottait entre la vie et la mort, respirant à peine. Les médecins bénéficieraient d'un nouveau cas aussi inexplicable que les précédents.

Sur les genoux de Bergeray, un mot rédigé d'une écriture nerveuse : *Voyons-nous très vite*. Il était signé de Francis Carmick.

À Portland Square, on remplaçait déjà les vitres qu'avaient brisées les émeutiers et l'on nettoyait les jardins. Avant la fin de la semaine ne subsisterait aucune trace de ces déplorables événements.

Le fiacre de l'inspecteur-chef avait roulé à vive allure, profitant d'une faible circulation. Le traumatisme des émeutes n'était pas encore effacé. Higgins en revenait à son suspect majeur, longtemps inaccessible en raison de sa position sociale. Menteur, manipulateur, ambitieux jusqu'au crime, Francis Carmick poursuivait deux objectifs.

Le premier, se faire momifier à l'exemple des anciens Égyptiens. Son corps embaumé par le docteur

Pettigrew, spécialiste de la momification, serait déposé dans le sarcophage assemblé grâce au professeur Beaulieu. Paul Tasquinio et Kristin Sadly avaient procuré au politicien bon nombre d'indispensables bandelettes s'ajoutant au grand linceul, et les visions de Peter Bergeray lui avaient fourni d'intéressantes précisions.

Le second, renverser le gouvernement et la monarchie en provoquant une révolution, dont il serait le principal bénéficiaire. Âme du complot visant à détruire Belzoni, coupable de ne pas l'aider, Carmick était devenu l'insaisissable Littlewood, disposant de l'argent nécessaire pour acheter des âmes et des armes.

Devant la maison égyptienne de Portland Square, un attroupement. Des domestiques discutaient avec des voisins et des passants.

Higgins descendit de sa calèche, le majordome vint à sa rencontre.

— Inspecteur, c'est affreux ! M. Carmick a eu une sorte de malaise. Je ne sais pas s'il est vivant ou mort. Il s'est surmené en travaillant toute la nuit et...

— Avez-vous appelé un médecin ?

— Nous l'attendons.

— Conduisez-moi.

Le majordome emmena Higgins au bureau de Francis Carmick.

Assis, la tête légèrement penchée en arrière, le regard vide, la lèvre inférieure pendante, il respirait à peine.

Inutile de rechercher le second linceul de la momie.

— À cause des émeutiers, révéla le majordome, M. Carmick a passé des heures épouvantables ! Nous tremblions de peur, lui le premier. Il maudissait la police, appelait au secours et s'est enfermé ici même pendant la durée de cette terrifiante manifestation.

À l'évidence, ce comportement n'était pas celui de Littlewood.

En s'approchant du mort vivant, Higgins aperçut un curieux objet déposé sur ses genoux. Il s'agissait d'un bâton magique de forme courbe, en ivoire d'hippopotame, décoré d'un serpent crachant un feu destructeur et de génies brandissant des couteaux.

— Hier et aujourd'hui, votre patron a-t-il reçu des visiteurs ?

— Oh non, inspecteur !

— En êtes-vous certain ou n'avez-vous rien remarqué ?

Le majordome baissa la tête.

— Il existe une entrée discrète, à l'arrière de la maison. Parfois, M. Carmick tenait au secret absolu.

Higgins retourna le bâton magique.

Un texte tracé en fort beaux hiéroglyphes, les trois premiers à l'encre rouge [1], les autres à l'encre noire. Ne se fiant pas à sa mémoire, l'inspecteur-chef consulta son carnet et relut les notes abondantes prises au cours de l'entretien avec Jean-François Champollion.

Elles lui permirent de déchiffrer un surprenant message.

Vous me trouverez à la crypte de Paradise Street, en face de la statue d'Osiris.

— Le malade est ici ? demanda une voix grasseyante.

Higgins découvrit un médecin bedonnant, mal rasé et portant à grand-peine une sacoche de cuir noir qui n'était plus de la première jeunesse. Il fumait un cigare à la senteur envahissante.

— Exercez-vous une spécialité, docteur ?

— D'habitude, j'autopsie les cadavres. Mais quand il y a urgence, je m'occupe des vivants.

---

1. La *rubrique*, à savoir le début ou titre d'un texte. Le rouge (*ruber*) est la couleur de la puissance et de l'intensité.

— Le cas de Francis Carmick devrait vous passionner.

— Tiens donc ! Serait-il entre les deux ?

— C'est un peu ça.

Le médecin légiste se frotta les mains, sortit de sa sacoche une bouteille de whisky, en but une goulée et considéra le politicien d'un œil gourmand.

Higgins, lui, prit la route de Paradise Street.

74

Le sauveur de Littlewood n'avait pas exagéré en parlant d'un abri sûr. Quartier désert, ruelle abandonnée,
ni habitant ni passant. L'ex-chef de la révolution ouvrit
aisément la lourde porte en chêne et pénétra dans une
crypte qu'éclairaient des flambeaux. Il referma soigneusement de l'intérieur et tira un loquet.

L'aspect mortuaire de l'endroit le fit frissonner.
Basses et puissantes, les voûtes dataient de l'époque
romane. Impressionné, Littlewood progressa lentement
jusqu'à une sorte de sanctuaire où reposait un gisant.

En s'approchant, il la reconnut : la momie de Belzoni !

Son visage était calme, presque rayonnant. Surtout,
elle avait retrouvé ses bandelettes et ses symboles,
paraissant indemne de toute agression humaine.

— Voici la dernière étape, annonça une voix
étrange.

Littlewood se retourna.

Personne.

Il se rendit compte que la lumière du sanctuaire provenait du corps de la momie et l'enveloppait d'un halo
protecteur.

— L'heure est venue de restituer ce que tu m'as
volé.

Non, impossible, les momies ne parlaient pas !
Une nouvelle fois, Littlewood prit la fuite.

Qui était l'auteur du message ? Littlewood, la momie ou une tierce personne ? L'ancienne ruelle de l'extrémité septentrionale de l'East End se composait de maisons vétustes, la plupart inoccupées et promises à la destruction. À l'approche de Higgins, un gros rat détala.

Au milieu de la petite artère, une niche contenant une statuette de bronze ressemblant à Osiris, le dieu des «justes de voix», reconnus comme tels par le tribunal de l'au-delà. En face, une demeure en pierres de taille recouvertes de mousse, aux ouvertures murées. Partant de la chaussée pavée, un escalier conduisait à une cave.

La serrure de la porte en chêne massif résista au passe universel. Percevant la nature de l'obstacle, Higgins transforma l'outil en tournevis et parvint à démonter les fixations du loquet intérieur. Le barrage céda.

À l'entrée du couloir, on avait déposé une lampe de sécurité, due à l'ingéniosité de sir Hugh Davey, soucieux de préserver l'existence des mineurs à la merci des coups de grisou. Éclairant faiblement, elle ne provoquait pas d'explosion.

Higgins s'en munit et découvrit une crypte romane digne des chefs-d'œuvre de cette période. Et il buta contre un corps.

Henry Cranber, l'industriel et propriétaire de filatures.

La cause de la mort était évidente. On lui avait tranché la gorge avec un couteau à la poignée décorée d'un Anubis couché dont la lame de bronze était très tranchante. L'arme du crime était plantée en plein cœur de Cranber.

Higgins fouilla le mort et découvrit un carnet révélateur. Littlewood y relatait ses sinistres exploits, annonçait la révolution et citait les noms de ses principaux complices.

Ainsi, Littlewood était Henry Cranber.

Puisque la porte avait été close de l'intérieur, l'assassin se trouvait toujours sur les lieux.

La prudence et la raison recommandaient de sortir de la crypte, mais cette attitude n'éloignerait-elle pas définitivement Higgins de la vérité ?

Brandissant sa lampe, il avança.

Au fond de cet antre perdu, une momie. Une admirable momie, bandelettée à la perfection.

Ce qui avait été dispersé était rassemblé : le premier linceul de lin vendu à Kristin Sadly la papetière, le second au politicien Francis Carmick, la bandelette de thorax au trafiquant de cadavres Paul Tasquinio, l'amulette de cornaline en forme de cœur au professeur Beaulieu, le vase oblong au faux châtelain Andrew Yagab, les bandelettes de visage à l'acteur Peter Bergeray et celles de pieds à Henry Cranber-Littlewood.

Ces dernières présentaient des hiéroglyphes que déchiffra Higgins : *Ne trouble pas ma paix de l'au-delà. Sinon, je déclencherai la fureur du lion, du serpent et du scorpion.*

L'inspecteur-chef se recueillit longuement. La momie était sauvée.

Le maître d'hôtel servit un pouilly-fuissé d'une qualité exceptionnelle. Il souligna la finesse du homard, accompagné d'une macédoine de légumes. Ravissante, lady Suzanna semblait enchantée de recevoir Higgins.

— Je suis venu tenir ma promesse et vous révéler la vérité, déclara-t-il.

— Auriez-vous arrêté Littlewood ?

— Il est mort.

— Au cours des émeutes, je suppose ?

— Non, lady Suzanna. Il a été égorgé dans une crypte.

— Vous voulez dire : le sous-sol d'une église ?

— Probablement un ancien lieu saint, mais désaffecté.

— Avant de poursuivre, inspecteur, acceptez-vous de me donner la véritable identité de Littlewood ?

— Henry Cranber.

L'avocate fit appel à sa mémoire.

— Le propriétaire de filatures ?

— Un homme très riche qui menait une double vie et savait se déguiser. Nous avons trouvé chez lui des dizaines de livres consacrés à la Révolution française, des tracts annonçant la prise de pouvoir des masses populaires et des plans d'attaque des bâtiments officiels.

— Félicitations, inspecteur. Vous avez éliminé une sérieuse menace, et l'affaire est close.

— Je ne le pense pas.

— J'oubliais… Vous devez retrouver son égorgeur.

— Je le connais. Il s'agit de la momie de Belzoni.

La fourchette de lady Suzanna demeura suspendue en l'air.

— Vous… vous plaisantez ?

— Je m'en tiens aux faits. D'après l'examen des lieux, seule la momie a pu tuer Henry Cranber, *alias* Littlewood.

— C'est complètement insensé !

— Je dispose d'indices précis et j'ai l'intention de

faire comparaître cette momie devant un tribunal afin qu'elle soit condamnée.

— Seriez-vous sérieux ?

— N'avons-nous pas parlé de cette éventualité ?

La jeune femme fixa l'inspecteur-chef.

— En effet ! Je croyais à une simple spéculation et je me trompais. Comme promis, si vous osez accuser cette momie, je la défendrai.

75

En dépit de ses réticences, le Très Honorable juge Abercrombie Fernymore avait accédé à l'extravagante requête de l'inspecteur-chef Higgins, tout en posant ses conditions : le procès de la momie aurait lieu à huis clos, en présence de magistrats aguerris formant le jury, et le policier se chargerait lui-même de l'accusation.

Deux collègues de Higgins avaient déposé la momie, recouverte d'un grand voile blanc, au milieu de la petite salle d'audience de Law Courts, réservée aux affaires sensibles. Et, pour couronner l'ensemble, c'était une femme, dûment perruquée et vêtue de la robe noire des hommes de loi, qui assurait la défense !

De caractère difficile, le juge possédait des qualités qu'appréciait Higgins : incorruptible, il ne professait aucune opinion politique et conduisait des débats réels, sans *a priori*, quelle que soit la condition de l'accusé.

À son entrée, les participants se levèrent. Le rituel d'ouverture de l'audience accompli, Abercrombie Fernymore s'adressa à Higgins.

— Inspecteur, c'est en raison de votre réputation de sérieux que j'ai accepté l'organisation de ce procès inhabituel. J'espère ne pas avoir à vous inculper d'outrage à la cour. Réitérez-vous les propos tenus en privé, dans mon cabinet ?

— Oui, Votre Honneur. J'accuse cette momie d'avoir commis quatre meurtres et réduit à l'état de morts vivants six personnes.

Certains jurés haussèrent les épaules, d'autres parurent excédés. On appelait Higgins le « sauveur » de Londres, et ce succès lui faisait perdre la raison.

— Et moi, Votre Honneur, intervint lady Suzanna, je ruinerai les arguments de l'accusation.

« Ce ne sera pas difficile, pensa le juge. Un avocat stagiaire y parviendrait. »

— Nous vous écoutons, inspecteur.

— Permettez-moi d'abord de vous montrer le coupable.

Irrité, le juge hocha la tête affirmativement.

Higgins ôta le grand drap blanc.

Apparut la superbe momie, semblant sortir de l'atelier des embaumeurs qui avaient accompli un véritable chef-d'œuvre en recréant le « corps noble » d'Osiris.

Les plus blasés furent frappés de stupeur, voire d'admiration.

— Un médecin légiste, un vieux lord et un pasteur ont été assassinés avec un crochet de momie, rappela l'inspecteur-chef, parce qu'ils menaçaient l'accusé de destruction. J'ai retrouvé l'un de ces objets.

Higgins montra à la cour le crochet en bronze à l'extrémité recourbée, long de quarante centimètres, qui avait servi à tuer le docteur Bolson.

— Entre des mains expertes, cet outil de momificateur devient une arme dangereuse.

— Admettons-le, concéda le juge.

— Les trois victimes voulaient anéantir la momie, poursuivit Higgins, la condamnant ainsi à la seconde mort, donc à la dispersion définitive des éléments de l'être rassemblés lors de l'embaumement. On pourrait envisager la légitime défense, mais il ne me revient pas de la plaider.

Plusieurs jurés levèrent les yeux au plafond. Lady Suzanna garda son calme.

— Les malheurs de cette momie ne s'arrêtent pas là puisqu'elle fut profanée et privée de ses protections magiques à l'occasion d'une séance de débandelettage. Sa survie étant en jeu, la momie a retrouvé les acheteurs et récupéré ses bandelettes et ses amulettes. La voici, intacte et régénérée. De son point de vue, une sorte de croisade légitime. Du nôtre, des actes criminels et condamnables.

— J'ai eu le plaisir de rencontrer l'inspecteur-chef Higgins, précisa lady Suzanna, et j'apprécie son professionnalisme et sa rigueur. C'est pourquoi ses incroyables allégations me déconcertent. En tant qu'avocate de la défense, je n'ai entendu qu'une théorie hallucinante, dépourvue de preuves.

Le juge apprécia la modération de la jeune femme et la distinction de ses propos.

— Finissons-en, inspecteur, exigea Abercrombie Fernymore. Nous savons tous qu'une momie est une chose inerte, dépourvue de vie, incapable de commettre des crimes !

— Permettez-moi d'émettre une opinion contraire, Votre Honneur.

— Vos preuves ? demanda lady Suzanna, à la fois douce et ironique.

L'inspecteur-chef contempla la momie.

— En septembre 1822, un jeune génie, Jean-François Champollion, est parvenu à déchiffrer les hiéroglyphes. Cette extraordinaire découverte a modifié le cours de mon enquête en me donnant accès à des documents essentiels que m'a communiqués le fondateur de l'égyptologie. Ils m'ont beaucoup étonné, Votre Honneur, mais ils nous obligent à considérer la science égyptienne en général et cette momie en particulier d'un autre regard.

Higgins ouvrit un dossier contenant de nombreux feuillets. L'atmosphère de la salle d'audience venait de changer.

Et si le sauveur de la capitale détenait des indices réels ? Le président, lady Suzanna et les jurés furent suspendus à ses lèvres.

— Selon le texte déposé dans les tombes [1], voici quels étaient les pouvoirs réels d'une momie. Commençons par la réanimation du corps apparemment inerte : « Les dieux ouvrent mes yeux qui étaient clos, étendent mes jambes qui étaient repliées, affermissent mes genoux de sorte que je puisse me mettre debout. J'ai de nouveau connaissance grâce à mon cœur, j'ai l'usage de mes bras, j'ai l'usage de mes jambes. » Et il est précisé : « Lui donner la marche et la liberté de mouvements. » Cette autonomie ne se limite pas à l'Empire des morts, Votre Honneur. « Celui qui connaît ce livre, est-il écrit, il peut sortir au jour et se promener sur terre parmi les vivants, il sort au jour pour faire tout ce qu'il peut désirer parmi les vivants, il peut faire tout ce que fait un homme sur terre. » Et l'apparence de la momie, me direz-vous ? La réponse est claire : « Elle sortira au jour dans toutes les transformations qu'elle pourra désirer, elle prendra toutes les formes qu'elle veut, échappera à toute flamme. Aucun mal ne l'atteindra, elle est plus prompte que le lévrier, plus rapide que la lumière. »

1. Le célèbre *Livre des Morts*, dont le titre exact est « Livre pour sortir dans la lumière ». Sont cités ici des extraits des chapitres 26, 180, 68, 2, 64, 15, 18, 24, 10, 11 et 58. Les traductions sont celles du grand égyptologue Paul Barguet qui m'a appris à lire les hiéroglyphes.

Et ses déplacements ont un but : «J'ai parcouru la terre en tous sens contre mes ennemis, j'ai cherché mon ennemi, il m'a été donné, on ne me l'enlèvera pas.» Touche finale : son travail accompli, la momie retourne de l'autre côté du miroir : «Celui qui connaît la formule, il peut rentrer dans l'Empire des morts après en être sorti.» Votre Honneur, messieurs les jurés, je vous ai retracé le parcours criminel de cette momie. Elle a utilisé les capacités dont elle fut dotée au moment du rituel d'embaumement et n'a pas encore regagné l'au-delà, inaccessible à la justice humaine. Nous avons donc la possibilité et le devoir de la condamner, après avoir démontré que son sommeil apparent n'est pas celui de la mort.

L'assistance était en état de choc.

— Comment vous y prendrez-vous ? demanda le juge, interloqué.

— Son cœur fonctionne, une énergie anime son être. Je propose de la débandeletter, de lui ôter ses protections et de vérifier si elle est sensible à la douleur.

— Je refuse ! hurla lady Suzanna.

Pourtant habitué aux incidents de séance, le juge sursauta.

— Gardez votre sang-froid, je vous prie. La requête de l'inspecteur-chef me paraît fondée.

— Je m'y oppose formellement, Votre Honneur.

— Opposition rejetée ! Veuillez procéder aux vérifications.

Lady Suzanna bondit et se plaça devant la momie. Elle fixa Higgins.

— J'ai un marché à vous proposer. Vous me jurez de préserver cette momie et de la mettre hors d'atteinte de tout profanateur, et je vous dis la vérité.

— S'il plaît à la justice…

— Il lui plaît, trancha Abercrombie Fernymore.

— Vous avez ma parole, lady Suzanna, jura Higgins.

L'exaltation de la jeune femme retomba, elle ôta sa perruque et s'assit sur le banc des accusés.

— C'est moi qui ai tué le pasteur, le vieux lord et le médecin légiste, parce qu'ils s'apprêtaient à détruire la momie.

— Donnez-nous des détails, ordonna le juge, méfiant.

L'avocate décrivit ses trois crimes avec froideur et précision.

— J'ai caché la momie dans une crypte qui m'appartient, poursuivit-elle, et j'ai accompli les rites nécessaires à sa survie. Mais il me fallait rassembler les amulettes et les bandelettes que les sacrilèges lui avaient volées. Une tâche longue et difficile, voire impossible à cause de Littlewood. Pour le retrouver et savoir où il avait dissimulé les bandes de lin recouvrant les pieds, j'ai pu tendre un piège à Littlewood, *alias* Henry Cranber, me débarrasser de lui, et offrir à la momie son état initial.

— Les six autres profanateurs survivront-ils ? interrogea Higgins.

— Je me suis contentée de leur administrer une drogue égyptienne dont les effets se dissiperont. Au moins, ces misérables auront été la proie d'atroces cauchemars.

— Quatre crimes, rappela l'inspecteur-chef. Pourquoi teniez-vous tant à sauver cette momie ?

Une étrange lueur anima les yeux de la jolie brune. Soudain, son esprit avait quitté le tribunal.

— Vous ne pouvez pas comprendre… Il y a longtemps, si longtemps, nous nous aimions. Je le croyais perdu à jamais, et il est revenu, momifié, vivant d'une vie que méconnaît notre époque de science et de progrès. Quand vous m'aurez pendue, je le retrouverai.

Mais cessez de détruire les momies, de les brûler, de les manger ! Sinon, et s'il n'est pas déjà trop tard, elles se vengeront et les portes de l'éternité se fermeront définitivement.

Blême, lady Suzanna s'effondra.

— Internons-la sur-le-champ, décréta le juge. Cette femme est complètement folle !

Épilogue

Le Noël 1823 s'annonçait bien. Mary avait préparé une dinde aux marrons que le chien Geb et le chat Trafalgar convoitaient depuis sa mise au four. Higgins négocierait une assiette correctement garnie pour ses deux compagnons et déboucherait une bouteille de Dom Pérignon provenant de sa cave, une sorte de crypte ressemblant à celle où il avait découvert la momie.

On soignait lady Suzanna au sein d'un hôpital psychiatrique. Elle se murait dans le silence et avait eu un dernier sourire en écoutant l'inspecteur-chef réitérer son serment de préserver la momie de toute atteinte. À présent, elle se trouvait en sécurité et nul savant, esclave de sa curiosité, ne pourrait l'examiner. Higgins avait d'ailleurs réuni un comité de défenseurs des momies, décidés à protéger ces corps osiriens, témoins remarquables de la spiritualité des anciens Égyptiens.

Se souvenant de l'avertissement du médium Peter Bergeray, il avait perçu le rôle exact de lady Suzanna quand elle s'était dévoilée en évoquant une possible communication avec les morts ou ceux que l'on considérait comme tels. La société moderne condamnait cette folie-là.

L'ex-avocate n'avait pas menti : les six profanateurs étaient sortis de leur léthargie. Condamné pour trafic de cadavres, Paul Tasquinio séjournait en prison, à l'instar du faux châtelain Andrew Yagab, reconnu coupable de trafic d'armes. Délaissant la scène, Peter Bergeray se consacrait à la voyance. Kristin Sadly dirigeait une poissonnerie, sir Richard Beaulieu venait d'être nommé professeur honoraire, et Francis Carmick continuait à faire de la politique.

Higgins ouvrit son courrier. La lettre du Traveller's Club lui annonçait l'acceptation de la candidature de Giovanni Battista Belzoni, au terme de longues délibérations. Ce n'était, certes, qu'une modeste reconnaissance, mais elle lui rendrait Londres plus sympathique.

En feuilletant le *Times* au coin du feu, il apprit une triste nouvelle, effaçant la satisfaction de la précédente. Le 3 décembre 1823, le Titan de Padoue était mort de dysenterie au Bénin, alors qu'il était reparti en Afrique à la recherche des sources du Niger.

Mary servit le porto. Selon son habitude, elle avait lu le journal avant son légitime destinataire.

— Je l'aimais bien, moi, ce Belzoni, déclara-t-elle. Il nous changeait des lâches, des mollassons et des crétins qui mènent le monde à sa perte. Il en faudrait beaucoup, des aventuriers de cette trempe-là ! Allez vous changer. Ce soir, dîner de gala. Et dites à vos deux bêtes de se tenir correctement.

Après avoir revêtu son smoking, Higgins classa les carnets noirs de moleskine consacrés au procès de la momie. Un détail troublant lui revint en mémoire : la porte de la crypte semblait fermée *de l'intérieur*. Et il n'y avait là que le corps de Littlewood et la momie.

À la réflexion, l'inspecteur-chef s'était sans doute trompé. Quand son chien se dressa et posa ses pattes terreuses sur les épaules de son smoking, il décida de tourner la page et de se consacrer à la fête de la renaissance de la lumière.

Un secret dont dépend le sort de l'Égypte...

(Pocket n° 13913)

Un message anonyme conduit Mark Wilder, avocat d'affaires américain promis à une belle carrière politique, au Caire, à la recherche de son identité véritable. Au cœur du quartier chrétien, Marek rencontre un étrange religieux, descendant des grands prêtres d'Amon. Les révélations qu'il lui fait changeront à jamais sa vie. Le sort de l'Égypte est désormais entre ses mains. Le voilà, avec l'aide de Ateya, une jeune et splendide Copte, sur les traces de l'ultime secret du Roi au masque d'or...

Il y a toujours un Pocket à découvrir

Dernières nouvelles d'Égypte

CHRISTIAN JACQ

QUE LA VIE
EST DOUCE
À L'OMBRE
DES PALMES

Dernières nouvelles d'Égypte

(Pocket n° 12885)

Drôles, merveilleuses,
poétiques ou mystérieuses,
les vingt-trois nouvelles
que Christian Jacq
a réunies dans ce recueil
ne cessent de surprendre.
Situées au temps des
pharaons ou de nos jours,
échos de textes égyptiens
anciens ou souvenirs
d'aventures vécues, toutes
invitent à de séduisantes
rêveries. Qu'ils soient
bergers ou puissants,
artistes ou aventuriers,
guerriers ou divinités,
les héros de ces récits
nous entraînent,
par-delà le temps et
l'espace, à réfléchir au
sens de nos vies.

Il y a toujours un Pocket à découvrir

Pour l'amour de Toutankhamon

(Pocket n° 3432)

Dans la cité du soleil, le règne d'Akhénaton et de Néfertiti touche à sa fin. L'Égypte s'inquiète : qui succédera à ces souverains exceptionnels ? Tous les regards se tournent vers la belle Akhésa. Troisième fille du couple royal, volontaire et avisée, elle a tout d'une reine. Appelée à régner auprès du jeune Toutankhamon, cette adolescente saura-t-elle contrer la puissance du général Horemhed qui brûle d'être pharaon ?

Il y a toujours un Pocket à découvrir

Cet ouvrage a été imprimé en France par

C P I
Bussière

à Saint-Amand-Montrond (Cher)
en décembre 2009

Composé par Nord Compo Multimédia
7, rue de Fives, 59650 Villeneuve-d'Ascq

POCKET - 12, avenue d'Italie - 75627 Paris Cedex 13

— N° d'imp. : 91407. —
Dépôt légal : janvier 2010.
S 20019/01